CIDADE DOS ANJOS CAINDO

OBJETIVA

John Berendt

CIDADE DOS ANJOS CAINDO

Tradução
José Roberto O`Shea

OBJETIVA

Título original
The City of Falling Angels

EDITORA OBJETIVA LTDA. Rua Cosme Velho, 103
Rio de Janeiro — RJ — Cep: 22241-090
Tel.: (21) 2199-7824 — Fax: (21) 2199-7825
www.objetiva.com.br

Capa
Ana Sofia Mariz

Ilustração de capa
Grupo Keystone

Foto de capa
Praça de S. Marco, Cristiane Mello

Revisão
Marta Miranda O'Shea
Fátima Fadel
Lucas Bandeira de Melo
Umberto Figueiredo

Editoração eletrônica
Abreu's System

B488c

Berendt, John
Cidade dos anjos caindo / John Berendt, tradução de José Roberto O'Shea. – Rio de Janeiro : Objetiva, 2006.

380 p. ISBN 85-7302-791-6
Tradução de : *The City of Falling Angels*

1. Veneza (Itália) – Aspectos sociais. 2. Veneza (Itália) – Arquitetura. I. Título

CDD 945.31

Para Harold Hayes e Clay Felker

"ATENÇÃO!
ANJOS CAINDO"

Aviso afixado do lado de fora da igreja Santa Maria della Salute, em Veneza, no início da década de 1970, antes da restauração dos anjos de mármore.

SUMÁRIO

NOTA DO AUTOR

ESTA É UMA OBRA DE NÃO-FICÇÃO. Todos os indivíduos que aqui aparecem existem na vida real e são identificados nominalmente. Não utilizei personagens de composição múltipla. Para conveniência do leitor, consta no final do livro uma lista parcial de nomes de pessoas e localidades, além de um glossário de palavras italianas empregadas com freqüência no texto.

PRÓLOGO:

O EFEITO VENEZA

— Em Veneza estão todos encenando — disse-me o conde Girolamo Marcello. — Todos representam papéis, e os papéis mudam. O segredo para se entender os venezianos é o ritmo — o ritmo da lagoa, da água, das marés, das ondas...

Eu caminhava pela calle della Mandola quando me deparei com o conde Marcello. Ele pertencia a uma antiga família veneziana e era considerado uma autoridade em história, estrutura social e, especialmente, nas sutilezas de Veneza. Já que seguíamos na mesma direção, passei a acompanhá-lo.

— O ritmo de Veneza é como a respiração — disse ele. — Maré alta, pressão alta: tenso. Maré baixa, pressão baixa: descontraído. Os venezianos não estão sintonizados ao ritmo da roda. Isso é para outros locais, locais com veículos motorizados. Nosso ritmo é o do Adriático. O ritmo do mar. Em Veneza o ritmo flui com a maré, e a maré muda a cada seis horas.

O conde Marcello inspirou, profundamente.

— Como você vê uma ponte?

— Perdão? — perguntei. — Uma ponte?

— Você vê uma ponte como obstáculo, como um lance a mais de degraus a serem escalados para se chegar ao outro lado do canal? Nós, venezianos, não vemos as pontes como obstáculos. Para nós, pontes são transições. Passamos por elas bem devagar. Fazem parte do ritmo. São junções entre dois atos no teatro, como mudanças de cenário, ou como a evolução do primeiro para o segundo ato em uma peça teatral. Nosso papel muda à medida que passamos pelas pontes. Vamos de uma realidade... à outra. De uma rua... à outra. De um cenário... a outro.

Aproximávamo-nos de uma ponte que cruzava o rio di San Luca, dando acesso ao campo Manin.

— Uma pintura em estilo *trompe l'oeil* — prosseguiu o conde Marcello — cria uma ilusão tão real que não parece ser pintura. Parece que tem vida, mas é claro que não tem. É uma realidade distanciada. O que será, então, uma pintura *trompe l'oeil* vista através do espelho? Realidade duplamente distanciada?

"A luz do sol no canal, refletida através de uma janela, bate no teto; do teto, projeta-se num vaso e, do vaso, projeta-se sobre uma peça de vidro ou uma tigela de prata. Qual será a verdadeira luz do sol? Qual será o verdadeiro reflexo?

"O que é verdade? O que não é verdade? A resposta não é nada simples, porque a verdade pode mudar. Eu posso mudar. Você pode mudar. Eis o efeito Veneza."

Deixamos a ponte e entramos no campo Manin. Exceto pelo fato de ter saído da sombra da calle della Mandola e entrado na praça ensolarada, eu não percebia qualquer outra mudança. Meu papel, fosse lá o que fosse, continuava a ser o mesmo de antes de eu ter atravessado a ponte. Evidentemente, nada disse a esse respeito ao conde Marcello. Mas olhei para ele, a ver se demonstrava algum indício de mudança.

Ele respirava, profundamente, enquanto entrávamos no campo Manin. Então, com ar conclusivo, disse:

— Venezianos jamais falam a verdade. O verdadeiro sentido das nossas palavras é, precisamente, o oposto do que dizem.

{1}

UMA NOITE EM VENEZA

O AR AINDA CHEIRAVA A CARVÃO quando cheguei a Veneza, três dias depois do incêndio. Ocorreu que o momento da minha visita foi pura coincidência. Eu tinha feito planos, com meses de antecedência, para visitar Veneza durante algumas semanas na baixa temporada, a fim de desfrutar a cidade sem ser espremido por outros turistas.

— Se estivesse ventando na noite de segunda-feira — disse o condutor da lancha-táxi no momento em que atravessávamos a lagoa, vindo do aeroporto —, não haveria uma Veneza para ser visitada.

— Como foi que aconteceu? — perguntei.

O taxista deu de ombros.

— Como é que essas coisas acontecem?

Era início de fevereiro, no auge da calmaria que sempre se abate sobre Veneza entre o dia do Ano-novo e o Carnaval. Os turistas tinham ido embora e, na ausência deles, a Veneza onde tinham se hospedado estava praticamente fechada. Saguões de hotéis e lojas de suvenir estavam, praticamente, vazios. Gôndolas tinham sido amarradas a estacas e cobertas de lona. Exemplares do *International Herald Tribune* ficavam encalhados o dia inteiro nas prateleiras das bancas de jornal, e os pombos tinham desistido de procurar restos de comida na praça de São Marcos, passando a catar migalhas em outras partes da cidade.

Enquanto isso, a outra Veneza, aquela habitada por venezianos, continuava na agitação de sempre — o comércio varejista local, as quitandas, as peixarias, os bares. Durante aquelas poucas semanas, os venezianos podiam caminhar por sua cidade sem precisar se espremer para passar por amontoados de turistas que se deslocam lentamente. A cidade respirava, seu pulso se acelerava. Os venezianos tinham Veneza só para si.

Mas a atmosfera estava pesada. As pessoas falavam em um tom de voz grave, um tanto perplexo, do tipo que se ouve quando ocorre um falecimento súbito na família. O assunto estava na boca de todos. Em poucos dias, eu ouvira tantos detalhes que mais parecia que eu tinha testemunhado o ocorrido.

ACONTECEU EM UMA NOITE DE SEGUNDA-FEIRA, 29 de janeiro de 1996.

Pouco antes das nove horas da noite, Archimede Seguso sentou-se à mesa de jantar e desdobrou o guardanapo. Antes de sentar-se ao lado dele, sua esposa dirigiu-se à sala de estar e baixou as cortinas, antigo ritual noturno. A *signora* Seguso sabia muito bem que a janela era indevassável, mas com o gesto ela envolvia a família em um abraço doméstico. Os Seguso moravam no terceiro andar da Ca' Capello, uma casa que datava do século XVI, situada no coração de Veneza. Um canal estreito percorria duas laterais do edifício, antes de desaguar no Grande Canal, bem perto dali.

Pacientemente, o *signor* Seguso aguardava à mesa. Aos 86 anos, era alto e esbelto, e sua postura continuava ereta. Uma franja de cabelos brancos e ralos e sobrancelhas bastas conferiam-lhe o aspecto de um feiticeiro amável, capaz de maravilhar e surpreender. Tinha uma fisionomia expressiva e olhos cintilantes que cativavam todos os que o encontravam. Qualquer pessoa que permanecesse algum tempo diante do *signor* Seguso, no entanto, logo atentaria para aquelas mãos.

Eram mãos grandes e musculosas, mãos de um artesão cujo trabalho exigia força física. Durante 75 anos, o *signor* Seguso esteve à boca de um forno abrasador utilizado na fabricação de vidro — dez, 12, 18 horas por dia —, manuseando um pesado tubo de aço, girando-o para um lado ou para outro, a fim de evitar que a massa de vidro fundido presa à ponta escorresse lateralmente, detendo-se para soprar no tubo e insuflar o vidro, em seguida apoiando o tubo sobre a bancada, sempre girando-o com a mão esquerda, enquanto, manejando uma tenaz com a mão direita, puxava, apertava e obrigava o vidro a assumir a forma de belos vasos, tigelas e taças.

Depois de todos aqueles anos girando o tubo de aço, hora após hora, a mão esquerda do *signor* Seguso moldou-se ao tubo, assumindo a forma de uma concha, como se o tubo ali estivesse sempre alojado. A mão em formato de concha era motivo de orgulho, a marca do ofício, e por isso o artista que lhe pintara o retrato alguns anos atrás tinha se esmerado para mostrar a curva da mão esquerda.

Os homens da família Seguso trabalhavam como vidreiros desde o século XIV. Archimede era a 21ª geração e um dos mais habilidosos da linhagem. Era capaz de esculpir peças pesadas, utilizando blocos de vidro, bem como soprar vasos tão finos e frágeis que mal podiam ser tocados. Foi o primeiro vidreiro a ver seu trabalho homenageado com uma exposição no Palácio dos Doges, na praça de São Marcos. A Tiffany vendia peças fabricadas por ele na loja da Quinta Avenida.

Archimede Seguso fabricava vidro desde os 11 anos de idade e, aos vinte, já se tornara conhecido pelo apelido de "*Mago del Fuoco*" (Mago de Fogo). Já não dispunha de forças para ficar diante de um forno ardente 18 horas por dia, mas ainda trabalhava, diariamente, e com o mesmo prazer. No dia em questão, com efeito, ele se levantara à hora de sempre, às quatro e meia da manhã, sempre convicto de que jamais confeccionara peças tão belas quanto as que haveriam de ser criadas naquele dia.

Na sala de estar, a *signora* Seguso deteve-se, para olhar pela janela, antes de cerrar a cortina. Notou que o ar se tornara nebuloso e comentou que uma névoa de inverno tinha se abatido sobre a cidade. Em resposta, o *signor* Seguso observou, da outra sala, que a névoa teria surgido subitamente, pois ele tinha avistado a lua crescente, no céu claro, poucos minutos antes.

A janela da sala de estar dava para um pequeno canal, e, do outro lado, os fundos do Teatro La Fenice ficavam a cerca de 9 metros. Erguendo-se, à distância de pouco menos de 100 metros, a imponente ala em que se localizava a entrada do teatro parecia envolta em neblina. No instante em que começava a baixar a cortina, a *signora* Seguso viu um clarão. Pensou que fosse relâmpago. Então, viu outro clarão, e desta feita percebeu que se tratava de fogo.

— *Papa!* — gritou ela. — O Fenice está pegando fogo!

O *signor* Seguso correu até a janela. Mais labaredas tremeluziam na parte frontal do teatro, iluminando o que a *signora* Seguso pensara que fosse névoa, mas que, na realidade, era fumaça. Ela correu para o telefone e discou 115, chamando o corpo de bombeiros. O *signor* Seguso foi até o quarto e se pôs à janela que ficava na esquina, mais próxima do Fenice do que a janela da sala de estar.

Entre o incêndio e a casa dos Seguso havia um complexo de edifícios que constituíam o Fenice. O setor que estava em chamas ficava no extremo oposto, a recatada entrada neoclássica, com os solenes salões de recepção, conhecidos como Salões de Apolo. Em seguida, vinha a parte central do teatro, com o auditório em estilo rococó, e, finalmente, a imensa área dos bastidores. Espalhando-se a partir de ambas as laterais do auditório bem como dos bastidores, havia um conjunto menor de prédios interligados, como o que abrigava a oficina de cenários, situada exatamente em frente à casa do *signor* Seguso, do outro lado do estreito canal.

A *signora* Seguso não conseguiu falar com o corpo de bombeiros; portanto discou 112, para chamar a polícia.

A monstruosidade do que ocorria diante da janela deixou o *signor* Seguso atordoado. O Grande Teatro La Fenice era um dos esplendores de Veneza; constava que fosse o teatro lírico mais belo do mundo e um dos mais importantes. O Fenice havia encomendado dezenas de óperas que estrearam naquele palco — *La Traviata* e *Rigoletto*, de Verdi; *A Carreira do Devasso*, de Stravinski; *A Volta do Parafuso*, de Benjamin Britten. Durante duzentos anos, o público se deliciara com a clareza preciosa da acústica do Fenice, com a grandiosidade das cinco galerias de camarotes dourados, com a totalidade da fantasia barroca. O *signor* e a *signora* Seguso sempre compravam um camarote para toda a temporada e, ao longo dos anos, foram agraciados com uma localização cada vez mais privilegiada, até se verem ao lado do camarote real.

A *signora* Seguso tampouco conseguiu falar com a polícia, e começou a se desesperar. Telefonou para o andar de cima, apartamento em que moravam o filho Gino, a esposa, Fernanda, e o filho do casal, Antonio. Gino ainda estava na vidraria Seguso, em Murano. Antonio fora visitar um amigo, perto do Rialto.

O *signor* Seguso continuava a olhar pela janela do quarto, em silêncio, enquanto as chamas se alastravam por todo o último andar da entrada. Ele sabia que, apesar de toda a sua beleza, naquele momento o Fenice era uma enorme pilha de gravetos em chama. No interior de uma espessa carapaça de pedra istriana forrada de tijolos, a estrutura do edifício fora construída inteiramente de madeira — vigas de madeira, pisos de madeira, paredes de madeira —, tudo ricamente decorado com entalhes de madeira, gesso esculpido e papel machê, e coberto por várias camadas de laca dourada. O *signor* Seguso também sabia que a oficina de cenário, do outro lado do canal, em frente à sua casa, estocava solventes e, o que era mais preocupante, cilindros de gás propano, utilizado em soldagem.

A *signora* Seguso voltou ao quarto para dizer que, finalmente, conseguira falar com a polícia.

— Já sabiam do incêndio — disse ela. — Dizem que devemos abandonar a casa imediatamente.

Ao olhar pela janela, por cima do ombro do marido, ela conteve um grito; as labaredas tinham se aproximado no breve espaço de tempo em que estivera longe da janela. Avançavam agora pelos quatro salões de recepção menores, no sentido da parte central do teatro, na direção do prédio deles.

Archimede Seguso fitava o fogo com um olhar avaliador. Abriu a janela, e um golpe de ar gelado entrou no quarto. O vento soprava para o sudoeste. A casa dos Seguso ficava exatamente a oeste do teatro, e o *signor* Seguso deduziu que, se o vento não mudasse de curso nem se tornasse mais intenso, o fogo avançaria para o outro lado do Fenice, e não na direção deles.

— Agora, Nandina — ele disse, falando baixo —, fique calma. Não corremos perigo algum.

A casa dos Seguso era apenas uma entre muitas construções situadas nas proximidades do Fenice. A não ser pelo campo San Fantin, pequena praça em frente ao teatro, o Fenice era cercado de prédios antigos e inflamáveis, muitos dos quais adjacentes à casa de espetáculo ou dela separados por menos de 2 metros. Isso não era, absolutamente, incomum em Veneza, onde qualquer espaço para construção sempre fora extremamente valorizado. Vista do alto, Veneza fazia lembrar um jogo de quebra-cabeça composto de telhados vermelho-amarronzados. As passagens entre alguns edifícios eram tão estreitas que não se podia caminhar com um guarda-chuva aberto. Era especialidade dos ladrões, em Veneza, escapar da cena do delito saltando de telhado em telhado. Se o fogo no Fenice conseguisse dar saltos semelhantes, com toda a certeza haveria de destruir uma grande área de Veneza.

O Fenice, propriamente, estava às escuras. Encontrava-se fechado para reformas havia cinco meses, com reabertura prevista para o mês seguinte. O canal que passava por trás do prédio também estava fechado — vazio —, tendo sido isolado e escoado, para que operários pudessem dragar a lama e os sedimentos depositados, e consertar as paredes, trabalho que não era feito havia quarenta anos. O canal entre o edifício onde moravam os Seguso e os fundos do Fenice era agora uma garganta lamacenta e profunda, com um emaranhado de canos expostos e maquinaria pesada, em meio a poças no fundo da vala. O canal esvaziado impediria que barcos do corpo de bombeiros alcançassem o Fenice e, pior que isso, não poderia ser utilizado como reservatório de água. Para apagar incêndios, os bombeiros de Veneza dependiam de água bombeada diretamente dos canais. A cidade não contava com sistema de hidrantes.

O FENICE ESTAVA AGORA CERCADO DE UM TUMULTO DE GRITOS e corre-corre. Moradores, tocados de suas casas pela polícia, cruzavam o caminho de clientes que deixavam o Ristorante Antico Martini. Uma dezena de hóspedes atônitos arrastava malas para fora do Hotel La Fenice, indagando a localização do Hotel Saturnia, para onde tinham sido instruídos a se transferir. Em meio aos hóspedes, vestindo apenas uma camisola e de olhos arregalados, surgiu uma mulher que, aos tropeços, acabara de abandonar a própria casa, saindo pelo campo San Fantin, emitindo gritos histéricos. Lançou-se ao solo, em frente ao teatro, sacudindo os braços e rolando pela calçada. Vários garçons saíram do Antico Martini e levaram-na para o restaurante.

Dois barcos do corpo de bombeiros conseguiram chegar até um canal situado nas imediações do Fenice. Contudo as mangueiras não tinham extensão suficiente para circundar os edifícios que se interpunham entre os barcos e o teatro; desta forma, os bombeiros passaram as mangueiras pela janela da cozinha, que ficava nos fundos do Antico Martini, e as arrastaram pelo salão de jantar, a fim de alcançar o campo San Fantin. Direcionaram os bicos das mangueiras às labaredas que ardiam, furiosamente, em uma das janelas do último andar do teatro, mas a pressão era baixa demais. O arco de água mal chegava ao parapeito. O fogo prosseguia, saltando, zombando e sugando grandes correntes de ar que faziam as chamas estalarem como velas de barco, brilhantes e vermelhas em meio a forte vento.

Diversos policiais forçavam em vão a imensa porta principal do Fenice. Um deles sacou a pistola e disparou três vezes contra a fechadura. A porta se abriu. Dois bombeiros entraram às pressas e desapareceram detrás de um paredão de fumaça branca. Momentos mais tarde, voltaram correndo.

— É tarde demais — disse um deles. — Está queimando como palha.

O lamento das sirenes agora era intenso, pois a polícia e o corpo de bombeiros subiam e desciam o Grande Canal em barcos a motor que formavam grandes asas de borboletas com a água esguichada das laterais das embarcações, enquanto estas se chocavam contra as marolas formadas pelos outros barcos. Cerca de uma hora após o alarme, a lancha municipal do corpo de bombeiros atracou no píer detrás do Haig's Bar. Os equipamentos de alta potência, finalmente, conseguiram bombear a água do Grande Canal até o Fenice, a cerca de 180 metros de distância. Dezenas de bombeiros estendiam mangueiras, da lancha, passando ao campo Santa

Maria Del Giglio, e, freneticamente, acoplavam um segmento a outro, mas logo ficou patente que as mangueiras tinham diâmetros diferentes. Vazamentos esguichavam das junções, mas, mesmo assim, os bombeiros levaram as mangueiras mal-emendadas até os telhados dos edifícios em torno do Fenice. Metade da água era dirigida ao teatro, na tentativa de conter o fogo, e o restante era destinado aos prédios vizinhos. Alfio Pini, comandante do corpo de bombeiros, já havia tomado uma decisão grave e estratégica: o Fenice estava perdido; salvemos a cidade.

QUANDO AS LUZES SE APAGARAM, o conde Girolamo Marcello estava no meio de uma frase, conversando com o filho, durante a ceia, no último andar do palácio em que residiam, a menos de um minuto a pé da frente do Fenice. Naquele mesmo dia, o conde Marcello soubera que o poeta russo exilado e ganhador do prêmio Nobel Joseph Brodsky falecera subitamente, vítima de um enfarto, aos 55 anos, em Nova York. Brodsky era apaixonado por Veneza, além de amigo e hóspede freqüente da casa de Marcello. Na verdade, enquanto se hospedava no palácio de Marcello, Brodsky escrevera seu último livro, *Watermark*, uma reflexão lírica sobre Veneza. Naquela tarde, Marcello falara ao telefone com a viúva de Brodsky, Maria, e tinham aventado a possibilidade de enterrar o poeta em Veneza. Marcello sabia que não seria fácil realizar tal enterro. Havia anos que todos os espaços disponíveis no cemitério da ilha de San Michele tinham sido reservados. Prevalecia o entendimento de que qualquer corpo que ali chegasse, mesmo o de um veneziano, seria exumado ao cabo de dez anos e removido para uma sepultura comum, mais adiante na lagoa. Para um não-veneziano, judeu ateu, obter autorização até para um sepultamento provisório seria uma empresa repleta de obstáculos. Ainda assim havia exceções notáveis. Igor Stravinski fora sepultado em San Michele, e também Sergei Diaghilev e Ezra Pound. Todos tinham sido enterrados no setor anglicano e ortodoxo grego, e ali poderiam jazer perpetuamente. Portanto, era viável esperar que Brodsky também pudesse ser sepultado em San Michele, e tal pensamento passava pela mente de Marcello quando as luzes se apagaram.

Pai e filho permaneceram sentados, durante algum tempo, no escuro, aguardando o retorno da luz. Então ouviram as sirenes, muitas sirenes, muito mais do que de costume.

— Vamos subir e ver o que aconteceu — disse Marcello.

Subiram as escadas que conduziam a uma sacada com piso de madeira, situada no telhado, a *altana*, e assim que abriram a porta avistaram o fogo intenso.

Marcello decidiu abandonar a casa, imediatamente. Desceram as escadas, tateando no escuro, e Marcello se perguntava se o palácio de seiscentos anos estaria condenado. Se estivesse, a biblioteca particular mais impressionante de Veneza desapareceria com ele. A biblioteca de Marcello ocupava a maior parte do segundo andar. Era um enlevo arquitetônico, um espaço de pé-direito alto, provido, em toda a volta, de uma galeria de madeira cujo único acesso se dava por meio de uma escada secreta, escondida atrás de um painel na parede. As prateleiras, do chão ao teto, abrigavam 40 mil volumes de documentos particulares e oficiais, alguns datando de mais de mil anos. A coleção encerrava um tesouro, em termos da história de Veneza, e Marcello a disponibilizava, regularmente, a estudiosos. Ele próprio costumava sentar-se durante horas em uma poltrona de couro preto, semelhante a um trono, examinando os arquivos, de modo especial os documentos da família Marcello, uma das mais antigas de Veneza. Os ancestrais de Marcello incluíam um doge, ou chefe de Estado, que vivera no século XV. Os Marcello, na verdade, constituíam uma das famílias responsáveis pela construção do Fenice e foram proprietários do teatro até pouco antes da Segunda Guerra Mundial, quando a municipalidade de Veneza assumiu o comando do estabelecimento.

O conde caminhou até os limites do campo San Fantin e viu-se no meio de uma multidão em que estava a totalidade da Câmara de Vereadores, que tinha deixado Ca' Farsetti, a prefeitura municipal, onde se encontravam em sessão, e acorrido à cena. Marcello era figura conhecida na cidade, com sua calvície e sua barba grisalha bem aparada. A imprensa costumava procurá-lo para colher depoimentos, sabendo que podia contar com uma ou duas falas francas, amiúde provocantes. Certa feita, em uma entrevista, Marcello autodefinira-se como "curioso, inquieto, eclético, impulsivo e caprichoso". Foram essas duas últimas peculiaridades de conduta que se tornaram aparentes no momento em que, fazendo-se presente no campo San Fantin, ele contemplou a Ópera de Veneza ardendo.

— Que pena — disse ele. — Foi-se. Acho que jamais voltarei a vê-la. A reconstrução vai levar muito tempo; tenho certeza de que não estarei vivo quando terminar.

A observação parecia dirigida à pessoa que estava ao seu lado, mas, na realidade, destinava-se aos ouvidos de um sujeito bem-apessoado, de barba escura e cerca de 55 anos, que se encontrava a poucos metros de Marcello: o prefeito de Veneza, Massimo Cacciari. O prefeito Cacciari era ex-comunista, professor de filosofia e arquitetura da Universidade de Veneza, e o mais conceituado filósofo contemporâneo da Itália. O cargo de prefeito implicava, automaticamente, a presidência do Fenice, isto é, a responsabilidade pela segurança do teatro; agora Cacciari seria encarregado da reconstrução. O comentário de Marcello traduzia, claramente, a idéia de que, em sua opinião, nem Cacciari nem seu governo de esquerda tinham competência para levar a termo a reconstrução. O prefeito Cacciari olhava fixamente o fogo, com ar de total desespero, aparentemente sem se abalar com a indireta de Marcello.

— Sugiro apenas — prosseguiu Marcello — que, se pretendem reconstruir o local conforme ele era nos tempos áureos, ou seja, como um local de encontro da sociedade, deveriam transformá-lo numa grande discoteca para os jovens.

Um senhor de idade que estava na frente de Marcello virou-se, horrorizado, com lágrimas rolando pelo rosto.

— Girolamo! — disse ele. — Como você pode dizer uma coisa dessas? E quem pode saber que infâmia esses jovens vão pretender daqui a cinco anos?

Um estrondo ensurdecedor ecoou das profundezas do Fenice. O grande lustre de cristal tinha caído no chão.

— O senhor tem razão — respondeu Marcello —, mas, como todos sabemos, ir à ópera sempre foi uma atividade social. Isso é visível até na arquitetura. Somente uma terça parte dos assentos é posicionada de modo a ter boa visão do palco. Dos demais, especialmente dos camarotes, vê-se melhor a platéia. A disposição dos assentos é estritamente social.

Absorto, Marcello falava sem qualquer cinismo. Parecia diverti-lo a idéia de que alguém pudesse supor que sucessivas gerações de freqüentadores da ópera, a exemplo da própria família Marcello, fossem atraídas ao teatro em virtude de algo tão elevado quanto música ou cultura — a despeito de Benedetto Marcello, compositor do século XVIII e antepassado de Girolamo Marcello. Ao longo de toda a sua existência, o Fenice fora território sagrado na paisagem social de Veneza, e Girolamo Marcello tinha vasto conhecimento da história social veneziana. Na verdade, era considerado autoridade no assunto.

— Antigamente — disse ele —, os camarotes particulares tinham uma cortina que podia ser cerrada, mesmo durante o espetáculo. Meu avô adorava ir à ópera, mas pouco se importava com a música. Só abria a cortina nos grandes momentos cênicos. Dizia: "Silêncio! Agora é a ária!", e abria a cortina para aplaudir... "Bom! Que beleza! Muito bem!" Então fechava novamente a cortina, e um criado chegava, trazendo da casa do amo uma cesta com frango e vinho. A ópera era apenas um passatempo e, além disso, era mais barato comprar um camarote na ópera do que aquecer um palácio à noite.

De repente, outro grande estrondo sacudiu o solo. Os pavimentos da ala de entrada tinham desabado, um por cima do outro. As pessoas que estavam na lateral do campo saltaram para trás, pois o teto da grande entrada ruíra, lançando ao ar labaredas e escombros em chamas. Marcello voltou à *altana* de seu palácio, desta vez munido de uma garrafa de *grappa*, uma câmera de vídeo e um balde com água, caso algum tição caísse no telhado do palácio.

Poucos minutos depois — enquanto a câmera de vídeo operada por Marcello zunia e clicava, e Archimede Seguso, calado, olhava da janela do quarto, e centenas de venezianos assistiam à cena de suas sacadas, e milhares de pessoas, por toda a Itália, acompanhavam pela TV a cobertura do incêndio ao vivo —, o teto do auditório desabou, produzindo o estouro de um trovão e uma erupção vulcânica que fez voar escombros em chamas a quase 50 metros de altura. Uma forte corrente de ar ascendente lançou brasas, algumas do tamanho de caixas de sapatos, pelo céu de Veneza, como se fossem cometas.

Pouco depois das 23h um helicóptero surgiu pela praça de São Marcos, arremeteu à boca do Grande Canal e recolheu um tanque de água. Em seguida, ganhou altitude, sobrevoou o Fenice e, sob os aplausos dos que se encontravam nas sacadas, despejou a água. Uma nuvem de vapor e fumaça subiu do Fenice, chiando, mas o fogo continuou a arder, inabalado. O helicóptero fez uma curva e voltou ao Grande Canal para buscar mais água.

Subitamente, ocorreu a Girolamo Marcello que sua esposa, Lesa, que se encontrava fora da cidade, talvez recebesse a notícia do incêndio antes que ele pudesse avisá-la que a família e a casa estavam a salvo. Desceu da sacada, a fim de telefonar para ela.

A condessa Marcello trabalhava para a Salve Veneza, organização norte-americana sem fins lucrativos que se dedicava a angariar fundos para a restauração da arte e da arquitetura venezianas. A Salve Veneza tinha sede em Nova York, e Lesa Marcello era diretora do escritório de Veneza. Ao longo dos últimos trinta anos, a Salve Veneza havia restaurado inúmeros quadros, afrescos, mosaicos, estátuas, tetos e fachadas de edifícios. Recentemente, a organização tinha restaurado as cortinas pintadas do Fenice, ao custo de US$100 mil.

A Salve Veneza tornara-se uma instituição de caridade bastante conhecida nos Estados Unidos, em grande parte devido ao fato de que, de certo modo, propiciava a participação dos doadores. No final do verão, a Salve Veneza costumava realizar comemorações de gala, com duração de quatro dias, em Veneza, nas quais, mediante o pagamento de US$3 mil por pessoa, os participantes podiam tomar parte em almoços, jantares e bailes elegantes, oferecidos em mansões e palácios particulares, fechados à visitação do público em geral.

No inverno, a Salve Veneza mantinha o *élan* elevado, organizando um baile beneficente em Nova York. Lesa Marcello tinha voado para lá no início daquela semana, a fim de participar do evento. Naquele ano, seria um baile de máscaras, baseado no tema do Carnaval, e aconteceria no Rainbow Room, situado no 65º andar do Rockefeller Center. No momento em que pegou o telefone para ligar para a esposa, Girolamo Marcello lembrou-se que o baile estava programado exatamente para aquela noite.

AS TORRES DE MANHATTAN BRILHAVAM ao sol do fim da tarde quando Lesa Marcello dirigiu-se ao telefone, passando por uma confusão de gente que corria para terminar a decoração do Rainbow Room. O decorador, John Saladino, fumegava de ódio. Os sindicatos tinham permitido apenas três horas para instalar a decoração, de maneira que ele foi obrigado a recorrer a todo o *staff* doméstico que trabalhava em sua residência de 23 cômodos, em Connecticut, e mais 12 funcionários do escritório. A intenção era transformar o salão de baile do Rainbow Room, decorado em estilo *art déco*, em uma versão toda sua da lagoa de Veneza ao anoitecer.

— O Rainbow Room está nas mãos de uma quadrilha de sindicalistas — dizia ele, de modo a ser ouvido pelos indivíduos em questão. — A função deles, nesta vida, é fazer a infelicidade de todos os que os cercam.

Olhava para um quarteto de eletricistas que se moviam lentamente.

— Estou decorando 88 mesas, de modo que cada uma represente uma ilha na lagoa. Acima de cada mesa, teremos balões a gás prateados que refletirão a luz das velas sobre as mesas, criando o efeito de um *baldacchino* reluzente.

Saladino olhou em torno de si, com ar imperial.

— Será que alguém que esteja no raio de alcance da minha voz sabe o que vem a ser um *baldacchino*?

Era óbvio que ele não esperava obter resposta de quem estivesse inflando balões ou confeccionando centros de mesa, tampouco dos técnicos que testavam o equipamento de som no palco onde a orquestra de Peter Duchin se apresentaria, nem dos malabaristas que ensaiavam o número, montados em pernas-de-pau, lançando bolas ao ar e girando pratos nas pontas dos dedos.

— *Baldacchino!* — disse um sujeito troncudo, de pé por trás de um cavalete armado perto do palco. Tinha cabelos brancos e compridos, nariz aquilino e usava echarpe de seda em volta do pescoço. — *Baldacchino* é como chamamos "toldo" — disse ele. Então deu de ombros e voltou a se ocupar do cavalete.

Tratava-se de Ludovico De Luigi, um dos mais célebres pintores venezianos contemporâneos. Tinha sido trazido a Nova York pela Salve Veneza para auxiliar na arrecadação de doações durante o baile daquela noite. No decorrer do baile, De Luigi pintaria uma aquarela que seria mais tarde leiloada em benefício da Salve Veneza.

Ludovico De Luigi era um homem dotado de extrema autoconfiança e talento dramático. Suas pinturas futuristas, ao estilo de Dalí, tendiam ao metafísico-surreal. Seus quadros costumavam exibir paisagens espectrais de famosos edifícios venezianos, em justaposições perturbadoras: a igreja Santa Maria della Salute, com sua abóbada, retratada como plataforma de exploração de petróleo, no meio do oceano; ou a praça de São Marcos transformada em grande espelho-d'água, com um imenso submarino Polaris emergindo e avançando em direção à basílica de modo ameaçador. Ainda que beirando o mau gosto, os trabalhos realizados por De Luigi eram tecnicamente brilhantes e sempre enchiam os olhos.

Em Veneza, De Luigi era tão conhecido por suas brincadeiras quanto por sua arte. Certa vez, foi autorizado a exibir uma de suas esculturas — um cavalo — na praça de São Marcos, e, sem informar às autoridades, convidou para o evento uma célebre integrante do Parlamento italiano: Ilona Staller, deputada radical, representante da cidade de Roma, conhecida pelos fãs de seus filmes pornográficos como "Cicciolina". Ela chegou à praça de São Marcos, de gôndola, com os seios à mostra, e subiu no cavalo, proclamando-se obra de arte viva, montada em obra de arte inanimada. Imunidade parlamentar protegia Cicciolina de processos judiciais por atos obscenos em público; portanto, o processado foi De Luigi. Ele declarou à juíza que não esperava que Cicciolina fosse se despir.

— Mas, conhecendo a história pessoal da Srta. Staller, *signor* De Luigi — disse a juíza —, não seria plausível *imaginar* que ela fosse se despir?

— Meritíssima, sou um artista. Tenho imaginação fértil. Posso imaginar *a senhora* se despindo, aqui mesmo, neste tribunal. Mas não espero que a senhora o faça.

— *Signor* De Luigi, eu também tenho imaginação, e posso imaginar mandá-lo para a cadeia, por cinco anos, por desrespeito ao tribunal.

Afinal, ela o condenou a cinco meses de prisão, sentença que foi suspensa devido a uma anistia geral concedida pouco tempo depois. Em todo caso, na noite em questão, Ludovico De Luigi pintaria uma aquarela da igreja Miracoli, em homenagem ao projeto de restauração do qual

Salve Veneza se ocupava naquela oportunidade, o mais ambicioso de todos até então. No momento em que o pintor se voltava para a palheta e se punha a misturar cores, Lesa Marcello pegou o fone e virou-se para as janelas, apreciando a vista de Manhattan.

A condessa Marcello era uma mulher de cabelos negros, de modos comedidos e fisionomia que denotava paciência infinita. Com a mão que estava livre, pressionou o ouvido, a fim de isolar o barulho, e ouviu Girolamo Marcello dizer que o Fenice tinha se incendiado e o fogo estava fora de controle.

— Foi-se — disse ele. — Ninguém pode fazer nada. Pelo menos, todos estamos salvos e, até agora, o fogo não se espalhou.

Lesa afundou em uma cadeira, ao lado da janela, perplexa. Lágrimas enchiam-lhe os olhos enquanto ela tentava assimilar a notícia. Ao longo de gerações, sua família desempenhara papel de destaque nos interesses de Veneza. O avô tinha sido prefeito no período entreguerras. Ela se voltou para a janela, com um olhar vazio. O sol poente lançava reflexos trêmulos, vermelho-alaranjados, nos arranha-céus de vidro de Wall Street, produzindo a impressão, aos olhos dela, de que a cidade ardia em chamas. Deu as costas para a janela.

— Meu Deus, não! — exclamou Bea Guthrie quando Lesa lhe contou o que ocorrera com o Fenice. A Sra. Guthrie era diretora-executiva da Salve Veneza. Depôs o arranjo de centro no qual trabalhava e uma expressão de pânico passou-lhe pelo rosto. Em uma fração de segundo, o baile de máscaras tinha sido reduzido a uma frivolidade, algo inoportuno, e era tarde demais para cancelá-lo. Seiscentos foliões fantasiados chegariam ao Rainbow Room em questão de horas, vestidos de gondoleiros, papas, doges, cortesãs, Marco Pólos, Shylocks, Casanovas e Tadzios, e nada poderia ser feito para detê-los. A convidada de honra, *signora* Lamberto Dini, esposa do primeiro-ministro da Itália, decerto seria obrigada a se retirar, fato que tão-somente ressaltaria a inoportunidade do baile. Era evidente que a festa se transformaria em um velório. Algo precisava ser feito. Mas o quê?

Bea Guthrie telefonou para o marido, Bob Guthrie, presidente da Salve Veneza e chefe do setor de cirurgia plástica estética e reparadora do Hospital Central de Nova York. O Dr. Guthrie estava na sala de cirurgia.

Ela, então, telefonou para Larry Lovett, diretor do conselho administrativo da instituição. Lovett fora diretor-presidente da Associação da Ópera Municipal e da Sociedade de Música de Câmara do Lincoln Center. Recentemente, ele havia adquirido um palácio no Grande Canal, onde fixou sua principal residência. Lovett reagiu à notícia com um misto de indignação e tristeza. Qualquer que fosse a causa, ele tinha certeza de que teria havido um componente de negligência, pois sabia como as coisas funcionavam em Veneza. O Dr. Guthrie recebeu a notícia no momento em que deixava a sala de cirurgia. O impacto foi amortecido por um ímpeto de pragmatismo.

— Bem — disse ele —, lá se vão as cortinas que acabamos de restaurar, a um custo de US$100 mil.

Nem Larry Lovett nem Bob Guthrie foram capazes de sugerir um jeitinho para a questão do baile. A festa simplesmente teria de acontecer conforme planejada. Por um instante, chegaram a se perguntar se não seria possível omitir qualquer informação sobre o incêndio, supondo que poucas pessoas houvessem tomado conhecimento do ocorrido antes de sair para o baile. Mas isso, concluíram, talvez piorasse ainda mais a situação.

Bea Guthrie tinha voltado a se ocupar do arranjo de centro de mesa quando um homem sorridente, de tez avermelhada e cabelos pretos e encaracolados, entrou no Rainbow Room, acenando para ela. Tratava-se de Emilio Paties, *chef* veneziano trazido a Nova York pela Salve Veneza a fim de preparar o jantar para seiscentos talheres programado para aquela noite. Estava calculando a distância existente entre os fogões, localizados no 64º andar, e as mesas, ali no 65º. À medida que caminhava, olhava o relógio. O centro da sua preocupação era o *risotto* de trufas brancas com *funghi porcini*.

— Os dois últimos minutos de cozimento ocorrem depois que se retira o *risotto* do fogo — dizia ele ao *maître* que caminhava ao seu lado. — No momento em que sai do fogão, o *risotto* absorve água rapidamente e, em exatamente dois minutos, está pronto. Precisa ser servido logo, senão vira uma papa! Temos dois minutos para trazer o *risotto* de lá debaixo até aqui. Dois minutos. Só isso!

Quando o *signor* Paties chegou ao fundo do salão, olhou para o relógio e, em seguida, voltou-se para Bea Guthrie, radiante:

— Um minuto e 45 segundos! *Va bene!* Bom!

No final da tarde, terminada a decoração, Bea Guthrie foi para casa trocar de roupa; sentia-se deprimida e temia as horas que se sucederiam. Então, a convidada de honra, a *signora* Dini, telefonou, dando uma idéia.

— Acho que já sei o que podemos fazer — disse ela —, se você concordar. Irei ao baile. Após a chegada dos convidados e o anúncio da notícia do incêndio, posso dizer, em nome de todos os italianos, que estamos muito gratos, pois a diretoria da Salve Veneza decidiu que os recursos arrecadados hoje à noite serão destinados à reconstrução do Fenice.

Tal providência haveria de conferir àquela noite um toque positivo. A diretoria da Salve Veneza poderia ser consultada rapidamente e, sem dúvida, concordaria. Sentindo-se bem mais animada, a Sra. Guthrie subiu, pôs sobre a cama sua fantasia de arlequim e começou a se preparar para o baile.

A *SIGNORA* SEGUSO QUASE CHOROU DE ALEGRIA quando seu filho, Gino, e seu neto, Antonio, chegaram em casa. No momento em que a eletricidade falhou, a luz tremeluzente do fogo tinha invadido a casa, o reflexo dançava e saltava pelas paredes e pelo mobiliário, e parecia que o recinto já estava em chamas. O telefone dos Seguso não parava de tocar, amigos desejosos de saber se eles estavam bem. Alguns tinham vindo até a porta da casa, trazendo extintores de incêndio. Gino e Antonio estavam no andar de baixo, falando com os bombeiros, que instavam os Seguso a evacuar o local, a exemplo de outros moradores da vizinhança. Os oficiais falavam em voz baixa e demonstravam mais deferência do que nunca, pois sabiam que o idoso que se encontrava à janela era o grande Archimede Seguso.

E Archimede Seguso se recusava a abandonar a casa.

Tampouco qualquer Seguso aceitava a idéia de ir embora, deixando Archimede lá dentro. Por conseguinte, Gino e Antonio se ocupavam de arrastar móveis para longe das janelas, remover cortinas, enrolar tapetes e trazer os vasos de flores para dentro de casa. Antonio subiu ao terraço, arrancou o toldo da armação e esguichou água sobre as telhas, que estavam tão quentes que exalaram vapor. Enquanto isso, a *signora* Seguso e a nora faziam as malas, a fim de estarem prontas no instante em que

Archimede voltasse atrás em sua decisão. Gino, passando pela mala da esposa no corredor, ergueu a tampa para ver que valores ela havia embalado. A mala estava cheia de fotos de família, ainda nos porta-retratos.

— Podemos repor tudo — disse ela —, mas não as memórias.

Gino deu-lhe um beijo.

De repente, ouviu-se mais um estrondo que fez tremer o solo. O telhado que ficava sobre os bastidores tinha desabado.

Um capitão do corpo de bombeiros subiu as escadas e disse aos Seguso, quase se desculpando, que seria necessário passar a mangueira pelo apartamento da família até uma janela que ficava de frente para o Fenice, para combater o fogo, caso as chamas atravessassem o canal. Antes, porém, os bombeiros abriram caminho para a mangueira. Com um cuidado que beirava a reverência, removeram as obras de arte vítrea confeccionadas por Archimede: peças abstratas e modernistas, por ele criadas nas décadas de 1920 e 1930, quando a maioria dos vidreiros de Veneza ainda trabalhava com motivos florais, típicos do século XVIII. Esticada a mangueira, via-se que estava protegida por uma guarda de honra constituída de objetos de vidro que eram fruto da genialidade de Seguso: tigelas e vasos trabalhados com fios de vidro colorido, parecendo renda, ou com fitas onduladas e coloridas, ou com pequenas bolhas suspensas em fileiras e espirais. Havia ainda esculturas extraordinárias, de pessoas e animais, feitas de blocos de vidro derretido, façanha aparentemente impossível, que só ele era capaz de realizar.

Gino veio à porta do quarto do pai, acompanhado do capitão do corpo de bombeiros. Em vez de se dirigir diretamente ao ancião, o oficial voltou-se para Gino e disse:

— Estamos muito preocupados com a segurança do mestre.

O *signor* Seguso continuava a olhar pela janela, em silêncio.

— *Papa* — disse Gino, com um tom de voz suplicante —, o fogo está se aproximando. Acho que devemos ir embora.

O pai de Gino continuava a olhar pela janela, observando uma sucessão de labaredas verdes, roxas, vermelhas e azuis que pontuavam o fogo. As chamas eram visíveis através das frestas existentes nas venezianas das janelas que ficavam na parte de trás do Fenice e se refletiam nas poças no fundo do canal. Archimede via línguas de fogo, grandes e compridas, lambendo as janelas, e gêiseres de cinzas incandescentes, lançadas através de rombos no telhado. O ar invernal do lado de fora da janela do quarto se tornara escaldante. O Fenice tinha se transformado em uma fornalha.

— Vou ficar aqui — disse Archimede Seguso em voz baixa.

NAS CONVERSAS DO HAIG'S BAR, determinadas palavras surgiam com freqüência, palavras que pareciam nada ter a ver com o Fenice, tampouco umas com as outras: Bari... Petruzzelli... San Giovanni in Laterno... Uffizi... Milão... Palermo. Mas havia outra palavra, também muito pronunciada, que amarrara as demais: máfia.

A organização estivera, recentemente, envolvida em incêndios criminosos e atentados com bombas. O incidente mais preocupante, em vista do que aconteceu naquela noite com o Fenice, era o incêndio que, em 1991, destruiu a Ópera Petruzzelli, em Bari. Mais tarde, foi descoberto que o chefão da Máfia em Bari comandara o incêndio, após ter subornado o gerente da casa de espetáculos para que o privilegiasse com os lucrativos contratos de reconstrução. Várias pessoas que assistiam ao incêndio do Fenice acreditavam que aquilo era uma reprise. A Máfia era suspeita também dos ataques mortais com carros-bomba que destruíram parte da igreja San Giovanni in Laterno, em Roma, a Galeria Uffizi, em Florença, e a Galeria de Arte Moderna, em Milão. Os atentados tinham sido vistos como advertência ao papa João Paulo II, por seus freqüentes pronunciamentos contrários à Máfia, e ao governo italiano, pela intensa repressão judicial ao crime organizado. Naquele exato momento, em Mestre, na margem continental da lagoa de Veneza, um "dom" siciliano estava sendo julgado por um atentado em Palermo — um carro-bomba que matou um juiz que perseguia a Máfia, sua esposa e os guarda-costas. O incêndio do Fenice talvez fosse uma ameaça severa que visava à interrupção do julgamento.

— A Máfia! — exclamou Girolamo Marcello, falando com amigos que a ele tinham se reunido na *altana*. — Se foram eles que tocaram fogo, nem precisavam ter se dado ao trabalho. O Fenice teria queimado sem a ajuda deles. Aquilo está um caos há meses.

"Logo após o início dos trabalhos de reforma", prosseguiu Marcello", o superintendente do Fenice chamou-me para uma reunião. A Salve Veneza tinha acabado de restaurar as cortinas do teatro, e agora ele queria que eu, na condição de membro da diretoria da instituição, pleiteasse a restauração dos afrescos do bar que retratam cenas da *Divina Comédia*, de Dante. O superintendente convidou-me a examinar os afrescos, e não pude acreditar no que vi. Era uma loucura. Havia materiais inflamáveis por toda parte. Nem sei quantas latas de verniz, terebintina e solventes — abertas, fechadas, derramadas pelo chão —, pilhas de tábuas de assoalho, rolos de forração de plástico empilhados, montes de entulho em todo canto. No meio daquilo tudo, operários trabalhavam com maçaricos! Vocês podem imaginar? Ferros de solda! E a fiscalização? Zero, como sempre. A responsabilidade? Zero. Pensei: 'São loucos!' Portanto, se a Máfia queria que o Fenice ardesse, tudo o que tinha a fazer era esperar.

Por volta das duas horas da madrugada, embora oficialmente o fogo ainda estivesse fora de controle, Archimede Seguso percebeu que entre as chamas e os bombeiros havia um equilíbrio de forças. Ele surgiu à porta do quarto; era a primeira vez que se afastava da janela, durante quatro horas.

— Agora estamos fora de perigo — disse ele. Beijou a esposa. — Eu lhe disse que não se preocupasse, Nandina.

Em seguida, abraçou o filho, a nora e o neto. Então, sem dizer outra palavra, foi para a cama.

ENQUANTO O *SIGNOR* SEGUSO PEGAVA NO SONO, um desfile de generais prussianos, bobos da corte e princesas de contos de fadas começou a surgir dos elevadores, entrando no Rainbow Room, inteiramente à luz de velas, em Nova York. Um bispo em traje de gala oferecia um drinque a uma dançarina do ventre. Um carrasco encapuzado batia papo com Maria Antonieta. Um grupo de pessoas tinha se reunido em volta do pintor Ludovico De Luigi, que já esboçara o contorno da igreja Miracoli e começava a aplicar cores à fachada revestida de mármore. Os artistas contratados — malabaristas em pernas-de-pau, acrobatas, engolidores de fogo e mímicos em trajes típicos da *commedia dell'arte* — passeavam entre os convidados, a maioria dos quais não fazia idéia de que o Fenice estivesse em chamas. Até o momento, a cobertura veiculada na TV norte-americana tinha se resumido a uma menção de 11 segundos, sem fotografias, no telejornal noturno da rede CBS.

Peter Duchin sentou-se ao piano, empoleirado como uma ave exótica, com penas pretas e brancas espetadas na fronte da máscara negra. Ao ver que Bob Guthrie se dirigia ao microfone, interrompeu a música com um gesto de mão.

Guthrie, com o corpanzil envolto em uma túnica vermelha e branca, deu boas-vindas aos convidados e disse que lamentava ser portador de má notícia.

— O Fenice está em chamas — disse ele. — Já não pode ser salvo.

Uma exclamação geral e gritos de "Não!" ecoaram pelo salão de baile. Em seguida, o recinto ficou em silêncio. Guthrie apresentou a convidada de honra, *signora* Dini, que se dirigiu ao microfone com lágrimas rolando pelo rosto. Com voz trêmula, agradeceu à diretoria da Salve Veneza, que, dizia ela, tinha decidido, no final da tarde, dedicar aquela noite à arrecadação de fundos para a reconstrução do Fenice. O silêncio foi interrompido por aplausos esparsos, que logo se transformaram em ovação, e a ovação culminou com uma explosão de gritos e assovios.

Ludovico De Luigi, com o rosto pálido, retirou do cavalete a aquarela da igreja Miracoli e a substituiu por uma tela em branco. A lápis, em poucos instantes, esboçou o Fenice. Situou o teatro no meio da lagoa de Veneza, para produzir um efeito irônico, e o envolveu em chamas.

Várias pessoas seguiram para os elevadores, a fim de voltar para casa e vestir trajes a rigor, dizendo que não tinham mais ânimo para fantasias. A *signora* Dini desviou o rosto do microfone e enxugou os olhos com um lenço. Bob Guthrie manteve-se por perto, falando com um grupo de pessoas, a poucos metros do microfone ainda ligado, e parte da conversa pôde ser ouvida.

— Provavelmente, arrecadaremos cerca de US$1 milhão para o Fenice na noite de hoje — dizia ele, mencionando os ingressos a US$1 mil cada, o leilão da aquarela de Ludovico e doações espontâneas. Respondendo a uma pergunta sobre o dinheiro, Guthrie dizia: — Não, não! De modo algum. Não vamos entregar o dinheiro a Veneza até que a restauração tenha início. Você está brincando? Não somos tão bobos assim. Será mantido em custódia até então. Caso contrário, não se sabe no bolso de quem o dinheiro vai parar.

Por volta das três horas da madrugada, o incêndio, finalmente, foi declarado controlado. Não houve outros focos, apesar dos fragmentos em brasa que voaram pelos ares, e não havia feridos graves. As paredes espessas do Fenice tinham contido o fogo, impedindo-o de se espalhar, mas, no interior, tudo ficou calcinado. Em vez de destruir Veneza, de certa maneira, o Fenice tinha cometido suicídio.

Às quatro horas, o helicóptero fez o último sobrevôo. O destino triste do Fenice estava escrito nas mangueiras mal vedadas que serpenteavam pelo campo Santa Maria del Giglio, ligando o Grande Canal ao teatro.

O prefeito Massimo Cacciari ainda se encontrava no campo San Fantin, em frente ao Fenice, contemplando, com ar taciturno, o que restara da Ópera. Um pôster intacto, dentro de uma vitrina localizada em uma das paredes da entrada, anunciava um concerto de jazz protagonizado por Woody Allen, evento que marcaria a reinauguração do teatro, no fim do mês.

Às cinco horas, Archimede Seguso abriu os olhos e sentou-se na cama, refeito, apesar de ter dormido apenas três horas. Foi até a janela e abriu as venezianas. Os bombeiros tinham instalado refletores e direcionavam as mangueiras ao interior do edifício, totalmente oco. Rolos de fumaça subiam de dentro da casca do Fenice.

O *signor* Seguso vestiu-se à luz que refletia das paredes do Fenice iluminadas pelos holofotes. O ar estava pesado, cheirando a madeira carbonizada, mas ele sentia o aroma do café que a esposa lhe preparava. Como sempre, ela estava à porta, esperando por ele com uma xícara fumegante, e, como sempre, ele bebeu o café ao lado dela. Então beijou-a em ambas as faces, pôs na cabeça o chapéu de feltro cinza e desceu as escadas. Deteve-se, um instante, em frente de casa, olhando para o Fenice. As janelas eram buracos escancarados, emoldurando a vista do céu escuro, antes do alvorecer. Um vento forte açoitava a casca sombria. Era um vento frio, vindo do norte, o bora. Se estivesse soprando oito horas antes, é certo que o fogo teria se espalhado.

Um jovem bombeiro estava encostado à parede, exausto. Com um meneio de cabeça, cumprimentou o *signor* Seguso, no momento em que este se aproximava.

— Perdemos o teatro — disse o bombeiro.

— Vocês fizeram tudo o que podiam — respondeu o *signor* Seguso, com amabilidade. — Não tinha jeito.

O bombeiro sacudiu a cabeça e olhou para o Fenice.

— Cada vez que caía um pedaço daquele teto, caía também um pedaço do meu coração.

— Do meu também — disse o *signor* Seguso —, mas você não deve se culpar.

— Sempre vai me perseguir a idéia de que não conseguimos salvá-lo.

— Olhe em sua volta — disse o *signor* Seguso. — Vocês salvaram Veneza.

Dizendo isso, o ancião virou-se e desceu lentamente a *calle* Caotorta, a caminho de Fondamente Nuove, onde tomaria o *vaporetto*, ou transporte aquático, até a fábrica de vidro, em Murano. Quando jovem, ele levava 12 minutos para caminhar cerca de 1 quilômetro e meio até o *vaporetto*. Agora, levava uma hora.

Ao chegar ao campo Saint'Angelo, virou-se para olhar para trás. Uma espessa coluna de fumaça, em espiral e iluminada na parte de baixo, elevava-se, como um espectro sinistro no céu.

Do lado oposto do campo, ele entrou na rua do comércio, *calle de la* Mandola, onde encontrou um homem de macacão azul lavando a vitrina da confeitaria. Lavadores de vitrinas eram as únicas pessoas que trabalhavam àquela hora da manhã, e sempre o saudavam.

— Ah, mestre! — disse o sujeito de azul. — Ficamos preocupados com o senhor ontem à noite, pois sua casa fica bem perto do Fenice.

— É bondade sua — disse o *signor* Seguso, inclinando ligeiramente a cabeça e tocando a aba do chapéu —, mas não chegamos a correr perigo, graças a Deus. Contudo, perdemos nosso teatro...

O *signor* Seguso não se deteve nem diminuiu o passo. Pouco depois das seis horas, chegou à fábrica e entrou no salão cavernoso que abrigava as fornalhas. Seis grandes fornos revestidos de blocos de cerâmica estavam dispostos no salão, distanciados uns dos outros, todos acesos, o que preenchia o local com um rugido constante. Conversou com um assistente acerca das cores que pretendia preparar naquele dia. Algumas seriam transparentes, outras opacas; ele queria amarelo, alaranjado, vermelho, roxo, carmim, cobalto, dourado, branco e preto — um número mais elevado de cores do que de costume, mas o assistente não perguntou por que, e o mestre não deu explicação.

Quando o vidro estava no ponto, ele se pôs diante da fornalha aberta, empunhando o tubo de aço, olhando atentamente para o fogo, com toda a calma. Então, com um gesto fácil e elegante, introduziu a ponta do tubo no receptáculo que armazenava o vidro derretido no interior da fornalha e girou o tubo várias vezes, sem pressa, retirando-o quando a massa em formato de pêra, presa à ponta do tubo, tinha assumido o tamanho certo para a criação do vaso que ele tinha em mente.

O primeiro vaso, de uma série que somaria mais de cem, era diferente de tudo o que ele criara antes. Contra um fundo opaco e negro como a noite, o artesão tinha afixado fitas sinuosas, formadas por pequenos losangos, em tons de vermelho, verde, branco e dourado, que saltavam, se sobrepunham e espiralavam em torno do vaso. Ele jamais explicava o que fazia, mas, já no segundo vaso, todos sabiam. Era o registro do incêndio em vidro — as labaredas, as fagulhas, as brasas e a fumaça —, exatamente como ele enxergara o fogo da sua janela, deixando-se entrever pelas venezianas, refletido na superfície trêmula das poças no fundo do canal e subindo noite adentro.

Nos dias que se seguiram, o município de Veneza instauraria um inquérito com o propósito de apurar o que se passara na noite de 29 de janeiro de 1996. Mas, na manhã do dia 30, enquanto as brasas ainda ardiam no Fenice, um ilustre veneziano já dera início ao seu depoimento em vidro, ao mesmo tempo que criava obras de uma beleza assustadora.

{ 2 }

PÓ & CINZAS

Eu tinha estado em Veneza uma dezena de vezes, ou mais, pois fui enfeitiçado pela cidade na primeira visita, vinte anos antes — uma cidade que flutuava a distância, em meio à névoa, com cúpulas e torres de sinos encimadas aqui e ali por santos de mármore e anjos dourados.

Nessa viagem mais recente, como sempre, cheguei de lancha-táxi. O barco desacelerou à medida que nos aproximávamos, então escorregou para a sombra estreita de um pequeno canal. Deslocando-nos quase na velocidade de um cortejo militar, deslizamos diante de sacadas e figuras de pedra desgastadas pelo tempo e afixadas sobre tijolos e gesso rachado. Olhei para cima, através das janelas abertas, e avistei de relance tetos pintados e lustres de vidro. Ouvia trechos de música e de conversas, mas nada de ruído de buzinas nem guinchos de freadas, e nenhum barulho de motor, exceto o giro abafado do nosso. Pessoas caminhavam pelas pontes para pedestres enquanto passávamos por baixo, e as marolas formadas por nosso barco batiam contra degraus cobertos de musgo, que davam acesso ao canal. A viagem de barco, com duração de vinte minutos, tornara-se um rito de passagem sempre aguardado com grande expectativa, transportando-me cerca de 5 quilômetros através da lagoa e algo entre quinhentos e mil anos de volta no tempo.

Para mim, Veneza não era apenas bela; tudo nela era lindo. Dispus-me a testar a hipótese por meio de um jogo que chamei de "roleta fotográfica", cujo objetivo era caminhar pela cidade tirando fotos não planejadas — sempre que um sino de igreja badalava, ou a cada vez que avistasse um cão ou gato —, a fim de verificar com que freqüência, a partir de um ponto arbitrário, seria possível confrontar uma cena de beleza excepcional. A resposta: quase sempre.

Porém, com uma freqüência irritante, antes de tirar uma foto, eu era obrigado a esperar que um grupo de turistas saísse do enquadramento, mesmo nas cercanias da cidade, aonde, supostamente, turistas jamais se dirigiam. Por isso, decidi ir a Veneza em pleno inverno: poderia ver a cidade sem as camadas de turistas que tanto atrapalhavam a visão. Ao menos uma vez eu teria uma visão clara de Veneza como uma cidade em funcionamento. As pessoas que visse na rua seriam, de fato, residentes, seguindo suas rotinas, olhando de relance e com familiaridade para atrações que ainda me faziam interromper os passos. Mas, quando atravessei a lagoa, naquela manhã de fevereiro de 1996, e senti o odor de carvão, percebi que tinha chegado a Veneza em um momento extraordinário.

Uma foto aérea da cidade, impressionante, em cores, dominava a primeira página do matutino *Il Gazzettino*. Era uma vista panorâmica da cidade, tirada no dia seguinte ao incêndio, tendo ao centro o Fenice incinerado, com uma coluna de fumaça escura elevando-se da cratera negra, qual um vulcão depois da erupção. "Nunca mais! Basta de fotos assim", o jornal prometia aos leitores.

Houve uma grande demonstração de solidariedade com Veneza. O cantor lírico Luciano Pavarotti anunciara um concerto cujo objetivo seria levantar fundos para a reconstrução do Fenice. Plácido Domingo, não querendo ficar para trás, disse que também organizaria um concerto, mas o concerto *dele* seria na basílica de São Marcos. Pavarotti contra-atacou: ele também cantaria na basílica, mas cantaria *sozinho*. Woody Allen, cuja banda de jazz deveria reinaugurar o Fenice, com apresentação marcada para o fim do mês, brincou com um repórter, dizendo que o incêndio devia ter sido provocado por "um amante da boa música", e acrescentou: "Se não queriam que eu tocasse, bastava dizer."

A destruição do Fenice foi uma perda especialmente brutal para Veneza. O teatro era uma das poucas atrações culturais que não tinham sido cedidas a pessoas que não eram da cidade. Os venezianos eram sempre em maior número do que os turistas no Fenice, de modo que todos os cidadãos de Veneza nutriam pelo teatro grande afeto, até mesmo aqueles que jamais tinham posto o pé no local. As prostitutas da cidade correram uma lista e doaram ao prefeito Cacciari um cheque no valor de US$1.500.

O *Gazzettino* vinha reportando uma série de revelações acerca do fogo, surgidas nos últimos dois dias. Até pessoas normalmente não suscetíveis a insinuações de conspiração achavam que havia várias coincidências suspeitas.

Descobriu-se, por exemplo, que o alarme contra incêndio e o detector de calor tinham sido desligados dois dias antes do sinistro. Constava que a medida fora tomada porque a fumaça e o calor produzidos pelos trabalhos de restauração disparavam os alarmes continuamente, perturbando os operários.

O sistema de chuveiros automáticos tinha sido desmontado, antes que um novo sistema recentemente instalado fosse ativado.

O único vigia do Fenice só apareceu no incêndio às 21h, pelo menos vinte minutos depois do primeiro chamado. Ele alegou que estava andando pelo interior do prédio, tentando descobrir a origem da fumaça.

Descobriu-se também que um pequeno incêndio ocorrera duas semanas antes, causado por um maçarico, possivelmente de propósito, mas o incidente tinha sido abafado.

Conspiração ou não, havia muitos indícios de negligência, a começar pelo canal esvaziado. O prefeito Cacciari dera início a um projeto elogiável e mais que tardio, visando à drenagem e limpeza dos canais menores. Entretanto, um ano antes do incêndio, o secretário de administração da cidade enviara ofício ao prefeito alertando que nenhum canal deveria ser esvaziado antes que a cidade providenciasse uma fonte alternativa de água a ser utilizada em combate a incêndios. O ofício não obteve resposta. Seis meses mais tarde, o secretário enviou um segundo ofício. A resposta a esse ofício foi o próprio incêndio.

O canal esvaziado era apenas uma parte da história de má conduta e negligência. As pessoas envolvidas na reforma do Fenice descreviam o local da obra como caótico. Portas de segurança permaneciam destravadas ou mesmo escancaradas; gente circulava à vontade, com ou sem autorização; cópias das chaves da entrada principal tinham sido distribuídas ao acaso, e várias constavam como perdidas.

Havia também o relato estranho do café do Fenice. A prefeitura tinha determinado que o café fosse fechado durante a reforma, mas a gerente do café, *signora* Annamaria Rosato, implorara aos patrões permissão para manter o estabelecimento aberto como refeitório para os operários. Os patrões cederam, apenas recomendando à *signora*: "Tome cuidado." Por conseguinte, a *signora* Rosato continuou a operar a cafeteira e a chapa elétrica, na qual cozinhava massa. Ela transferia a cozinha improvisada de cômodo em cômodo, fazendo o máximo para não atrapalhar o progresso da reforma. Contudo, uma vez que o fogo tinha começado nos Salões de Apolo, bem perto do local onde a cozinha se encontrava então instalada, a *signora* Rosato e sua cafeteira tornaram-se a sensação da mídia. A polícia a convocou para um interrogatório, na condição de suspeita. Foi liberada, mas a má fama inesperada causou-lhe tamanho melindre que ela começou a sugerir nomes de pessoas que, em sua opinião, deveriam ser investigadas como suspeitas — os operários que tinham utilizado o fogão na tarde do incêndio, por exemplo, e os restauradores que deixaram lâmpadas fortes direcionadas a noite inteira a trechos úmidos do gesso, para secagem. Todos os que ela apontou foram convocados, interrogados e, mais tarde, liberados.

Embora tivessem entrevistado dezenas de testemunhas, os promotores públicos admitiram para o *Gazzettino* que, àquela altura, não sabiam como o fogo começara. O promotor Felice Casson apontou um painel de quatro peritos para investigar o incêndio e disse-lhes que iniciassem os trabalhos imediatamente.

Uma questão já estava absolutamente clara: nenhum dos dois grandes males que confrontavam Veneza podia ser culpado pelo fogo: não era culpa da elevação do nível do mar, que ameaçava inundar a cidade em algum momento não especificado no futuro, nem do excesso de turistas, que sufocavam a vida da cidade. A maré não estava alta e quase não havia turistas em Veneza na noite em que o Fenice ardeu. Deste modo, Veneza só podia culpar a si mesma.

Segundo o *Gazzettino*, naquele dia estava prevista uma audiência pública com o propósito de debater a situação do Fenice. Seria realizada no Ateneo Veneto, um palácio monumental, construído no século XVI e situado do outro lado do campo San Fantin, de frente para o Fenice. Originalmente, o Ateneo Veneto fora sede de uma irmandade encapuzada de negro que se dedicava a escoltar condenados ao cadafalso e providenciar-lhes um enterro decente. Nos últimos duzentos anos, entretanto, o palácio tinha abrigado a Academia de Letras e Ciências, o Parnaso cultural de Veneza. Palestras e reuniões da mais elevada significância eram realizadas no requintado Grande Salão, no andar térreo. Bastava um evento ser sediado no Ateneo Veneto para que a elite cultural de Veneza o considerasse importante.

Dirigi-me ao campo San Fantin meia hora antes da audiência e deparei com uma aglomeração de venezianos sombrios, caminhando diante do Fenice, demonstrando um luto silencioso. Dois *carabinieri*, ou policiais, guardavam a frente do teatro, trajando elegantes fardas azul-escuras, com faixas vermelhas acompanhando a costura lateral das calças. Ambos fumavam. À primeira vista, o Fenice tinha o aspecto de sempre — o pórtico imponente, as colunas coríntias, os portões de ferro trabalhado, as janelas e balaustradas —, tudo absolutamente intacto. Mas, é claro, era só a fachada, e fachada era só o que havia. O Fenice havia se tornado a máscara de si mesmo. Detrás da máscara, o interior estava reduzido a um monte de escombros.

A aglomeração de pessoas que se encontrava diante do Fenice atravessou o campo, em direção ao Ateneo Veneto, para participar da audiência pública. O Grande Salão já estava lotado. Havia gente de pé ao fundo e nas laterais, e as pessoas designadas a falar, nervosas, circulavam na frente. Entre o público corria um burburinho de conversas e conjeturas.

Uma mulher, de pé, perto da porta, dirigiu-se a outra.

— Não foi acidente — dizia ela. — Espere só. Você vai ver.

A outra assentiu com um movimento de cabeça. Dois sujeitos debatiam a qualidade sofrível da companhia do Fenice nos últimos anos, especialmente da orquestra.

— É uma pena que o Fenice tenha pegado fogo — um disse para o outro. — Pena não ter sido a orquestra.

Uma jovem que, ofegante, chegava ao salão dirigiu-se a um rapaz que lhe reservara um lugar.

— Eu não lhe contei onde estava na noite do incêndio — disse ela, enquanto se acomodava no assento. — Estava no cinema. O Accademia exibia *Sedução da Carne*. Você acredita? O único filme que tem uma cena rodada dentro do Fenice. Visconti fez o interior do teatro lembrar a década de 1860, com iluminação a gás. A gás! Pequenas labaredas dentro do Fenice! Então saí e vi gente correndo e gritando: "O Fenice! O Fenice!" Segui a multidão até a ponte Accademia e vi o incêndio. Pensei que estivesse sonhando.

Muitos vizinhos do Fenice tinham comparecido à audiência e começavam, cada um a seu modo, a se acostumar com a idéia de morar à sombra de um fantasma. Gino Seguso disse que, desde o incêndio, seu pai passava a maior parte do tempo na fábrica de vidro, confeccionando vasos e tigelas em lembrança daquela noite terrível.

— Já fez mais de vinte — disse ele — e continua a preparar mais vidro fundido. Meu pai apenas diz: "Eu preciso fazer isso", e não temos idéia de quando esse ímpeto vai chegar ao fim. Mas as peças são lindas, todas elas.

Emilio Baldi, proprietário do restaurante Antico Martini, lastimando-se, estimava o prejuízo que sofreria durante os meses, se não anos, em que a vista do restaurante seria um canteiro de obra barulhento, em vez de uma bela praça.

— Houve um sinal de esperança — disse ele, ensaiando um leve sorriso. — Tínhamos oito mesas ocupadas quando o incêndio começou, e, evidentemente, todos pegaram seus casacos e saíram correndo do restaurante. Desde então, sete dos ocupantes das oito mesas voltaram e fizeram questão de pagar a conta. Talvez isso queira dizer que a coisa ainda vai acabar bem.

Sentei-me ao lado de uma senhora inglesa que mostrava a um casal à sua frente um quadrado de tela pintada, do tamanho de um selo postal, com as bordas chamuscadas.

— É um pedaço de cenário — disse a senhora. — Não é triste?

— Encontramos isso em nossa *altana* — acrescentou o marido dela. — Moramos no palácio Cini e estávamos jantando no Mônaco. De repente, os garçons pareciam perturbados e saíram do salão de jantar. Perguntamos se havia algo errado, e disseram-nos que parecia haver um incêndio perto do Fenice. Fomos para a cobertura do Hotel Saturnia, que tem uma vista esplêndida do Fenice. O fogo estava bem à nossa frente, tão perto que o casaco de pele de Marguerite ficou chamuscado. Pouco tempo depois, quando caminhávamos para casa, nuvens de fagulhas voaram por cima de nós.

— Terrível — disse a esposa. — Na manhã seguinte, a nossa *altana* estava coberta de cinzas. Christopher encontrou esse quadradinho de tela pintada. Tinha voado por cima do Grande Canal. — Ela embrulhou a relíquia queimada em um lenço e colocou-a de volta na bolsa. — Jamais saberemos de que ópera seria.

A AUDIÊNCIA FOI ABERTA pelo gerente geral do Fenice, Gianfranco Pontel, que chorou e jurou que só dormiria tranqüilo quando o Fenice estivesse reconstruído e funcionando. Pontel, que fora nomeado por motivos políticos e não tinha formação musical, disse que não via por que se demitir, conforme muita gente havia exigido, publicamente, que ele fizesse.

Depois de Pontel, vários funcionários fizeram uso da palavra, lamentando o destino do Fenice, dizendo que rezariam pela sua ressurreição e eximindo-se de culpa. Enquanto falavam, acima deles, no teto ornamentado, legiões de almas sofredoras padeciam nos *Ciclos do Purgatório*, de Palma Giovane, zombando em silêncio de cada palavra ali proferida.

O prefeito Cacciari, com a cabeleira negra desgrenhada, dirigiu-se ao microfone. No dia seguinte ao incêndio, ele havia anunciado que a cidade reconstruiria o Fenice dentro de dois anos, e que o teatro seria reconstruído exatamente como era antes, em vez de se optar por um teatro moderno. O prefeito fez reviver o antigo lema — *Com'era, dov'era*

(Como era, onde era) —, invocado, pela primeira vez, durante a campanha para a reconstrução de uma réplica exata do campanário da praça de São Marcos, a Campanile, que ruíra em 1902. A Câmara de Vereadores logo ratificou a decisão de Cacciari.

Hoje o prefeito reiterava a promessa. Foi sincero ao falar do processo de racionalização que lhe passava pela cabeça.

— Depois do ocorrido, a gente inventa 10 mil desculpas — disse ele. — A gente pensa: "É impossível ser, ao mesmo tempo, responsável pelo Fenice, pela polícia, serviços básicos, corpo de bombeiros. É impossível vigiar a cidade, casa por casa, igreja por igreja, museu por museu." A gente pensa tudo isso, mas continua a pensar: "Não, não é possível; não pode ter acontecido. Não, não aconteceu. O Fenice não pode pegar fogo..."

Ainda que o público estivesse nitidamente insatisfeito, o augusto cenário do Ateneo Veneto contribuía para reforçar um ambiente de civilidade, se não um silêncio reverente. A assembléia exprimia o descontentamento geral ao manter um murmúrio constante, cujo volume se elevava ou baixava em reação às observações do orador. Houve um momento, no entanto, em que algumas palavras se destacaram do burburinho, perfeitamente audíveis, palavras de revolta, pronunciadas com rispidez, partindo do meio do grupo que se encontrava de pé no lado esquerdo da sala.

— Quando elegemos o senhor — a voz gritou, dirigindo-se a Cacciari —, entregamos-lhe o teatro mais belo do mundo, *intacto*! E o senhor nos devolve o teatro em cinzas!

A voz pertencia ao pintor Ludovico De Luigi, que acabara de chegar de Nova York, onde uma tela por ele pintada cujo tema era o incêndio do Fenice fora leiloada pela Salve Veneza, em benefício do teatro. De Luigi, com a face ruborizada e os cabelos brancos esvoaçando, apontava o dedo para o prefeito.

— É uma desgraça! — gritou ele. — Alguém tem de assumir a responsabilidade! Se não for o senhor, então, quem?

O burburinho tornou-se um falatório, e o falatório era pontuado pelas sílabas do primeiro nome de De Luigi: "Ludovico, vico, vico, vico."

Alguns dos presentes esticavam o pescoço, um tanto acanhados por demonstrarem certa expectativa. Será que aquele rompante resultaria em um dos *happenings* típicos de Ludovico? Estariam modelos despidas aguardando nas coxias? Será que ele apresentaria algo semelhante àquela escultura de uma viola de bronze com um grande falo? Será que soltaria ratos de uma gaiola, conforme fizera certa vez na praça de São Marcos? Aparentemente, não. De Luigi não dispusera de tempo para trazer coisa alguma à audiência, exceto a si mesmo.

O prefeito Cacciari olhou para ele, com um ar de cansaço.

— Veneza é singular — disse ele. — Não existe lugar no mundo como Veneza. Não se pode esperar que eu, ou qualquer outro representante eleito, assuma responsabilidades além do razoável, do normal.

— Mas foi por isso que o elegemos — disse De Luigi. — Nós o colocamos no comando, queira o senhor ou não! E *o senhor*! — gritou Ludovico, apontando o dedo ao gerente geral, Pontel, que parecia assustado. — Pelo amor de Deus, pare de choramingar! O senhor parece um bebê cujos brinquedos foram tomados. Tenha uma atitude honrosa. Demita-se!

Satisfeito por ter marcado sua posição, De Luigi acalmou-se, e o superintendente tomou a palavra para dizer que a tarefa de reconstrução do Fenice haveria de reviver antigos ofícios que já não existiam em Veneza. Seriam necessários artesãos que pudessem reproduzir à mão entalhes de madeira, esculturas de pedra, gesso e papel machê, bem como os assoalhos de tábua corrida, as pinturas, os afrescos, a douração e os tecidos intrincados das cortinas, tapeçarias e dos estofados. A perda do Fenice era uma tragédia, ele disse, mas a reconstrução acarretaria o renascimento de antigos ofícios. O custo da reconstrução ultrapassaria US$60 milhões, mas dinheiro não seria problema, uma vez que Roma reconhecia o valor do Fenice, um tesouro nacional. O dinheiro viria.

A mulher que estava à porta cutucou a amiga.

— Não lhe disse? Não foi acidente.

O último a falar foi o vice-prefeito.

— Veneza é uma cidade de madeira e veludo — disse ele. — O estrago poderia ter sido bem maior...

O público se retirou, voltando ao ensolarado campo San Fantin, onde os dois policiais, que antes fumavam, agora brincavam com um trio de belas jovens. Estavam dizendo que teriam prazer em levá-las para dar uma olhada nas ruínas do teatro, se o local não estivesse interditado pela polícia e ninguém pudesse entrar. A voz de Ludovico De Luigi ecoava, enquanto ele deixava o recinto em companhia de amigos.

— Eu *quis* insultá-los! Que fiquem furiosos. — Fez um gesto no momento em que passava pelo Fenice. — Houve um tempo em que Veneza tinha 12 teatros líricos. Agora não temos nenhum. Mais um golpe fatal. Olhem para isso! Uma casca. Exatamente como Veneza.

A MORTE DE VENEZA VEM SENDO PREVISTA, declarada e lamentada há duzentos anos, desde 1797, quando Napoleão forçou a outrora poderosa República de Veneza a se submeter. No auge de sua glória, Veneza foi a maior potência marítima do mundo. O domínio veneziano estendia-se dos Alpes até Constantinopla, e a riqueza da República era inigualável. A variedade arquitetônica de seus palácios — bizantinos, góticos, renascentistas, barrocos, neoclássicos — constituía a crônica da evolução de uma estética moldada por um milênio de conquistas e acúmulo de espólios.

Contudo, no século XVIII, Veneza entregou-se ao hedonismo e à dissipação — bailes de máscaras, mesas de jogos, prostituição e corrupção. A classe dominante abandonou suas responsabilidades e o Estado ficou enfraquecido, impotente para resistir ao avanço do exército de Napoleão. O Grande Conselho da República de Veneza votou sua própria extinção em 12 de maio de 1797, e o último dos 120 doges exonerou-se. A partir daquele dia, não houve mais doges no palácio dos Doges, nem Conselho dos Dez na Câmara do Grande Conselho, nem construtores de navios de guerra no Arsenal, nem prisioneiros arrastando-se pela ponte dos Suspiros a caminho dos calabouços.

— Serei um Átila para o Estado veneziano! — bradou Napoleão, em italiano, para que todos o entendessem. E fez valer a própria palavra. Seus homens saquearam o tesouro veneziano, demoliram vários prédios, arrancaram pedras preciosas de seus encaixes, derreteram objetos de ouro e prata e carregaram grandes pinturas, para serem expostas no Louvre e no Museu Brera, em Milão.

Veneza sobreviveu à derrota, mas na condição de vilarejo provinciano empobrecido, incapaz de evitar um declínio lânguido e pitoresco. É essa a Veneza que conhecemos — não a conquistadora altiva e triunfal, mas a ruína decadente e humilhada.

A Veneza decadente passou a ser símbolo de grandeza desfalecida, um lugar melancólico, nostálgico, romântico, misterioso e belo. Como tal, tornou-se irresistível a pintores e escritores. Lord Byron, que durante dois anos morou em um palácio à beira do Grande Canal, parecia preferir a Veneza decadente: "Porventura mais rica na tristeza/Do que era na glória e na beleza." Henry James via a cidade como uma atração turística desgastada: "Um cenário gasto, um velho mercado." John Ruskin, ressaltando as riquezas arquitetônicas, saudava Veneza como "o paraíso das cidades". Para Charles Dickens, Veneza era uma "cidade fantasma", e para Thomas Mann era uma curiosidade sombria e sedutora: "Meio conto de fadas, meio armadilha."

Pude compreender por que tantas histórias de mistério são ambientadas em Veneza. Atmosferas sinistras são facilmente invocadas pelos canais sombrios e por passagens que mais parecem labirintos, onde até os iniciados às vezes se perdem. Reflexos, espelhos e máscaras sugeriam que as aparências enganavam. Jardins secretos, janelas fechadas e vozes invisíveis remetiam a segredos e, possivelmente, ao oculto. Arcos em estilo mourisco constituíam lembretes de que, afinal, a mente inescrutável do Oriente tivera ali sua participação.

No exame de consciência que se seguiu ao incêndio do Fenice, os venezianos pareciam fazer a si mesmos as perguntas que eu vinha fazendo, a saber: o que significava viver em um cenário tão rarefeito e antinatural? Ainda restaria algo da Veneza descrita por Virginia Woolf como "o parque de diversões de tudo o que era alegre, misterioso e irresponsável"?

De uma coisa eu sabia: a população de Veneza vinha diminuindo de forma constante nos últimos 45 anos — de 174 mil habitantes, em 1951, a 70 mil, por ocasião do incêndio do Fenice. A elevação do custo de vida e a escassez de emprego causaram a migração para o "continente". Todavia, Veneza já não estava empobrecida. Ao contrário, o norte da Itália tinha agora uma das rendas *per capita* mais elevadas da Europa.

Em conseqüência de dois séculos de pobreza, o patrimônio arquitetônico da cidade encontra-se extraordinariamente livre de intrusões modernas. Os séculos XIX e XX mal deixaram suas marcas na cidade.

Caminhando por Veneza, hoje, ainda encontramos uma sucessão de cenários que muito se assemelham àqueles pintados por Canaletto no século XVIII.

POUCOS DIAS APÓS A MINHA CHEGADA, passei a considerar a possibilidade de estender a visita e residir em Veneza durante algum tempo. Aos 16 anos, eu tinha aprendido princípios de gramática italiana quando participei de um intercâmbio estudantil e passei um verão em Turim, morando com uma família italiana, e não esquecera as lições. Eu lia o jornal com facilidade, compreendia a linguagem oral razoavelmente bem e falava o suficiente para me fazer entender.

Decidi morar em um apartamento, e não em hotel. Percorreria a cidade com uma caderneta e, de vez em quando, com um pequeno gravador. Não seguiria qualquer agenda e olharia mais para os residentes de Veneza do que para os 11 milhões de turistas que passam pela cidade anualmente.

Como preparação para levar a termo o projeto, reli os textos clássicos. Estes não foram, absolutamente, animadores. Mary McCarthy expressa a questão com franqueza em *Venice Observed*: "Nada pode ser dito [sobre Veneza] (inclusive esta afirmação) que não tenha sido dito antes." O comentário parentético de McCarthy, "inclusive esta afirmação", remete a Henry James, que no ensaio "Veneza", com data de 1882, escreveu: "É notório que não há mais o que escrever acerca do assunto. [...] Será deveras triste o dia em que houver algo novo a dizer. [...] Não sei se não haverá um certo atrevimento em se pretender acrescentar algo."

Tais declarações não eram tão impeditivas quanto pareciam. Mary McCarthy referia-se, primordialmente, a velhos chavões referentes a Veneza, os quais as pessoas pensam ter criado — por exemplo, que a praça de São Marcos é como uma sala de visitas a céu aberto; que, à noite, Veneza parece um cenário de teatro, e que, pintadas de preto, as gôndolas parecem ataúdes. Henry James criticava a pletora de diários de viagem e memórias de Veneza, destino que era o máximo da moda na época do escritor norte-americano.

Meu interesse, de qualquer modo, não era Veneza em si, mas as pessoas que vivem em Veneza, o que não é a mesma coisa. Tampouco, segundo parecia, tal abordagem tinha sido comum em livros acerca de Veneza. Os melhores romances e filmes passados em Veneza costumavam versar sobre gente que visitava a cidade: *Morte em Veneza*; *As Asas da Pomba*; *Os Papéis de Aspern*; *Inverno de Sangue em Veneza*; *Quando o Coração Floresce*; *Na Outra Margem, Entre as Árvores*; *Estranha Sedução*. Os protagonistas dessas histórias, e de tantas outras, não eram nem venezianos nem expatriados que residiam na cidade. Estavam de passagem. Minha perspectiva de Veneza focalizaria indivíduos que, em sua maioria, habitavam a cidade.

Por que Veneza?

Porque, a meu ver, Veneza é singularmente bela, isolada e introspectiva, além de constituir um forte estímulo aos sentidos, ao intelecto e à imaginação.

Porque, não obstante os quilômetros de ruas e canais trançados, Veneza é bem menor e mais manejável do que parece. Com uma superfície de 7,3 quilômetros quadrados, na realidade, Veneza tem uma área que mal corresponde a duas vezes o tamanho do Central Park.

Porque sempre achei que o som dos sinos, dobrando a cada 15 minutos — perto e longe, em solo ou em concerto, cada qual com a sua personalidade —, é algo que revigora os ouvidos e os nervos.

Porque eu não conseguia imaginar um campo de ação mais sedutor do qual pudesse me ocupar durante um período indefinido.

E porque, se a pior das hipóteses acerca da elevação do nível do mar fosse crível, Veneza não duraria muito.

{ 3 }

AO NÍVEL DA ÁGUA

ALUGUEI UM APARTAMENTO EM CANNAREGIO, área residencial relativamente fora do percurso turístico principal e que ainda mantinha uma autêntica atmosfera de bairro: donas de casa fazendo compras na feira livre, crianças brincando nas praças, o dialeto veneziano imprimindo às falas um tom cantado. Sons de passos e vozes, na verdade, predominam em Veneza, pois não há carros que os abafem nem muita vegetação que os absorva. Vozes se propagavam com clareza impressionante por praças e becos com calçamento de pedra. Palavras furtivas, pronunciadas em uma casa, do outro lado da *calle*, soavam bem próximas, como se proferidas por alguém que estivesse no mesmo cômodo. No início da noite, as pessoas tinham o hábito de se reunir e prosear na *strada* Nuova, via principal de Cannaregio, e o som das conversas pairava no ar como o burburinho de um coquetel realizado em uma grande sala.

Meu apartamento ocupava parte do andar térreo do palácio da Silva, onde, no século XVII, funcionava a embaixada britânica. Ficava bem perto do Ghetto, bairro judaico com quinhentos anos de existência, e que, sendo o primeiro gueto do mundo, emprestou seu nome a todos os guetos do futuro. Meu novo lar consistia em três cômodos com piso de mármore, teto com vigas aparentes e vista para o canal Misericórdia, que fluía ao longo da lateral do edifício como um fosso, marulhando de encontro às pedras, 3 metros abaixo da minha janela.

Do outro lado do canal, o trânsito de pedestres na calçada que ficava em frente a uma fileira de pequenas lojas era tranqüilo como o de uma viela de cidade do interior. O canal em si configurava um curso d'água estreito e pouco utilizado. A freqüência de tráfego dos barcos era suficiente apenas para manter as águas em movimento, produzindo um marulho agradável. Na maré alta, o tráfego se tornava visível acima do parapeito da janela, e as vozes dos barqueiros soavam com clareza, bastante próximas. À medida que a maré vazava, homens e barcos desapareciam de vista, como lavadores de janelas que descem em um andaime. As vozes diminuíam e ecoavam, pois o canal se transformava em uma trincheira profunda; então a maré enchia e trazia de volta à vista homens e barcos.

Meus senhorios, Peter e Rose Lauritzen, moravam dois andares acima, no andar principal do palácio, o *piano nobile*. Peter era norte-americano, Rose era inglesa; residiam em Veneza havia quase trinta anos. Amigos sugeriram que eu os procurasse, dizendo que eram pessoas agradáveis, grandes conhecedores de Veneza, e que talvez tivessem um pequeno apartamento disponível em seu edifício.

Peter Lauritzen tinha escrito quatro livros bem-conceituados sobre Veneza, versando sobre história, arte, arquitetura e restauração da cidade. A história de Veneza por ele publicada em 1978 era uma das poucas até então escritas em língua inglesa, a primeira sendo a de Horatio Brown, em 1893. Depois que os livros conferiram-lhe o *status* de historiador cultural, Peter passou a ganhar a vida como conferencista, realizando turnês de alto nível pela Itália e pela Europa Oriental. Seu portfólio de clientes seletos incluía curadores de museus, especialistas acadêmicos e indivíduos abastados que procuravam um guia especializado. Peter era homem de modos formais, foi-me dito, embora dinâmico.

Foi Rose quem atendeu ao telefone quando liguei, indagando a respeito do apartamento, com meses de antecedência. Ela falava com forte e ondulante sotaque inglês, que, em dados momentos, abaixava de tom, tornando-se um murmúrio incompreensível, e em seguida readquiria volume e clareza. Aquela voz singular se materializou, por ocasião da minha chegada, na forma de uma mulher extremamente bela, de quarenta e tantos anos, grandes olhos azul-acinzentados, sorriso largo e fartos cabelos castanhos caídos nos ombros. Ela era alta, usava um traje preto e era bastante magra, conforme ditava a moda. Enquanto me mostrava o apartamento, constatei que ela possuía um charme excêntrico que se expressava por meio de observações enfáticas, um tanto absurdas, amiúde autodepreciativas.

— Em Veneza — ela afirmou —, não importa o que dissermos, todos pensam que estamos mentindo. Venezianos sempre floreiam seus relatos e supõem que nós também vamos florear. Portanto é melhor florear mesmo. Porque... é muito engraçado... se descobrirem que falamos a verdade o tempo inteiro, simplesmente descartam-nos por sermos enfadonhos.

Rose explicou que, a princípio, o apartamento tinha sido um depósito com piso de terra, um *magazzino*.

— Ficamos orgulhosos com a reforma que fizemos — disse ela —, até que o governo municipal de Veneza nos enviou uma carta, declarando a reforma ilegal! Quero dizer: completamente... totalmente... ilegal! Porque não tínhamos obtido permissão. Imagine você, o local tinha sido um depósito de entulho durante quatrocentos anos, quero dizer, literalmente. Não tinha qualquer valor arquitetônico. Nenhum madeiramento, nenhum entalhe, nenhum afresco, nenhuma douração, nada! Suponho que devêssemos saber da obrigatoriedade da permissão, mas, se *soubéssemos*, é provável que desistíssemos de tudo, pois teríamos de lidar com a burocracia veneziana, que é um verdadeiro pesadelo, pesadelo, peeeesaaadeeelo!

Na cozinha, Rose demonstrou como operar a lavadora de roupa sem provocar uma inundação e como acender o forno sem produzir uma bola de fogo.

— E daí — prosseguiu ela —, quando chegou a notificação da prefeitura, Peter teve um tremelique, e fiquei desesperada, porque *eu* seria obrigada a ir até a prefeitura resolver o problema. Um pesadelo! Mas todos os nossos amigos disseram: "Não seja boba. Ninguém se incomoda com autorização. Faça a reforma que quiser. Então, vá até a prefeitura e confesse! Haverá uma multa. E lhe darão um papel chamado *condono*, que torna a reforma perfeitamente legal."

Rose conduziu-me à sala de estar, confortavelmente mobiliada, com poltronas, luminárias, uma mesa de jantar e estantes, do chão ao teto, cheias de livros, cobrindo áreas como história, biografia, arte, viagens, bem como romances, desde clássicos literários à ficção barata. Aquilo era a sobra da biblioteca dos Lauritzen, localizada no andar de cima.

— Então — continuou ela — fui até a prefeitura, com o coração saindo pela boca, e disse: "Lamento muitíssimo. Não fazíamos a menor idéia! *Non lo sapevamo!*" O sujeito não acreditou em nenhuma palavra que eu dizia, é claro, mas teve pena de mim... como poderia deixar de sentir pena, vendo meu rosto marcado de preocupação, meu cabelo desgrenhado, minha voz patética e chorosa? Enfim, ele me deu um *condono*, graças a Deus, porque tinha autoridade para exigir que removêssemos as melhorias e transformássemos o apartamento, novamente, em um depósito. Quero dizer, tortura! Tortura, tortura, *tor*tura!

Rose estava agora de pé, diante da janela. Apontou diversos estabelecimentos, do outro lado do canal — o açougue, a loja de utensílios domésticos, a sede local do Partido Comunista, a loja de artigos fotográficos, tendo na vitrina fotos desbotadas de casamentos. Uma *trattoria* algo pitoresca, a Antica Mola, ocupava o centro da cena; tinha mesas do lado de fora, apesar do clima frio.

— Depois que você jantar na Antica Mola algumas vezes — disse Rose —, Giorgio vai saber que você não é turista e lhe oferecerá um desconto. Eis um dos grandes segredos de Veneza: o desconto... *lo sconto*! Os turistas ficariam furiosos se soubessem que os venezianos pagam de 30 a 40 por cento menos que eles.

E não apenas em restaurantes, segundo consta. Seria conveniente, Rose assinalou, que eu me apresentasse a vários donos de lojas, especialmente aos quitandeiros.

— Estamos à mercê deles — disse ela. — São *eles* que escolhem os tomates, ou seja lá o que for. Não existe auto-serviço. Se nos conhecem...

e gostam de nós... não enfiam frutas amassadas ou passadas em nossa sacola.

"E lembre-se: em Veneza, tudo é negociável. Quero dizer, tudo: preços, aluguéis, honorários de médicos e advogados, valores de impostos e multas, até os termos de uma pena de detenção. Tudo! Convém ficar conhecendo um taxista também, caso contrário as tarifas podem ser absurdamente caras. Aquela lancha-táxi branca atracada ali pertence ao meu taxista preferido, Pino Panatta, sujeito muito gentil. A lancha está sempre imaculada e sempre à mão, pois ele mora do outro lado do canal, logo acima dos comunistas."

Após mostrar-me tudo que havia para ver, Rose convidou-me para subir e tomar um drinque com ela e Peter. Aceitei e, ao me afastar da janela, perguntei por que, além das barras de ferro, as janelas tinham telas de malha larga. As telas impediriam a entrada de abelhas e mariposas, eu disse, mas mosquitos e pernilongos poderiam, perfeitamente, atravessá-las.

— Ah, as telas! — disse ela quando deixávamos o apartamento. — Não são para mosquitos. São para... *i ratti*!

Eu jamais tinha ouvido a proximidade de ratos mencionada de maneira tão despreocupada. A risada de Rose ecoou pelo saguão de pé-direito alto, enquanto ela galgava uma grande escadaria de pedra.

UM ESPAÇOSO SALÃO CENTRAL, ou *portego*, com pé-direito alto, servia de sala de estar dos Lauritzen. Ao fundo, um conjunto de janelas arqueadas dava acesso, através de portas-janelas, a uma sacada com a mesma vista do canal Misericórdia que eu teria, ao nível da água, dois andares abaixo. Uma luz clara, vinda do norte, entrava no salão, iluminando as paredes pintadas de amarelo-creme. De ambos os lados, portas se abriam para outros cômodos, de acordo com o clássico desenho simétrico dos palácios venezianos, e conforme descrito no livro de Peter Lauritzen, *The Palaces of Venice*.

O próprio Lauritzen surgiu do escritório, saudando-me com amabilidade e trazendo uma garrafa de *prosecco* resfriado, o espumante branco produzido na região do Vêneto. Usava paletó de veludo preto acolchoado, camisa branca e gravata estampada, e o cabelo era penteado para trás. Bigode aparado e barba em estilo Van Dyke emolduravam-lhe as palavras, que, embora Peter fosse natural do Meio-Oeste norte-americano, eram pronunciadas com sotaque de diretor de escola inglesa. Seu modo de ser era ainda mais determinado do que o da esposa.

— Ora! — disse ele. — Você escolheu mesmo um momento dramático para chegar a Veneza!

— Pura coincidência — disse eu. — O que você tem ouvido falar a respeito do Fenice?

— Os boatos de sempre — disse ele. — Os mais comuns, como sempre, envolvem a Máfia.

Ofereceu-me uma taça de *prosecco*.

— Mas, seja qual for o resultado do inquérito, a expectativa geral é de que nunca saberemos ao certo o que aconteceu. E isso nem importa muito. O que importa é a tragédia da perda do Fenice. E acho que a questão-chave deve ser: "O teatro será reconstruído?", em vez de "Quem é o culpado?". Agora, isso pode surpreendê-lo, se levarmos em conta toda essa conversa de reconstrução. Em Veneza, se a pessoa quer consertar uma rachadura na parede, precisa obter 27 assinaturas, em 24 repartições públicas, e então, para se consertar a rachadura, leva-se seis anos. Não estou exagerando. Como é possível construir um teatro lírico com esse tipo de bobagem acontecendo? Não, não, o verdadeiro calcanhar-de-aquiles de Veneza não é o fogo nem a maré alta. É a burocracia! Admito que a burocracia já impediu muitos desastres em Veneza, como aquele esquema de demolição de todos os edifícios ao longo do Grande Canal, nas imediações da praça de São Marcos, a fim de abrir espaço para um palácio de cristal. Ainda assim, a burocracia é extremamente irritante.

— De enlouquecer — disse Rose —, simplesmente, de enlouquecer.

— E agora temos a mania dos slogans — disse Peter —, esse *Com'era, dov'era*, que quer dizer: "Como era, onde era." É impossível reconstruir o Fenice exatamente como ele era, porque a antiga estrutura era de madeira, fator essencial para a acústica, e a nova terá de ser de concreto. Você pode imaginar como soaria um Stradivarius se fosse feito de concreto?

— Horrendo — disse Rose. — Quero dizer: realmente horrendo!

— E o que quer dizer, exatamente, "como era"? — prosseguiu Peter. — Será que significa "como era" em 1792, quando o Fenice original, de Giannantonio Selva, foi inaugurado?

"Ou 'como era' em 1808, quando Selva reformou o interior e construiu um camarote imperial para Napoleão?

"Ou 'como era' em 1837, quando, após o primeiro incêndio, o Fenice foi reconstruído pelos irmãos Meduna, bastante modificado, porque as plantas originais feitas por Selva tinham sido perdidas?

"Ou 'como era' em 1854... ou em 1937...?"

Com cada novo nome e data, a voz de Peter adquiria mais urgência, como um promotor que enumera uma série de acusações cada vez mais graves. Estava de pé, no centro da sala, segurando a lapela com uma das mãos e gesticulando vigorosamente com a outra. A barba em estilo Van Dyke se projetava enquanto ele falava, como se reforçasse a positividade de suas afirmações.

— Houve ao menos cinco Fenices em duzentos anos — disse ele —, sem contar as dezenas de pequenas reformas feitas entrementes.

Enquanto Peter falava, Rose continuava a inserir na conversa os seus comentários típicos.

— Fiação falha — disse ela. — Provavelmente foi isso. Em Veneza, a eletricidade é conduzida por fiação que corre pela imundície existente no fundo dos canais... desgastada, puída, corroída. Então, serpenteando, os fios entram em velhas edificações que não foram feitas para comportá-los, e voltam para dentro d'água, como fios-terra. De modo que, se a nossa torradeira entrar em curto-circuito, provavelmente, vamos eletrocutar o vizinho.

Mas era Peter quem conduzia o tópico central da conversa.

— Você precisa se lembrar — disse ele — que Veneza é uma cidade bastante bizantina. Isso explica muita coisa. Por exemplo: quem é proprietário de um imóvel é responsável por certos reparos na propriedade. Mas, antes de realizar os tais reparos, é preciso obter uma permissão, e permissões são difíceis de conseguir. A pessoa se surpreende tendo de subornar funcionários municipais a fim de obter uma autorização para realizar reparos que, se não forem feitos, ou se forem feitos sem a devida autorização, implicarão multas ao proprietário, atribuídas por esses mesmos funcionários.

— Suborno é um estilo de vida em Veneza — disse Rose. — Mas não se pode chamar de suborno. A prática é aceita como algo legítimo na economia.

— A mentalidade anglo-saxônica simplesmente não existe em Veneza — disse Peter. — O conceito veneziano de lei, por exemplo, certamente não é anglo-saxônico. Alguns anos atrás, 247 pessoas foram indiciadas por vários crimes na lagoa. O que aconteceu? Todas as 247 foram absolvidas. O código penal ainda é aquele estabelecido por Mussolini. Já houve cinqüenta ou sessenta governos na Itália, desde a Segunda Guerra Mundial, e nenhum esteve no poder tempo suficiente para efetuar mudanças.

— Há leis que constam dos códigos faz séculos — disse Rose. — Se somarmos todos os impostos e taxas que supostamente devemos, teríamos de pagar algo em torno de 140 por cento da nossa própria renda.

Peter notou que minha taça estava quase vazia e apressou-se em enchê-la.

— Espero — disse ele, detendo-se para esperar que as bolhas assentassem — não estar lhe passando a impressão errada... isto é, de que não amamos Veneza.

— Adoramos Veneza — disse Rose.

— Não viveríamos em nenhum outro lugar — disse Peter. — Fora os atrativos óbvios, vivemos em Veneza porque não existe cidade no mundo que tenha ar mais puro. Além de não haver carros em Veneza, e você ficaria surpreso se soubesse quanta gente não percebe isso, não se consome qualquer combustível fóssil, porque, em 1973, Veneza proibiu o uso de aquecimento a óleo, passando a adotar o gás metano, cuja combustão é limpa.

Não pude deixar de fazer um comentário a respeito dessa observação.

— Mas e as chaminés industriais que regurgitam fumaça logo ali, do outro lado da lagoa, em Marghera e Mestre?

— E daí? — disse Peter, sorrindo por saber, de antemão, que marcaria um tento. — Os ventos costumam soprar para o interior — disse ele —, como o fazem em todas as cidades portuárias. Portanto, a fumaça que você vê saindo daquelas chaminés em terra firme sopra na direção contrária à nossa, e não na nossa.

Fazia sentido, para mim, que as pessoas que viviam em Veneza falassem bastante de Veneza; afinal, a ocupação de Veneza é a própria Veneza. Mas duvidei de que muitos venezianos fossem tão contundentes acerca do assunto quanto os Lauritzen. Peter continuou a falar, em estilo mais semelhante à oratória do que à conversação — informado, didático, veemente, confrontador —, o discurso pontuado por algumas palavras tipicamente britânicas. Rose, falando em itálico verbal, invocava uma Veneza de extremos opostos — horrível e magnífica, assustadora e exótica, horrenda e fascinante. Tivessem ou não consciência do fato, ambos os Lauritzen pareciam sitiados — a exemplo da própria cidade —, mas com bravura, quase orgulhosamente sitiados, apaixonados por Veneza, não obstante as deficiências desta. Na ânsia de explicar Veneza para mim, de vez em quando falavam juntos, aparentemente sem perceber. Em tais momentos, surpreendia-me olhando de um para o outro, a cabeça meneando e girando, enquanto eu tentava evitar a gafe de ouvir um e ignorar o outro.

Peter, por exemplo, dizia:

— Veneza não é para qualquer um. Para viver em Veneza, é preciso, antes de tudo, gostar de viver numa ilha e gostar de viver perto da água...

E Rose, ao mesmo tempo, dizia:

— É exatamente como um vilarejo irlandês, onde todo mundo se conhece...

Absorto, Peter prosseguia:

— E, para viver em Veneza, é preciso saber lidar com a falta de verde e não se incomodar em ter de caminhar muito.

Ouvi isso por cima das seguintes palavras de Rose:

— Sempre esbarramos em gente conhecida, porque o único meio de se deslocar em Veneza, seja a pessoa condessa ou lojista, é a pé ou de *vaporetto*. Não se pode circular incógnito num carro particular; sob esse aspecto, Veneza é extremamente democrática.

Acompanhar os Lauritzen em tais momentos era como ouvir um equipamento estéreo, com cada alto-falante tocando uma canção diferente. Em um ouvido, eu ouvia Peter dizer:

— Agora, tais circunstâncias são muito incomuns, e muita gente que diz que ama Veneza, no final das contas, descobre que não ama.

Com o outro ouvido, se é que eu entendia corretamente, ouvi Rose dizer:

— ... Quando volto das compras, Peter não me pergunta o que comprei. Pergunta quem eu vi.

— A palavra-chave é "claustrofóbica" — disse Peter. — Fico esperando ouvir a palavra. Porque, sempre que ouço "claustrofóbica" em relação a Veneza, sei que a pessoa que a pronunciou jamais seria feliz vivendo aqui.

— Engraçado, eu *gosto* do fato de Veneza ser um vilarejo — disse Rose, simultaneamente.

Os Lauritzen demonstravam o fervor dos convertidos. Tinham escolhido Veneza como o seu lar. Não tinham simplesmente nascido e ficado ali. A defesa ardente que faziam da cidade, segundo me parecia, era, até certo ponto, a defesa da decisão de morar lá, em exílio voluntário.

Peter era natural de Oak Park, no estado de Illinois. Tinha chegado a Veneza por intermédio da Lawrenceville School, de Princeton, e de uma bolsa da Fulbright, em Florença, onde estudou a presença do provençal na poesia de Dante. O pai queria que ele se tornasse jogador de beisebol e entrasse para o mundo dos negócios, mas Peter nunca mais voltou a residir nos Estados Unidos. Em vez disso, tornou-se ajudante do pastor que dirigia a Igreja Norte-americana em Florença, e, quando o pastor foi designado para Veneza, a fim de ali fundar uma Igreja Inglesa, Peter o acompanhou, conheceu Rose, apaixonou-se e casou-se com ela.

Quando chegou a Veneza, Peter pouco se parecia com o menino de Oak Park, Illinois. Havia se recriado, e sobre isso era bastante franco.

— Meu pai jamais compreendeu como alguém poderia pegar todos os pertences e se mudar para a Itália. Logo a Itália. Gostava de nos visitar aqui, mas nunca levou a sério o fato de eu morar na Itália. Para ele, era como uma bela piada. Quando nosso filho, Frederick, nasceu, meu pai se ofereceu para pagar os estudos universitários do menino, mas sob a condição de que ele freqüentasse uma universidade americana. Receava que criássemos Frederick como um inglês. Ele adquiriu tal noção, sem dúvida, por causa do modo como falo e porque me casei com uma inglesa. Porém, tenho a satisfação de dizer que, até o presente, todas as fases da educação de Frederick foram concluídas em Veneza... ele é veneziano, e não inglês. Em breve vai para a universidade... mas para Oxford, não para os Estados Unidos. E, quanto à minha residência na Itália, foi a melhor decisão que tomei na vida. É um deleite esse mundo que criei para mim.

Quanto a Rose, viver em Veneza foi algo que aconteceu naturalmente. Ela pertencia à aristocracia inglesa. Durante séculos, sua família residiu em grandes mansões e os homens herdaram títulos como barão de Ashford, lorde Bury e conde de Albemar. Sua genealogia tinha alguns elementos peculiares: uma tia-bisavó, Alice Keppel, era conhecida publicamente como amante de Eduardo VII. A filha da Sra. Keppel, Violet Trefusis — para Rose, "tia Violet" —, ficou famosa como a amante excêntrica e incontrolável de Vita Sackville-West. Quando era adolescente, Rose visitou tia Violet, já idosa e expatriada em Florença. Violet aconselhou-a em questões de estilo e sociedade, contribuindo, de maneira significativa, para o *savoir-faire* e a postura dramática de Rose. Embora Rose tivesse o direito de ser chamada de "*lady* Rose", a procedência familiar parecia, para ela, algo indiferente. Tinha se fixado em Veneza, até certo ponto, para se afastar da família. E, por ter vivido a maior parte da infância em Mount Stewart, propriedade da família situada na Irlanda do Norte, ela costumava responder às questões sobre a própria origem dizendo, simplesmente: "Sou irlandesa do brejo."

Rose visitava Veneza desde a idade de 16 anos, geralmente em companhia da mãe, que tinha adquirido o chalé de um velho gondoleiro como refúgio para as férias de verão. Ezra Pound era vizinho de porta, em um chalé idêntico, que dividia com a amante, Olga Rudge, desde a década de 1920.

— Pound tinha acabado de receber alta do Hospital St. Elizabeth, para criminosos com problemas mentais — relembrou Rose —, e quando o conheci, no início dos anos 60, estava velho e parecia um eremita. E já fizera o célebre voto de silêncio.

"Costumávamos ver os dois, Olga e Ezra, caminhando tranqüilamente pela vizinhança e tomando café num dos bares ao longo do Zattere. Ela era pequenina e muito linda. Ele era alto, tinha um ar grave e estava sempre bem-vestido: chapéu de feltro de aba larga, sobretudo de lã, paletó de *tweed* e um lenço usado como gravata. Tinha as feições marcadas e os olhos extremamente tristes. Quando as pessoas paravam para cumprimentá-los, ele esperava, pacientemente, em silêncio, enquanto Olga trocava amabilidades. Jamais o vimos falar em público, mas podíamos ouvi-lo ler a própria poesia, em casa, em voz alta, forte e ritmada. Minha mãe era fã de Pound, e um dia tocou a campainha da porta, perguntando se poderia falar com ele. Educadamente, Olga disse a ela que se fosse: não adiantava, ele não falaria com ninguém. Finalmente, percebemos que estávamos ouvindo gravações de Pound lendo os próprios poemas. Ele ficava sentado do outro lado da parede que separava nossos chalés, ouvindo em silêncio, assim como nós fazíamos. Pound faleceu há anos, mas Olga ainda vive. Agora está com mais de 100 anos."

O círculo de amigos dos Lauritzen incluía venezianos e expatriados, entre eles a colecionadora de arte Peggy Guggenheim. Peter muitas vezes acompanhou Peggy em passeios de fins de tarde, em sua gôndola, a última gôndola particular que existiu em Veneza.

— Ela conhecia cada metro de cada canal secundário — disse ele. — Sentava-se numa pequena cadeira, seu *lhasa apsos* deitado embaixo e o gondoleiro de pé, atrás dela, no deque da popa, remando. Ela dava instruções com sinais manuais, como se dirigisse um carro, sem dizer uma palavra ou voltar-se para o gondoleiro. Peggy era conhecida por sua sovinice. Contratou o coletor de cadáveres da cidade para ser seu gondoleiro porque o preço era melhor. Parecia não se importar que ele entoasse cantos fúnebres e que, muitas vezes, estivesse embriagado.

"Fui visitar Peggy quando a doença já se encontrava em fase terminal", continuou Peter. "Ela estava relendo Henry James. Disse-me que dera ordens para ser enterrada com seus cães, no jardim do palácio, no Grande Canal. Fez-me prometer que seus desejos seriam cumpridos, e correspondi. Na verdade, quando ela morreu, 14 cães já estavam no jardim, esperando por ela. Peggy ainda vivia quando o último animal foi enterrado. Durante a cerimônia de sepultamento, enquanto o mordomo remexia a terra com uma pá à procura de um local apropriado, o crânio de um *lhasa apso* foi desenterrado e rolou até parar aos pés de Peggy. Ela estava com o lenço no rosto, chorando, e nada percebeu.

No escritório, Peter mostrou-me as obras de Henry James, em edição de 1922, que Peggy lhe deixara em testamento. Cada volume estava assinado com o primeiro dos seus três sobrenomes de casada: "Peggy Vail."

Peggy Guggenheim jamais foi aceita pelos integrantes da sociedade veneziana, que se diziam estarrecidos diante de sua promiscuidade sexual. Mas os Lauritzen tinham sido acolhidos e freqüentavam festas venezianas regularmente. Na noite em que os conheci, Peter pegou sobre a escrivaninha um convite impresso, examinou-o durante alguns instantes e então olhou de relance para Rose, com um semblante que parecia perguntar: "Devo?" Rose assentiu, com um meneio de cabeça. Doze famílias venezianas estavam recebendo para um baile de Carnaval, à fantasia, dentro de duas semanas. Os Lauritzen tinham sido convidados e podiam levar um acompanhante extra. Quando Peter me fez o convite, aceitei prontamente.

— Você vai ver o que quero dizer quando afirmo que Veneza é, na realidade, apenas um vilarejo — disse Rose.

Antes de ir embora, assinei o livro de convidados dos Lauritzen e, enquanto o fazia, uma pergunta que tinha me ocorrido antes voltou-me à mente.

— A propósito — eu disse a Rose —, como a prefeitura descobriu que vocês tinham reformado o apartamento lá de baixo?

Rose sorriu, com um ar de conspiração.

— Alguém nos delatou, ao que parece. Não sabemos quem. Pode ter sido algum vizinho.

—Ah — disse eu —, então, se Veneza é um vilarejo, trata-se de um vilarejo... com um lado perigoso?

— Ah, com toda a certeza — disse ela, exibindo um largo sorriso. — Definitivamente, tem um lado perigoso.

{ 4 }

SONAMBULISMO

ALÉM DA ENCHENTE E DA VAZANTE DA MARÉ, duas vezes ao dia no canal Misericórdia, a vida do lado de fora da minha janela tinha um ritmo todo próprio. Tipicamente, o dia começava na calma que antecedia o alvorecer, quando um quitandeiro entrava em seu barco, atracado em frente à minha janela, dava uma partida discreta no motor e deslizava, lenta e tranqüilamente, canal abaixo — como se a lancha se movesse nas pontas dos pés. Em seguida, tudo voltava a ser silêncio, a não ser pelo bater da água nas pedras.

Por volta das oito horas, a vida ao longo do canal despertava, oficialmente, à medida que os lojistas, do outro lado, abriam as portas internas e recolhiam os portões de metal. Giorgio arrumava as mesas e as cadeiras em frente à *trattoria*. O açougueiro recebia a entrega de carne, feita por uma balsa.

Pedestres surgiam no meu campo de visão, como atores cruzando o palco: um operário caminhando a passos morosos, um sujeito de terno andando com passos mais decididos. Clientes entravam na *trattoria* para um café e uma leitura rápida do *Gazzettino.* Ao lado, na sede local dos comunistas, que exibia cartazes nas paredes, estampando o emblema da foice e do martelo, costumava haver uma ou duas pessoas sentadas em escrivaninhas, falando ao telefone ou lendo o jornal. A pequena loja ao lado desta tinha sido a oficina de Renato Bonà, um dos últimos artífices de Veneza especializados na fabricação de remos e suportes para remos a serem utilizados nas gôndolas. A genialidade de Bonà — particularmente sua maestria no torneamento dos suportes para remos — fez com que ele se tornasse um semideus entre os gondoleiros. Desde a sua morte, ocorrida dois anos antes, a oficina tinha se transformado em uma espécie de santuário, com uma placa comemorativa ao lado da porta. O canal Misericórdia não ficava nas rotas mais freqüentes das gôndolas, mas, vez por outra, uma gôndola deslizava por ali, rendendo homenagem silenciosa a Bonà. Uma determinada gôndola, entretanto, costumava atracar em frente à casa. Era uma gôndola matrimonial; portanto tinha entalhes intrincados e decoração, ainda que fosse preta, como as demais. Em determinado momento no transcorrer do dia, o gondoleiro a preparava para alguma boda, provendo capas em branco e dourado para as cadeiras e as almofadas.

Por volta das 13h, o barulho dos portões de metal tornava-se novamente audível, no momento em que as lojas fechavam para o almoço. Somente a *trattoria* permanecia aberta, servindo frutos do mar típicos da região a uma clientela predominantemente da própria vizinhança. O ritmo de vida desacelerava até o fim da tarde, quando as lojas reabriam e as pessoas caminhavam com passos rápidos: alunos saindo da escola, donas de casa apressadas, fazendo compras para o jantar.

Quando escurecia, os portões de metal voltavam a se fechar, e as luzes acesas da *trattoria* ocupavam o centro do palco. As pessoas agora caminhavam sem pressa, e vozes alegres flutuavam no ar. Perto da meia-noite, os ruídos de embarcações e do remanso diminuíam. As vozes desapareciam. Giorgio arrastava as cadeiras e as mesas para dentro e apagava as luzes. Àquela hora, o quitandeiro já havia amarrado o barco às estacas do ancoradouro, e Pino, proprietário da lancha-táxi, já havia coberto a parte aberta do convés com uma lona, recolhendo-se em seu apartamento, no andar de cima dos comunistas.

Veneza pode ser um local confuso, mesmo para residentes que acham que conhecem bem a cidade. Ruas estreitas e tortuosas, somadas ao curso sinuoso do Grande Canal e à ausência de pontos de referência visíveis a distância, prejudicavam o senso de direção. Ernest Hemingway descreveu Veneza como "uma cidade estranha e ardilosa", e disse que caminhar pela cidade era "melhor do que fazer palavras cruzadas". Para mim, às vezes, a cidade parecia um labirinto, especialmente quando, vinte minutos após ter tomado uma rota que me parecia ser uma linha reta, eu me via exatamente de volta ao ponto de partida. Mas fiquei familiarizado com as ruas e praças de Cannaregio antes do que esperava, e posso dizer o mesmo em relação a alguns dos personagens locais. Mal fazia uma semana que estava instalado quando conheci o Homem das Plantas.

De início, parecia um arbusto que se movia. Era um oásis de fícus, urze e era, flutuando ao longo da *strada* Nuova, bradando com uma voz que se propagava em todas as direções.

— O-lá! O-lá! Você tem casa? Você tem aonde ir?

À medida que se aproximou, percebi que era um sujeito de baixa estatura, robusto e com cabelos grisalhos espetados; caminhava a passos largos, um tanto escondido no meio da densa folhagem que se projetava de sacos pendurados dos ombros e das mãos. Deteve-se para falar com uma mulher corpulenta, com cabelos curtos e grisalhos.

— Esta custa 80 mil liras — disse ele —, mas, para a senhora, deixo por 20 mil. Vai durar anos!

— Não minta para mim — disse a mulher.

O homem depositou os sacos no chão e emergiu da sua floresta particular. Tinha cerca de um metro e meio de altura e usava paletó vermelho vivo, camisa amarela, gravata excessivamente curta e um par de tênis de cano longo.

— Vai durar! — cacarejou ele. — Conheço a senhora desde que nasceu, irmã. O-lá! E a senhora ama as plantas, de verdade, ama as plantas. Tanto melhor, tanto melhor. O homem que casar com a senhora vai ser um sortudo!

— Ela já é casada — disse um sujeito que estava perto.

A mulher deu ao Homem das Plantas 10 mil liras [cinco dólares] e pegou a planta, algo hesitante.

— Obrigado, irmã — disse ele. — Queira Deus que a senhora viva cem anos! Dê a ela um pouco de chá de camomila, que contém vitaminas, mas nada de água da torneira, a não ser que o cloro seja antes filtrado! Cloro é veneno.

Um adolescente, que caminhava no sentido contrário, gritou:

— Ei! Você tem casa? Você tem aonde ir?

O Homem das Plantas olhou para mim.

— Está vendo? Eles me conhecem. Ei, garoto! Você me conhece desde que nasceu, certo?

— É, você está sempre cantando — disse o rapazola.

— Está vendo? — disse ele. — Inventei esse refrão quando estava no estádio Zamperini, onde o time de futebol de Veneza joga. Canto para o time que está perdendo... "Você tem casa?" quer dizer: "Por que você fica aqui? Para quê? Você tem casa? É melhor ir para casa!" E agora a criançada toda repete. Até escreveram as palavras em faixas que são agitadas nos jogos. Pois é, eu que inventei.

— De onde vêm essas plantas? — perguntei.

— Temos nossa própria chácara, a meia hora de Veneza... Minha esposa e eu. Nós é que cuidamos de tudo. Fica perto de Pádua. Venho para Veneza todos os dias, há 28 anos. Só para Veneza, para nenhum outro lugar, porque Veneza é a única cidade que trago no coração. Os venezianos são o melhor tipo de gente, gente boa, amiga. Segunda-feira arrumei o terraço de um doutor, perto do mercado de peixes do Rialto. Trouxe verônicas. Atendo todas as paróquias e igrejas. Cuido de todas, de Sant'Elena a San Giobbe. Sou o único que cuida. Crio galinha, também.

Enfiou a mão em um dos sacos e retirou uma galinha. Fora degolada, limpa e depenada, mas ainda tinha os pés.

— Acabo de dar uma ao farmacêutico, no campo San Pantalon, e agora tenho de entregar esta a Luigi Candiani, o tabelião.

— Ainda vai estar fresca quando o senhor chegar lá? — perguntei.

— Fresca? O-lá! Sim, meu jovem, vai estar fresca! Não vai cheirar mal! Isto não é produto comercial. Criamos essas galinhas com grãos, grama e verduras, tudo dos nossos campos. Pode ser comida agora ou em dois dias e, se for posta no congelador, dura três meses... Ei, irmão! — ele chamou um idoso que passava por ali —, o senhor tem casa?

— Não, não tenho casa — disse o homem, sorrindo.

— Quer comprar uma galinha viva?

— Não.

— Quer metade de uma galinha viva? Não? Ora, não custa perguntar.

Então, voltando-se para mim:

— E o senhor? O que vai querer?

Apontei para um pequeno vaso de urze.

— Escolha perfeita! — disse ele. — Dá belas flores rosadas, e, quando a pessoa se cansar de regar, pode deixar secar. Assim, ela dura para sempre.

Deu um tapinha no meu ombro.

— Meu nome é Adriano Delon. Venho a Veneza todos os dias, menos aos domingos. Nesse dia pratico dança de salão com minha esposa. É na televisão. O senhor pode ver a gente no canal 9! Dançamos valsa, tango, samba.

Adriano ergueu os braços e moveu os quadris.

— O-lá! Dança de salão nunca vai sair de moda. Ora, é melhor eu ir entregar a galinha de Candiani.

Dizendo isso, Adriano Delon reposicionou os sacos. Então, novamente cercado de seu bosque portátil e cantando a plenos pulmões, desceu a *strada* Nuova, agora com passos dramáticos que, aos meus olhos inexperientes, pareciam algo entre uma valsa e um tango.

CERTA MANHÃ, LEVANTEI-ME BEM CEDO, com intenção de fazer uma caminhada enquanto as ruas estivessem praticamente vazias. Parti em direção à igreja Santa Maria della Salute e, quando cheguei ao campo San Vio, percebi a presença de quatro homens de macacão, ao lado da Igreja Inglesa. Dois estavam agachados, próximos à base da parede da igreja, separados cerca de 9 metros, um em cada extremidade de uma rede esticada no solo. Cada um pregou um prego no canto da rede, prendendo um lado da malha ao calçamento. Em seguida cada um segurou um dos dois cantos da rede que estavam soltos e, ainda agachados, observaram um terceiro homem, que carregava um saco de lona. O sujeito caminhou até o centro do campo, enfiou a mão no saco e começou a lançar migalhas de pão ao solo. Em poucos minutos pombos começaram a pousar e bicar as migalhas — quarenta pombos, cinqüenta pombos. O sujeito agora lançava as migalhas mais perto dos companheiros que seguravam a rede. E cada vez mais perto. Os pombos seguiam o banquete que se movia, atropelando-se à medida que bicavam e saltavam. Quando os pombos se encontravam a poucos metros da rede, os dois sujeitos alçaram sobre eles o lado da rede que estava solto, capturando as aves. Um violento bater de asas e de pombos rolando fez inchar a rede, enquanto os homens, habilmente, puxavam-na em volta e por baixo das aves, até que estas estivessem inteiramente presas. Poucas conseguiram escapar. O quarto funcionário, então, correu e lançou sobre os pombos um grande pano preto. As aves acalmaram-se imediatamente. Em seguida os homens pegaram a rede, agora pesada com tantos pombos, e carregaram-na até um barco que aguardava no canal.

Não era segredo que a maioria dos venezianos detesta pombos. O prefeito Cacciari os chamava de "ratos voadores", mas as propostas da prefeitura para a redução do número de aves tinham sido alvo de oposição veemente por parte de ativistas que defendem os direitos dos animais. Mas, ao que parecia, o programa de controle de pombos prosseguia, em silêncio, escondido pela madrugada.

Os homens entraram no barco e começavam a transferir os pombos da rede para gaiolas vazias, quando me aproximei. Um deles fez sinal para que me afastasse.

— Verde não! Verde não! — disse ele. — O senhor é do Partido Verde?

— Não — disse eu. — Só estou curioso.

— Bem, o senhor está vendo que tratamos os pombos com cuidado — disse o homem. — Estão sendo levados para o veterinário. Ele vai examiná-los e soltar os saudáveis. Os doentes serão sacrificados.

Perguntei quantos pombos esperavam capturar naquele dia, mas minha voz foi abafada pelo som da aceleração do motor. Os homens visivelmente não estavam interessados em falar comigo, mas enquanto se afastavam o piloto gritou o nome do chefe: Dr. Scattolin.

— Ele sabe de tudo isso.

Para minha surpresa, quando telefonei para o Dr. Mario Scattolin, ele me convidou a visitá-lo naquela mesma tarde. O cargo do Dr. Scattolin era de diretor de assuntos animais, e ele trabalhava em um palácio que datava do século XV, situado no Grande Canal, e que servia à prefeitura do município. Para chegar à sala do Dr. Scattolin, passei por uma série de corredores tortuosos e apertados.

— Normalmente, não falo sobre nossas operações de captura — disse o Dr. Scattolin, com amabilidade, ao me fazer entrar. — Prefiro negar a prática. Mas uma vez que o senhor viu o procedimento com os seus próprios olhos... — Deu de ombros.

O Dr. Scattolin tinha cabelos ondulados, mesclando tons claros e escuros, e usava terno cinza-claro. Tinha um escritório amplo, com escrivaninha e prateleiras empilhadas de papéis e relatórios. Janelas altas davam para um pátio interno estreito e sombrio.

— Veja bem — disse ele —, Veneza tem 120 mil pombos. É um número excessivo. Quando existe superpopulação, os pombos ficam estressados, seu sistema imunológico se debilita e eles se tornam suscetíveis a parasitas que podem causar pneumonia, clamídia, toxoplasmose e salmonela quando transmitidos a seres humanos.

Enquanto falava, o Dr. Scattolin esboçou o contorno de um pombo em um bloco de papel. Desenhou pequenos excrementos, caindo das penas da cauda do pombo, e uma seta, indicando parasitas sob as asas.

— Todos os turistas querem ser fotografados alimentando pombos na praça de São Marcos — disse ele. — Compram um saco de milho por 4 mil liras [dois dólares], jogam alguns grãos no chão e, imediatamente, são cercados por uma revoada de pombos agradecidos.

O Dr. Scattolin imitou o andar de um pombo, a cabeça projetando-se para a frente, em movimentos sincopados com os ombros, em seguida baixando para bicar um grão de milho. Baixando e bicando, baixando e bicando. Ele imitava, perfeitamente, o andar altivo do pombo.

— Conseguir que um pombo pouse na palma da mão é bom — disse ele. — Melhor ainda, se houver dois ou três no braço, e um ou dois no ombro. Por que não? Já vi gente completamente coberta de pombos.

"Não se pode perceber nas fotografias, mas os pombos cheiram muito mal. É a mesma coisa com pingüins. As pessoas adoram ver filmes de pingüins."

Agora o Dr. Scattolin passou a imitar o andar balançado e de ombro duro dos pingüins.

— Mas, se ficarmos no meio dos pingüins, constataremos que eles fedem. Isso é porque pingüins e pombos têm em comum um hábito desagradável: constroem os ninhos com seus próprios excrementos.

Fez uma careta.

— Pombos ocupam locais escuros, especialmente passagens estreitas onde o sol não penetra. Foi isso o que aconteceu com a pequena *calle* que dá acesso ao campo San Vio, onde o senhor viu a captura hoje de manhã. Os pombos tornaram a *calle* intransitável. Era nojento. Recebíamos muitas queixas, por isso mandei os homens até lá para limparem o local. Os dois homens que o senhor viu operando a rede formam uma dupla de pai e filho. Trabalham juntos há vinte anos. Adquiriram uma habilidade rara: sabem o momento exato de lançar a rede. Se um pombo se assustar, ele foge. Isso envia um sinal instantâneo aos demais e, numa fração de segundo, todos se vão.

— O senhor vai mesmo libertar os saudáveis? — perguntei.

— Não. Examinaremos alguns, mas todos serão sacrificados com clorofórmio. Os homens, provavelmente, estavam apenas tentando tranqüilizá-lo, caso o senhor pertencesse ao Partido Verde ou fosse um *animalista.* Essa gente é muito grosseira. Gritam coisas do tipo: "Assassinos nazistas! Câmaras de gás!"

"Em Veneza, há tanta comida para os pombos que eles se reproduzem o ano inteiro... sete ou oito vezes, dois ovos a cada vez. Isso não é um ciclo natural. Em Londres, os pombos se reproduzem apenas uma vez por ano. Portanto, Veneza precisa lidar com o controle dos pombos o ano inteiro.

"Queremos reduzir a população de pombos na razão de 20 mil por ano, até alcançarmos um total de 40 mil. Já tentamos tudo. Já misturamos à comida substâncias químicas para controle de natalidade, mas a população de pombos continua a crescer. Agora estamos testando substâncias que contêm hormônios que simulam a gestação, na esperança de eliminar a ânsia de acasalamento por parte das fêmeas. Anos atrás, chegamos a importar falcões-peregrinos, que caçassem os pombos, mas cada falcão só caçava um pombo por dia e produzia excrementos muito piores do que os dos pombos. Os *animalisti* apresentaram suas próprias propostas. Disseram que deveríamos capturar pombos machos e castrá-los. Imagine! Custaria 100 mil liras [US$50] por pombo."

— Tenho uma idéia — disse eu.

O Dr. Scattolin ergueu as sobrancelhas.

— Notei que há oito barracas que vendem milho na praça de São Marcos. Por que não acabar com elas?

— Ah! — disse ele. — Porque a providência seria sensata.

— Mas, falando sério, por que não?

— Duas razões. Primeiro: porque Veneza quer manter os turistas entretidos, e os turistas se entretêm com os pombos; segundo: porque, acredite se quiser, vender milho a 4 mil liras o saco é negócio tão lucrativo que cada vendedor tem condições de pagar à cidade 300 milhões de liras [US$150 mil] por uma licença. Contudo, fixamos limites rígidos quanto aos locais onde os pombos podem ser alimentados. É legal somente na praça de São Marcos, e em nenhum outro local em Veneza. Se uma pessoa for pega alimentando pombos 3 metros fora da praça de São Marcos, será multada em 100 mil liras.

— Isso é absurdo — disse eu.

— É pior que absurdo — disse o Dr. Scattolin. — É contraditório, hipócrita, irresponsável, perigoso, desonesto, corrupto, injusto e totalmente insano.

Recostou-se na cadeira.

— Bem-vindo a Veneza.

JÁ FOI OBSERVADO QUE, NO MAPA, Veneza faz lembrar um peixe nadando no sentido leste-oeste. As nadadeiras posteriores são os bairros afastados de Castello e Sant'Elena. O corpo é o centro agitado de Veneza: a praça de São Marcos e o Rialto. A cabeça é a estação ferroviária e a área de estacionamento, a *piazzale* Roma, ligadas ao continente por uma longa ponte. A própria ponte pode ser vista como a linha que o peixe tem à boca. É possível dizer até que o Grande Canal, que desenha um curso em formato de S, atravessando a cidade, seria o canal digestivo do peixe.

Ao sul de Veneza, logo abaixo do peixe, existe uma ilha alongada e estreita que poderia ser vista como a travessa em que o peixe é servido: a Giudecca.

Seja lá o que mais for, a Giudecca é hoje um bucólico trecho de terra, situada a cerca de 270 metros do centro de Veneza, do outro lado do canal da Giudecca. O local tem uma igreja importante, nenhuma grande atração turística e nenhuma loja para turistas. Ali se localizavam as últimas fábricas de Veneza, e, portanto, a Giudecca tem sido associada a uma classe trabalhadora diferente, mais rude do que a de outros pontos de Veneza. As pessoas que vivem na Giudecca se consideram de uma estirpe à parte, sentimento que, de um jeito ou de outro, se aplica aos residentes de cada ilha da lagoa.

Durante muito tempo, alimentei a esperança de visitar um misterioso jardim cercado que ficava na Giudecca e a respeito do qual eu tinha lido, mas que nunca tinha visto. Projetado e construído no final do século XIX por Frederic Eden, tio-avô do primeiro-ministro britânico Anthony Eden, chamava-se, naturalmente, Jardim do Éden. Com uma superfície de cerca de 16 mil metros quadrados, era o maior jardim particular de Veneza. Eu não conhecia ninguém que houvesse transposto aqueles muros.

Até a Giudecca eram apenas três minutos de *vaporetto*, o barulhento transporte aquático dotado de teto plano sobre uma coberta de proa aberta, estranhamente semelhante ao barco a vapor em que Humphrey Bogart viaja em *Uma Aventura na África*. Nosso *vaporetto* foi recebido no atracadouro por um condutor uniformizado que trouxe a embarcação para o cais com gestos extravagantes e instruções veementes ao piloto:

— Um pouco mais à frente! Agora, para trás! Um pouco mais! Mais perto, mais perto! Agora, enrole a corda. Isso!

O sujeito me lembrou o policial em Milão que costumava dirigir o trânsito com um balé cômico, sacudindo os braços e fazendo piruetas.

O condutor — alto, magro, com cerca de 55 anos — tinha um ar de júbilo angelical e parecia radiante com a chegada dos passageiros.

Enquanto desembarcávamos, ele se perfilou e bateu continência. Ouvi alguém cumprimentá-lo como "*Capitano* Mario". Fiquei fascinado, mas tudo aquilo me pareceu bastante fora do comum, se não esquisito. Jamais tinha visto um condutor trazer um *vaporetto* ao cais. Sozinhos, os pilotos desincumbiam-se muito bem. Atracar um *vaporetto* não era mais difícil do que parar em um ponto de ônibus.

De qualquer modo, naquela tarde não tive sorte na tentativa de entrar no Jardim do Éden, e nada mais consegui além da visão tentadora das copas de magnólias, ciprestes e chorões podados que se projetavam acima dos muros de 6 metros de altura. Quando perguntei, em um dos bares do cais, disseram-me que o jardim pertencia agora a um pintor austríaco chamado Hundertwasser, que não morava lá e que, propositadamente, permitira que o jardim voltasse ao seu estado selvagem. Todavia o antigo caseiro responsável pelo jardim freqüentava o bar local sempre à mesma hora, e se eu voltasse na tarde de sexta-feira talvez conseguisse falar com ele. Quando voltei na sexta-feira, encontrei o antigo caseiro, mas ele disse que já não tinha contato com o proprietário e que, até onde soubesse, havia anos que ninguém conseguia entrar no jardim.

Estava a ponto de ir embora quando vi um *carabiniere* de pé diante do bar, tomando um drinque. Trajava uniforme completo — camisa branca, gravata azul, terno azul-escuro, com faixas vermelhas largas nas laterais das pernas das calças. Eu tinha ficado um pouco surpreso ao ver dois *carabinieri* uniformizados fumando cigarros enquanto montavam guarda ao Fenice, alguns dias antes. Mas bebendo em um bar? Até mesmo para os italianos, notoriamente não-militaristas, aquilo parecia demais. Isto é, até que notei que o *carabiniere* era o mesmo homem que atuara como condutor do *vaporetto*, no início daquela semana.

Olhando mais atentamente, percebi que a camisa estava amassada, a gravata suja e torta, e o terno necessitava de conserto e uma boa lavagem a seco. Os sapatos pretos, já gastos, salvo engano, eram os mesmos que ele usava quando trabalhava de condutor do *vaporetto.* Tudo se tornava mais claro e, uma semana mais tarde, tornou-se mais claro ainda, quando, a caminho de um encontro na Giudecca, encontrei-o sentado a uma mesa, do lado de fora de um bar à beira do cais. Desta feita, ele vestia uniforme branco da Marinha e os mesmos sapatos pretos. Eu estava cerca de meia hora adiantado para meu encontro; portanto, sentei-me a uma mesa ao lado da dele e pedi uma cerveja. Quando ele se voltou para mim, fiz um aceno de cabeça e disse:

— *Buon giorno, capitano.*

Ele bateu continência e, em seguida, estendeu a mão.

— *Capitano* Mario Moro!

— Prazer em conhecê-lo — disse eu. — Não foi o senhor que estava no ponto do *vaporetto* o outro dia?

— Em Palanca? Sim, era! Às vezes, fico no ponto de Redentore, ou de Zitelle.

Fez um gesto, com a garrafa de cerveja, indicando a localização dos outros dois pontos, mais abaixo no cais.

— E, também, na sexta-feira — disse eu —, se não estiver enganado, eu vi o senhor aqui no bar, de uniforme de *carabiniere*, não foi?

Ele voltou a bater continência, ainda sentado.

— Hoje — disse eu —, vejo que o senhor é da Marinha.

— Sim! — disse ele. — Mas amanhã... *amanhã*...!

— Que será amanhã?

Ele se inclinou em minha direção, os olhos arregalados.

— *Guardia di Finanza!* — A polícia fiscal.

— Esplêndido! — disse eu. — E qual a cor dessa?

Ele recuou, surpreso com minha ignorância.

— Cinza, é claro — disse ele.

— Sim, é claro. E depois? Quero dizer, quais as outras que o senhor tem?

— Muitas — disse ele. — Muitas, muitas.

— Soldado?

— Mas é claro!

— Aeronauta?

— Sim, essa também.

— E que tal bombeiro?

Subitamente, ele deu um pulo, fez meia-volta e saiu, com passos pomposos, desaparecendo em uma passagem entre dois edifícios. Um homem sentado a uma outra mesa tinha acompanhado a conversa.

— Talvez eu não devesse ter sido tão curioso — disse eu. — Espero não tê-lo ofendido.

— Não acho que o ofendeu — disse o homem. — Mario não se ofende tão facilmente.

— O que fez com que ele saísse tão depressa?

O homem lançou um olhar na direção que Mario tomara.

— Não sei — disse ele. — Mario vive no seu próprio mundo. É eletricista, o senhor sabe, e dos bons. Faz pequenos trabalhos para os residentes daqui da Giudecca. Quem o vê trabalhando, especialmente antes das 10h, antes de ele tomar uma cerveja, não nota nada de muito estranho nele... embora uma vez tenha vindo à minha casa consertar uma fiação vestido de guarda penitenciário. Se me lembro bem, ele sempre usou esses uniformes.

— Onde ele os obtém?

— As pessoas sempre lhe dão coisas. Às vezes, um uniforme completo, às vezes, apenas partes... Por exemplo, um chapéu, um paletó, mas sem as calças. Ele tem uniformes do Exército, da Marinha, dos Fuzileiros Navais, do Corpo de Bombeiros e da *Guardia di Finanza*, conforme acabou de lhe dizer. Recentemente, o vi usando um macacão alaranjado que alguém da companhia de gás deve ter lhe dado.

— Não é um passatempo comum — arrisquei.

— Não — disse o homem —, ele tem a cabeça nas nuvens. Está num estado onírico. Assim como todos nós às vezes nos encontramos.

— Só que mais exacerbado.

— É verdade; mas, como eu disse, ele não é o único. Nosso garçom, aqui, por exemplo. Sonha em ser astro de futebol. É obcecado pela idéia. Não consegue falar de outra coisa. Em casa, as paredes do quarto dele são forradas de cartazes de futebol, flâmulas e fotos dos seus heróis. De vez em quando, ele dá um vigoroso pontapé no vento, como se estivesse prestes a marcar um gol, e, em seguida, dá um soco no ar. Se ele fosse Mario, nesses momentos estaria usando meião, calção e camisa oficial. Essa é a única diferença.

Olhei para dentro do restaurante. Um aparelho de televisão posicionado acima do bar estava sintonizado em uma partida de futebol. O garçom olhava o jogo sempre que passava diante da TV.

— O mesmo acontece com as famílias que há várias gerações vivem em palácios — prosseguiu o homem. — Acham que ainda vivemos trezentos anos atrás, quando ser da nobreza realmente significava algo. Cada artista que o senhor vê armando o cavalete por aqui mentalmente se acha o próximo Tintoretto ou de Chirico. E, pode acreditar, os pescadores que flutuam na lagoa o dia inteiro não pensam apenas em peixe. O mesmo acontece com Mario.

O homem baixou a voz, como se quisesse fazer uma confidência.

— E, a exemplo de outras pessoas, Mario às vezes esquece que está sonhando.

No momento em que terminávamos de beber nossas cervejas, Mario reapareceu diante das mesas, estalando os calcanhares e batendo continência. Tinha mudado de roupa e usava uniforme de bombeiro — chapéu preto, botas pretas e uma jaqueta preta comprida, adornada de vistosas listras amarelas que refletiam a luz.

— Bravo, Mario! — disse o homem que estava na outra mesa.

Mario virou-se de costas, para nos mostrar as palavras VIGILI DEL FUOCO, "bombeiros", escritas em letras luminosas.

— Quando ocorre um incêndio — disse ele, com orgulho —, sou chamado.

— E o senhor ajuda a apagar o incêndio? — perguntei.

— Às vezes.

— Diga-me, o que o senhor fez na noite em que o Fenice pegou fogo? O senhor ajudou?

— Eu estava no Do Mori quando recebi a notícia — disse ele, apontando para o restaurante. — Todos viemos para fora, e podíamos avistar as labaredas daqui.

Fez um gesto, com o braço esticado, indicando o panorama do outro lado do canal da Giudecca: o litoral de Zattere, Santa Maria della Salute, o campanário de São Marcos e a ilha de San Giorgio Maggiore.

— O céu estava vermelho — disse ele. — Pedaços de madeira incandescente voavam por cima das nossas cabeças, vindo lá do Fenice. Fui até em casa, imediatamente, e vesti meu uniforme.

— E, então, o senhor foi até o Fenice?

— Não. Naquela noite meus... meus colegas já estavam lá. Precisei ficar aqui, para dar instruções ao helicóptero.

Mario enfiou a mão no bolso enorme e retirou um par de fones de ouvido feitos de plástico alaranjado. Colocou os fones. Em uma das mãos, tinha um megafone, na outra um par de binóculos. Então, olhando o céu acima da praça de São Marcos, abanou os braços, imitando um fiscal de pátio na pista de decolagem, sinalizando para o piloto. Os movimentos eram tão exagerados que ele mais parecia um sujeito abandonado em uma ilha deserta, desesperadamente tentando atrair a atenção de um avião em sobrevôo.

— Quando o helicóptero sobrevoou o Grande Canal para pegar água — disse ele —, eu dei o sinal para ir em frente!

Mario continuou abanando os braços e olhando para o céu, com um sorriso angelical no rosto.

Pessoas que caminhavam pelo cais pararam e também olharam para o alto, querendo saber o motivo da comoção. Tudo o que conseguiam ver era um céu pacífico e claro. Como poderiam saber que o *capitano* Mario Moro estava revivendo seu heroísmo (imaginado) na noite em que o Fenice ardeu — sinalizando para o piloto de um helicóptero, que, batendo continência, aceitava o comando, mergulhava, sobrevoava a superfície do Grande Canal e recolhia mais um tanque de água.

MEU CONTATO POR ACASO COM MARIO MORO ocorreu no momento em que eu me dirigia para um encontro com um homem que suscitara minha curiosidade, no início daquela semana, quando, em entrevista a um jornal, ele tinha criticado os diretores do Festival de Cinema de Veneza, chamando-os de "funcionários mesquinhos e corruptos, que selecionam filminhos da moda para competir pelos prêmios, em vez de apontarem filmes grandiosos e de qualidade".

O sujeito não podia ser dispensado como um mero ranzinza, pois se tratava do conde Giovanni Volpi, filho do fundador do festival, e, todos os anos, era ele quem se encarregava de fornecer os troféus Volpi, ofertados ao melhor ator e à melhor atriz. Por acaso, o festival de cinema era apenas um dos muitos alvos da ira de Giovanni Volpi. Tudo em Veneza o irritava.

A principal queixa de Volpi era a condenação póstuma de seu pai, que Giovanni considerava flagrantemente injusta. A despeito do que as pessoas pensavam do falecido Giuseppe Volpi, era consenso que ele tinha sido o veneziano mais importante do século XX, e o festival de cinema era uma de suas menores realizações.

Giuseppe Volpi trouxe a luz elétrica para Veneza, para o nordeste da Itália e para grande parte dos Bálcãs, em 1903. Projetou e construiu a cidade portuária de Marghera, no continente. Alargou a ponte ferroviária para o continente, possibilitando o acesso de carros e caminhões à *piazzale* Roma, em Veneza. Restaurou um palácio velho e dilapidado, à beira do Grande Canal, e o transformou no mundialmente famoso Hotel Gritti; então adquiriu hotéis de cinco estrelas por toda a Itália, criando um monopólio e fundando a cadeia de hotéis de luxo CIGA. Desempenhou papel fundamental na criação do Museu Correr, na praça de São Marcos. Negociou o tratado de paz entre Turquia e Itália, em 1912, que concedeu a Líbia e a ilha de Rodes à Itália, e mais tarde foi governador da Líbia. Intermediou o pagamento da dívida da Itália com os Estados Unidos e a Grã-Bretanha, depois da Primeira Guerra Mundial, em termos extremamente vantajosos para a Itália. Participou da Conferência de Paz de Versalhes, em 1919, como membro da delegação italiana, e mais tarde foi ministro da Fazenda de Mussolini.

Durante a maior parte da sua carreira, Giuseppe Volpi ficou conhecido, popularmente, na intimidade e na imprensa, pelo apelido "o Último Doge de Veneza". Mas, hoje em dia, passados cinqüenta anos, era lembrado, principalmente, como alto funcionário do regime fascista. Em Veneza, na melhor das hipóteses, ele era visto de modo ambivalente, e isso era o que mais enfurecia o seu filho.

Os comentários de Giovanni Volpi acerca do festival de cinema fizeram dele, durante alguns dias, o tema das conversas, e tomei conhecimento das linhas gerais da sua história pessoal.

Nascera em 1938, fruto de relação extraconjugal entre Giuseppe Volpi e sua amante, Nathalie LaCloche, uma algeriana de origem francesa, uma *pied-noir*: loura, inteligente e linda. Giuseppe, que era casado e pai de duas filhas adultas, legitimou o nascimento de Giovanni, conseguindo que o governo aprovasse uma lei que foi apagada dos códigos assim que cumpriu o seu propósito. Quatro anos mais tarde, em 1942, a esposa do conde Volpi faleceu, e ele se casou com Nathalie LaCloche. Viveram a maior parte do tempo no imenso palácio dos Volpi, em Roma, e passavam os verões em um palacete na Giudecca.

Perto do final da guerra, os alemães capturaram Volpi e injetaram-lhe substâncias químicas potentes para fazê-lo falar; mas conseguiram tão-somente destruir-lhe a saúde. Morreu em Roma, em 1947, aos 70 anos, legando a Giovanni, então com 9 anos, um grande patrimônio, que incluía o palácio Volpi, com 75 cômodos, localizado no Grande Canal, um palácio em Roma com trezentos cômodos, uma fazenda na Líbia com cerca de 16 mil metros quadrados e outras propriedades e bens suficientes para manter um alto padrão de vida no palacete na Giudecca, bem equipado e com toda a criadagem. Giovanni possuía uma flotilha de três barcos a motor, incluindo a lancha a motor mais antiga de Veneza — uma Celli, de 1928, construída à mão, que pertencera a seu pai e que atraía a atenção geral, aonde quer que fosse. Giovanni Volpi jamais se mudou para o palácio no Grande Canal, e, na verdade, depois do falecimento da mãe, ninguém morou lá. Contudo, ele o mantinha mobiliado e impecavelmente preservado.

— Ah, o Giovanni — disse uma veneziana que o conhecia bem — pode ser bastante espirituoso e divertido, mas, na maior parte do tempo, é profundamente infeliz. Tem quase um *status* de príncipe em Veneza, mas rejeita esse *status*. Se for convidado para uma festa, não diz que sim, não diz que não, e não comparece. Odeia os venezianos!

Por algum motivo, entretanto, Volpi se relacionava bem com norte-americanos. Ao saber disso, decidi telefonar-lhe, pensando que valeria a pena ouvir uma opinião contrária a respeito de Veneza.

— Não tem problema — disse ele, assim que perguntei. — Venha até aqui.

A casa de Volpi na Giudecca, o palacete Ca' Leone, ficava detrás de um muro alto de tijolos construído ao longo de um canal tranqüilo, exatamente do outro lado do misterioso Jardim do Éden, escondido detrás de outro muro de tijolos. Um caseiro atendeu à porta e conduziu-me por uma ala de gardênias perfumadas até uma sala de visitas. Portas-janelas davam para uma vista panorâmica da lagoa, voltada para o sul — em outras palavras, de costas para Veneza. A decoração da sala não tinha características venezianas, o que talvez fosse proposital. Ouvi a voz de Volpi, no cômodo ao lado, concluindo uma conversa telefônica em francês. Veio ao meu encontro assim que terminou e, depois de me oferecer um drinque, sentou-se de frente para mim. Usava camisa de lã escura, calças de veludo e sapatos pesados, próprios para qualquer tipo de clima. Tinha um ar taciturno, que foi interrompido por um sorriso breve, fugaz.

— Muito bem, vamos lá! — disse ele. — O que você quer saber?

— Desculpe-me a franqueza — disse eu —, mas qual é o problema entre o senhor e Veneza?

Ele riu, mas, assim que começou a falar, percebi que o assunto não era piada. Falava inglês fluente, com um tom de voz sério e grave.

— Sou filho de um homem que venceu pelo próprio esforço e que, sozinho, empurrou Veneza para o século XX e a manteve em perfeito funcionamento até o advento da guerra. Morreu em 1947, e desde então a coisa tem ido morro abaixo.

— Como assim?

— É difícil saber onde começar. Muito bem, vejamos o porto industrial de Marghera. Eis o Grande Poluidor, o Destruidor da ecologia da lagoa! Certo? E meu pai é, supostamente, o vilão, por ter construído o porto. Quando meu pai projetou Marghera, em 1917, os venezianos passavam fome. Vestiam-se de trapos; e cinco pessoas moravam num mesmo cômodo. Dez mil empregos eram necessários. Então ele construiu o porto, aterrou alguns alagadiços, desenvolveu o local para o governo e vendeu terrenos a várias indústrias... estaleiros e fábricas. Foi somente depois da guerra, depois que ele já estava morto, que os responsáveis, idiotas, aterraram mais dois trechos da lagoa. Ele jamais teve intenção de fazer tal coisa, e hoje, obviamente, todos sabemos que foi um equívoco, sob o ponto de vista ecológico.

"Mas o pior de tudo é que, também depois que ele morreu, construíram refinarias de petróleo e trouxeram grandes petroleiros para a lagoa. Navios-tanques sugam mais água que qualquer outro navio; portanto foi necessário abrir um canal profundo para eles. A profundidade média da lagoa é de um metro e vinte, um metro e meio, mas o canal para os petroleiros tem 15 metros de profundidade. A água costumava entrar e sair da lagoa, tranqüilamente, acompanhando as marés. Agora entra e sai com força, revolvendo o fundo da lagoa. É isso que está destruindo a ecologia. Meu pai jamais permitiria uma coisa dessas. Mas é culpado por isso.

"Quem vê os petroleiros cruzando a lagoa não acha que estão provocando muitas ondas, mas enquanto se movem deslocam 80 toneladas de água, e a água tem de correr, imediatamente, para preencher o vácuo deixado por eles. Hoje em dia os petroleiros mantêm uma boa distância de Veneza, mas nos primeiros anos passavam tão perto que chegavam a sugar água dos pequenos canais vicinais. Eu via isso em frente à minha porta o tempo inteiro. O nível da água, de repente, baixava e, em seguida, voltava a subir. Esse tipo de turbulência abala as fundações."

Volpi falava com energia, mas sua voz revelava um tom de desespero. De vez em quando, suspirava profundamente.

— Depois da guerra, meu pai foi investigado e julgado por supostos lucros obtidos sob o regime, assim como outras figuras importantes na Itália. Ele vinha obtendo ganho de causa em cada instância quando foi declarada uma anistia e o julgamento foi interrompido. Para meu pai, isso foi uma infelicidade, porque deixou dúvidas no ar. E hoje em dia ainda tem gente que diz que ele enriqueceu com o fascismo, mas isso é pura propaganda política. Mussolini chegou ao poder em 1922. Meu pai fez fortuna com eletricidade e a cadeia de hotéis CIGA décadas antes. Não era nem mais nem menos fascista do que o senador Agnelli, que fundou a Fiat.

"Dizem também que Mussolini conferiu a meu pai o título de conde. Outra mentira dolosa. Aguarde um minuto, volto já."

Volpi levantou-se e foi até outro aposento. Voltou com a fotocópia de uma carta do primeiro-ministro Giovanni Giolitti, declarando que Sua Majestade o rei tinha grande satisfação em outorgar o título hereditário de conde a Giuseppe Volpi. A carta estava datada de 23 de dezembro de 1920 — pré-Mussolini.

— Por causa dessas mentiras dolosas — prosseguiu Volpi —, os venezianos desprezam a memória de meu pai. Raramente pronunciam seu nome. E, quando o fazem, é porque não têm como evitá-lo. Para os venezianos, dar qualquer crédito a meu pai é uma declaração de fracasso, porque, desde que ele morreu, ninguém em Veneza fez algo tão positivo quanto o que ele fez. O verdadeiro crime que ele cometeu foi ter sido um profeta em seu tempo, em seu próprio país.

— Mas — disse eu — seu pai está sepultado na igreja Frari, que é considerada o panteão de Veneza. É uma grande honra, não?

— Claro que é, mas não foi Veneza que o depositou ali. Foi o papa João XXIII, e ninguém se atreveria a contrariá-lo. Ele conhecia meu pai, e escreveu o epitáfio inscrito no túmulo: "INGENIO, LABORE ET FIDE [Inteligência, Trabalho e Fé], Johannes XXIII p.p." Hoje em dia, seria impossível sepultá-lo em Frari.

— Qual o sentimento do restante da família a esse respeito? — perguntei.

— Não existe "restante da família" — disse ele. — Quero dizer, existe e não existe.

Volpi deteve-se por um instante e deu um de seus grandes suspiros. Em seguida se recompôs.

— Bem, acho que agora devo contar-lhe como, ou melhor, por que nasci. Na verdade, é uma ótima história.

"Em 1937, meu pai estava com quase 60 anos. Suas duas filhas estavam casadas, e ele tinha um neto e duas netas, mas não tinha filho. Então, ele procura o genro, pai do neto, que era um Cicogna, sobrenome importante em Milão, e diz: 'Estou pensando no que vai acontecer depois que eu morrer. Passei a vida inteira construindo meu patrimônio e não tenho um filho a quem deixar tudo. Que você acha de eu adotar o seu filho? Ele assumiria o nome Volpi e me sucederia.' O genro decide que é tudo ou nada e diz, indignado: 'O senhor? Um Volpi adotar um Cicogna! Quer que meu filho abra mão de um sobrenome glorificado ao longo de séculos de história? Como pode pensar em algo semelhante!' Ele esperava que meu pai fizesse uma proposta envolvendo muito dinheiro. Em vez disso, meu pai o interrompe e diz: 'Um momento! Alto lá! Sabe do que mais, esta conversa jamais aconteceu. Desculpe-me por ter tocado nesse assunto. Da minha parte, será como se isso nunca tivesse sido mencionado.'

"Portanto o Cicogna tudo quer e tudo perde, e meu pai procura minha mãe e diz: 'Quer fazer um filho?' E foi assim que eu nasci."

— O senhor tem muito que agradecer aos Cicogna — disse eu.

— Hum, é certo — disse Volpi. — Em todo caso, minha chegada frustrou as expectativas de herança das minhas irmãs, como você pode imaginar. Então, em 1946, quando meu pai adoece gravemente, advogados o procuram, acompanhados de meus cunhados imprestáveis, e exigem o pagamento de uma importância hoje equivalente a cerca de US$20 milhões.

"Meu pai diz: 'Por quê? Eu dou dinheiro às minhas filhas o tempo todo. Mas nunca mexo no capital principal.' Então os advogados dizem... e isso é fantástico: 'Desta vez, o senhor vai ter de mexer. Caso contrário, aplicaremos as leis raciais e seu casamento será anulado, pois sua esposa é judia de nascença, o que é proibido, conforme o senhor sabe. E a legitimidade de Giovanni será anulada também.'"

— Pensei que as leis raciais tivessem sido revogadas quando a guerra acabou — disse eu.

— Sim, mas na Itália isso não aconteceu imediatamente. As leis raciais não estavam sendo observadas, mas, na realidade, ainda não tinham sido revogadas. Então meu pai, que tinha sangue-frio, pede a um amigo para falar com o secretário de Estado do Vaticano, que diz: "Por mais absurdo que pareça, se eu fosse o conde Volpi, eu pagaria, pois o caso pode vir a ser julgado por um juiz anti-semita que poderia, com legitimidade, decidir contra ele."

"Meu pai sabia que, se perdesse, a condenação poderia ser anulada assim que as leis raciais fossem revogadas, o que era apenas uma questão de tempo. O problema é que, quando isso acontecesse, digamos, a vaca já teria ido para o brejo, e ele jamais recuperaria todo o dinheiro, talvez nem mesmo boa parte dele. Então ele tenta ganhar tempo e começa a pagar por meio de parcelas. Quando já pagou três quartos da soma, as leis raciais são abolidas e ele suspende os pagamentos. Minhas meias-irmãs sempre juraram que não chantagearam o pai, mas existe o registro do dinheiro pago a elas. Então elas dizem que foram os maridos que fizeram tudo."

— Onde estão suas meias-irmãs agora?

— Eram trinta anos mais velhas que eu. Uma já morreu, a outra mora perto da Salute.

— A exemplo do senhor, ela também se ressente da falta de respeito pela memória do pai?

— Se ressente nada! Ao contrário — disse Volpi —, foi ela quem o denunciou! Ela deu entrevistas para a televisão americana, nas décadas de 1960 e 1970, dizendo que o pai havia, "infelizmente", criado Marghera. Quem ouve isso de uma das filhas dele, naturalmente, supõe que Giuseppe Volpi fosse, de fato, um criminoso.

— O senhor já falou com ela a esse respeito?

— Não falo com ela desde 1947.

— A coisa é séria mesmo.

— Ora, mas é tão injusto! Veneza era a paixão de meu pai. Em seu coração, ele tinha apenas os interesses de Veneza. Alguém... não posso dizer-lhe quem... alguém fez uma descrição maravilhosa dele. Vou ler para você.

Volpi retirou um livro da prateleira e leu um trecho:

— "O conde Giuseppe Volpi talvez seja o único veneziano que, verdadeiramente, ama sua cidade natal. Para ele, Veneza é a cidade universal. Se o mundo se tornasse uma grande Veneza, o reduto dos sentimentos humanos mais elevados, ele se consideraria um homem feliz. Sua melancolia decorre do conhecimento de que esse sonho jamais poderá ser concretizado."

Volpi fechou o livro.

— Muito bem — disse eu. — Quem escreveu isso?

— Mussolini.

— O senhor poderá um dia amar Veneza? — perguntei.

— Eu amo Veneza. São os venezianos que me irritam. São consumidos por ciúme e inveja... de tudo e de todos. São uns palhaços.

— Que seria necessário para que o senhor, finalmente, deixasse de lado sua indignação? — perguntei.

Volpi pensou um pouco e, então, deu um dos seus suspiros.

— As contas entre esta cidade e meu pai ainda não foram acertadas. Se Veneza der o nome de meu pai a alguma rua ou praça... e que não seja uma rua ou praça sem importância... então, e somente então, talvez eu sinta que ele teve o reconhecimento que merece.

{ 5 }

COMBUSTÃO LENTA

Na mesma tarde em que Mario Moro revivia a noite do incêndio do Fenice fazendo sinais para um piloto de helicóptero imaginário, a equipe de peritos que investigava o sinistro entregou ao juiz o relatório preliminar: o incêndio não tinha sido criminoso.

Os peritos chegaram a essa conclusão, assim diziam, porque ficou provado que os últimos operários deixaram o teatro às 19h30, e o incêndio só iniciara cerca de uma hora depois. A teoria era de que incêndios criminosos, de modo geral, envolveriam o uso de substâncias altamente inflamáveis e se espalhariam minutos após serem deflagrados. Incêndios acidentais costumam arder lentamente, durante algum tempo, e tudo indicava que o fogo que destruiu o Fenice ardeu com lentidão ao menos por duas horas. As pesadas vigas de madeira que sustentavam o piso do saguão do terceiro andar, o *ridotto del loggione*, onde se supunha que a deflagração houvesse começado, tinham ficado totalmente carbonizadas, o que indicava combustão lenta e penetrante. De acordo com o relatório, era provável que o incêndio tivesse iniciado quando resinas utilizadas no acabamento dos assoalhos de madeira entraram em combustão, em conseqüência de alguma faísca, curto-circuito ou ponta de cigarro acesa, ou mesmo do calor de algum fio com sobrecarga elétrica. Mais de mil quilos de resinas tinham sido armazenados no *ridotto*, e alguns dos recipientes foram deixados abertos. Os peritos também relataram que oito indivíduos que se encontravam nas cercanias do Fenice na noite em questão se apresentaram, depois do incêndio, para declarar que tinham sentido cheiro de algo queimando já às 18h. Isso também apontava para uma deflagração lenta.

Com base no que haviam apurado, os peritos estimavam que o fogo ardera lentamente durante duas ou três horas, de modo que deveria ter iniciado por volta das 18h.

No relatório inicial, eram citadas as condições caóticas do Fenice, as quais tornaram o incêndio quase inevitável. O promotor público, Felice Casson, compilou uma lista de pessoas por ele consideradas responsáveis por tais condições e, em seguida, convocou-as a comparecer diante do juiz, ocasião em que lhes informou que estavam sob investigação por negligência. Caso as investigações resultassem em acusação formal, ele buscaria a condenação a penas em regime fechado.

O prefeito Massimo Cacciari encabeçava a lista de possíveis acusados. Na condição de prefeito, Cacciari era, automaticamente, presidente do Fenice, portanto a segurança do teatro era de sua responsabilidade. Os demais que estavam sob investigação incluíam o gerente geral, o secretário geral, o tesoureiro, o administrador geral e o diretor de restauração do Fenice, bem como o engenheiro-chefe de Veneza.

A maioria dos acusados era composta de homens influentes, e, prontamente, contrataram os advogados que contavam com maior força política. A despeito dos elementos do caso que pesavam em seu favor, havia contra eles um fator crucial: Felice Casson, promotor de rara coragem e contumácia.

Aos 42 anos de idade, Casson não aparentava o que era. Usando óculos, de porte franzino, tinha cabelos lisos castanhos, tez pálida e um rosto jovem, no qual o traço mais proeminente, paradoxalmente, era o queixo retraído. Casson era natural de Chioggia, vilarejo pesqueiro na extremidade sul do Lido, e não tinha qualquer pretensão social ou ambição. Seu único capricho de indumentária era uma preferência por camisa esporte, sem colarinho, que ele usava quase o tempo inteiro, até sob os paramentos jurídicos. Jogava em um time de futebol na companhia de outros magistrados, mas sua paixão era o basquetebol norte-americano. Quando viajava aos Estados Unidos, mesmo a trabalho, sempre fazia planos para assistir a, pelo menos, uma partida da NBA, e ainda falava de um confronto memorável, entre o Chicago Bulls e o New York Knicks, em que Michael Jordan conseguiu anular dois jogadores de defesa destinados a marcá-lo o jogo inteiro. Mas, de modo geral, Felice Casson era o tipo de pessoa capaz de passar despercebido em um recinto repleto. Sua presença era tão discreta que era quase possível imaginá-lo atravessando paredes. Todavia, uma característica física indicava a existência de turbulência interna, de combustão contida. Sempre que se irritava, seu rosto ficava rosado, depois vermelho, depois purpúreo, desde o topo da fronte até a base do pescoço. Sua fisionomia e voz não demonstravam a menor emoção, mas era impossível disfarçar a vermelhidão do rosto. Casson era famoso por essa característica. Réus que seriam interrogados por ele eram instruídos a observar o rubor e se comportar de acordo.

Casson estabeleceu-se como um promotor público obstinado já no início da carreira, quando, em 1982, reabriu um caso não resolvido, de 1972, um atentado à bomba em que três policiais foram mortos perto de Trieste. Os policiais, respondendo a uma denúncia por telefone acerca de um carro suspeito, abriram o capô do carro e detonaram uma bomba que os matou instantaneamente. As mortes foram atribuídas a militantes do grupo Brigadas Vermelhas, e centenas de esquerdistas foram convocados a depor, mas ninguém chegou a ser acusado. Dez anos depois, Casson, na ocasião um promotor de 28 anos, recebeu a missão de reabrir o caso, na expectativa de que lograsse amarrar algumas questões e arquivar o processo para sempre.

No entanto, embora tenha recebido propositadamente informações truncadas por parte da polícia e do serviço secreto, Casson conseguiu virar o caso de cabeça para baixo. Descobriu, em primeiro lugar, que a polícia jamais investigara o incidente. Pesquisando os explosivos, constatou que a trilha levava a um grupo de *direita*. Agindo com rapidez, prendeu o acusado e obteve uma confissão que incluía a revelação surpreendente de que, três semanas após o atentado, a polícia civil, a polícia federal, os serviços secretos civil e militar, bem como o Ministério do Interior, já conheciam a verdadeira história. Todas essas instituições tinham conspirado para abafar o caso, por razões políticas. Casson pôs a parte culpada atrás das grades, mas não parou ali.

Solicitou e obteve autorização para pesquisar os arquivos do serviço secreto italiano. Nos arquivos, encontrou documentos que revelavam a existência de uma milícia paramilitar secreta, cujo codinome era Gladio, organizada e financiada pela CIA em 1956 para pôr em prática táticas de guerrilha no caso de a União Soviética invadir a Itália. A Gladio foi contemplada com um campo de treinamento secreto, na Sardenha, e contava com 139 depósitos de armas e munições escondidos por todo o norte da Itália. Os 622 agentes da Gladio eram treinados em espionagem, sabotagem, comunicações radiofônicas e no planejamento de esquemas de fuga.

Ainda que, no contexto da Guerra Fria, a criação de uma milícia de resistência pudesse ser justificada, Casson encontrou referências preocupantes à "subversão interna" nos documentos da Gladio. Casson descobriu, então, que a rede de agentes da organização, predominantemente de extrema direita, tinha empregado os suprimentos e a infra-estrutura da Gladio para realizar ataques terroristas dentro da Itália, com a intenção de comprometer partidos políticos nacionais de esquerda.

Avançando, em surdina, com a investigação ao longo da década de 1980, Casson desvelou indícios que ligavam a Gladio a uma onda de atentados fatais ocorridos na Itália nas décadas de 1970 e 1980, todos atribuídos à esquerda. A seqüência de provas também indicava que a Gladio tinha participado em nada menos do que três tentativas frustradas de derrubar o governo legítimo da Itália — em 1964, 1969 e 1973.

Finalmente, em 1990, Casson trouxe a questão ao conhecimento do público, quando insistiu em entrevistar o primeiro-ministro da Itália, Giulio Andreotti. Ele forçou Andreotti a comparecer diante do Parlamento e fazer um relato detalhado acerca da Gladio, cuja existência, durante trinta anos, ele negara. Ao mesmo tempo, Casson intimou o presidente Francesco Cossiga e o obrigou a admitir, sob juramento, que tinha auxiliado na organização da Gladio quando trabalhava no Ministério da Defesa, na década de 1960. Pouco tempo depois, Andreotti ordenou o desmantelamento da Gladio.

Como resultado direto das revelações feitas por Casson, jorraram informações sobre a existência de outras milícias secretas, similares à Gladio, criadas pela CIA na França, Espanha, Bélgica, nos Países Baixos, na Grécia, Alemanha, Suíça, Áustria, Dinamarca, Suécia, Noruega, Finlândia e Turquia.

Casson se manteve na trilha da Gladio de maneira implacável, apesar do perigo evidente. Conforme mais tarde ele admitiu: "Foi uma sensação terrível saber que eu era a única pessoa que tinha conhecimento da existência da Gladio, a não ser pelos seus próprios integrantes, e pensar que eles poderiam me matar a qualquer momento."

Comparada à provação de seguir sozinho no encalço de uma milícia ilegal e assassina, a perspectiva de enfrentar um grupo de educados funcionários de colarinho-branco acusados de negligência administrativa na gestão do Teatro Fenice era, para Casson, como deslizar em uma gôndola.

Sabendo que qualquer tentativa de acordo seria inútil, os advogados dos réus optaram por atacar a credibilidade da equipe de peritos que assessorava Casson. Francesco D'Elia, advogado do vigia do Fenice, reagiu com escárnio à indicação de dois dos peritos: Alfio Pini, chefe do Corpo de Bombeiros, e Leonardo Corbo, diretor nacional da Defesa Civil.

— O chefe do Corpo de Bombeiros é apontado como perito? — exclamou D'Elia, falando a um repórter de televisão. — Ele deveria ser réu! Estava a cinco minutos de distância do Fenice quando o fogo começou, mas só chegou lá meia hora depois. Por que tamanha demora? Até eu cheguei lá antes dele. E o superior dele em Roma, Corbo, também deve ser responsabilizado, porque o Corpo de Bombeiros trabalhou mal em todos os sentidos. Adotaram os procedimentos adequados? Tinham os equipamentos adequados? O chefe dos bombeiros e o superior dizem que sim, mas que mais poderiam dizer? Se dissessem a verdade, seria o mesmo que uma admissão de culpa.

"Os bombeiros não sabiam que o canal do Fenice estava vazio e fechado, mas deveriam saber. Foram obrigados a voltar e descer por outro canal, perdendo minutos preciosos.

"Traziam consigo apenas velhas mangueiras de lona, três das quais estavam avariadas e tiveram de ser consertadas.

"Tinham velhas escadas de madeira, que não alcançavam a altura das janelas.

"Não tinham uniformes resistentes ao fogo.

"Não tinham extintores com substâncias químicas capazes de absorver oxigênio e, literalmente, sufocar o fogo. Esse equipamento é hoje padrão no combate a incêndios em prédios vazios. Os bombeiros estavam mal-equipados, e a culpa é de Pini e Corbo, os supostos peritos."

Respondendo a essas imputações, Casson explicou que o chefe dos bombeiros, Alfio Pini, fora incluído na equipe a fim de propiciar acesso seguro ao Fenice e auxiliar na obtenção de qualquer elemento de que a equipe necessitasse como prova. Leonardo Corbo, chefe da Defesa Civil italiana, possuía longa lista de credenciais, na condição de perito em incêndios e combate a incêndios, com habilidade comprovada em incêndios de teatros. Embora Casson houvesse refutado friamente as objeções de D'Elia, era visível que a cor reveladora estampada no rosto do promotor chegara a um tom rosado perigoso.

Casson era o magistrado de plantão na noite em que o Fenice pegou fogo, ou seja, o primeiro funcionário municipal a ser contatado pela polícia e pelos bombeiros em caso de emergência. No meio da comoção, esqueceram-se de fazê-lo. No entanto, Casson vivia com uma mulher que era jornalista da rede de televisão RAI; estavam em casa, em Cannaregio, quando ela recebeu um telefonema da RAI acerca do incêndio. Subiram até a *altana* da casa e avistaram as chamas. Cinco minutos depois, Casson estava a bordo de uma lancha da polícia, a caminho do Fenice. Chegou à cena a tempo de testemunhar uma disputa de território entre as polícias local e federal, esta integrada pelos *carabinieri*. Cada uma declarava ter acorrido ao incêndio primeiro. Um oficial da polícia local dizia a outro, do pelotão de *carabinieri*:

— Em todo caso, temos jurisdição aqui na cidade, e vocês não.

E o *carabiniere* retrucava, dizendo:

— Mas estamos mais bem equipados para lidar com esse tipo de investigação do que vocês.

Casson realizou o primeiro ato oficial da noite, intervindo e dizendo a ambas as partes que a promotoria pública era responsável e, portanto, ele, Casson, decidiria quem se encarregaria de quê.

Pouco antes da meia-noite, Casson foi até a central de polícia, a Questura, e assinou um despacho interditando o teatro e determinando que qualquer pessoa que ali entrasse sem autorização estaria cometendo um delito. A intenção era proteger a integridade das provas, e, para tal, estava disposto a manter o teatro lacrado durante meses, se necessário. Não permitiria que bandos de selvagens removessem os escombros até que os investigadores tivessem concluído seu trabalho. Até repreendeu o superintendente, que se empenhava em organizar um concerto beneficente para o Fenice e queria entrar em seu escritório, situado na parte do prédio que não tinha sido totalmente destruída, para resgatar arquivos que continham dados sobre os principais doadores.

Casson concedeu à equipe de peritos um prazo de sessenta dias para completar a análise técnica das provas e emitir o relatório final. Buscava respostas para 11 questões: hora e local em que o fogo começou; se o incêndio fora provocado por crime ou resultara de negligência; hora em que se deu a grande combustão, quando o fogo se espalhou para outras partes do teatro; condições do teatro antes do incêndio; alcance dos sistemas de prevenção de incêndio, dentro e fora do teatro; situação dos canais em torno do Fenice; condição dos detectores de fumaça e calor antes do incêndio; natureza das substâncias presentes no teatro no momento do incêndio; análise das cinzas do *ridotto*; levantamento da fiação elétrica do teatro; e, finalmente, estimativa de prejuízos e identificação dos responsáveis por quaisquer situações de risco.

Acreditava-se que as conclusões da equipe de peritos confirmariam a constatação preliminar, que, segundo reportagem do *Gazzettino*, descartava a possibilidade de incêndio criminoso "com uma certeza quase matemática".

Leonardo Corbo, chefe da Defesa Civil em Roma, fora nomeado líder da equipe. Ele anunciou que os escombros do teatro seriam examinados com precisão forense, como se o Fenice fosse um cadáver estirado em uma mesa de autópsia.

— Todo incêndio tem o seu DNA — disse ele —, a sua caixa-preta. Incêndios deixam pistas indeléveis. Algumas são óbvias, e podem ser identificadas com um simples olhar. Outras não são vistas a olho nu, mas podem ser analisadas com o auxílio de tecnologia e instrumentos sofisticados, dos quais, felizmente, dispomos.

DUAS SEMANAS APÓS O INCÊNDIO, cortesãs e Casanovas começaram a aparecer nas ruas de Veneza, elas de espartilhos decotados e meias de seda, eles de culotes, todos de perucas empoadas. Pessoas de máscaras, capas, casacas, sapatos de fivela e chapéus de todos os tipos apinhavam as ruas, desde as primeiras horas da manhã até tarde da noite, em celebração ao Carnaval. Um mímico, com as mãos, o rosto e os cabelos pintados de prateado, combinando com os sapatos cor de prata, perfilava-se à entrada da ponte Accademia, uma estátua em monocromia. Um círculo de espectadores se formou em torno dele, observando, na expectativa de detectar um piscar de olhos ou um tremor e de se certificar de que estavam diante de um ser vivo. Outro mímico, esse todo em ouro, fazia poses na praça de São Marcos; um terceiro, em branco puro, permaneceu imóvel, no campo San Bartolomeo, perto do Rialto, durante trinta minutos.

A celebração colorida que enchia as ruas era, na realidade, a renovação de um festival veneziano que remontava a séculos. Napoleão pôs um fim ao festival quando derrotou a República de Veneza. Àquela altura, o Carnaval tinha chegado ao cúmulo da decadência, transformando-se, de um período de duas semanas de folguedos, em festejos que duravam seis meses, com bailes, espetáculos, jogos, com os participantes usando máscaras, circulando incógnitos por Veneza. Somente no final da década de 1970 ocorreu o ressurgimento oficial da festa, estimulado, em parte, por um filme exótico e surreal, *Casanova*, de Federico Fellini, exibido em 1976. A reencarnação do Carnaval começou de maneira discreta, na ilha de Burano e em bairros operários, em meio a encenações dramáticas e festas à fantasia nas praças locais. Em pouco tempo, a folia se espalhou por toda a cidade; turistas começaram a participar e, finalmente, surgiu em torno do Carnaval uma indústria, cuja indicação mais evidente foi a abertura de lojas de máscaras por toda Veneza. Eram pequenos refúgios de cor e fantasia, com vitrinas acesas como palcos, iluminando ruelas escuras o ano inteiro. Logo, as máscaras se tornaram o ícone predileto dos turistas. Porém, com o surgimento de cada nova loja de máscaras, parecia haver menos uma quitanda, menos uma padaria, menos um açougue, para a consternação dos venezianos, que eram obrigados a caminhar cada vez mais longe para comprar um tomate ou um pão. As lojas de máscaras se tornaram um símbolo odiado da rendição de Veneza ao turismo, à custa da rotina da comunidade.

Uma determinada loja de máscaras, entretanto, escapava da ignomínia. Tratava-se da Mondonovo, ateliê de Guerrino Lovato, escultor e cenógrafo que desempenhou papel fundamental na ressurreição do Carnaval, ainda no tempo em que só venezianos participavam da festa. Lovato começou a confeccionar máscaras em seu ateliê de escultura quase como um serviço público. As máscaras eram uma novidade adorada, e o ateliê se tornou a primeira loja do gênero em Veneza.

A Mondonovo ficava a poucos passos depois da ponte dei Pugni, a "ponte dos Punhos". A frente da loja era entulhada de objetos esculpidos, dispostos em prateleiras, pendurados nas paredes, presos ao teto, encostados, eretos ou empilhados no chão. Mal havia espaço para os clientes se mexerem. Além de máscaras, o *signor* Lovato e seus assistentes também confeccionavam estatuetas, bustos, anjos, brasões e várias peças para ornamentação arquitetônica, no estilo barroco rococó. Mas as máscaras predominavam.

O *signor* Lovato era um homem musculoso, com barba espessa, ligeiramente grisalha. No dia em que o conheci, ele usava um pesado suéter cinza e gorro de tricô. Enquanto uma jovem assistente sentada diante de uma bancada de trabalho aplicava tinta dourada em uma das máscaras de papel machê, o *signor* Lovato mostrou-me as clássicas máscaras carnavalescas, a começar pelas mais antigas, baseadas em personagens da *commedia dell'arte* — Polichinelo, Pedrolino, Arlequim, o Médico da Peste e Briguela. A máscara de cada personagem distinguia-se por uma característica marcante: o nariz adunco, o nariz comprido, a verruga na testa.

— Já no século XVIII — disse Lovato — as pessoas usavam máscaras em público, a maior parte do tempo, e por uma única razão: para se manterem anônimas. De maneira que as máscaras mais usadas eram as simples, que escondiam o rosto todo e não representavam personagem algum. Essas também se tornaram clássicas.

Lovato mostrou-me duas dessas máscaras: a *morello*, negra, sem qualquer enfeite, para mulher, e a *bauta*, branca, com um nariz pontiagudo e um maxilar superior que descia até o queixo, para homem. A *bauta* era geralmente usada com um chapéu de três pontas.

Embora a *bauta* não demonstrasse qualquer expressão, a palidez fantasmagórica e os traços angulosos conferiam-lhe um ar malévolo. Portanto, optei pela máscara tradicional, do tipo Cavaleiro Solitário, em roxo-escuro.

No momento em que pagava à jovem assistente, espiei por cima de seu ombro e vi a oficina do *signor* Lovato. Grandes livros de arte se espalhavam pelo recinto, apoiados e abertos em páginas que estampavam fotografias do Fenice — fileiras de balcões dourados, detalhes de figuras esculpidas e decoração em ouro.

— Vejo que o senhor está estudando o Fenice — disse eu.

— Um desastre! — disse Lovato.

— O senhor espera participar da reconstrução?

— Quem sabe? Já não há muitos de nós capazes de fazer esse tipo de trabalho. — Fez um gesto, para que eu entrasse na oficina.

— Uma quantidade enorme de detalhes de esculturas terá de ser refeita — disse ele. — Mas, infelizmente, nada sobreviveu ao fogo, e os desenhos originais foram perdidos. Os únicos documentos que restaram foram velhas gravuras e fotos. O problema é que são bidimensionais. Mil fotos de uma mesma figura serão diferentes entre si, dependendo da luz, das lentes, da câmera, do ângulo da tomada e da reprodução em cores.

Pegou um dos livros. Estava aberto na página que estampava a fotografia de uma sereia em tom branco-creme, emergindo de um redemoinho de ondas e arabescos cobertos de folha de ouro.

— Havia 22 dessas belas ninfas do mar no perímetro do teto. Eram feitas com quase três quartos do tamanho natural. Se apenas uma delas tivesse sobrevivido, ao menos uma parte, muitas perguntas poderiam ser respondidas; mas todas se foram.

Apontou a foto de um querubim.

— *Putti* — disse ele. — Quatro deles tocavam pequenos instrumentos de sopro, no camarote real, e havia centenas de outras figuras entrelaçadas na folhagem dourada, por todo o teatro, algumas meio escondidas. Vai ser necessário um trabalho de detetive para localizá-las, e muita paciência para reproduzi-las. Isto é... se o Fenice for um dia reconstruído.

— Por que não seria reconstruído? — perguntei.

— Todos querem que seja reconstruído. Mas estamos na Itália. A Ópera de Gênova, que foi bombardeada durante a Segunda Guerra Mundial, só foi reaberta em 1992, 48 anos mais tarde. O Teatro Regio, em Turim, pegou fogo em 1937 e levou 37 anos para ser reconstruído.

— Mas o Fenice não é mais importante, simbolicamente, para Veneza do que esses teatros eram para Gênova e Turim?

— Sim — disse Lovato —, devido ao papel do Fenice na história da ópera. E o desenho do teatro o torna ainda mais simbólico para Veneza do que a maioria das pessoas se dá conta. Vou mostrar-lhe o que quero dizer.

Folheou um dos livros, até chegar a um diagrama do Fenice.

— O público entra por aqui, pela entrada apolínea, em estilo neoclássico. Apolo é o deus do sol, o deus da ordem e da razão. Os salões são formais e simétricos, e, embora a decoração seja opulenta, é também bastante contida. Então, passando da ala apolínea para o auditório, o público se vê no meio da clareira de uma floresta fantástica, ricamente decorada com flores, parreiras, rostos, máscaras, sátiros, ninfas, anjos, grifos e outras criaturas míticas. Trata-se do reino exuberante de Dionísio e Baco, antigos deuses do vinho e da folia.

“A dicotomia entre os dois cultos — a contenção apolínea e o abandono dionisíaco — é muito importante para o teatro italiano, especialmente para Veneza. O senhor sabe a diferença entre música apolínea e música dionisíaca? Música apolínea é a música da cidade, inclusive a ópera. Tem forma codificada e segue normas estruturais estabelecidas.

“Música dionisíaca é a música do campo. É música improvisada, espontânea, sem estrutura, sem forma. Hoje em dia, seria chamada de música pop. Evoca uma sensação de puro prazer. É a música da letargia, do álcool, do vinho e da embriaguez... de Dioniso e Baco.

"O arquiteto Giovanni Battista Meduna sabia que, para os italianos, a ópera é mais do que aquilo que se passa no palco. A experiência de ir à ópera é um ritual que se desenrola gradualmente, iniciando com a expectativa, depois o ato de se vestir para a noite, em seguida a ida até o teatro e a entrada no local onde se realizará o evento. Conforme ocorre com todo ritual, seja num templo, numa arena ou num teatro, o cenário faz parte da experiência.

"Meduna planejou a decoração do auditório de modo a haver um crescendo na ornamentação. A concepção era a seguinte: a partir da orquestra, o olhar seria conduzido para cima, através da folhagem do jardim mágico, chegando à maravilha do céu, representado por tons de azul no teto e pela luz do lustre central, que é Apolo... Apolo, como já disse, é o deus do sol. Todas as demais figuras do auditório pertenciam ao culto a Dioniso e Baco e ao espírito silvestre da Arcádia, porque era isso, na verdade, o que o local pretendia representar. Havia até um sátiro acima do palco. O teatro era como uma clareira na floresta, um enorme gazebo a céu aberto. A platéia ficava imersa na natureza, descontraída, preparando-se para o espetáculo, aguardando a música de Apolo... a ópera... para que pudesse observar e aprender. Essa era a iconografia do Fenice, e assim o teatro devia ser lido."

— Suponho — disse eu — que o senhor seja contrário à idéia de construir um teatro moderno dentro da fachada do Fenice.

— Sim, é claro, mas não é, na realidade, uma questão de estética. É uma questão de preservar a experiência dionisíaca que Meduna criou para o espectador no auditório. As luzes do teatro jamais se apagavam totalmente, mesmo durante o espetáculo. Eram diminuídas, mantendo um brilho suave, para que o público pudesse continuar a ver as imagens. As imagens faziam companhia ao público. A pessoa podia ir ao teatro sozinha, mas teria companhia. Trata-se de uma relação que não interessa ao teatro moderno. O foco hoje em dia recai inteiramente sobre o palco. O espetáculo é sagrado. Todos devem ficar quietos e assistir. Os teatros modernos são locais estéreis, com ótima acústica e ótima visibilidade, mas sem decoração. Já não temos companhia.

"O novo Fenice deve ter o sistema mais atual de refrigeração, bem como equipamento moderno para mudança de cenário, mas deve preservar o auditório dionisíaco."

— Porque Veneza é uma cidade dionisíaca?

Lovato riu.

— Olhe à sua volta! Olhe para esta loja. Olhe para as pessoas que passam na rua. O Carnaval é a celebração da magia, do mistério e da decadência de Veneza. Quem ia querer abrir mão disso?

A BREVE CALMARIA CHEGOU AO FIM EM VENEZA. Tinha começado o Carnaval. Ruas estreitas, facilmente trafegáveis nas duas últimas semanas, estavam agora cheias de turistas que caminhavam em desordem com suas máscaras e extravagantes chapéus com guizos. Os venezianos já não tinham Veneza só para eles, mas, ao menos, prevalecia um espírito de alegria e descontração. A mascarada festiva penetrava todos os cantos da cidade. Invadia lojas, museus e restaurantes, e flutuava pelos canais, em gôndolas, lanchas-táxis e *vaporetti*. Até as papilas gustativas se alegravam com o surgimento de um confeito típico do Carnaval, *frittelle*: pequenas panquecas doces, salpicadas de passas e pinhão e, dependendo do gosto do freguês, recheadas de *zabaglione* ou creme de baunilha.

Nesse cenário ensandecido de uma Veneza do século XVIII, surgiu uma figura tímida, acompanhada do prefeito Cacciari e uma multidão de repórteres e fotógrafos. Woody Allen chegara a Veneza para se solidarizar com a cidade que tanto amava, onde ele e seu conjunto de jazz deveriam realizar um concerto dentro de duas semanas, na reinauguração da Ópera Fenice, que era para estar toda reformada. Em vez disso, ele disse que realizaria um concerto no Teatro Goldoni, em benefício do Fenice. O prefeito Cacciari levou Woody Allen para visitar as ruínas do Fenice. Allen contemplou a casca de tijolo, oca, em formato de ferradura. Os únicos vestígios dos balcões dourados eram cinco fileiras de vãos espaçados na parede em que as vigas de sustentação dos balcões tinham sido introduzidas.

— Terrível — disse ele. — Assustador. É devastação total. É irreal.

A sensação de irrealidade aumentou quando eles saíram do teatro e se viram no meio da multidão carnavalesca, com suas alegres fantasias. Nenhum dos dois tinha idéia de quão mais irreal a situação em breve se tornaria, pois Felice Casson expediu um mandado indiciando Woody Allen por invasão de propriedade alheia.

{ 6 }

O HOMEM DOS RATOS DE TREVISO

DOIS ANDARES DE JANELÕES GÓTICOS INCANDESCIAM à luz dos candelabros no momento em que os Lauritzen e eu nos aproximamos do cais de desembarque do palácio Pisani-Moretta. O baile de Carnaval já havia começado. Nas varandas, acima de nós, homens e mulheres fantasiados, segurando seus drinques, contemplavam o Grande Canal e o brilho das luzes refletido na água enegrecida pela noite.

— A fachada gótica é do final do século XV — disse Peter. — Observe, especialmente, os belos exemplos de adereços em quadrifólios, acima das janelas do primeiro *piano nobile*. São inspirados, como você já deve ter percebido, no palácio dos Doges.

Peter usava uma longa capa preta e máscara negra.

— Invasão de propriedade alheia! — disse Rose. — Imagine! Que vergonha para Woody Allen. Mas Casson está certo, sabe, se de fato quiser descobrir o que aconteceu no Fenice.

Os cabelos de Rose tinham sido arrumados em um coque alto, enfeitado com um fio de pérolas. Usava máscara de cetim preto, bordada com pedrarias, e um vestido de noite que era uma coluna de *chiffon* preto.

— É um dos poucos promotores honestos, incorruptíveis, que nos restam. Um *cavaleiro* branco! Rezo para que ele não se autodestrua de repente, como aconteceu com todos os outros.

— Então, no século XVIII — disse Peter —, a voluntariosa Chiara Pisani-Moretta redecorou o palácio a um custo elevadíssimo, mantendo um verdadeiro cerco aos tribunais, na expectativa de que o irmão fosse declarado ilegítimo, de maneira que ela pudesse gastar no palácio também a parte do patrimônio da família que cabia *a ele*.

Rose ergueu a barra do vestido, preparando-se para pisar no cais.

— Mas, quero dizer, a situação do Woody Allen é digna de pena — disse ela. — Primeiro, o concerto dele é impedido de ser realizado por causa do incêndio; depois, ele é indiciado quando, em sinal de solidariedade, vai até o teatro.

Rose desviou a atenção para um homem de máscara verde que desembarcava de uma lancha-táxi, à nossa frente.

— Ah, Peter, olhe. É o Francesco Smeraldi.

Em seguida, voltando-se para mim, ela disse:

— É um poeta cuja obra ninguém lê, pois, assim que conclui um poema, ele o tranca num cofre de banco. Ensinava redação e poesia para colegiais, até que descobriram que ele...

— Não, não, Rose, você está enganada — disse Peter. — Aquele não é, absolutamente, Francesco Smeraldi. É...

— Ora, como é possível saber, com aquela máscara! Só consigo ver a boca e o queixo. Bem, seja ele ou não, Francesco Smeraldi caiu em desgraça quando foi descoberto que ele tinha levado um grupo de crianças para visitar banheiros e ler as pichações!

No portão que ficava ao nível da água, subimos em uma plataforma de carpete, ladeada por duas tochas acesas, e caminhamos até um vestíbulo cavernoso, em que grandes luminárias douradas pendiam de vigas escuras. Ao fundo, uma escadaria monumental levava ao primeiro *piano nobile* e a um grandioso salão central, com o teto ricamente decorado com afrescos em estilo rococó. O salão era iluminado por nove candelabros de vidro imensos e seis castiçais de parede, todos resplandecentes, com incontáveis velas brancas compridas. Naquela noite, todos os cômodos do palácio estavam iluminados apenas pela luz de vela.

Os convidados somavam várias centenas. O barulho das vozes caracterizava-se pelo tom animado e alto de gente que desfruta a liberação propiciada por máscaras e fantasias, embora a maioria das pessoas pudesse ser reconhecida, a despeito das máscaras. Viam-se trocas de beijinhos no rosto, ouviam-se fragmentos de conversas — "esquiando em Cortina", "chegou de Roma", "*bellissimo!*" —, além de acenos a amigos avistados do outro lado do salão.

Ficamos de pé, no centro do salão, sendo servidos por garçons de paletós brancos que circulavam com bandejas de vinho e Bellinis. Os Bellinis eram autênticos: a festa estava a cargo do Harry's Bar, estabelecimento que inventou a bebida, uma mistura de *prosecco* e suco natural de pêssegos brancos.

— Este palácio esteve vazio por mais de um século — disse Peter. — Não tinha aquecimento central, encanamento, luz a gás nem eletricidade até 1974, quando foi restaurado com muito carinho. É notável que os detalhes não apenas são originais como estão intactos... os afrescos, os consoles das lareiras, a ornamentação de gesso. Foram necessários três meses só para limpar o piso, e o que emergiu da sujeira é um exemplo excepcional de um *terrazzo* setecentista em perfeito estado. É o que sempre digo: nada preserva tão bem quanto o abandono.

— Alvise! — Rose chamou um sujeito de baixa estatura, de pele avermelhada e calvo, que caminhava em nossa direção com passadas majestosas. Ele ergueu a mão de Rose e fez uma reverência com a cabeça; em seguida, apertou a mão de Peter.

— Agora, Alvise Loredan é uma pessoa que você precisa conhecer! — disse Peter enquanto me apresentava. — Conde Loredan é um veneziano perfeito, pertencente a uma das famílias mais antigas da nobreza.

Alvise Loredan fixou o olhar em mim e sorriu. Tinha um aristocrático nariz adunco, queixo duplo, cabelos com franja e um maxilar tão sólido que, de perfil, poderia adornar uma moeda.

— Houve três doges na minha família — disse ele em inglês, mostrando três dedos. — Três!

— É verdade — disse Peter —, e Alvise é modesto demais para lhe dizer; portanto, eu digo: um dos doges Loredan foi Leonardo Loredan, o doge do século XVI cujo retrato magnífico, pintado por Giovanni Bellini, talvez seja o melhor retrato veneziano de todos os tempos. É uma pena que a tela esteja na Galeria Nacional, em Londres, e não aqui em Veneza.

Loredan assentiu.

— Em Veneza, minha família remonta ao século X. Os Loredan venceram todas as guerras em que lutaram, e lutaram em todas elas. Isso é muito importante! Se os Loredan não tivessem derrotado os turcos, primeiro em 1400 e depois na Albânia, os turcos teriam atravessado o Adriático, ocupado Veneza e dizimado a cristandade!

O conde Loredan agora alternava o inglês e o italiano.

— Nos arquivos oficiais — disse ele — há cartas trocadas entre papas e doges da família Loredan em que o pronome de tratamento é o íntimo *tu*. Estavam no mesmo nível. Eram príncipes. Eu tenho cópias. Posso lhe mostrar. Tenho a cópia de uma carta de Henrique VIII para Leonardo Loredan, chamando-o de "nosso mais caro amigo". Está tudo lá. Isso é muito importante!

— E — disse Peter — quanto aos palácios dos Loredan...

— Há vários em Veneza — disse o conde, com orgulho. — O palácio Loredan, no campo Santo Stefano, onde Napoleão estabeleceu o Instituto Veneziano de Ciências, Letras e Artes. O palácio Corner-Loredan, que faz parte do prédio da prefeitura de Veneza. O palácio Loredan degli Ambasciatori, que o Sacro Império Romano-germânico alugou à minha família, durante anos, como embaixada na República de Veneza. O palácio Loredan-Cini, no campo San Vio, que era a residência de dom Carlos, pretendente ao trono da Espanha. E... eu já disse palácio Loredan, no campo Santo Stefano? Sim, esse eu já falei... Napoleão... o Instituto... muito importante. O mais famoso é o palácio Loredan-Vendramin-Calergi, onde Richard Wagner compôs *Parsifal* e onde morreu. Agora é o Cassino Municipal.

— É uma obra-prima da arquitetura renascentista — disse Peter. — Você deve fazer uma visita, e, quando estiver lá, veja como está a sua sorte, jogue um pouco. Mas, legalmente, não podemos ir com você. Uma antiga lei, que ainda consta dos códigos, proíbe residentes de Veneza de entrar no Cassino Municipal. Mas podemos passar diante do edifício, de *vaporetto*, e ver o lema da família Loredan gravado em pedra na fachada do canal: NON NOBIS DOMINE NON NOBIS, "Não nos louveis, Ó Senhor". É uma declaração de humildade, feita por uma família bastante poderosa.

— O brasão dos Loredan — disse o conde — foi inscrito em vários pontos de Veneza. Está no Rialto e foi cravado até na fachada de São Marcos. Isso é muito importante! A basílica é um local de grande prestígio. Mas, devido à corrosão causada pelos excrementos dos pombos, não é possível enxergar a insígnia Loredan! É um paradoxo. Pombos esquálidos são os heróis simbólicos da democracia! São os guerreiros heróicos da cruzada da democracia pela extinção de qualquer vestígio de nobreza histórica e esplendor.

Loredan ergueu o dedo indicador.

— Escrevi um livro sobre a democracia. O título é *Democracia: Uma Fraude?* A democracia me enoja. Ela me provoca náusea!

Expressou o sentimento com veemência, mas sem abandonar a afabilidade. À medida que se empolgava com o assunto, deixava de lado a língua inglesa, e agora falava inteiramente em italiano.

— Sabe no que a democracia se baseia? Números! Mas, como todo mundo sabe, quando aumenta a quantidade, decai a qualidade. A democracia tem uma base infame, porque a qualidade se torna cada vez pior. É por isso que as democracias têm líderes incapazes, eleitos por acaso. É um procedimento muito melhor depositar o governo nas mãos de uma aristocracia de elite... pessoas que herdaram de seus nobres antepassados a aptidão pela justiça e pelo bom governo. Isso é verdade. Os melhores governos sempre tomaram a forma de monarquias e aristocracias de elite. Isso já foi provado sob os pontos de vista histórico, genético e biológico!

— Suponho — disse eu — que o senhor esteja se referindo aos governos de elite da antiga República de Veneza.

— *Ecco!* Exatamente! O patriarcado dominante. Restaram poucos de nós. A família Barbarigo se extinguiu. O mesmo ocorreu com os Mocenigo. Os Pisani, que construíram este palácio, também pereceram.

Assim como os Gritti, os Dandolo, os Falier, os Sagredo e os Contarini... oito dos 120 doges foram Contarini.

— Que famílias de doges sobreviveram?

— A família Gradenigo ainda existe... é uma família antiga, mas não muito importante. E, deixe-me ver... os Vernier. E os Marcello. O senhor acharia interessante meu livro *Nobreza e Governo*. Agora estou escrevendo um livro que comprova a existência da realidade! Já está com 2 mil páginas.

Um livro sobre a realidade escrito por um veneziano era algo curioso. Loredan parecia prestes a oferecer explicações, mas a esposa o puxava pela manga.

— Bem... em outra ocasião — disse ele. — Mas vou lhe enviar um exemplar do meu livro que explica por que a democracia é uma fraude.

Enquanto se afastava, puxado pela esposa que sorria como quem pede desculpas, Loredan ergueu a mão, como se fosse acenar adeus. Em vez disso, apontou três dedos.

— Três! — disse ele. — Três doges!

Caminhamos na direção das janelas altas que davam para o Grande Canal. Rose apontou um casal que olhava para nós. O homem era corpulento e tinha tufos de cabelos ruivos, despenteados, e um sorriso largo, com os dentes espaçados. A mulher tinha cabelos castanho-escuros, era esbelta e mais jovem.

— Aqueles são Alistair e Romilly McAlpine — disse ela. — Alistair é amigo íntimo de Margaret Thatcher. Foi tesoureiro do Partido Conservador quando ela era primeira-ministra. É colecionador. Coleciona coisas sérias, como pinturas de Jackson Pollock e Mark Rothko, e nem tão sérias, como cajados, bonecas de pano e cacetetes policiais... já tem cerca de novecentos cacetetes, acho eu. Romilly tem gosto apurado e uma coleção imensa de vestidos assinados por Vivienne Westwood. Enfim, os McAlpine não estão propriamente vivendo em Veneza; estão se escondendo, porque a casa deles, em Londres, foi bombardeada pelo IRA, e eles tiveram de... Romilly! Alistair!

Os McAlpine trocaram cumprimentos efusivos com os Lauritzen e disseram que tinham prazer em me conhecer.

— Como vai a coleção? — perguntou Peter.

— Vendi tudo! — anunciou lorde McAlpine.

— Deve ter sido doloroso — disse Peter.

— De maneira nenhuma. Tenho alma de nômade e pouco me importo com posses: sou ávido na busca, mas indiferente quando delas me desfaço. Mas reconheço que sinto falta da minha coleção de implementos de jardinagem, especialmente o cortador de grama puxado a cavalo, com sapatas de couro para os cascos do animal... para proteger o gramado. Foi tudo para o martelo.

— Por que tudo? — perguntou Peter.

— Para me livrar da tarefa de fazer escolhas!

— Você não desistiu de colecionar, desistiu? — perguntou Rose.

— Não, não. Sempre estou atrás de algo novo. Passei a me interessar por gravatas, um pequeno interesse. Adquiri algumas boas.

— Ah, Alistair, por que não fala logo — disse a esposa. — Ele já tem cerca de 4 mil gravatas.

Fiquei fascinado com os McAlpine, mas não pude deixar de imaginar o barulho de bombas e sirenes, em contrapartida àquela conversa fútil. O fato de usarem máscaras — a dele em estilo de arlequim, a dela bordada com lantejoulas cor-de-rosa — emprestava um toque farsesco à noção de que estavam fugindo do IRA. Tão logo se afastaram, perguntei a Rose o que ela queria dizer com "estão se escondendo" do IRA.

— É por isso que estão aqui. Depois que o IRA bombardeou a casa deles em Londres, decidiram se mudar para a Austrália, mas a Central de Inteligência de Londres disse-lhes: "Não sejam bobos. Os piores assassinos que integram as fileiras do IRA se escondem na Austrália." Então, naturalmente, eles perguntaram onde seria um local seguro e, engraçado, a polícia disse Veneza! E é verdade. Em Veneza, uma pessoa pode, perfeitamente, ser passada para trás ou ter a carteira roubada, mas não será seqüestrada ou assassinada.

— O que impede que alguém dispare contra uma pessoa? — perguntei. — Ou que exploda uma casa?

— Nada. Seria até fácil. Escapar é a parte difícil, porque a polícia pode bloquear as rotas de fuga em minutos. Basta fechar a ponte de acesso ao continente e alertar as lanchas-táxi. E, obviamente, seria loucura total tentar escapar de barco sozinho. A lagoa pode parecer um laguinho tranqüilo, mas na realidade é bastante traiçoeira. É preciso conhecer bem as correntes, os canais, os bancos de areia, as marés, os limites de velocidade e o significado das bóias e das luzes de sinalização. E, além disso, a embarcação seria reconhecida por todos os barqueiros na lagoa... eles conhecem cada barco.

"E para seqüestrar alguém seria preciso arrastar a pessoa para fora de casa, descer a *calle* ou seja lá por onde for e embarcar sem ser visto. E isso seria impossível, porque, por toda Veneza, olhos estão sempre atentos. A menos que o seqüestrador fosse um barqueiro veneziano experiente, teria de contratar algum cúmplice, o que complicaria demais a questão; portanto ninguém quer saber disso. Enfim, o índice de homicídios em Veneza é praticamente nulo, e foi por isso que italianos abastados ocuparam apartamentos aqui quando as Brigadas Vermelhas estavam à solta, nos anos 80."

— Rose tem lido muitos romances policiais — disse Peter.

Naquele exato momento, o conde Girolamo Marcello passou por nós, absorvido em uma conversa com outro homem.

— Uma desgraça — dizia ele, com um sorriso curioso —, um desastre! Mas, na verdade, não teve somente um lado negativo. Antes do incêndio no Fenice, a recepção do meu televisor era péssima. Agora sintonizo todos os canais com clareza perfeita.

Marcello tinha conseguido autorização para enterrar o amigo, o poeta russo Joseph Brodsky, no cemitério de San Michele, e isso também o deixara alegre.

Meia hora mais tarde, os convidados começaram a se dirigir à escadaria para subir ao segundo *piano nobile*, onde garçons de túnicas brancas se posicionavam detrás de duas mesas de bufê compridas, com uma fartura de comida: bandejas de *prosciutto* e carne seca cortados em fatias finas, terrinas de *risotto* de legumes e camarão, abobrinha assada e travessas com toda sorte de especialidade veneziana, inclusive fígado de vitela com cebola, lula com polenta e *bacalà mantecato* cremoso.

Encontramos assentos em uma grande mesa redonda para dez pessoas, e os Lauritzen sentaram-se exatamente de frente para mim. À minha esquerda, um homem e uma mulher falavam do Fenice.

O homem dizia:

— É a única companhia de ópera no mundo que preservou as partituras originais das óperas encomendadas, assinadas pelo compositor. Havia centenas delas. *La Traviata*, *Rigoletto*, *Tancredi*. Hoje em dia, essas partituras feitas à mão valem milhões... se é que ainda existem.

— O que o senhor acha? — dizia a mulher. — Carbonizadas?

— Nada foi dito a respeito das partituras; portanto receio o pior.

Sentado do meu outro lado havia um homem cujos cabelos, em tom castanho-avermelhado, tinham a aparência demasiadamente rígida de uma peruca. Exalava confiança e se apresentou como Massimo Donadon.

— Sou cozinheiro profissional — disse ele, dirigindo-se a mim e à mulher que estava sentada entre nós. — Minha culinária é conhecida no mundo inteiro!

— É mesmo!? — a mulher disse. — O senhor é famoso por alguma especialidade culinária?

— Sim — disse ele. — Veneno de rato.

A mulher recuou.

— O senhor está brincando.

— Não, é verdade. Faço o raticida que mais vende no mundo. Chama-se Bocaraton, "boca do rato", como a cidade da Flórida. Nunca entendi por que alguém haveria de querer morar numa cidade com um nome assim. Mas é perfeito para a minha especialidade, que vendo no mundo inteiro: Dubai, Nova York, Paris, Tóquio, Boston, na América do Sul, onde houver ratos. Sou dono de 30 por cento do mercado internacional de raticida.

— Qual o seu segredo? — perguntei.

— Meus competidores abordam o veneno de rato da maneira errada — disse ele. — Estudam os ratos. Eu estudo as pessoas.

O *signor* Donadon apontou o meu prato, com o garfo.

— Ratos comem o que as pessoas comem.

Olhei para meu *fegato alla veneziana* e, de súbito, enxerguei meu jantar sob uma nova luz.

— Os ratos de Veneza gostariam muito de comer o que está no seu prato — disse ele —, porque estão acostumados com esse tipo de comida. Mas ratos alemães não se interessariam por isso, de modo algum. Preferem a culinária alemã: *wurstel*, *Wiener schnitzel*. Sendo assim, para a

Alemanha, faço um veneno de rato que contém 45 por cento de gordura de porco. Meu raticida francês leva manteiga. Para os Estados Unidos, uso baunilha, granola, pipoca e um pouco de margarina, porque americanos comem pouca manteiga. Meu raticida para Nova York é baseado em óleo vegetal, com aromatizante de laranja, para lembrar os ratos de hambúrguer e suco de laranja. Para Bombaim, acrescento *curry*. Para o Chile, farinha de peixe.

"Os ratos se adaptam muito bem. Se os anfitriões fazem a dieta da moda, os ratos também fazem a tal dieta. Mantenho trinta centros de pesquisa, pelo mundo afora, para poder atualizar os paladares e os temperos dos meus venenos e mantê-los de acordo com as tendências mais recentes dos hábitos alimentares humanos."

— Que ingredientes vão no seu veneno de rato italiano? — perguntei.

— Azeite de oliva, massa, mel, café expresso, suco de maçã verde e Nutella. Especialmente Nutella. Compro toneladas. Os ratos adoram. Eu disse aos fabricantes de Nutella que estaria disposto a declarar isso na televisão, mas eles disseram: "Ah, meu Deus, não! Por favor. Por favor, não diga a ninguém!"

A mulher que estava sentada de frente para o *signor* Donadon espalmou as duas mãos sobre a mesa, como quem quisesse se equilibrar.

— Recuso-me, terminantemente, a ouvir uma conversa sobre ratos enquanto estou jantando! — disse ela e, então, com espírito de melodrama tanto quanto de raiva, virou-se de costas.

O *signor* Donadon prosseguiu, sem se alterar.

— Todo mundo é fascinado por ratos. Até as pessoas que dizem que não são. O que realmente querem dizer é o seguinte: "Ah, é nojento, intolerável, conte mais!"

Notei que o casal à minha esquerda havia parado de falar sobre o Fenice e prestava atenção total em Donadon.

— Mas, se um rato tem fome — disse eu —, não vai comer qualquer coisa?

— Com certeza — disse o *signor* Donadon —, mas os ratos estão mais bem alimentados do que nunca, porque nunca houve tanto lixo. De modo que se tornaram um tanto exigentes em termos de comida.

Na década de 1950, as pessoas jogavam no lixo meio por cento do que comiam, e os ratos tinham de comer o que encontrassem. Hoje, sete por cento da nossa comida acaba no lixo, e o banquete dos ratos não tem fim. O desafio, para mim, é tornar veneno de rato mais apetitoso que lixo. O lixo é o verdadeiro competidor.

"Os ratos são mais inteligentes do que os homens, e mais bem organizados. Eles têm rituais instintivos, destinados a garantir a sobrevivência da espécie. Por exemplo, sempre que encontram algo que parece ser comida, os mais velhos comem primeiro. Outras marcas de raticida causam dores imediatas, sensação de calor ou tontura. Se os ratos mais velhos exibirem algum efeito negativo, os mais jovens não tocam a comida. Mas Bocaraton os engana. Não causa a menor dor ao ser ingerido. Leva quatro dias para fazer efeito, e, a essa altura, os ratos mais jovens também já comeram o veneno."

— Diga-me — disse a mulher à minha esquerda —, como é que uma pessoa resolve dedicar a vida a matar ratos?

— Ah, *signora*! — disse Donadon. — Quando eu estava diante do leito de morte da minha avó, ela me fez prometer que eu daria uma contribuição para a humanidade. Desde menino, sempre fui interessado por química e medicina. Resolvi que ia descobrir a cura do câncer. Eu sabia que DDT causava câncer, portanto, fui a diversos açougues e disse que representava uma companhia norte-americana chamada Max Don Brasileira... inventei o nome... e que fabricávamos inseticidas sem DDT. Eu dizia: "Vou acabar com suas moscas."

"O primeiro açougueiro disse: 'Se você conseguir fazer isso, pago qualquer preço.' As moscas depositavam ovos na carne dele. Era um desastre. Pensei num número qualquer e disse: 'Vai lhe custar 30 mil liras [US$15].' 'Pode fazer', disse ele. No fim do dia, eu já tinha pedidos no valor de 150 mil liras [US$75], que era muito dinheiro naquele tempo.

"Fiquei radiante. Mas eu não tinha o produto! Além disso, estava sem dinheiro. Então, parei num bar, em Treviso, cidade onde moro... fica a 29 quilômetros ao norte de Veneza... e convenci dois amigos a abrir um negócio comigo. Mudei-me, imediatamente, para o Hotel Carlton, em Treviso, e, com a ajuda da telefonista e do porteiro do hotel, levei os clientes a crer que ali funcionava a sede italiana da tal companhia norte-americana.

"Como matávamos as moscas? Usávamos um composto de fósforo, feito pela Montedison. Se usássemos isso hoje, provavelmente iríamos para a cadeia. É extremamente tóxico. Mas funcionou. O negócio prosperou. Ficamos conhecidos.

"Então recebi um telefonema do conde Borletti, o rei das máquinas de costura, que me pediu para acabar com as moscas em seu estábulo. Um dia, Borletti me disse: 'Massimo, que você vai fazer no inverno, quando não houver moscas? Matar mosca é negócio sazonal. Mas ratos são uma peste o ano inteiro. Você deveria fabricar veneno de rato.'

"Que estalo! Naquela mesma noite, comecei a fazer experiências na pia do meu banheiro no hotel. Misturei 4 quilos e meio de gordura de porco e cumarina, com as minhas próprias mãos, e, na manhã seguinte, mudei tudo: a companhia, o nome, a missão. Isso foi em 1970. Nosso sucesso foi imediato, e, desde então, só fizemos crescer. Reconheço que matar rato talvez não seja atividade tão nobre quanto curar o câncer, mas estou dando uma contribuição à humanidade, e minha avó pode descansar em paz."

Donadon entregou um cartão a cada um de nós. O nome da companhia era Braün Mayer Deutschland.

— Pensei que o senhor fosse italiano — disse eu.

— Eu sou, mas, se desse à companhia um nome italiano, as pessoas pensariam: "Este produto é feito na Itália? Não confio." A Itália tem a imagem de ser apenas Máfia, alfaiates e fabricantes de calçados. Por outro lado, a Alemanha é firme, científica e eficiente. Se alguém for capaz de matar um rato, esse alguém será alemão. Portanto, escolhi um nome que soasse bem alemão. "Mayer" é o equivalente alemão de Smith. "Braün" faz lembrar Wernher von Braun, o cientista que projetou os foguetes que levaram o homem à Lua, e o nome promove confiança. O trema sobre o "u" não está correto, mas reforça a natureza alemã do nome. E "Deutschland" fala por si mesmo.

— Muito esperto — disse eu.

— Minha pequena empresa fez parte do célebre crescimento econômico ocorrido no norte da Itália. Sabia que aqui no norte da Itália temos a maior concentração de empresas no mundo? É verdade: temos uma empresa para cada oito habitantes. Em sua maioria, são empresas pequenas, operadas por uma família, a exemplo da minha, e da Benetton, dirigida por um velho amigo, Luciano Benetton. Como eu, Luciano nasceu e cresceu em Treviso, e temos nossas sedes mundiais em Treviso.

— Os Dois Titãs de Treviso — disse eu.

— Bem... — O *signor* Donadon corou. — Luciano é um gênio, em se tratando de ganhar dinheiro, e também sabe muito bem segurá-lo. Conheço-o há mais de trinta anos, e gosto muito dele. Mas, embora seja tão rico, nunca me pagou sequer um almoço! Ele adora minha culinária, e por isso costuma jantar em minha casa. Cozinho para ratos e para Luciano Benetton.

— O senhor e Benetton já trabalharam juntos?

— Não, mas empregamos o mesmo fotógrafo para nossos anúncios: Oliviero Toscani, o sujeito que criou a campanha "United Colors of Benetton" e a revista *Colors*. Contratei Toscani para fazer um anúncio do meu raticida. Foi baseado na *Última Ceia*. Todos os homens tinham cabeças de rato, até Cristo. Mas fui convencido a não usar o anúncio.

O *signor* Donadon começou a jantar, e, no mesmo momento, ocorreu uma comoção do outro lado da sala. Um grupo de retardatários acabava de fazer uma entrada espalhafatosa, em que se destacavam uma echarpe de seda branca e muito brilho. A echarpe pertencia a um homem alto e magro, de *smoking* e óculos em estilo de aviador, com aros de tartaruga. Trocava saudações com pessoas que estavam em várias mesas. O brilho ficava por conta da *entourage*: três mulheres lindas, uma das quais usava um colante de lantejoulas.

— São modelos ou atrizes, provavelmente — disse a mulher que estava à minha esquerda, percebendo que eu observava a cena. — Ele é Vittorio Sgarbi, crítico de arte e um dos grandes sedutores da Itália, conforme ele mesmo se anuncia; tem apenas 45 anos e já escreveu a autobiografia... acha que é o Casanova dos dias atuais. É muito elegante e extremamente superficial. Tem um espaço diário na televisão e, por isso, é figura nacionalmente conhecida.

— Ah, o admirável Sgarbi — disse o homem que estava com ela. — Gostaria de saber se ele continua barrado no Instituto Courtauld, em Londres. Pegaram-no saindo pela porta afora com dois livros antigos e valiosos, não faz muito tempo. O incidente atraiu bastante a atenção da imprensa, não apenas porque ele era crítico de arte, mas também porque era membro do Parlamento italiano. Pertence à Câmara dos Deputados. presidente da Comissão de Cultura, nada menos. Estava no Courtauld naquele dia para falar num simpósio sobre pintores da escola de Ferrara. Quando o agarraram, ele disse que queria apenas estudar e fotocopiar os livros. Na autobiografia, ele conta que foi vítima da artimanha de outro crítico de arte, que tinha inveja dele.

Sgarbi passou por nós. Com uma das mãos ajeitava os fartos cabelos castanhos, com a outra abraçava a cintura de uma das amigas.

O homem sentado ao meu lado, olhando para Sgarbi, continuou a falar:

— Depois aconteceu uma questão entre Sgarbi e uma idosa que vivia em um asilo. Sgarbi convenceu-a a vender uma tela valiosa a um *marchand* amigo pela bagatela de 8 milhões de liras [US$4 mil]. Três anos mais tarde, a pintura foi leiloada por 700 milhões de liras [US$350 mil]. Finalmente, veio à tona que o quadro fora guardado num museu em Treviso que tinha preferência na aquisição. Sgarbi, que à época trabalhava para a Superintendência de Belas-artes, tinha obrigação de informar ao museu, mas não o fez. Quando a venda foi descoberta, ele foi investigado por fraude e por negociata pessoal realizada durante o desempenho de função oficial. As acusações foram retiradas, é claro.

— Imagino que os prejuízos para a carreira dele já tenham sido contabilizados — disse eu.

— Não exatamente. Está sendo cotado para ser nosso próximo ministro da Cultura.

Pelo outro ouvido, escutei novamente a palavra "rato" — para ser exato, escutei a palavra *pantegana*, que significa "rato" no dialeto veneziano.

— Ratos não conseguem vomitar — dizia *signor* Donadon. — São uma das poucas espécies da Terra fisicamente incapazes de vomitar. De modo que não podem cuspir meu veneno depois que o ingerem. Mas o uso do meu veneno é seguro, pois, se seres humanos, gatos ou cães ingerirem um único grama, vomitam imediatamente, antes que o veneno lhes faça algum mal.

A mulher que jurava se recusar a ouvir conversas sobre ratos durante a ceia tinha virado de frente, e agora olhava para o *signor* Donadon inteiramente hipnotizada.

— Mas, se centenas de milhares de ratos morrerem ao mesmo tempo — disse ela —, não se decompõem e causam a peste?

— Meu veneno os desidrata — disse o *signor* Donadon, tocando-lhe a mão, como que para tranqüilizá-la. — Ficam totalmente secos, mumificados. Portanto não apodrecem, e não tem peste.

— Eles mordem, não é? — disse ela, enrugando o nariz. — A idéia me aterroriza.

— Se um rato a mordesse — disse Donadon —, a senhora talvez nem sentisse.

— Porque ficaria em estado de choque.

— Não. Não sentiria porque saliva de rato contém anestésico. Um dos ministros do governo, Riccardo Misasi, estava dormindo certa noite quando sentiu o dedo do pé coçar. A coceira ficou mais forte e, quando ele acendeu a luz, descobriu que o dedo tinha sido roído por um rato!

O *signor* Donadon parecia disposto a prosseguir com o mesmo assunto por mais um bom tempo, mas os demais convivas se mostravam impacientes.

— Tem só uma coisa que eu gostaria de perguntar — disse eu, enquanto me levantava para sair da mesa. — Se o seu veneno é tão eficaz como o senhor diz, por que ainda há ratos em Veneza?

— Muito simples! — disse ele. — Veneza não utiliza meu raticida. A Câmara de Vereadores sempre contrata o concorrente que apresenta o menor preço; portanto, nem me dou ao trabalho de submeter propostas. Estou disposto a fazer minha contribuição para a humanidade, mas — Donadon piscou o olho — a humanidade precisa estar disposta a fazer uma contribuição para mim.

O CAFÉ E O *TIRAMISU* PROPICIAVAM A OCASIÃO DE TROCAR DE LUGAR, circular ou descer dois andares, até o saguão de entrada, onde uma orquestra começava a se fazer notar. Ocorreu-me, enquanto olhava a multidão, que nenhuma máscara permanecia no local esperado. Não que as máscaras tivessem sido retiradas para facilitar na hora de comer. Tinham sido empurradas para o topo da cabeça, guardadas nas bolsas ou removidas muito antes do jantar. Também notei que, exceto alguma fita colorida ou gravata extravagante, quase todos os homens usavam o tradicional traje a rigor em vez de fantasias. As mulheres, também, ao criar suas fantasias, não tinham ido além dos acessórios: penas de avestruz, bijuteria bizarra, um penteado moderno ou algum toque de cosmético. Quem chegasse ao baile àquela hora não saberia que se tratava de uma festa de Carnaval, muito menos de um baile de máscaras ou um baile à fantasia.

— O que foi feito do espírito carnavalesco? — perguntei a Peter Lauritzen enquanto nos encaminhávamos para os andares inferiores.

— Bem, jamais será o que era no auge da decadência, no século XVIII — disse ele. — Naquela época, o Carnaval era uma instituição poderosa. Quando o doge Paolo Renier morreu durante o Carnaval, em 1789, a notícia de sua morte foi abafada até que o Carnaval acabasse, para não estragar a folia.

Segundo parecia, ao ser reinventado, no século XX, o Carnaval surgiu em uma versão mais comportada do que antes. Na ausência do contexto de decadência generalizada, de até mesmo depravação, o Carnaval tornou-se pouco mais do que a celebração um tanto inocente de um fenômeno histórico ocorrido há muito tempo.

— Nem todas as festas de Carnaval são tão comportadas como esta — disse Rose. — Quero dizer, o Carnaval tem um lado mais mundano, mesmo hoje em dia.

— E onde isso pode ser encontrado? — perguntei.

— O Festival de Poesia Erótica é um desses locais. Costuma acontecer no campo San Maurizio, onde morou Giorgio Baffo, poeta que viveu no século XVIII. A poesia de Baffo costuma ser descrita como "libertina". Na verdade, é completamente pornográfica!

A orquestra que estava no andar térreo tocava tão alto que expulsava do palácio todos os convidados, exceto os dançarinos mais obstinados, e logo nos vimos no cais de desembarque, aguardando a nossa lancha-táxi.

Enquanto esperávamos, aproximou-se uma gôndola. Seguia lentamente em direção à praça de São Marcos e levava dois passageiros homens. Um usava peruca de cabelos pretos, espessos e ondulados, jaqueta de pele negra, calça justa preta e máscara em tom vermelho vivo, com um nariz comprido.

A fantasia do outro homem era bem mais estranha. Ele usava uma peruca ou enfeite de cabeça feito de borracha vermelha lustrosa, que formava um cone arredondado e liso, desde o topo da cabeça até a altura dos ombros. Os braços e o torso estavam envoltos em uma proteção de borracha rosada, e cada joelho tinha sido encoberto por uma esfera rosada do tamanho de um melão. O significado da fantasia tornou-se totalmente claro no momento em que ele se levantou, lentamente. Quando ficou ereto, a proteção de borracha rosada se esticou. Uma baba de plástico branco escorria-lhe da boca, como uma pérola alongada.

Uma mulher que estava ao meu lado se assustou e, em seguida, deu uma risadinha. Um homem atrás de mim murmurou: "*Fantastico!*"

Então, no momento em que a gôndola passava por nós, o outro homem se levantou, o sujeito de jaqueta de pele negra e peruca de cabelos pretos. Seu olhar varreu o cais, e ele fitou cada de um de nós através da máscara vermelha, por trás do nariz vermelho comprido. Então, com um movimento brusco, ele abriu a jaqueta, como se quisesse exibir as genitálias, e revelou uma camada brilhante de lábios de cetim cor-de-rosa, surpreendentemente realistas.

— Ora, isso é o que *eu* chamaria de Carnaval — disse Rose.

{ 7 }

A GUERRA DO VIDRO

— MEU PAI SEMPRE FOI HOMEM DE POUCAS PALAVRAS — disse Gino Seguso — e, ultimamente, tem falado menos ainda... até conosco.

Era junho. Archimede Seguso estava profundamente concentrado na fábrica de vidro, confeccionando a série de tigelas e vasos que lembravam aquela noite, quatro meses atrás, quando ele se pôs à janela do quarto, vendo o Fenice arder. Gino convidou-me para ir à vidraçaria Seguso, em Murano, conhecer a coleção "La Fenice", que àquela altura já contava com oitenta peças e tinha se tornado uma obsessão para Archimede Seguso.

A agitação que sucedeu ao incêndio tinha diminuído consideravelmente. Já em fins de fevereiro, o promotor Felice Casson havia retirado a queixa de invasão de propriedade particular feita contra Woody Allen. (Meses depois, o prefeito Cacciari realizaria o casamento de Woody Allen e Soon-Yi, em uma cerimônia civil e íntima, no Palazzo

Cavalli, sede da prefeitura de Veneza.) A orquestra do Fenice tinha realizado o primeiro concerto após o incêndio, na basílica de São Marcos, com um programa de paixão, esperança e otimismo: a sinfonia *Ressurreição*, de Gustav Mahler. Quanto à reconstrução do Fenice, o prefeito Cacciari optou pela abertura de concorrência pública. O procedimento tinha a vantagem de defender Cacciari contra acusações de favoritismo ou suborno, mas apresentava desvantagens também: o processo de convocação, submissão e avaliação demoraria ao menos um ano.

Nesse ínterim, a companhia de ópera tinha conseguido encontrar uma sede provisória, a tempo de iniciar a temporada na data prevista e evitar ter de pagar ressarcimento a milhares de pessoas que compraram ingressos antecipadamente. O novo local da ópera era uma gigantesca tenda de circo, armada em um estacionamento na ilha de Tronchetto, à entrada da ponte que ligava ao continente. A tenda ficou conhecida como Palafenice, e as seis pontas brancas se tornaram um marco no limite do horizonte veneziano — lembrete visível de que o verdadeiro Fenice estava em ruínas.

Na vidraçaria de Archimede Seguso, entretanto, a Ópera de Veneza ainda estava em chamas. Faiscava e brilhava, girava e se encaracolava nas peças confeccionadas por Seguso. Gino acompanhou-me pelo *showroom*, a caminho do setor de produção, localizado na parte posterior do complexo. Seu jeito era afetuoso, bem-humorado e distinto. Com cinqüenta e muitos anos, era troncudo, estava ficando calvo, a não ser por uma franja de cabelos escuros, e vestia terno. Paramos diante de uma prateleira repleta de vasos La Fenice.

— As pessoas imaginam as labaredas em tons fortes de alaranjado e amarelo — disse ele —, porque assim pareceu nos jornais e revistas. Não percebem que, na realidade, eram muito mais que isso. Havia tons de verde, azul e roxo. As cores se alteravam a noite inteira, dependendo do que estivesse queimando no interior do teatro. Meu pai estava tão próximo daquilo tudo quanto qualquer outra pessoa, e estes são seus instantâneos. As peças alcançam um grau de exatidão que as fotografias não puderam captar.

"Meu pai nunca fez nada parecido com isso. O senhor mesmo pode perceber, se olhar as outras peças que estão nesta sala."

O *showroom* era um museu de objetos de vidro fabricados por Archimede Seguso desde 1930 até o presente, inclusive uma mesa de vidro e amostras das famosas séries da década de 50, as chamadas Merletti (Rendas), em que filamentos de vidro colorido eram incrustados em tigelas e vasos. Enquanto andei pela sala, mantive as mãos enfiadas nos bolsos e os braços junto ao corpo, com receio de, com o cotovelo, derrubar alguma das peças maiores do pedestal e vê-la espatifar-se no chão.

Gino falou-me da tendência do pai a um comportamento taciturno, provavelmente para me tranqüilizar caso o mestre não puxasse conversa comigo. Nos anos 50, ele disse, um rico príncipe siciliano trouxe para o *signor* Seguso um touro de vidro supostamente encontrado em um túmulo etrusco. O príncipe perguntou se Seguso poderia autenticar a peça. O *signor* Seguso pôs o touro sobre uma mesa ao lado da bancada de trabalho e começou a fazer uma cópia exata, correta nos menores detalhes, inclusive a cobertura de pátina, envelhecida por meio de pós, minerais, fumaça e areia. Quando ele terminou, o príncipe não foi capaz de ver qualquer diferença entre o touro novo e o velho. E foi essa a resposta de Seguso. Ele tinha conseguido duplicar a peça com tamanha precisão que, ao fazê-lo, provou que o touro do príncipe poderia ser falso. Testes científicos seriam necessários para saber com certeza, mas o *signor* Seguso respondeu de acordo com o seu nível de conhecimento. A resposta, portanto, foi: não sei.

Eu disse que não me ofenderia se o mestre preferisse continuar trabalhando, em vez de conversar comigo. Mas, quando abrimos a porta da sala da fornalha, fomos envolvidos pelo ruído dos fornos, tão intenso que qualquer conversa seria mesmo impossível.

O velho, vestindo calça preta e camisa branca, estava sentado à bancada de trabalho, diante de um forno incandescente. Girava um tubo de aço, de cuja ponta pendia um grande vaso cilíndrico em tons alternados de azul e branco, formando um delicado desenho de arlequim. À medida que girava o tubo, o mestre moldava a borda do vaso com um par de tenazes. Em seguida, entregou o tubo a um assistente, que o reintroduziu no forno, para que o vaso esquentasse e amolecesse um pouco. Gino foi ao encontro do pai e falou-lhe ao ouvido. Archimede virou-se e olhou na minha direção. Sorriu e fez um gesto com a cabeça, indicando que eu deveria me aproximar. Fui até ele e disse olá. Em resposta, ele assentiu com a cabeça. O assistente retirou o vaso do fogo e apoiou o tubo na beira da bancada, ainda girando-o. Archimede voltou a olhar para mim e, com as tenazes, apontou o vaso.

— Aurora — disse ele. — É a aurora.

Então voltou ao trabalho, girando o tubo e moldando o vaso.

Aquelas foram as quatro palavras que Archimede Seguso dirigiu a mim. Bastaram para me dizer que o vaso que ele estava criando representava o Fenice segundo sua visão, ao despertar às 5h do dia seguinte ao incêndio: fumaça branca subindo contra um céu em tom de azul médio, pouco antes de o sol nascer.

Observamos seu trabalho por mais dez minutos, e então fomos até a sala de Gino tomar um café. O filho de Gino, Antonio, apareceu um instante à porta. Tinha vinte e tantos anos, era magro e tímido. Parecia-se mais com o avô do que com o pai e demonstrava a atitude respeitosa de filho e neto obediente. Antonio trabalhava na fábrica, Dino disse, adquirindo experiência em todos os setores. No futuro, assumiria a gestão da empresa, no lugar do pai. O avô lhe dera algumas lições de como soprar vidro.

— Estive pensando — disse eu a Gino. — As gerações passadas de Seguso foram de sopradores de vidro, mas isso exigia uma iniciação tão cedo que não haveria tempo para uma educação formal. Nem você nem Antonio são mestres vidreiros. Que vai acontecer depois de Archimede?

— Sempre haverá mestres vidreiros — disse Gino —, sejam Seguso ou não. Mas artistas também são necessários. Existem os mestres e os artistas. O artista tem a idéia. O mestre traduz a idéia em vidro. Poucos mestres vidreiros são artistas também. Meu pai é rara exceção. Quando ele morrer, nossos vidreiros vão continuar a produzir os desenhos clássicos criados por ele, e novos artistas surgirão, com novas idéias, que serão executadas pelos vidreiros.

— Então, você e seu filho vão dar continuidade ao negócio da família — disse eu.

— Ora, sim — disse Gino. Em seguida, hesitou, e se pôs a mexer nos objetos sobre a escrivaninha. — Mas a coisa é mais complicada.

Não sou filho único. Tenho um irmão, Giampaolo. É quatro anos mais novo. Durante trinta anos, trabalhou aqui, com meu pai e comigo, e colaboramos muito. Nossa família era forte como aço: meu pai, minha mãe, meu irmão, eu... e Deus. Giampaolo e eu éramos um o *alter ego* do outro. Mas começaram a surgir desentendimentos. Então, três anos atrás, ele foi embora. Não nos deu mais notícia.

— Vocês não se falam?

— Somente por meio dos advogados.

— E na noite do incêndio do Fenice? Vocês tiveram notícia dele?

— Não. Ele não telefonou e não veio aqui. E, naquela noite, meu genro viajou 48 quilômetros, de barco, trazendo uma carga de extintores de incêndio; depois os transportou do campo Sant'Angelo até nossa casa. Mas do meu irmão, nada.

— Sobre o que foram os desentendimentos?

— Giampaolo queria modernizar, mudar as coisas. Mas, na minha opinião, o mais importante foi o fato de que cada um de nós tinha quatro filhos crescidos. Eu tenho três filhas e um filho; ele tem três filhos e uma filha. Os oito estavam prestes a entrar na vida adulta. Se quisessem trabalhar na empresa, segundo o meu pensamento, todos deveriam conquistar tal direito por mérito. Eu não queria que a empresa se tornasse um refúgio para filhos mimados. Insisti na criação de linhas rígidas, mas meu irmão não queria regras. Acreditava que os filhos se comportariam devidamente.

"Essa foi a primeira dificuldade. A segunda foi a relação dele com nosso pai. Meu irmão costumava dizer que tínhamos sido castrados por nosso pai devido à sua personalidade forte. Giampaolo sentia-se subestimado. Eu nunca me senti."

— Houve algo que seu irmão quis realizar na empresa e que não teve permissão de fazê-lo?

— Fez todos os trabalhos que quis. Trabalhou na produção, nas vendas e nas nossas lojas.

— Quis criar peças de vidro?

— Fez um pouco disso também. E poderia ter feito mais, se quisesse.

— Então por que foi embora?

— Giampaolo disse que queria viver a própria vida. Enfim, três anos atrás, anunciou, de repente, que estava indo embora, e pediu para ser indenizado pela parte que lhe cabia dos negócios da família. Meu pai tinha dado a cada um de nós 30 por cento da empresa.

"Meu pai ficou indignado. E disse: 'Eu lhe dei de presente a sociedade na empresa e agora você quer que eu compre sua parte?' Em vez disso, deu a meu irmão algum dinheiro, para ajudá-lo a se estabelecer. Giampaolo dizia que tinha a intenção de escrever livros sobre a história da fabricação de vidro. Mas ele nos reservou uma surpresa: abriu uma empresa concorrente, aqui mesmo em Murano. Batizou-a de Seguso Viro. E levou consigo alguns dos nossos principais empregados... um desenhista, nosso gerente do almoxarifado e nosso gerente de produção. Tentou até levar o homem que monta os lustres. E também contratou alguns dos nossos ex-funcionários. Depois abriu lojas perto das nossas... uma na praça de São Marcos, uma em Frezzeria, outra em Milão."

— A Seguso Viro faz os mesmos desenhos que vocês?

— Sim, muitos... mas só os mais bonitos.

— Começo a entender por que vocês não se falam — disse eu.

— E tem mais — Gino prosseguiu. — Depois que deixou a empresa, meu irmão abriu um processo judicial, na condição de sócio minoritário, para que meu pai fosse declarado mentalmente incapaz e removido da direção da companhia!

— Quê?

— É verdade. Posso mostrar-lhe os documentos. Eu seria então designado para dirigir a empresa no lugar dele. Mas o próximo passo de Giampaolo foi abrir um processo para *me* expulsar da empresa, supostamente por haver desempenhado algumas das funções de meu pai, como redigir cartas, assinar papéis etc. Naturalmente, entramos com outra ação, e ganhamos.

— Mas por que ele fez tudo isso?

— Não sabíamos por que até alguns meses depois que ele se foi, quando descobrimos algo ainda mais estranho. Sem avisar a ninguém, Giampaolo tinha registrado a marca "Archimede Seguso"... em seu próprio nome!

— Qual foi a reação de seu pai?

— Ele bateu no peito e disse: "Mas esse é o *meu* nome! Como é possível uma coisa dessas? Como isso pode ser legal?" Entramos com uma ação para impedir o registro. Giampaolo alegou que fez o registro para *proteger* o nome e proteger os seus 30 por cento da companhia.

— Como ele protegeria o nome de Archimede Seguso?

— A meu ver, o plano de meu irmão era bem simples. Se tivesse conseguido remover meu pai e a mim, esta empresa... Vetreria Artistica Archimede Seguso... ficaria acéfala. Acabaria por definhar e morrer, e Giampaolo estaria na posição perfeita para assumir o controle. Já havia aberto uma réplica da nossa empresa, com muitos dos nossos ex-empregados. Conhecia todos os nossos clientes. Estava familiarizado com todos os aspectos do negócio. Conhecia até os segredos de meu pai quanto à fabricação de vidro. Finalmente, não precisaria comprar o nome, porque o nome já seria propriedade sua. Sem gastar um centavo, ele teria se tornado Archimede Seguso.

QUANDO EMBARQUEI NO *VAPORETTO*, para a viagem de dez minutos voltando de Murano para Veneza, já estava ansioso para conhecer Giampaolo Seguso. A imagem que eu fazia dele tornara-se mais negativa a cada revelação. Eu sabia apenas, com base no pouco que Gino me dissera, que ele era algo obeso, grisalho, um tanto calvo e que tinha 54 anos. Eu me perguntava que tipo de pessoa é capaz de mentir, declarando o pai senil, e, em seguida, roubar-lhe a identidade — se, de fato, foi isso que ele fizera. Será que o sujeito tinha presas?

Telefonei para a Seguso Viro e a chamada foi prontamente transferida para Giampaolo. Apresentei-me e disse que gostaria de ir até a fábrica falar com ele.

— Será um prazer — respondeu ele.

Marcamos uma hora para a semana seguinte.

Nesse ínterim, fiz uma pequena investigação, e a primeira descoberta foi que costumava haver rixa entre as famílias de Murano. Sopradores de vidro viviam em Murano desde 1291, quando o doge Pietro Gradenigo obrigou-os a se mudar de Veneza para lá, por causa do perigo de incêndio, e também para confiná-los em uma espécie de gueto, onde os segredos da fabricação de vidro permanecessem desconhecidos de competidores no mundo exterior. É possível que setecentos anos vivendo em tamanha proximidade tenham algo a ver com a natureza briguenta do povo de Murano.

— Os nativos de Murano são inteligentes — disse-me Anna Venini —, mas são meio malucos.

A *signora* Venini falava com conhecimento de causa e um certo distanciamento, pois trabalhava na vidraçaria Venini, em Murano, havia mais de vinte anos, tinha publicado livros acerca da história do vidro e era filha de Paolo Venini, um dos grandes fabricantes de vidro do século XX e uma raridade, porque *não* era natural de Murano: tinha começado sua vida profissional como advogado em Milão.

— Mas são pessoas generosas — disse ela. — Quando nos aceitam, somos realmente aceitos.

A filha da *signora* Venini, Laura de Santillana, artista que morava em Veneza e trabalhava em Murano, onde eram executadas suas esculturas de vidro modernistas, compartilhava da afetuosa ambivalência da mãe.

— As famílias de Murano sempre brigam — disse ela. — Gente terrível! Uma coisa bárbara! Entrincheiraram-se em sua cultura insular. Murano se considera totalmente independente de Veneza. Tem o seu próprio Grande Canal, a sua basílica e suas próprias famílias nobres.

De acordo com Rosa Barovier, historiadora do vidro e membro de uma antiga família de vidreiros de Murano, a saída de Giampaolo Seguso não era o primeiro rompimento ocorrido na dinastia Seguso.

— O próprio Archimede separou-se dos irmãos — disse ela. — Também brigou com o pai, que, por sua vez, tinha brigado com o pai. Para os Seguso, o mais importante é o negócio; às vezes o negócio tem precedência sobre a família. Mas os nativos de Murano têm vidro no sangue. Sobrevivem à base do entusiasmo pelo vidro. Já foi observado que, em agosto, quando as vidraçarias fecham, eles adoecem.

"Gino e Giampaolo Seguso têm paixão por vidro", "continuou Rosa Barovier, "mas são opostos. Gino é conservador; sente-se mais seguro com os desenhos clássicos. Giampaolo é mais ousado e criativo. Baseia-se nos desenhos do pai e parte em novas direções."

Peguei o *vaporetto* de volta para Murano. Desta feita, ao desembarcar, em vez de andar para a esquerda, virei à direita. A fábrica de

Giampaolo, a Seguso Viro, ficava no lado oposto da ilha em relação à Vetreria Artistica Archimede Seguso.

Uma recepcionista conduziu-me por um corredor, depois por um pátio, então por várias pranchas sobre as quais havia objetos de vidro encaixotados, até uma fornalha espaçosa, moderna e bem-iluminada. Dois lances de escadas de aço ligavam a área de produção ao escritório de Seguso. Duas mesas compridas estavam cobertas de tigelas, garrafas e vasos de vidro, cada qual exibindo um padrão ou técnica de sopro diferente.

Giampaolo Seguso usava um cardigã e, olhando-me por cima dos óculos de meia-lente, convidou-me a sentar à sua frente, diante da escrivaninha, perto da janela. Fez um gesto, apontando o cabelo grisalho.

— Do lado de fora, sou cinza — disse ele, com um largo sorriso —, mas por dentro sou a ovelha negra da família.

Interpretei essa observação inicial como indício de que ele pretendia ser sincero. Antes que eu tivesse a oportunidade de fazer qualquer pergunta, ele prosseguiu, falando devagar e escolhendo as palavras com grande cuidado.

— Sou filho de Archimede Seguso, o maior mestre vidreiro do século passado. A coisa mais difícil da minha vida foi ter sido filho dele. É um grande homem. O homem do silêncio. Ensinou-nos a não *falar*, mas a *fazer* tudo. Viveu numa época em que, para ele, não era possível ter uma boa educação. Acho que esse foi um dos motivos da nossa dificuldade de comunicação. Eu não conseguia fazê-lo entender quem eu era, e então, em dado momento da minha vida, decidi cortar o cordão umbilical.

— Como foi que isso aconteceu? — perguntei.

— Durante algum tempo, comecei a ter desentendimentos com meu irmão a respeito dos negócios. Então, há três anos, dei uma festança em comemoração aos meus 50 anos, no Lido, onde moro, e convidei meus pais, meus parentes e amigos. Presenteei cada convidado com um pequeno ovo de vidro e disse: "O ovo é um símbolo da vida, do infinito, do renascimento. Também simboliza a surpresa." Então, dirigindo-me a meus pais, disse: "Dei a vocês os meus primeiros 50 anos. A surpresa é que a segunda metade vai pertencer a mim. Quero começar a ser dono da minha vida." Não tive muito tato ao dizer isso. Meus pais ficaram muito aborrecidos.

— Disseram-me que você registrou o nome do seu pai, sem avisá-lo — disse eu. — Isso é verdade?

Giampaolo assentiu.

— É — disse ele. — Mas... se estou com uma faca na mão, isso não quer dizer que sou um assassino. Registrei o nome para preservar o legado do meu pai. Achava que, depois que ele morresse, o único vidro vendido com seu nome deveria ser o dele. Eu tinha proposto começar uma nova linha, com um nome diferente... talvez Archimede Seguso II, ou Sucessores de Archimede Seguso, ou algo assim. Mas meu irmão queria manter tudo sob o nome Archimede Seguso, até mesmo vidro desenhado e fabricado por terceiros, depois que meu pai falecesse. Isso transformaria a assinatura de um grande artista em marca, e o significado dessa assinatura se diluiria. Registrei o nome na esperança de impedir que isso ocorresse.

Era possível perceber ali certa lógica, mas ainda me perturbava a tentativa de Giampaolo de ver o pai declarado mentalmente incapaz e removido da direção da empresa. Perguntei-lhe a respeito.

— Foi uma manobra estritamente legal — disse ele. — Quando fui embora, quis uma indenização pelos trinta anos que dediquei à companhia. Pedi a meu pai que comprasse a minha parte, mas ele se recusou. Então, eu disse: "Bem, ao menos, me dê duas lojas de varejo, para que eu possa ganhar algum dinheiro, enquanto começo vida nova." Minha intenção era escrever livros sobre vidro, mas, para fazer isso, eu precisava de um meio de vida. Quando foi impossível chegar a um acordo sobre a indenização, percebi que teria de acionar a empresa. Mas isso implicava acionar meu pai, e eu jamais poderia fazer uma coisa dessas. No entanto, se pudesse convencer o juiz a declará-lo mentalmente incapaz e a designar meu irmão para dirigir a empresa, então eu estaria processando meu irmão quando processasse a empresa.

Não entendi bem como declarar o próprio pai mentalmente incapaz de dirigir seu negócio poderia ser visto como preferível a mover contra o pai um processo de indenização financeira, mas deixei para lá.

— Você tentou contatar seus pais depois que foi embora?

— No primeiro ano, mandei flores para minha mãe, com um cartão, pela passagem do aniversário de casamento deles. Ela devolveu as flores e, alguns dias depois, recebi uma carta. Meu cartão, sem ter sido aberto, estava dentro do envelope. Um bilhete dizia: "Você sabe por quê."

— Seus filhos também foram afetados pelo rompimento com a família? — perguntei.

— Sim, foram. Meus pais se recusam a vê-los. Têm rejeitado meus filhos de várias maneiras.

Tratava-se, pois, de uma ruptura dinástica de grandes proporções. Giampaolo falava com pouca emoção, mas havia em suas palavras uma gravidade que deixava transparecer um profundo pesar.

— Onde você estava na noite do incêndio do Fenice?

— Estava em casa, no Lido — disse ele. — Meu filho telefonou de Nova York e perguntou o que estava acontecendo. Eu não sabia. Fui até a lagoa e vi o céu avermelhado. Então, voltei para casa, liguei a TV e comecei a chorar. Não telefonei para meus pais. Àquela altura, já não havia contato entre nós.

— Que foi feito dos seus planos de escrever livros sobre a história do vidro?

— Sem renda, não foi possível. Decidi estabelecer o meu próprio negócio e abri a Seguso Viro. Para tal, precisei vender propriedades, o que pode lhe dar uma idéia da intensidade da minha paixão por vidro. Tenho três filhos. Estão todos no negócio comigo. A empresa pertence a eles. Dois trabalham aqui comigo, em Murano, e o terceiro dirige o nosso *showroom*, em Nova York.

"Durante muito tempo, eu achava que a fabricação de vidro em Murano tinha ficado sem graça. Entre 1930 e a década de 1950, tínhamos em Murano grandes vidreiros, muito criativos: Ercole Barovier, Alfredo Barbini, Napoleone Martinuzzi, Paolo Venini, meu pai. Era o tempo de plantar, semear. Depois, da década de 1960 até a de 1990, foi o tempo da colheita, em que nada de novo foi plantado. Agora Murano se vê com campos cinzentos e sombrios, e as pessoas se perguntam por quê. O desafio é descobrir novos meios de usar as velhas técnicas. É isso o que tentamos fazer aqui."

— Você pode mostrar alguns exemplos? — perguntei.

— Posso mostrar-lhe muitos.

Giampaolo levantou-se da cadeira e me conduziu até a mesa coberta de dezenas de objetos de vidro.

— Os vidros que estão nesta mesa representam todas as técnicas que aprendi de meu pai, de meus tios e aquelas que desenvolvi sozinho. É uma recriação de tudo o que a dinastia Seguso de Murano fez ao longo de cinqüenta anos. São 150 desenhos, e, para cada um, fabriquei uma série limitada de 99 peças. Minha idéia é encontrar clientes que comprem conjuntos completos, de 150 peças, para doá-las a museus, como material de pesquisa, e assim preservar e promover o mito do vidro de Murano.

Fiquei impressionado com o paradoxo.

— É um pouco irônico — disse eu — que, primeiro, você tenha um rompimento inflamado com seu pai e, depois, se esmere em prestar uma homenagem a ele.

— Mas meu pai é um grande homem — disse Giampaolo. — Vou mostrar-lhe três exemplos de como documentamos o trabalho dele, ao mesmo tempo em que caminhamos para o futuro.

Ele apanhou um vaso de vidro incolor, em formato de lágrima, com a parte superior alongada e estreita. Uma membrana de vidro, ligeiramente torcida, dividia o interior do vaso em duas seções. Uma teia de aranha, feita de filamentos de vidro branco, tinha sido incrustada na divisória de vidro.

— Eis um exemplo da técnica de filigrana, inventada em Murano em 1527 — Giampaolo disse. — Na década de 1950, meu pai criou com essa técnica novos efeitos que foram reconhecidos por historiadores do vidro como a primeira contribuição original desde a Renascença. Portanto este vaso fala do nosso passado, mas apresenta duas inovações. O efeito provocado pelas duas seções é uma delas, e o uso da filigrana na parte interna do vidro, em vez de nas laterais do vaso, é a outra. Este vaso foi desenhado por meu filho Gianluca, que pertence à 23ª geração da dinastia Seguso.

Giampaolo, em seguida, pegou uma tigela arredondada, com filigrana negra envolta na metade inferior e filigrana branca na superior.

— Esta técnica é chamada de *incalmo*, a junção de duas peças hemisféricas de vidro soprado, com diâmetro idêntico. São necessários dois sopradores, e o trabalho precisa ser feito com o vidro incandescente. Ao longo da história da fabricação de vidro, as duas partes de uma peça de *incalmo* sempre foram unidas em linha reta. Aqui a junção é irregular, produzindo um efeito ondulado. De modo que esta tigela tem um pouco do antigo e um pouco do novo.

"Finalmente, veja esta."

Entregou-me um vaso com linhas finas de filigrana negra, que faziam lembrar as linhas de uma partitura musical, dispostas horizontalmente, em ondas e espirais irregulares. As linhas se mesclavam com fios transparentes alaranjados. Giampaolo tinha desenhado o vaso e o batizara de "Vivaldi", em homenagem ao compositor ruivo veneziano, Antonio Vivaldi.

— Este vaso representa um passo para o futuro — disse ele. — A filigrana alaranjada é feita de 16 tons de vermelho e laranja transparentes. Filigrana transparente nunca tinha sido feita. O efeito é original. É algo bem contemporâneo.

O vaso era extraordinário. A leveza e a graça excepcional da filigrana conferiam-lhe uma sensação de movimento. Uma série de protuberâncias irregulares formadas por vidro liso, subindo por uma das laterais externas, criava uma textura diferente e um interessante efeito de luz. O orgulho de Seguso pela peça era visível.

— Foi você mesmo quem soprou este vaso? — perguntei.

— Sou um péssimo solista — disse ele, com um sorriso —, mas um bom diretor. Tenho um acordo com meus filhos. Se quiserem que o pai trabalhe com eles, têm de ficar comigo um dia por semana na fornalha, para que eu tenha a chance de brincar. Portanto, cinco dias por semana uso o capacete de gerente e, um dia por semana, fico em frente ao forno... ao lado do mestre vidreiro... e dirijo.

Voltou para a escrivaninha e se pôs a olhar pela janela. Em seguida, virou-se para mim, com uma expressão que parecia ser de contentamento.

— Tenho quatro objetivos — disse ele. — Primeiro, quero que as pessoas vejam nosso vidro e reconheçam, imediatamente, que é de Veneza. Segundo, gostaria que dissessem: "Ah, isso é vidro feito por Seguso." Meu terceiro objetivo é que digam: "Este vidro foi feito pela Seguso Viro."

Meu quarto objetivo é que talvez algum dia as pessoas digam: "Este vidro foi feito por Giampaolo Seguso."

Tive a impressão de que o quarto objetivo era com o qual ele mais sonhava.

— É ambição sua tornar-se um desenhista famoso? — perguntei.

— Acho que estou numa corrida de revezamento, competindo com outros vidreiros de Murano. Na minha opinião, não existe o último corredor. A corrida viável é a que faz parte de um esforço maior. O desafio é ser reconhecido como alguém que, no decorrer do percurso, acrescentou algo à tradição.

Giampaolo voltou a sentar-se à escrivaninha.

— E essa — disse ele — é uma das principais diferenças entre mim e meu pai. Meu pai se considera o último corredor.

{ 8 }

EXPATRIADOS: A PRIMEIRA FAMÍLIA

VÁRIAS VEZES POR SEMANA eu tinha motivo para atravessar a ponte Accademia e, toda vez que o fazia, virava-me para contemplar, ao lado do Grande Canal, as abóbadas de Santa Maria della Salute, sem dúvida um dos mais conhecidos cartões-postais de Veneza.

Em um final de tarde, enquanto atravessava a ponte e olhava na mencionada direção, notei uma bela lancha a motor deslizando silenciosamente diante de um palácio gótico, a pouco mais de 50 metros de distância, o segundo palácio após a ponte, do lado de São Marcos. O barco era o venerável Riva, o doge das embarcações motorizadas de luxo. Tinha cerca de quarenta anos, 20 pés de comprimento e era feito de mogno com acabamento de cromo. Um homem alto, de cabelos grisalhos, estava de pé, ao leme, esticando a mão para uma mulher que embarcava naquele instante. Estava toda vestida de branco, do lenço de cabeça aos sapatos. Até os óculos tinham armação branca, e os cabelos eram brancos também. Depois que a mulher se sentou, o homem trouxe o barco de volta ao Grande Canal, de popa, com a tranqüilidade de quem dá marcha a ré para tirar um carro da garagem. Em seguida manobrou e partiu em direção à igreja Salute e à praça de São Marcos.

Fiquei impressionado com a idéia de que um passeio no Grande Canal, naquele barco, o que para mim seria uma grande emoção, provavelmente fazia parte da rotina diária daquele casal. Talvez tivessem ido às compras, ou jantar fora, ou visitar amigos. Deslocavam-se por Veneza não apenas em grande estilo, mas também junto à água, conforme os venezianos faziam há séculos, bem mais próximos do nível da água do que se estivessem no convés de um lento *vaporetto*.

Cerca de uma semana depois, voltei a ver o casal em seu barco. Retornavam ao palácio, vindo da direção do Rialto. Conforme ocorrera na ocasião anterior, a mulher estava toda de branco, mas dessa vez usava calça comprida em vez de saia, e suéter em vez de blazer.

— Provavelmente era Patricia Curtis — Rose Lauritzen disse, mais tarde. — Ela sempre usa branco.

— Sempre? — perguntei. — Por quê?

— Na verdade, não sei. Ela se veste só de branco desde que a conheço. Peter, por que Patricia só usa branco?

— Não faço a menor idéia — disse Peter.

— Talvez branco seja a cor de que ela mais gosta — disse Rose. — Vai ver que é só isso.

— Mas, agora que você tocou no assunto — disse Peter, dirigindo o comentário a mim —, quero lhe dizer que Patricia Curtis é uma mulher interessante, por vários motivos, e o motivo que menos importa é o fato de ela sempre usar branco.

— O homem que você viu com ela é o marido, Carlo Viganò — disse Rose. — Ele é muito gentil. Os dois são. Quero dizer: pessoas... realmente... gentis.

— Patricia Curtis — disse Peter — pertence à quarta geração de norte-americanos expatriados. Seus bisavós, Daniel Sargent Curtis e Ariana Wormeley Curtis, vieram de Boston para Veneza no início da década de 1880 com o filho Ralph, avô de Patricia.

— Não são apenas gentis — disse Rose —, mas benquistos.

— Os Curtis — disse Peter — eram bostonianos ricos, de antiga linhagem, com ancestrais que remontavam ao *Mayflower*. Compraram o Palazzo Barbaro e seus descendentes vivem lá desde então.

— Carlo tem uma empresa na Malásia — disse Rose. — Uma indústria. Não me lembro qual.

— Em termos de antiguidade — disse Peter —, os Curtis ganham longe de qualquer outra família de origem anglófona expatriada em Veneza. Estão numa categoria à parte.

— Toalhas de mesa e guardanapos! — disse Rose. — É isso que ele faz. Quero dizer: a empresa de Carlo.

— Mas por que um bostoniano rico, com projeção social, haveria de reunir a família e deixar os Estados Unidos para sempre? — perguntei.

— Ah-ah! — disse Peter. — Eis a parte curiosa.

Peter explicou que Daniel Curtis viajava de trem, de Boston para os subúrbios, quando se envolveu em uma altercação com um homem a respeito de um assento guardado para uma terceira pessoa. O homem afirmou que Daniel Curtis "não era um cavalheiro" e, em resposta, Mr. Curtis torceu o nariz do sujeito. Ocorre que a vítima era um juiz, que processou Daniel Curtis por agressão física. Houve um julgamento e Daniel Curtis foi considerado culpado e condenado a dois meses de cadeia. Ao ser solto, conforme corre o relato, indignado, ele reuniu a família, mudou-se para a Europa e nunca mais voltou.

— É justo assinalar — disse Peter — que, em todos os anos em que viveu em Veneza, Daniel Curtis comportou-se como um perfeito cavalheiro. Desde o momento em que ele e Ariana puseram os pés no Palazzo Barbaro, fizeram do local um ponto de reunião para os artistas, escritores e músicos mais conhecidos e admirados do seu tempo. Robert Browning lia seus poemas em voz alta para os Curtis e seus convidados. Henry James, hóspede freqüente da casa, usou o Barbaro como modelo para o palácio Leporelli, criação sua que consta da obra-prima *As Asas da Pomba*. John Singer Sargent era primo distante e, enquanto visitava o Barbaro, pintou no estúdio localizado no último andar, pertencente a Ralph Curtis, que também era exímio pintor. Monet pintou paisagens de Santa Maria della Salute a partir do ancoradouro do Barbaro. Está entendendo?

— Estou — disse eu.

— A família Curtis ocupa um lugar permanente na história cultural da Veneza do século XIX. Os saraus por ela organizados ficaram conhecidos como o "Círculo do Barbaro", que incluía James McNeill Whistler, William Merritt Chase, Edith Wharton e Bernard Berenson.

— E aquela mulher louca, de Boston — disse Rose —, Mrs. Gardner.

— Isabella Stewart Gardner — disse Peter —, uma bostoniana excêntrica que colecionava arte, alugou o *piano nobile* dos Curtis, durante muitos verões, enquanto adquiria pinturas importantes para um museu que pretendia construir em Boston.

— Ela não apenas alugou o Barbaro — disse Rose —, ela o copiou!

— É verdade — disse Peter. — Ela construiu o museu de Boston na forma de um palácio veneziano, baseando-se, ligeiramente, na fachada do palácio Barbaro. É fácil perceber o porquê da inspiração de Mrs. Gardner. O Barbaro é um dos palácios góticos venezianos mais importantes do século XV. Na realidade, são dois palácios. A família Barbaro comprou o palácio ao lado, no final do século XVII, para poder dispor de um salão de baile.

— É possível discorrer, indefinidamente, acerca das belezas arquitetônicas e decorativas do palácio Barbaro, mas meu ponto é que Patricia Curtis, em primeiro lugar, é herdeira e guardiã de considerável patrimônio literário, arquitetônico e artístico. É também, muito por acaso, uma mulher que se veste de branco.

POR TELEFONE, Patricia Curtis foi discreta e amável. Estava de partida no dia seguinte, ela disse, para a Malásia, onde o marido era sócio de uma indústria têxtil. Contudo, se eu pudesse esperar até o seu regresso, dentro de um mês, ela teria satisfação em me mostrar o palácio Barbaro.

Nas semanas que seguiram, estudei o Barbaro. Encontrei um vídeo de *Memórias de Brideshead*, e assisti ao episódio de Veneza, em que Laurence Olivier faz o papel do idoso lorde Marchmain, auto-exilado em um suntuoso palácio veneziano. O palácio Barbaro foi utilizado na filmagem de algumas cenas. Jeremy Irons e Anthony Andrews (como

Charles Ryder e Sebastian Flyte) sobem uma escadaria externa até o *piano nobile*, caminham, animadamente, toda a extensão do piso lustroso do *terrazzo* do *portego*, e encontram Olivier de pé, diante de uma janela do salão de baile, olhando o Grande Canal.

Reli *As Asas da Pomba*, lembrando-me que Henry James descreve aqueles cômodos quando fala da angelical Milly Theale, agonizante, abrigada nos "aposentos palacianos" de sua "grande concha dourada".

Quanto ao ataque desferido por Daniel Curtis contra o juiz Churchill, torcendo-lhe o nariz, relatos tinham sido publicados em vários livros, inclusive em *The Proper Bostonians*, de Cleveland Amory, mas as versões variavam bastante. Segundo Amory, Daniel Curtis torceu o nariz de um homem com tamanha violência que o sujeito ficou deformado pelo resto da vida. Outro relato dizia que Curtis tinha mordido o nariz de um condutor de bonde; outro dizia que ele atirou ao chão um policial que ofendera sua esposa; e outro, ainda, afirmava que o bate-boca tinha sido por causa da concessão de um assento a uma mulher grávida. O incidente assumira características de conto popular e se alterava cada vez que era relatado. Isso talvez decorresse do fato de Mrs. Curtis ter revisado a história, a fim de melhorar a imagem do marido. Em todo caso, a história verdadeira tinha sido reportada, com detalhes, nos jornais de Boston, que publicaram, textualmente, transcrições de depoimentos prestados em juízo.

O confronto começou quando o juiz Churchill ocupou um assento que estava guardado para outro homem, mas logo se transformou em uma discussão sobre a bagagem volumosa — uma grande bolsa de viagem e um vagão de brinquedo — que Churchill pôs no chão, no espaço exíguo que havia entre ele e Daniel Curtis. Os objetos apertaram as pernas de Curtis, causando-lhe grande incômodo, e Curtis, abruptamente, disse ao viajante que os retirasse dali, o que foi feito. Momentos depois, o terceiro homem chegou e exigiu o assento, e Churchill, sem demora, levantou-se e o cedeu. Mas, antes de se afastar, inclinou-se para Daniel Curtis e disse, em voz baixa: "Se o senhor é um cavalheiro, não sei o que é um cavalheiro."

Doendo-se da observação, Curtis deu um salto, perguntou a Churchill quem ele pensava que era e torceu-lhe o nariz ("de modo comedido e discreto", conforme mais tarde afirmou). Churchill, então, irritado, declarou: "Só um patife começaria uma briga na presença dessas damas!" Diante disso, Daniel Curtis o atingiu no rosto, quebrando-lhe os óculos.

Curtis foi arrastado ao tribunal, processado por agressão física, considerado culpado e condenado a dois meses de cadeia.

Impressionante foi o que aconteceu depois: mais de trezentos cidadãos ilustres de Massachusetts assinaram petição ao governador para que concedesse um indulto a Daniel Curtis. Entre os peticionários estavam o então reitor de Harvard, Charles Eliot; o futuro reitor de Harvard, A. Lawrence Lowell; o presidente do Supremo Tribunal de Massachusetts; o secretário de estado de Massachusetts; o presidente da Union Pacific Railroad; o naturalista Louis Agassiz; Charles Eliot Norton, primeiro professor de belas-artes de Harvard e dos Estados Unidos; o historiador Francis Parkman; o pintor William Morris Hunt; o arquiteto H. H. Richardson; o marido de Isabella Stewart Gardner (John L. Gardner) e uma constelação de estrelas formada pelo sangue azul de Boston, inclusive nomes como os Lowell, Saltonstall, Adams, Weld, Lawrence, Otis, Endicott, Pierce, Parker, Cushing, Minot, Appleton e Crowninshield, para mencionar apenas alguns.

A história tomou um rumo ainda mais estranho quando Daniel Curtis repudiou a petição, recusando-se a assiná-la. Do mesmo modo, rejeitou a oferta feita pelo juiz Churchill de retirar a queixa em troca de um pedido de desculpas sinceras. Curtis disse que suas ações eram justificáveis diante da provocação de Churchill, e que não se desculparia. Portanto, Daniel Sargent Curtis passou dois meses preso.

Curtis não deixou os Estados Unidos por indignação logo que foi libertado. Só o fez oito anos mais tarde. Na verdade, a prisão nada teve a ver com a partida. Ele havia expressado o desejo de emigrar muito antes do incidente do nariz torcido. Ironicamente, o motivo era uma insatisfação com o declínio da civilidade nos Estados Unidos. Em carta à irmã, escrita em 1863, seis anos antes do confronto com o juiz Churchill, ele já reclamava que "os cavalheiros norte-americanos não são verdadeiros cavalheiros. [...] Falta-lhes autêntico autocontrole e auto-respeito, características que pertencem aos que nascem cavalheiros de boa estirpe, bem-educados, abastados e conhecedores do seu lugar e do lugar dos outros. [...] Muito gostaria de poder deixar esta terra com meus filhos, para sempre".

O desencanto de Daniel Curtis com os Estados Unidos era sentimento compartilhado à época por muitas pessoas de sua classe social. Decorria, de um lado, das turbulências sociais causadas pela Guerra Civil e, de outro, de um espanto diante da chegada das primeiras ondas de imigrantes oriundos da Irlanda, que tinham pouco em comum com os norte-americanos enraizados. Em todo caso, se Daniel Curtis irritou-se com a falta de tato do juiz Churchill, que espremeu sua bagagem entre os dois, seria, para Curtis, intolerável ser chamado de descortês pelo próprio grosseirão.

Quando Daniel e Ariana se mudaram para o Barbaro, tomaram posse de um palácio conhecido como centro do discurso intelectual humanista durante os quatro séculos em que fora ocupado pela família Barbaro. Os Barbaro tinham sido autênticos homens da Renascença: eruditos, filósofos, matemáticos, diplomatas, cientistas, políticos, comandantes militares, patriarcas da Igreja e patronos das artes. O mais lembrado era Daniele Barbaro, diplomata, filósofo, tradutor arquitetônico de Vitrúvio, do século XVI. Daniele Barbaro contratou Andrea Palladio para projetar sua propriedade de verão — o palacete Barbaro, em Maser — e empregou Veronese para pintar os afrescos. Quando posou para seu retrato, foi pintado por Ticiano.

O palácio Barbaro foi domínio exclusivo da família até a derrota e subseqüente empobrecimento de Veneza nas mãos de Napoleão. À medida que a fortuna diminuía, os Barbaro se restringiram a uma ala do palácio e dividiram o restante em apartamentos. Quando o último Barbaro morreu, em meados do século XIX, o palácio foi comprado por uma série de especuladores, que o despiram de muitos quadros, arrancaram esculturas de mármore, reuniram o que havia de melhor em mobiliário e itens de decoração e levaram tudo a leilão.

Daniel e Ariana Curtis foram os salvadores do palácio. Substituíram vigas apodrecidas, consertaram gesso quebrado, restauraram afrescos e pinturas. Ao instituírem saraus no Barbaro, fizeram até reviver no palácio o espírito humanista. Com os Curtis atuando como anfitriões de artistas, escritores e músicos, o palácio Barbaro passou a ser considerado o posto avançado cultural norte-americano mais importante de Veneza, se não de toda a Itália. Isso se devia, em parte, à grande influência de uma eminência parda que permanecia nos bastidores — a saber, Charles Eliot Norton, ex-colega de Daniel Curtis em Harvard. Um dos primeiros apreciadores de arte italiana, Norton era amigo e agente literário de John Ruskin e Thomas Carlyle, tradutor da *Divina Comédia*, de Dante, fundador do periódico *Nation*, professor de Bernard Berenson e Ralph Curtis, e amigo e mentor de Henry James, Isabella Stewart Gardner e outros integrantes do Círculo de Barbaro. (Durante uma das aulas do professor Norton, em janeiro de 1876, Ralph Curtis passou um bilhete a um colega, convidando-o a ir até o quarto de um amigo depois da aula; pretendiam começar uma revista de humor acadêmico, similar à *Punch*. Algumas semanas depois, Ralph Curtis e seis amigos publicaram o primeiro número da *Harvard Lampoon*.)

Por causa da sua devoção incontestável ao palácio Barbaro e forte apoio aos artistas e às artes, os Curtis inspiraram uma atitude positiva em Veneza, tão marcante que foi transmitida a futuras gerações. Alberto Franchetti, cuja família tinha sido proprietária do palácio que ficava ao lado do Barbaro, relembrava que, quando era criança, muito tempo depois que Daniel e Ariana haviam falecido, a família Curtis ainda era vista com admiração e gratidão.

— É preciso entender — disse Franchetti — que eles chegaram a Veneza no momento mais crítico da nossa história, quando todos eram extremamente pobres e viviam em desespero. Os Curtis eram a única luz a brilhar em Veneza, em um tempo tenebroso. Fizeram mais do que restaurar o palácio Barbaro; eles o honraram e, por isso, conquistaram para sempre o afeto de Veneza. Hoje consideramos os Curtis parte da nossa história, e, para estrangeiros, isso é rara distinção. Não são venezianos, mas tampouco os consideramos expatriados. Para nós, os Curtis são singulares.

Tudo fazia crer que futuras gerações da família Curtis continuariam a habitar e salvaguardar o Barbaro, herdando a mesma atitude positiva. Mas tinha surgido um problema.

Pela primeira vez em mais de cem anos, a família Curtis corria o risco de perder o controle do Barbaro.

A origem do problema estava em uma prescrição do Código de Napoleão, que, na Itália, era lei: a saber, que os filhos devem herdar partes iguais do patrimônio dos pais. A norma era considerada mais justa do que a lei britânica da primogenitura, que permite ao filho mais velho herdar a propriedade inteira. Porém, em termos práticos, o Código de Napoleão contribuía para a ocorrência de brigas ferozes entre herdeiros e para a divisão de grandes propriedades familiares.

Em meados da década de 1980, Patricia e seus dois irmãos, Ralph e Lisa, herdaram o palácio Barbaro. A mãe lhes deixara a propriedade em partes iguais, conforme exigia a lei, mas o testamento não especificava a quem haveria de pertencer cada parte do palácio. Essa questão foi deixada para ser resolvida pelos três herdeiros.

Patricia, a mais velha, era a única dos três com residência permanente no Barbaro. Lisa casara-se com um francês, vivia em Paris e era agora *la comtesse* de Beaumont. Ralph era divorciado da esposa francesa e também vivia em Paris.

— Tentamos tudo — disse Lisa —, todas as fórmulas possíveis. Pensamos até em dividir o palácio em três partes, verticalmente, o que daria a cada um de nós um apartamento no andar superior e, no andar inferior, a parte correspondente do *piano nobile*. Mas isso implicaria separar o *salone* do *portego*, e o superintendente de belas-artes jamais permitiria tal coisa. Afinal, nos tornamos co-proprietários do *piano nobile* e temos nossos apartamentos em outras áreas do palácio.

Como se sabe, em qualquer palácio, o *piano nobile* é, sem comparação, o andar mais grandioso. Tem o teto mais elevado, as janelas mais altas e as varandas mais imponentes. É o andar em que, durante séculos, o dinheiro foi gasto em ornamentos, tais como afrescos em tetos, quadros com dimensões de paredes inteiras, lustres gigantescos, camada sobre camada de gesso decorado, encimando portas, emoldurando pinturas, cruzando tetos. Na concepção de alguns, o *piano nobile* não é apenas o andar mais valioso de um palácio; é o próprio *palácio*. Em outras palavras, se alguém possui apenas o *piano nobile*, as pessoas dirão, provavelmente, que o palácio *pertence* a esse alguém. Daniel Curtis tinha adquirido os três andares superiores do Barbaro. Embora os dois andares inferiores pertencessem e fossem ocupados por outras pessoas, jamais houve a menor dúvida de que o Barbaro pertencesse aos Curtis, porque eram eles os donos do *piano nobile*. Em alguns círculos, o prédio era até conhecido como "palácio Barbaro-Curtis".

A supremacia do *piano nobile* do Barbaro em relação aos outros andares era especialmente pronunciada por ser este o único piso que se estendia pelos dois palácios. Os demais pisos eram construídos em níveis diferentes, restritos à parte gótica ou à barroca. Com 930 metros quadrados, o *piano nobile* não era apenas muito maior do que os outros andares, mas incluía o item mais valioso: o grande salão de baile, com seus quadros monumentais e suntuosos arabescos de gesso, um salão de tamanha elegância e proporções majestosas que constava de praticamente todo livro de fotografias sobre palácios venezianos.

Sendo a única dos três irmãos Curtis que morava no Barbaro, Patricia era a única que utilizava o *piano nobile* regularmente — para recepções, festas ou como incomparável apartamento de hóspedes. Zelava pelo recinto com grande amor, atenta a todas as necessidades, ao passo que a irmã e o irmão mal se interessavam. Todavia, na condição de co-proprietários, os três estavam obrigados a contribuir financeiramente para a manutenção.

— Quando as janelas dos fundos precisaram ser trocadas — disse Lisa —, tivemos de seguir a orientação do superintendente de monumentos, e a troca custou 100 milhões de liras [US$50 mil]. Quando as cadeiras precisam trocar o estofamento, não podemos utilizar qualquer tecido. Tem de ser Fortuny. E os assoalhos têm de ser limpos e polidos de modo adequado, segundo os padrões da curadoria, porque, afinal, o Barbaro é um museu.

Com o passar do tempo, e o valor do *piano nobile* subindo, ano a ano, a mais de US$6 milhões, Lisa e Ralph cada vez mais encaravam o palácio como um luxo que pesava. Queriam vendê-lo, e a questão passou a despertar sentimentos intensos. Patricia resistia bravamente, e, durante algum tempo, tentou-se fazer o *piano nobile* pagar a sua própria manutenção, sendo alugado para festas particulares, por US$10 mil ou mais. Mas as festas também viraram motivo de desentendimento entre os Curtis e foram subitamente suspensas.

A perspectiva de passar o *piano nobile* à geração seguinte dos Curtis avultava-se como um problema ainda mais espinhoso, e apenas reforçava a decisão de Lisa em favor da venda. Ralph era divorciado e não tinha filhos, mas Patricia tinha um filho e um neto, e Lisa tinha dois filhos e seis netos. O boato era de que, esgotadas as alternativas, Patricia, afinal, ainda que relutantemente, tinha cedido à votação de dois contra um e concordado em pôr o *piano nobile* no mercado. Compradores potenciais já haviam iniciado a visitação. Era só uma questão de tempo.

OCORREU-ME que a venda do Barbaro pudesse transcorrer mais rapidamente do que o esperado e que a minha visita se tornasse um contratempo indesejado. Em um momento livre, consultei o catálogo telefônico à procura dos números dos telefones dos outros Curtis, e encontrei o de Ralph. Eu já pretendia mesmo procurá-lo, em algum momento. Que mal isso faria?

Depois de três toques, ouvi a gravação de uma voz masculina, falando em inglês, com sotaque americano: "*You have reached the Earth liaison station of the Democratic Republic of the Planet Mars.*"*

Desliguei, verifiquei o número e liguei novamente. A mesma voz respondeu, com a mesma mensagem, e ainda declarou que "pesquisadores qualificados só serão admitidos aos arquivos mediante hora marcada; deixe os dados pertinentes, que o bibliotecário o chamará de volta". Deixei meu nome e o número do telefone, e disse que estava tentando contatar Ralph Curtis, no palácio Barbaro. Duas horas mais tarde, Ralph Curtis telefonou.

— Pensei que tivesse chamado o número errado — disse eu.

— Bem, o senhor sabe, somos inundados por gente fazendo pesquisa sobre Henry James, ou John Singer Sargent, ou Tiepolo — disse ele. — Às vezes, é um incômodo. Fazem perguntas ridículas. Pouco me importa se Henry James usava gravata-borboleta ou gravata larga quando escreveu *Os Papéis de Aspern*.

— Compreendo — disse eu. — Então, aquela história da República Democrática do Planeta Marte é só uma artimanha para despistar acadêmicos?

---

* "Você ligou para a estação de contato com a Terra da República Democrática do Planeta Marte." [N. do T.]

— Bem, não — disse ele. — Acontece que aquilo é verdadeiro.

— Ah... — disse eu, começando a ficar desconfiado.

— Qual o seu sentimento sobre paz e desarmamento nuclear? — perguntou ele.

— Sou a favor — disse eu, medindo minhas palavras.

— Bom — disse ele —, porque essa é a missão do Projeto Barbaro.

— Projeto Barbaro?

— Paz mundial e desarmamento nuclear. Nós estamos em contato com os chefes de Estado de todas as potências nucleares da Terra. Nosso objetivo é convencê-los a nos entregar os códigos de ataque nuclear, para serem embarcados numa nave espacial e enviados a Marte, onde ficarão inalcançáveis. O que acha disso?

— É uma causa nobre — disse eu. — Mas o senhor fala em "nós". Quem mais está envolvido no projeto?

— Bem, basicamente, estou sozinho. Mas já falei com muita gente, por exemplo, com você, que acha a idéia boa.

Aproveitei uma pausa na conversa para explicar o motivo do meu telefonema. Mencionei meu interesse no Barbaro, no Círculo do Barbaro e na vida no palácio durante as cinco gerações da família Curtis.

— Seria possível — perguntei — visitar o palácio Barbaro?

— Talvez — disse ele. — Vou lhe enviar um formulário de solicitação. Passe-me o endereço.

Três dias depois, chegou um grande envelope, com um formulário de admissão à "Biblioteca e Centro de Pesquisa R. D. Curtis". Preenchi a solicitação, escrevendo "nenhuma" no campo "Afiliações com espíritos e movimentos extraterrestres". O campo da assinatura pedia a impressão do dedão do pé direito. Enquanto enfiava o dedão em uma lata aberta de graxa de sapato Kiwi, pensei que eram grandes as chances de eu estar sendo vítima de uma brincadeira. Mas, em todo caso, enviei o formulário e, poucos dias depois, Ralph Curtis voltou a me telefonar, perguntando se eu poderia ir ao palácio no dia seguinte, às 15h. Eu disse que sim.

— Bom — disse ele. — Teremos um "lançamento". — E nada explicou.

Conforme combinado, encontrei-o em um café, no campo Santo Stefano, exatamente nos fundos do Barbaro. Ele estava sentado a uma mesa, fumando um cigarro verde e afilado, do tipo que costuma ser feito com verduras secas. Era um homem de cinqüenta e poucos anos, com um certo porte físico e bastante bronzeado. Usava óculos de aviador, com lentes azuladas, calça jeans bem passada e jaqueta de camurça marrom por cima de um suéter de gola olímpica. Apagou o cigarro e se pôs de pé.

— Tudo pronto?

Uma pesada porta de madeira, nos fundos do palácio, dava acesso a um pátio interno encantador, com paredes de tijolo e gesso antigo e janelas aleatoriamente espaçadas. À nossa esquerda, uma escadaria de mármore, comprida e íngreme, e com o corrimão entrelaçado por uma videira, levava, em dois lances, até o *piano nobile*. No centro do pátio, um exuberante rododendro brotava do interior de uma grande fonte de mármore feita do capitel de uma antiga coluna. Bem à nossa frente, uma galeria escura dava acesso às águas do Grande Canal, que brilhavam à luz do sol. Uma velha gôndola apoiava-se sobre estacas, como se estivesse pronta para ser lançada à água. A *felze*, uma pequena cabine de passageiros cujo modelo havia décadas não era visto em Veneza, ainda estava acoplada. Perguntei a idade da gôndola.

— Mais de cem anos — disse Ralph.

O que significava que Robert Browning, John Singer Sargent e Henry James provavelmente tinham passeado nela.

No topo da escadaria, entramos em uma antecâmara sombria, de pé-direito elevado. Uma porta dupla, bem polida, ficava à nossa direita, além da qual estaria o *portego* e os aposentos nos andares voltados para o Grande Canal. Mas aquelas portas permaneciam fechadas. Ralph virou à esquerda, em direção a uma porta menor que dava acesso ao seu apartamento. Este incluía uma série de cômodos, espaçosos mas simples, nos fundos do palácio. Todos os cômodos estavam pintados de branco. A sobriedade do recinto era ressaltada pelos espaços vazios. A mobília resumia-se a duas cadeiras, uma pequena mesa de madeira e algumas prateleiras. Nos lustres e luminárias de parede do apartamento tinham sido instaladas pequenas lâmpadas em tom azul-cobalto, da mesma cor das luzes que marcam as pistas de aterrissagem nos aeroportos. Cada cômodo estava identificado nas respectivas paredes: CENTRO DE CONTROLE DE VÔO, SALA DA LUA, SALA DE MARTE, SALA DA PAZ, SALA DE BUSCA EXTRATERRESTRE.

— Bem-vindo à nave espacial *Barbaro* — disse Ralph, conduzindome em um breve giro pelo apartamento, ao qual ele se referia como "a ala O. C. do palácio Barbaro". O. C. eram as iniciais de Odile Curtis, nome de sua ex-esposa.

Em um cômodo, três trajes espaciais pendiam da parede. A foto de um animal de pelúcia, um macaco, tinha sido colada à parede, com fita adesiva, ao lado de um dos trajes, com uma legenda que dizia: "Cara-de-macaco, comandante de vôo, nave espacial *Barbaro.*" Em outro cômodo, de tamanho natural e biquíni de renda preta, uma boneca inflável estava sentada no chão, apoiada contra a parede. Ralph passou por cada um desses itens sem fazer comentários. Na Sala de Reuniões, havia uma máquina identificada como "reator antimatéria". Ralph pegou, de uma prateleira, uma pilha de fitas cassetes e voltou para a Sala da Lua.

— Bem — disse ele —, está pronto para o lançamento?

Ralph sentou-se de pernas cruzadas ao lado de um radiogravador. Dedilhou as fitas.

— Vejamos, o que será? *Apollo 11?* É a primeira tomada da Lua com um ser humano. Sabe, Neil Armstrong e... "Um pequeno passo para um homem, um salto gigantesco para a humanidade." Aqui temos a *Apollo 12*... muito bom... *Apollo 13*... acho que podemos pular esta... tiveram de abortar a alunissagem; apenas voaram em órbita da Lua e voltaram. Queremos uma alunissagem, além de um lançamento, não é?

Ele olhou para mim.

— Claro — disse eu. Eu também tinha sentado no chão.

— *Apollo 14* — prosseguiu ele — foi quando Alan Shepard golpeou algumas bolas de golfe depois de descer na Lua. *Apollo 15*, Shepard ficou no centro de controle, em Houston. Vamos tocar esta.

Ralph pôs a fita cassete no radiogravador, pressionou a tecla "tocar" e recostou-se na parede. A fita começou, com a voz ultracalma do centro de controle entoando o mantra conhecido: "Tempo menos dois minutos, contando..." Ficamos quietos, ouvindo a comunicação *staccato* entre Houston e os astronautas. Então teve início a contagem regressiva:

"Dez... nove... oito... seqüência de ignição iniciada... cinco... quatro... três... dois... um... zero... Pré-lançamento... Lançamento realizado!"

— Maldição! — disse Ralph.

O rugido dos foguetes irrompeu pelos alto-falantes, com uma violência que parecia capaz de rasgá-los. Mesmo assim, Ralph aumentou o volume. Ondas sonoras pulsantes golpeavam meus tímpanos e provocavam vibrações que zumbiam nas paredes e no assoalho. Quando o ruído dos foguetes diminuiu, Ralph ergueu o olhar do radiogravador. Meus ouvidos estalaram em conseqüência da súbita queda de pressão do ar.

— Com que freqüência o senhor faz isso? — perguntei.

— Ah, já fiz lançamentos às 3h. Os telefones começam a tocar. Os vizinhos ligam. Às vezes, minha irmã, Pat, enlouquece.

— É esse o motivo que o leva a fazer isso?

— Não, faço isso porque me traz esperança. Imagino a nave espacial *Barbaro* deixando a atmosfera e levando para Marte os códigos de ataque nuclear. Escrevi uma carta a Bill Clinton, oferecendo-me para ser o primeiro a ir para Marte, levando os códigos, e nunca mais voltar. Foi preciso muita coragem para fazer o que fiz, sabe, porque podiam pensar que eu estava maluco.

— Clinton respondeu à carta? — perguntei.

— Ainda não. Mandei para Boris Yeltsin uma obra de arte intitulada *Os Doze Apóstolos do Planeta Marte.* Mas tampouco obtive resposta dele, ainda. Às vezes, fico desanimado. Nessas ocasiões, venho aqui, para um lançamento.

Na fita, a *Apollo 15* se afastava da Terra. Ficamos sentados à luz branco-azulada da Sala da Lua de Ralph Curtis, ouvindo as conversas entre Houston e a espaçonave, intercaladas com sons de bip. Em breve, a *Apollo 15* entraria em órbita da Terra. Ralph pressionou a tecla "avançar".

— Espere só alguns minutos — disse ele. — Vamos direto para a alunissagem.

Quando voltou a pressionar a tecla "tocar", ouvimos a voz do centro de controle: "Estão agora a 1.524 metros."

Avançar.

"... 365..."

Avançar.

"... 80... 40... 20... 15... 10... 6... 3... contato!"

— Maldição! — disse Ralph.

Ele ficou sentado e calado durante algum tempo, deleitando-se com a repetição daquela viagem à Lua. Em seguida juntou as fitas; enquanto ele as guardava, dei mais um giro pelo apartamento. Os cômodos estavam ainda mais vazios do que de início eu percebera. Não havia sinal de roupas, de utensílios de cozinha, nem de toalhas ou artigos de uso pessoal.

— Mas onde estão os seus pertences? — perguntei. — Onde o senhor dorme?

— Ah, eu não moro aqui — disse ele. — Não tenho moradia; não tenho residência fixa. Prefiro assim.

— Está brincando.

— Não. Hospedo-me com amigos. Deixo minhas roupas dentro de malas, em vários apartamentos.

Introduziu a mão no bolso e retirou um chaveiro, tilintando com chaves.

— Tenho as chaves de apartamentos de dez amigos. Estas são as minhas "chaves de casa".

Os cômodos de Ralph Curtis dariam um apartamento bastante confortável. Arrisquei dizer que me deixava perplexo o fato de alguém que pudesse residir em um palácio no Grande Canal preferisse guardar as roupas dentro de malas e morar na casa dos outros.

— Não ligo para bens materiais — disse ele. — Não quero ter nada.

— Mas o senhor é co-proprietário do palácio Barbaro.

— Prefiro pensar que sou o "guardião espiritual" do Barbaro.

— Como assim? — perguntei.

— Durante quatrocentos anos a família Barbaro viveu aqui. Foram eruditos, filósofos, diplomatas, e não sei mais o quê... buscavam sapiência e harmonia. Eis o legado deste palácio, e precisa ser protegido.

— Protegido contra o quê?

— Bem, contra tudo que for inadequado, ofensivo, degradante. Durante algum tempo, alugamos o *piano nobile* para festas particulares, na expectativa de que fosse um meio inofensivo de ajudar a pagar as despesas. Assinamos um contrato com Jim Sherwood, dono do Club 21, em Nova York, e do Hotel Cipriani, aqui, para cuidar do cerimonial das festas. Ele teve muitos gastos. Comprou muito equipamento e chegou a instalar uma cozinha industrial, mas a coisa logo ficou exagerada. Ele criou um cardápio com nomes de pratos que eram inaceitáveis, por exemplo, "Turnedô Barbaro", e encomendou serviços de copos e pratos com a insígnia da família Barbaro, que é um círculo vermelho contra um fundo branco.

"Eu disse a ele: 'Jim, você sabe de onde vem essa insígnia?' Ele não sabia. Eu disse: 'Vem de uma batalha, durante as Cruzadas, quando um comandante Barbaro decepou o braço de um pagão sarraceno e, com o membro, fez um círculo de sangue num pano branco, criando uma bandeira de batalha.' E disse: 'Isto é um escândalo!' Ele tinha gasto US$80 mil em cristais e louças, e eu o obriguei a jogar tudo fora. Eu disse a ele: 'Você tem sorte que eu não quebrei tudo!' E, finalmente, obriguei-o a desmontar a cozinha. Agora a cozinha tem um uso melhor. É a Sala da Paz."

— E o *piano nobile* está à venda — disse eu.

— Preferiria não vendê-lo. Preferiria doar o *piano nobile* para a Galeria Nacional de Arte, como gesto simbólico. Escrevi-lhes a respeito, mas eles disseram que o custo de manutenção seria excessivo.

— Mas está à venda, não é? — perguntei.

— Provavelmente — disse ele. — Pat não está feliz com a idéia. Escreveu uma carta à minha irmã, Lisa, e a mim, acusando-nos de querer *smembrare* o patrimônio artístico e cultural da família, o que significa, literalmente: "desmembrar". Ela escreveu a carta em italiano. Tem o coração muito italiano, o que, às vezes, me irrita um pouco. Sua dedicação à casa é quase doentia.

"O retrato de Patricia foi pintado no Barbaro quando ela estava com uns vinte anos. Foi feito no estilo de Sargent e Boldini, e acho que isso a afetou profundamente. Provocou o sentimento de ter de corresponder não apenas à casa e à família, mas também ao retrato. Eu disse a ela: 'Isso vai destruir você.'"

Ralph retomou seu assunto predileto, enquanto vestíamos os casacos e voltávamos para a antecâmara.

— Se quiser, posso enviar-lhe cópias das cartas que mandei para os chefes de Estado. Estão arquivadas na Sala da Paz.

Estávamos na metade da escadaria do pátio quando me dei conta de que ele se esquecera de me mostrar o restante do *piano nobile*, mas deixei para lá.

— Posso enviar mais material, também, mas só se você estiver realmente interessado. Já escrevi a letra do Hino Nacional Marciano, em alfabeto cirílico.

Despedimo-nos no local onde tínhamos nos encontrado: no campo Santo Stefano.

— Sabe — disse ele —, quem comprar o *piano nobile* vai se tornar o novo guardião espiritual do Barbaro. Só espero que seja alguém que entenda o que isso significa. Veremos o que vai acontecer.

Olhou em torno do campo, como se espiasse para ver se alguém estava escutando.

— Em todo caso — disse ele —, tenho um plano. Algum tempo depois de os novos guardiães tomarem posse, depois de se acomodarem, vou até lá informá-los sobre o Projeto Barbaro. Nunca se sabe.

UM MÊS APÓS TER PARTIDO PARA A MALÁSIA, Patricia Curtis enviou-me um fax manuscrito, dizendo que estava de volta a Veneza e que, conforme prometido, teria satisfação em me mostrar o palácio Barbaro.

O que aprendi, durante a ausência dela, sobre a venda iminente do *piano nobile* colocou o palácio e Patricia Curtis sob uma perspectiva inteiramente nova, e não apenas para mim. Ao longo dos anos, Patricia, e não o irmão ou a irmã, ou mesmo os três juntos, passara a ser vista como proprietária do Barbaro. Era ela a *castellana* e, aos olhos dos concidadãos venezianos, estava agora no centro de um triste drama de família. A venda do *piano nobile* seria uma perda para ela, e tal perda significava nada menos do que a perda do próprio palácio. A solidariedade local estava com ela, mas com diferentes graus de benevolência. Havia aqueles que diziam: "Patricia deve lutar pelo Barbaro! Quem seria ela sem o palácio?" Outros entendiam que a paixão de Patricia pelo palácio nada tinha a ver com uma preocupação com posição social, mas decorria da noção do dever de resguardar o legado da sua família e a história cultural que ele personificava.

Patricia recebeu-me no topo da escadaria do pátio e conduziu-me ao *piano nobile*. Foi cordial e serena, e não parecia, absolutamente, estar sob pressão.

Conforme ocorrera em outras ocasiões, vestia branco, mas agora pude perceber que, para ela, o branco não era sempre igual, mas assumia um amplo espectro de tons: branco-creme, branco-leite, branco-linho, branco-osso, branco-pomba — a blusa, as calças, os sapatos e a bijuteria eram uma combinação de brancos, produzindo um estilo informal e estranhamente despojado. Afinal, o branco é a combinação de todas as cores. Os óculos grandes, com aros brancos, contrastavam com seu rosto bronzeado.

— Soube que o senhor falou com meu irmão — disse ela.

— Sim, falei — respondi, esperando que ela não considerasse aquilo uma transgressão.

— Tudo bem — disse ela, confirmando, em duas palavras, tudo o que eu ouvira a respeito da luta que ela travava para se agarrar ao palácio e, ao mesmo tempo, dando a entender que já não se importava com que o irmão pudesse ter dito. Deu-me as costas e conduziu-me até um aposento onde havia uma escrivaninha com tampo inclinado, em laca chinesa, e de onde era possível avistar o pátio.

— Esta é a sala do café da manhã — disse ela —, que também chamamos de Sala Henry James, porque Henry James usou esta escrivaninha.

No prefácio de um de seus livros, Henry James descreve a sala, apontando "o teto faustoso, pintado por Tiepolo, e paredes forradas de adamascado verde-claro, antigo, levemente gasto e remendado". As paredes pareciam forradas com o mesmo velho adamascado, mas, pelo que parecia, James se equivocara em relação ao teto.

— Ele olhava aquilo — disse Patricia, direcionando o olhar para uma cena celestial pintada no teto. — É apenas uma cópia de um afresco que Giambattista Tiepolo pintou ali, no século XVIII. O original foi retirado e vendido muito tempo antes de meus bisavós chegarem ao Barbaro. Está em Nova York, no Museu Metropolitano.

O inglês com sotaque americano que ela falava tinha toques europeus. Ela pronunciava a palavra "Barbaro" à moda italiana, rolando suavemente os "r".

Fomos até o salão de jantar e atravessamos o *terrazzo* com piso de mosaico florido trabalhado com madrepérola. O retrato em tamanho natural de uma jovem de vestido de baile em tom rosa-prateado, ombros à mostra, pendia da parede, com pesada moldura dourada.

— É o retrato que Sargent fez da minha avó — disse ela.

Lisa Colt Curtis foi herdeira da fortuna dos Colt, fabricantes de armas. Foi retratada por Sargent de pé, com as mãos levemente apoiadas sobre uma mesa posicionada atrás dela, uma pose surpreendentemente similar ao controverso, e menos recatado, retrato de Madame X, também pintado por Sargent.

Entramos no longo *portego*. No extremo oposto, a luz se infiltrava através de quatro janelas góticas, lançando um brilho sobre os quadros e as ornamentações de gesso, ao longo das paredes. Diante das janelas, que se abriam em sacadas sobre o Grande Canal, viramos à esquerda e entramos em uma pequena sala de visitas, com lareira e paredes forradas de adamascado vermelho cálido, tão gasto e remendado quanto o adamascado verde da sala em que Henry James tinha trabalhado. O mobiliário, os quadros e as molduras cobertas com folhas de ouro tinham uma pátina de dois séculos ou mais. Uma escrivaninha, com elegante marchetaria de marfim, em formato de parreiras e pássaros, estava gasta nas bordas, lisa e polida pelo uso de várias gerações. Prateleiras entalhadas estavam repletas de velhos tomos. Um grupo de estatuetas de leões andava a passos largos pelo console de mármore da lareira, sob um baixo-relevo, em branco-creme, exibindo crianças e músicos que portavam flautas e pandeiros.

— Este é o *salotto rosso* — disse ela. — Também chamado de Sala Browning. Aqui Robert Browning costumava ler sua poesia em voz alta. Quando Browning estava em Veneza, ele e meu bisavô, Daniel Curtis, viam-se quase todos os dias, não raro duas vezes por dia, encontros que duravam três ou quatro horas. Faziam longas caminhadas no Lido, e Browning falava o tempo todo. Assim que chegava em casa, meu bisavô sentava-se e tomava nota do que Browning dissera, enquanto as palavras ainda estavam frescas na memória.

O diário de Daniel Curtis fora doado à Biblioteca Marciana e, nas últimas semanas, eu tinha lido alguns trechos. Curtis tomara notas extensas das conversas mantidas com Browning, talvez com o intuito de escrever um livro sobre o poeta, embora jamais o tivesse feito. Browning falava de assuntos importantes e triviais. "Sempre me levanto às seis e meia da manhã", ele disse a Curtis, "e visto-me à luz de um poderoso lampião a gás, em frente de casa. Levo uma hora e meia para me aprontar e, no processo, faço bastante exercício. Calço as meias de pé, em *uno pede stans*. Às oito, faço o desjejum e, às nove, vou para o escritório".

Browning fez a última leitura para os Curtis e 25 convidados, no *salotto rosso*, em 19 de novembro de 1889, um mês antes de morrer. Leu trechos de *Asolando*, novo livro de poemas que em breve seria publicado. Nas datas que seguiram, Daniel Curtis registrou em seu diário observações que relatam os últimos dias do poeta. Browning estava hospedado no palácio Rezzonico, imensa construção barroca que ficava do outro lado do Grande Canal, e que, na ocasião, pertencia a seu filho, Pen Browning:

> 1º de dezembro — ... a semana inteira Mr. Browning sentiu-se mal e não foi ao Lido [...] jantou fora e foi à ópera; tomou laxante, reduziu a alimentação e cortou o vinho.
>
> 3 de dezembro — ... Mr. Browning melhor: continua a melhorar da bronquite e da respiração, mas sem forças, inquieto e, por vezes, tem a mente dispersa.
>
> 8 de dezembro — ... [os médicos de Browning dizem que ele sofre de] "debilidade muscular da bexiga" — não tem sintomas, não tem dor, mas uma fraqueza que nos deixa preocupados, devido à idade avançada.
>
> 9 de dezembro — ... Fui ao Pal[azzo] Rezzonico — [Pen Browning] disse que o pai está muito debilitado e os batimentos cardíacos fracos. Ele quis se levantar e caminhar; também queria ler — sem permissão. Disse ao filho: "Não vou superar essa."
>
> 11 de dezembro — ... O criado inglês disse que ficaram acordados a noite inteira esperando o pior! Dr. Munich foi chamado. Pulsação 160 por 130.
>
> 12 de dezembro — Hoje de manhã Fernando viu [Pen Browning] — disse que os médicos perderam a esperança! Dezoito ho-

> ras. Meu filho acaba de voltar do palácio Rezzonico — Mr. Browning parece bem melhor e disse ao filho: "Sinto-me bem melhor e gostaria de me levantar e caminhar, mas sei que estou fraco demais." Não sentia dor alguma. Mas, às oito e meia, chega um bilhete de Miss Barclay (hóspede da casa): "O caro Mr. Browning está agonizando. Apenas respira — nada mais!", e ela pede a meu filho providências para que moldes sejam feitos da face e das mãos de Mr. Browning, dever que o filho dele acredita ter diante do público. Pen disse que [...] foi lido um telegrama de Londres relatando a procura pelo novo livro, publicado hoje, [e Browning] disse: "Ora, isso é o que chamo de boa notícia! Sou muito grato." E assim, poucas horas depois, expira — naquela Itália cujo nome, ele dizia, estava escrito em seu coração. [...]

Atendendo ao pedido de Pen Browning, Ralph Curtis — avô de Patricia e do atual Ralph Curtis — providenciou moldes da face e das mãos do poeta, e conseguiu quem fotografasse o corpo. Enquanto isso, Daniel Curtis colheu galhos de louro dos jardins da família Curtis, na Giudecca, e Ariana fez uma coroa de louros que foi colocada sobre o caixão, acima da cabeça de Browning.

— E agora entraremos no *salone* — disse Patricia, enquanto saíamos do recanto íntimo do Salão de Browning e passávamos à grandiosidade sublime do salão de baile. Ornamentos exuberantes, com folhas, guirlandas e *putti* de gesso, em estilo rococó, emolduravam telas gigantescas de Sebastiano Ricci e Piazzetta, dois mestres do século XVIII. Henry James utilizou este salão como o ponto central da descrição memorável do "palácio Leporelli" em *As Asas da Pomba*. Era a fortaleza arrendada por Milly Theale, um "contrato inteiramente faz-de-conta" que se fecharia em torno dela e a protegeria do mal:

> [...] sentia-se submergindo no ato da posse; grata e feliz porque o calor do verão do Sul ainda estava forte nos salões floridos e de tetos altos, aposentos palacianos onde pisos rígidos e frios, sempre polidos, captavam reflexos, e onde o sol, na água agitada do mar,

> tremeluzindo através das janelas abertas, brincava sobre os "temas" pintados nos tetos esplendorosos — medalhões em roxo e marrom, de cor intrépida e melancólica, medalhas em ouro velho, avermelhado, em relevo e com fitas, tudo tingido pelo tempo e tudo floreado, enfeitado e dourado, incrustado em concavidades decoradas (um abrigo de querubins brancos, afáveis criaturas aladas), e destacado pelo efeito de uma segunda série de luzes menores, com simples aberturas à frente, que tanto contribuíam [...] para tornar o recinto um aposento de bom gosto.

Esse trecho, tipicamente jamesiano, passou a representar a expressão literária perfeita dos seculares interiores venezianos e da história acumulada que ali se encerra.

Foi nesse salão, também, que Sargent, em 1898, pintou *Um Salão em Veneza*, cativante retrato em grupo de quatro membros da família Curtis — Daniel, Ariana, Ralph e Lisa —, quatro figuras iluminadas pelo sol, tendo ao fundo uma penumbra magnífica. Em poucas pinceladas seguras, Sargent captou o espírito do lugar, com a mesma eficácia de Henry James em seu parágrafo de palavras bem escolhidas.

Sargent ofereceu a tela a Ariana Curtis, em gratidão por sua hospitalidade. Mas Ariana achou-se por demais envelhecida e fez restrições à pose informal do filho, ao fundo, com uma das mãos sobre o quadril, e meio sentado, meio apoiado em uma mesa dourada. Portanto, rejeitou o quadro. Henry James escreveu-lhe uma carta, implorando que voltasse atrás. "A peça que retrata o salão do Barbaro [...] eu simplesmente adorei. Não posso deixar de pensar que a senhora se equivoca quanto à impressão do efeito da sua (da sua, querida Mrs. Curtis) fisionomia e face. [...] Poucas são as peças de S[argent] que desejei possuir mais do que essa! Espero que a senhora não a tenha deixado escapar!"

Mas ela havia deixado escapar. Daí, Sargent submeteu a tela, como seu diploma de pintura, à Real Academia, em Londres, onde o quadro se encontra desde então. A ironia é que *Um Salão em Veneza* veio a ser considerada uma das pequenas obras-primas de Sargent, cujo valor é equiparado, se não superado, ao do *piano nobile* do palácio Barbaro. Quem dera Mrs. Curtis tivesse aceitado a obra...

As exigências de Ariana Curtis eram fenômeno conhecido e, às vezes, gerava comentários. Depois que Claude e Alice Monet a visitaram no Barbaro, para um chá, em 1908, Alice Monet observou em uma carta: "O chá transcorreu melhor do que eu esperava, não obstante os grandes ares da senhora da casa." Matilda Gay, mulher de outro pintor, Walter Gay, escreveu, referindo-se a Ariana: "Ela é um assombro, essa dama lúcida e implacável, com 80 anos." Os Curtis orgulhavam-se de seus muitos visitantes que possuíam títulos de nobreza. Sobravam condes e condessas. Dom Carlos, pretendente ao trono espanhol, era convidado freqüente, assim como Olga de Montenegro e a princesa Vicky da Alemanha (filha da rainha Vitória). A rainha da Suécia foi recebida para um chá, acompanhada da filha, a princesa real.

Mas nunca houve dúvidas quanto à sinceridade do interesse dos Curtis por arte e literatura. Os jantares eram organizados em torno de eventos culturais: leitura de poesia, recitais de música, encenações, exposições de arte e quadros vivos em que convidados eram vestidos e dispostos em poses de modelos de quadros famosos de Ticiano, Romney, Van Dyke, Watteau e outros.

Ariana Curtis, no passado, tinha alimentado aspirações literárias. Duas de suas irmãs eram autoras com obras publicadas: Elizabeth W. Latimer escrevera histórias e romances e Katharine Prescott era conhecida pelas traduções dos romances de Balzac para o inglês.

Por seu turno, Ariana experimentara a dramaturgia. Em 1868, antes de se mudar para Veneza, ela escreveu uma peça em um ato com o título *A Nova Mulher, ou o Espírito de 76*. Tratava-se de uma comédia de costumes acerca dos direitos da mulher e durante trinta anos fez muito sucesso em Boston.

Apesar da presença de intelectuais em seu círculo, os Curtis, na opinião de algumas pessoas, eram um tanto provincianos e tacanhos. Henry James, que admirava o casal e os considerava bons amigos, disse que Daniel Curtis fazia comparações demais entre Veneza e Boston, e que ele "se esforçava para fazer o Grande Canal parecer Beacon Street". James entediava-se com as histórias enfadonhas e os trocadilhos de mau gosto de Daniel Curtis. "Ficam-se contando os minutos, no aguardo da última anedota", James escreveu em uma carta. "Talvez esta nunca chegue." Lendo o diário de Curtis, na Biblioteca Marciana, encontrei vários gracejos de Daniel.

Patricia notou que eu contemplava a grande pintura no teto do *salone*.

— Acredite se quiser — disse ela —, uma das ex-proprietárias encobriu essa pintura com piche, porque não gostava de rostos olhando para ela. Meus bisavós providenciaram um andaime e mandaram remover o piche. Havia planos também para retirar das paredes e dos tetos os ornamentos de gesso e despachá-los para o Museu Victoria e Albert, mas não conseguiriam remover o gesso sem destruí-lo.

Um chá estava servido sobre uma mesa no centro do salão. Sentamonos em poltronas, ao lado da mesa. Olhando em volta do salão, tentei imaginar o que seria crescer em um local assim.

— Era mágico — disse Patricia. — Quando crianças, íamos de gôndola para a escola. Havia sempre dois gondoleiros de plantão, lá embaixo, na *stanza di gondolieri*, uma saleta perto do pátio. Usavam camisetas com listras vermelhas e brancas, jaquetas brancas, lenço marrom amarrado ao pescoço, calça branca com faixa marrom e braçadeira marrom, com o emblema prateado da família Curtis.

"À mesma hora, todas as manhãs, os gondoleiros arrumavam a gôndola. Isso incluía o polimento das partes de bronze, a provisão de estofados e almofadas, em branco e marrom... nas cores do Barbaro. Quando meu pai queria sair, tocava um gongo aqui em cima, para avisar os gondoleiros de que seus serviços seriam em breve requisitados. Então, à noite, eles despiam a gôndola, após serem dispensados."

A vida no Barbaro, onde Patricia Curtis cresceu, não era típica de outros locais de Veneza àquela época, nem mesmo em outros palácios.

— Eram os anos 50 — Patricia disse —, e, àquela altura, não mais que uma dezena de famílias venezianas ainda usavam gôndolas: os Cini, os De Caze, os Berlingieri, os Volpi e Peggy Guggenheim.

O Barbaro da infância de Patricia Curtis era habitado por mais de uma dezena de criados. Além dos gondoleiros, havia dois mordomos, um camareiro, um cozinheiro, um assistente de cozinha, duas arrumadeiras, uma babá, um faz-tudo e uma lavadeira. As arrumadeiras usavam uniformes preto e branco, e sapatos conhecidos como *friulane*, alpercatas leves que não faziam barulho quando as criadas andavam pelo palácio.

— Os empregados eram dedicados aos meus pais — disse ela. — Rosa insistia em esperar por meu pai e minha mãe quando eles jantavam fora. Ela ficava com as chaves da casa, dando a desculpa de que eram grandes e pesadas demais para caber no bolso do *smoking* de um cavalheiro. E quando meus pais voltavam para casa, ela insistia em servir-lhes limonada morna.

"Durante a Segunda Guerra Mundial, o governo italiano apropriou-se do Barbaro e, na condição de 'inimigos estrangeiros', não tínhamos permissão para morar aqui. Mas Rosa e Angelo ficaram no palácio e cuidaram de tudo, fielmente. Estávamos em Paris quando a guerra estourou, e meu pai resolveu nos levar diretamente para Nova York. Não sabíamos se voltaríamos a ver o Barbaro. Os superintendentes venezianos vieram, encaixotaram os objetos de arte e levaram tudo para o palácio do Doge, onde era seguro. O adido militar japonês usou o *piano nobile* como quartel-general e cobriu as paredes do salão de jantar com fotografias de aviões de combate japoneses em ação... inclusive camicazes. Mas Rosa, esperta que era, escondeu a prataria e outros objetos de valor, e Angelo escondeu a entrada da biblioteca, no último piso, de modo tão convincente que os ocupantes do palácio durante a guerra sequer chegaram a saber da existência do aposento.

"Quando meus pais voltaram para Veneza depois da guerra, Rosa, com orgulho, conduziu-os pelo palácio para mostrar que tudo estava como antes da guerra. Ela havia até removido das paredes do salão de jantar as fotos dos aviões de combate japoneses, guardando-as em algum lugar."

Saímos do salão de baile por uma seqüência de portas que davam acesso à suíte principal, localizada no canto. Eram os aposentos reais, majestosos em escala e cenário: duas grandes janelas com varandas, voltadas para o Grande Canal; janelas laterais que davam para um riacho que corria ao lado do palácio; paredes forradas de brocado e mobília que remontava à época da família Barbaro.

Antes de eu ir embora, Patricia mostrou-me seu apartamento, no andar de cima — o apartamento que continuaria a ser dela, mesmo depois que o *piano nobile* fosse vendido. Tinha a mesma planta do *piano nobile*, menos o salão de baile, o que lhe conferia um saguão central amplo e ensolarado, com cômodos espaçosos de ambos os lados e, ao todo, oito janelas que se abriam para o Grande Canal. Os tetos eram mais baixos e as paredes decoradas com molduras elegantes, embora simples; porém, de acordo com qualquer padrão, até mesmo para os padrões de Veneza, o apartamento era esplêndido.

Em dado momento, entramos em um dos quartos de hóspedes, e percebi que Patricia observava minha reação, agora mais do que antes. E logo vi por quê.

Na parede à nossa frente havia um retrato em tamanho natural de uma jovem, usando um vestido branco sem alças. A pose foi o que primeiro chamou minha atenção. Era quase idêntica à atitude exuberante de Isabella Stewart Gardner no célebre retrato feito no Barbaro por Anders Zorn: braços abertos, no momento em que ela chega ao *salone*, vindo de uma das varandas que davam para o Grande Canal, abrindo portas duplas. A técnica do pincel fazia lembrar o estilo de Sargent. Eu tinha quase certeza que esse era o retrato de que Ralph me falara.

— É a senhora? — perguntei.

— Sim. Usando o vestido de debutante.

— E quem pintou?

— Um homem chamado Charles Merrill Mount — disse ela. — O senhor o conhece?

Charles Merrill Mount era um nome que eu bem conhecia. Durante anos, foi um grande especialista em Sargent. Escreveu uma conceituada biografia do pintor, e sua opinião era sempre solicitada no processo de autenticação de telas supostamente pintadas por Sargent — isto é, até que se descobriu que ele autenticava Sargents pintados por ele próprio.

— A senhora está se referindo ao Charles Merrill Mount que foi para a cadeia? — disse eu.

— Sim.

Eu disse que achava algo bastante arrojado ter o retrato pintado por um mestre falsificador de quadros de Sargent, com base em um retrato de Anders Zorn, pintado no mesmo local em que Zorn tinha pintado seu original. Enquanto olhava o retrato, ocorreu-me que Charles Merrill

Mount captara Patricia em mais de um sentido. Ele a trouxera para a história artística da casa, de volta ao final do século XIX, para a era de Sargent, Henry James e Isabella Stewart Gardner. Imaginei o quanto, por intermédio desse quadro, ela se identificava com um passado glorioso — e se o vestido branco teria algo a ver com o fato de ela sempre usar branco.

— Tem um outro cômodo neste andar que acho que vai lhe interessar — disse ela.

Ela abriu a porta de uma sala comprida e estreita, com teto baixo e arqueado. Prateleiras cobriam as paredes e, entre as prateleiras, de três lados, raios de sol entravam e formavam poças cor de âmbar no piso do *terrazzo*. Mais antiga e bem mais atraente do que o resto do apartamento, a biblioteca era como uma fatia cortada do *piano nobile* e trazida para o andar de cima, a fim de ser preservada. Aquele era o cômodo que o criado Angelo tinha escondido durante a Segunda Guerra Mundial, de modo que ninguém que na época habitava o palácio soubesse da sua existência. O cômodo era uma jóia, e ainda pertenceria a ela, mesmo quando o *piano nobile* já não pertencesse. Nenhum voto de dois contra um poderia levá-lo.

— Num verão — disse ela —, quando Isabella Stewart Gardner alugava o palácio dos meus bisavós, a casa estava cheia de hóspedes, inclusive Henry James, e não havia mais quartos. Então ela pôs uma cama extra aqui em cima para James. Ele adorava contemplar os ornamentos de gesso e as pinturas do teto, e escreveu uma carta à minha bisavó para dizer que ela, proprietária do palácio, estava perdendo muito se jamais houvesse dormido naquele aposento.

Ela retirou um pedaço de papel de dentro de um livro e leu:

— "A senhora já ocupou aquele aposento? Se não o fez, se não olhou para cima, deitada em seu sofá, sob a luz rosada do alvorecer, ou durante a sesta, contemplando os medalhões e os arabescos do teto, permita-me dizer que não conhece o Barbaro."

Voltou a guardar a carta no livro.

— Quando eu tinha 14 anos, meu pai chamou-nos aqui em cima, depois que o semestre letivo acabou, sentou-se àquela escrivaninha ali e nos entregou livros que deveríamos ler durante o verão. A mim, deu *As Asas da Pomba.*

— A senhora tinha 14 anos?

— Reconheço que achei o livro difícil, mas, depois que o li, compreendi por que, para algumas pessoas, não importa quem seja o dono, o Barbaro sempre vai pertencer a Milly Theale. Na verdade — disse ela, quando começávamos a descer as escadas —, Milly Theale vai voltar para o Barbaro dentro de alguns meses.

— Como assim? — perguntei.

— Uma produtora de cinema inglesa vai filmar aqui *As Asas da Pomba*.

O espírito de Patricia pareceu se iluminar diante da adequação do projeto. Os Curtis tinham permitido filmagens de uma dezena de filmes ou mais no interior do Barbaro, filmes que nada tinham a ver com o palácio. Mas era correto que esse filme, que tudo tinha a ver com o Barbaro e a família Curtis, fosse o último a ser rodado enquanto o palácio pertencesse à família.

Lembrei-me de um pequeno diálogo do livro que tornava a situação ainda mais pungente, e perguntei-me se o pensamento não teria ocorrido a Patricia também: Milly muda-se para o palácio Leporelli e se apaixona pelo lugar. Apega-se ao palácio e jamais quer deixá-lo. Diz a lorde Mark:

> — Circulo por aqui. Não me canso. Nunca deveria me cansar, isto tem tanto a ver comigo. Adoro o lugar. [...] Não quero, absolutamente, deixá-lo.
>
> — [...] Você gostaria mesmo de viver aqui?
>
> — Acho que gostaria — diz a pobre Milly, passado um instante — de morrer aqui.

— JÁ VI MUITOS ATORES, muitos diretores, muitas equipes de filmagens virem a esta casa fazer filmes — disse Daniel Curtis, filho de Patricia, homônimo e tetraneto do Daniel Sargent Curtis que adquiriu o palácio Barbaro, em 1885 — e, todas as vezes, embora não seja como uma facada nas costas, é como um violento arranhão.

Fiquei conhecendo Daniel Curtis do lado de fora do Barbaro, durante as filmagens de *As Asas da Pomba*. Alto, esbelto e com cabelos escuros ondulados, ele tinha cerca de 40 anos e possuía grande charme e bela aparência, pelo que se tornara famoso em Veneza.

— Porque ou é um pedaço de fita adesiva no piso do *terrazzo*... sabe que, ao ser retirado, arranca tudo fora, e são necessários vinte anos de cera para voltar ao que era... ou algo ainda mais calamitoso, como aconteceu no ano passado, durante a tomada de uma cena aqui, do filme *No Amor e na Guerra*. Um técnico, ao entrar no *salone* carregando uma escada no ombro, bateu com a ponta da escada num lustre do século XVIII. Então, ao ouvir o barulho, virou-se para ver o estrago que tinha feito, e bateu num segundo lustre. Eu digo, de coração, quando acontece uma coisa dessas, para mim, é como estuprar a casa.

O elenco e a equipe técnica de *As Asas da Pomba* vieram ao palácio Barbaro, rodaram o filme e foram embora. A multidão observava da ponte Accademia e do campo San Vio, fascinada, enquanto duas máquinas de fabricar névoa, instaladas em barcos ancorados no Grande Canal, transformaram o ensolarado dia de verão em tarde chuvosa de inverno, e enquanto a grua montada em uma balsa suspendia no ar o operador de câmera para fazer uma tomada com Milly Theale e Kate Croy (representadas por Alison Elliott e Helena Bonham Carter), olhando de uma varanda do *piano nobile*. O diretor de fotografia utilizava filtros em tom coral, para emprestar às cenas filmadas em Veneza um brilho dourado e morno, em contraste com as cenas em Londres, rodadas em um azul frio. No interior do Barbaro, cenógrafos revestiram o mobiliário com veludo preto, com fios de ouro, para criar o efeito claro-escuro de uma pintura de Sargent. Em dois meses de filmagens, a equipe não causou mais danos ao Barbaro do que o desgaste normal, e já se dizia que o filme era muito bom.

Terminada a filmagem, compradores potenciais voltaram a marchar pelo palácio, tomando as medidas do *piano nobile*. Jim Sherwood era um deles. Além de ser dono do 21 e do Cipriani, Sherwood era proprietário de um império do luxo que incluía a estrada de ferro Expresso do Oriente e uma rede de trinta hotéis luxuosos mundo afora. Fazia tempo que os jantares a cargo de Sherwood, no Barbaro, já não aconteciam, quando ele recebeu um chamado de Patricia.

— Patricia perguntou-me se eu estava interessado em comprar o *piano nobile* — Sherwood contou-me, certa tarde, quando estávamos sentados no terraço do Cipriani. — Eu queria ir até lá, para olhar de perto, mas ela estava viajando, de maneira que tive de pedir a Ralph que me mostrasse o local. Patricia tinha me prevenido que ele se oporia à idéia. Recebi uma carta dele, anexando um formulário a ser assinado com a impressão do meu dedão do pé direito. O endereço do remetente era "Centro de Controle, Nave Espacial Barbaro". Ignorei a carta e, alguns dias depois, chegou uma segunda carta, num envelope manchado de sangue. A mensagem dizia: "Bem, ainda que o senhor não nos tenha dado a impressão do seu dedão, pode vir olhar a propriedade." Ele foi bastante gentil quando nos encontramos.

"Minha idéia era criar apartamentos no *piano nobile* e anunciá-los como 'Uma noite em um palácio Veneziano, no Grande Canal'. Seria a única hospedagem no gênero em Veneza. Encomendei um estudo e constatei que poderíamos fazer seis apartamentos, mas, diante do preço que estava sendo pedido e do elevado custo de restaurações e reparos, cheguei à conclusão que não valia a pena."

Finalmente, apareceu um comprador, na pessoa de Ivano Beggio, proprietário da Aprilia, a segunda maior fábrica de motocicletas na Europa.

— Ivano Beggio é o novo guardião espiritual do palácio Barbaro — grasnou Ralph Curtis.

Patricia ficou deprimida. Daniel ficou com raiva.

Depois que o negócio foi fechado com Beggio, encontrei Daniel novamente, quando ele atravessava a ponte Accademia, acompanhado da namorada. Daniel convidou-me a ir até seu apartamento, no Barbaro, para tomar uma taça de vinho.

Situado na parte mais elevada do lado barroco do palácio, o apartamento tinha janelas ao longo de toda a parede oeste, por onde entrava a luz clara e cálida da tarde. Daniel serviu duas taças de vinho branco, enquanto a namorada preparava para si uma xícara de chá.

— Quando o *piano nobile* foi vendido — disse ele —, confesso a você que me senti muito mal. Porque cresci nesta casa. Era uma época em que ainda tínhamos gondoleiros e meu avô ainda vivia. Às vezes, sonho com os abraços e o afeto que meu avô me transmitia quando eu tinha seis, sete, oito anos, porque ainda os trago dentro de mim, junto com o cheiro de uísque que sempre exalava das palavras quando, à noite, ele me contava histórias fascinantes de pescadores e marinheiros.

Daniel falava inglês fluente, com forte sotaque. Seu pai, um veneziano chamado Gianni Pelligrini, foi o primeiro marido de Patricia Curtis; divorciaram-se quando Daniel tinha quatro anos. Daniel costumava adotar o sobrenome Curtis.

— Quando era adolescente, eu tinha o hábito de me deitar no chão do *salone* e olhar as figuras de gesso no teto, os *stucchi*. Se fixasse bem o olhar, rostos e máscaras começavam a se fundir, às vezes feiosos, às vezes sorrindo, mas sempre fantásticos e sempre no mesmo canto, especialmente quando a luz se alterava, porque o *salone* era cheio de luz.

"Mas, melhor que tudo, quando tinha 18 anos, fiquei com o palácio inteiro só para mim. Meu padrasto andava muito ocupado, abrindo um negócio na Malásia, portanto minha mãe tinha de ir lá com freqüência; quando ela viajava, o lugar era só meu. As empregadas preparavam minhas refeições, e havia um camareiro que morava lá embaixo e estava sempre bêbado. Chamava-se Giovanni, e tinha muitas garrafas de vinho debaixo da cama. Como o senhor pode imaginar, eu tinha muitas namoradas que se sentiam atraídas pelo casarão, e tornei-me uma espécie de *playboy* naquela época."

Assim como os venezianos consideravam sua mãe a proprietária do Barbaro, Daniel Curtis era tido como o herdeiro direto. Até certo ponto, ele compartilhava dessa visão.

— Vender a casa... vender o *piano nobile*... foi um trauma para minha mãe — disse ele. — Ela é o tipo de pessoa que, como eu, embora viva cercada de milhões de coisas belas, se acidentalmente quebrar um simples copo, fica arrasada, sabe? E, para nós, vender o *piano nobile* foi como quebrar tudo que há de belo na casa.

Ele fumava um cigarro e se inclinava para a frente, na cadeira, com os cotovelos apoiados nos joelhos, enquanto falava do Barbaro com intenso sentimento.

— Mas tia Lisa e tio Ralph foram maioria, e isso significou o fim do *piano nobile* dos Curtis. Então tiveram de dividir todos os *soprammobili*... enfeites, caixas antigas, tigelas de vidro, cinzeiros, muita coisa boa. E, acredite, quando se trata de um *piano nobile* de 950 metros quadrados, tem um monte de *soprammobili*. E foi preciso dividir às pressas, e ninguém pôde chamar um vendedor de antiguidades para obter uma estimativa dos valores. Eles puseram todos os objetos no chão do salão de jantar, em três fileiras, tentando equipará-las. Então, depois de concordarem que elas estavam mais ou menos equivalentes, tiraram a sorte, para ver quem ficava com qual fileira. Mais tarde, enquanto os demais pensavam: "Bem, vejamos o que me coube?", vejo minha tia ir até uma das fileiras que não era a sua, retirar algo e trazer para a fileira dela; em seguida, pegou algo da sua fileira e levou para a outra. Eu não disse nada. Fiquei lá, pensando: "Que tia eu tenho!"

"Acredite, se eu tivesse mais poder, esta casa nunca teria sido vendida. Mas não pude dizer nada. Como nós dizemos: '*Non ho voce in capitolo*', não tinha voz na questão. Porque nesta família, na família Curtis, as decisões têm de ser tomadas pela liderança, e não pela assembléia. E a liderança é minha mãe e seu marido; minha tia Lisa, *la comtesse*, e seu marido, *le comte*; e meu tio Ralph, seus malditos astronautas e o Cara-de-macaco. Mas..."

Daniel se pôs, subitamente, de pé, para ser mais veemente.

— Tem uma diferença — disse ele — entre mim e os outros integrantes da família Curtis... as cinco gerações de Curtis em Veneza, começando com meu tetravô, Daniel Sargent Curtis. Sabe o que é? Sou o único veneziano! Em cinco gerações, sou o único Curtis com sangue veneziano. Meu pai era veneziano legítimo, nascido e criado em Veneza.

Caminhou até a janela e olhou o pátio. Em seguida virou-se e se apoiou no parapeito.

— Sabe o que significa ser veneziano? Venezianos são obstinados, são muito briguentos. Discutem a sério questões de honra, e o vocabulário do antigo dialeto é bastante mundano. Venezianos têm expressões tão vulgares que não podem ser entendidas literalmente, porque, se as tomarmos literalmente, temos de matar a pessoa que nos dirigiu a expressão.

"Mas o que os venezianos têm de muito bom é que não se impressionam se alguém é rei, rainha, presidente, *la comtesse* ou *le comte*. Venezianos são muito democráticos. São todos irmãos. Todos se ajudam. E assim é comigo, porque sou veneziano. Para mim, o padeiro é meu irmão. Mas, para minha mãe, minha tia e meu tio, o padeiro é o padeiro.

"Amo esta casa como veneziano, não apenas como um Curtis. Ela faz parte de mim. Se qualquer pedaço dela se parte, eu o guardo. Guardo tudo desta casa. Olhe!"

Foi até um armário que havia entre duas janelas e começou a abrir gavetas, uma depois da outra. Estavam cheias de fragmentos de mármore, pedra istriana, tijolos, cacos de vidro e ornamentos de ferro.

Pegou um pedaço pequeno e irregular de uma pedra avermelhada.

— Este pedaço de pedra é do degrau que fica no topo da escada diante da minha porta.

Pegou um tijolo.

— Isto se soltou de uma chaminé durante uma tempestade, e este pedaço de ferro veio de uma velha grade de janela. Tudo nesta casa é sagrado para mim.

"Um dia, juro, eu compro o palácio Barbaro de Ivano Beggio. Pego de volta cada parte do palácio que foi vendida a ele. Ele é um negociante muito esperto. Fez um negócio excelente, e sabe disso. Provavelmente, vai pedir o dobro do que pagou. Tudo bem. Eu ganho o dinheiro, acho o dinheiro, peço emprestado a amigos ricos. E por que não? Não seria a primeira vez que alguém chamado Daniel Curtis terá comprado o palácio Barbaro."

{ 9 }

O ÚLTIMO CANTO

NA PRIMEIRA VEZ QUE SE HOSPEDOU no palácio Barbaro, Henry James foi esperado no atracadouro por criados calçando luvas brancas que o acompanharam, da gôndola, pelos degraus acarpetados de acesso ao cais e pela escadaria do pátio, até o *piano nobile*. Tudo o encantava: o luxo, o brilho, as lembranças do passado distante, "cintilando em inúmeras velas". Mas, embora apreciasse as paredes pintadas e os tetos trabalhados do Barbaro, James tinha em mente um tipo de local bastante diverso.

Àquela época, junho de 1887, seu pensamento estava voltado para uma ruína dilapidada, em um canal sombrio, em uma melancólica parte da cidade, raramente visitada. O interior desse outro palácio, outrora grandioso, estava em mau estado, empoeirado e sujo. O jardim murado tornara-se um emaranhado de mato e trepadeiras. Duas solteironas empobrecidas moravam no palácio, raramente saindo, e sem receber ninguém.

James não falou a ninguém sobre esse palácio decadente, nem sobre as suas duas solitárias ocupantes, porque eram ficcionais. Eram personagens de uma breve obra de ficção que ele então escrevia — *Os Papéis de Aspern*, o outro romance primoroso de sua autoria cuja ação se passa em Veneza. De manhã, ele ia até a sala onde o café era servido no Barbaro, sentava-se à escrivaninha de laca chinesa, sob o "pomposo teto de Tiepolo", e escrevia algumas páginas. Durante a estadia de cinco semanas no Barbaro, James deu os retoques finais no manuscrito e o encaminhou à editora.

James teve a idéia para essa história durante uma visita a Florença, no início daquele ano. Um amigo lhe falara de uma descoberta recente: a ex-amante de Lord Byron, Claire Clairmont — meia-irmã de Mary Shelley e mãe da filha ilegítima de Byron, Allegra —, vivia no ostracismo em Florença. Na ocasião, estava com oitenta e tantos anos e era reclusa, assistida somente pela sobrinha de meia-idade. Um crítico de arte radicado em Boston e entusiasta de Shelley, chamado capitão Silsbee, suspeitava que Claire Clairmont possuísse uma coleção de cartas de Byron e Shelley, e foi a Florença procurá-la. O capitão alugou cômodos de Miss Clairmont, "na esperança", conforme James registra no caderno de anotações, "de que a senhora, idosa e com a saúde debilitada, viesse a falecer enquanto ele ali se encontrasse, de modo que ele pudesse, assim, pôr as mãos nos documentos". Quando Claire Clairmont, de fato, faleceu enquanto o capitão ainda era inquilino do palácio, ele mencionou à sobrinha da falecida o desejo de obter as cartas. Em resposta, a sobrinha disse: "Dou-lhe todas as cartas, se o senhor me desposar." Silsbee fugiu.

A história deixou James fascinado. Ele achava que poderia servir de base para um bom romance. "Certamente", escreveu no diário, "existe aqui um pequeno enredo: o quadro das duas velhas inglesas, passadas, esquisitas, pobres e desacreditadas — sobrevivendo em um tempo estranho, em um canto bolorento de uma cidade estrangeira, as célebres cartas constituindo o seu bem mais precioso. Depois a história do fanático por Shelley... a observação e a espreita. [...]"

Ao transformar a história em ficção, James transferiu a cena para Veneza, a fim de, conforme ele diz, "cobrir minhas pegadas" e, ao mesmo tempo, tirar vantagem da aura de mistério e da lembrança do passado que predominam na cidade. Além disso, alterou os personagens, criando um Byron norte-americano (Jeffrey Aspern) e uma Claire Clairmont norte-americana (Juliana Bordereau). O ambicioso capitão Silsbee se tornou o narrador anônimo de *Os Papéis de Aspern*, um editor americano que venera o há muito falecido Jeffrey Aspern e que vai a Veneza na esperança de obter as cartas de amor de Aspern.

Na versão de James, o narrador visita Juliana Bordereau, em seu palácio decadente, situado em um canto isolado de Veneza, e pede para alugar cômodos, com a desculpa de que tem paixão por flores e precisa viver perto de um jardim; considerando que jardins são raridade em Veneza, se morasse na casa, ele contrataria um jardineiro, restauraria o pátio dos fundos, sufocado por ervas daninhas, e encheria a casa de flores. A velha senhora concorda. O narrador se muda para o palácio, recupera o jardim, supre as mulheres com flores naturais e até acompanha a mais jovem das Bordereau em comportado passeio noturno pela praça de São Marcos. Quando a anciã morre, ele pede à sobrinha que lhe entregue as cartas da tia, e ela responde, nervosa, que talvez, se fosse "da família", ele pudesse ter a posse das cartas. Atônito, ele recusa a oferta, mas na manhã seguinte diz que mudou de idéia: ele aceita. Mas é tarde demais; ela também mudou de idéia: "Realizei o grande feito", ela diz. "Destruí os papéis. [...] Queimei-os ontem à noite, um por um, na cozinha. [...] Demorou muito tempo — eram tantos."

Mais curto do que um romance tradicional, *Os Papéis de Aspern* é uma história de suspense psicológico, uma fração da magnitude de *As Asas da Pomba*, e bem mais legível. Por mais diferentes que sejam, as histórias compartilham ao menos um tema importante: fingir ter amor para obter algo valioso. Em *As Asas da Pomba*, o prêmio é dinheiro; em *Os Papéis de Aspern*, são as cartas de um poeta famoso.

Os Papéis de Aspern há muito tempo eram uma das minhas histórias favoritas, e anos antes, em uma visita a Veneza, caminhei até o rio Marin para ver o palácio Capello, o desbotado palácio rosado que James utilizou como modelo para a residência arruinada de Juliana Bordereau. O edifício estava sombrio e desocupado. E parecia ter sido saqueado. Até onde consegui enxergar, olhando através de uma vidraça suja, as sancas e os consoles das lareiras tinham sido arrancados. Enquanto eu espiava, uma porta no muro do jardim se abriu e apareceu uma mulher de ar taciturno. Perguntei se poderia olhar o jardim.

— *Giardino privato* — disse ela, fechando a porta, rispidamente; em seguida desceu, seguindo a pé pelo canal.

Os Papéis de Aspern VIERAM-ME À MENTE cerca de um mês depois do incêndio do Fenice, quando li, no *Gazzettino*, que Olga Rudge tinha falecido, com 101 anos. Assim como a personagem fictícia Juliana Bordereau, Olga Rudge era uma norte-americana que tinha vivido em Veneza e fora amante de um poeta norte-americano morto havia muito tempo, no caso, Ezra Pound. A exemplo de Claire Clairmont e Byron, ela e Pound também tiveram uma filha ilegítima. Mas as semelhanças pareciam parar ali.

O relacionamento notável de Olga Rudge e Ezra Pound tinha durado cinqüenta anos, a despeito dos inúmeros obstáculos: o casamento dele com outra mulher, os deslocamentos causados pela Segunda Guerra Mundial, o indiciamento de Pound por traição e a detenção de 13 anos por que passou o poeta, em um manicômio, depois que foi considerado mentalmente incapaz. A ligação entre Olga Rudge e Ezra Pound não era como aquela que havia entre Clairmont e Byron, ou seja, mais um caso de amor, breve e descartável.

Além disso, ao contrário de Claire Clairmont e Juliana Bordereau, Olga Rudge tinha vida própria. Quando conheceu Pound, já era famosa como violinista clássica. Mais tarde, pesquisando a música de Antonio Vivaldi, descobriria 309 concertos do compositor que havia séculos não eram executados, ou que, talvez, jamais houvessem sido executados. Com incentivo e colaboração de Pound, ela organizou e tocou em festivais consagrados a Vivaldi e, em grande parte, foi responsável pelo ressurgimento do compositor.

Depois da morte de Pound, em 1972, Olga continuou a residir na pequena morada do casal, nas proximidades da igreja Salute. Morava sozinha (não havia sobrinha solteirona), mas não tinha nada de reclusa. Gostava de companhia e, segundo constava, era charmosa, inteligente, falante e cheia de energia.

Curioso para ver a casa em que Ezra Pound e Olga Rudge viveram, fui até o rio Fornace, um canal tranqüilo, no pacato bairro de Dorsoduro. Ali, a alguns passos do canal, à sombra de um beco sem saída, encontrei o número 252 da *calle* Querini, um chalé estreito, com três andares. Uma placa de mármore acima da porta exibia a inscrição: "Com inabalável amor por Veneza, Ezra Pound, titã da poesia, viveu nesta casa durante meio século."

Uma vidraça fosca impedia a visão do interior da casa, mas ouvi ruídos na casa ao lado e, pela janela, avistei vultos. Lembrei-me de que aquela era a casa que a mãe de Rose Lauritzen comprara como refúgio de verão; conforme Rose me disse, a casa foi, mais tarde, vendida para a Igreja Inglesa, para servir de moradia do vigário. Bati à porta e fui recebido por um homem de cabeça branca, amável e com sotaque do sul dos Estados Unidos. Era o reverendo James Harkins, ministro anglicano da igreja de São Jorge.

— Não tem problema nenhum! — disse ele, quando me apresentei e pedi desculpas por aparecer sem avisar. — Eu diria que o senhor chegou na hora certa! Minha esposa e eu estávamos prestes a nos sentar, para tomar drinques... não estávamos, Dora? O senhor não nos acompanha?

Uma senhora de baixa estatura e cabelos castanho-escuros saiu de uma cozinha diminuta e sorriu, enquanto retirava o avental.

Usando uma xícara de medida, o reverendo Harkins serviu uma dose generosa de gim Beefeater.

— O senhor gosta do martíni mais para seco, não é? — Voltou-se para mim, com as sobrancelhas arqueadas, na expectativa de um sim. — A propósito, pode me chamar de Jim.

Sentamo-nos em poltronas, em uma aconchegante sala de estar. A educação mandava que eu não começasse, imediatamente, a fazer perguntas sobre Ezra Pound e Olga Rudge; portanto, perguntei sobre a igreja de São Jorge.

— Ah, procuramos manter um perfil bem baixo — disse ele —, em escala modesta. — Deu um gole no martíni e fez uma pausa, para saboreá-lo. — A missão anglicana aqui é um posto de aposentadoria. Não tem salário. Moramos de graça nesta casa e não pagamos serviços públicos nem plano de saúde.

— Quando acontecem os cultos? — perguntei.

— Aos domingos. Preces matinais às dez e meia, Comunhão às onze e meia.

— Não fazem as orações vespertinas?

— Mmmm... não regularmente.

O reverendo Jim mexeu a bebida, pensativo, sem dúvida lembrando-se de que, em algum momento decisivo, tempos atrás, ele tinha enfrentado a necessidade de decidir entre preces vespertinas e drinques, e tinha optado pelos drinques.

— Qual é a dimensão do seu rebanho? — perguntei.

— Aos domingos, temos entre 25 e cinqüenta — disse ele —, a maioria está de passagem. Mas, em se tratando de residentes fixos... — Pensou um instante. — Ah, eu diria que não temos mais que seis, inclusive Dora. — Ele sorriu, com bondade. — E, desses seis, a maioria não aparece regularmente.

— Então, sua paróquia é bem íntima — observei.

— Sim, mas é uma boa congregação. Gozamos de mais prestígio e *status* aqui do que merecemos. Sempre somos convidados para acontecimentos culturais e eventos da Igreja Católica. Geralmente, uso meu colarinho de clérigo quando saio de casa, mesmo quando não estou trabalhando, para que as pessoas saibam da minha presença... mostrar as cores, exibir a bandeira. Esse é o meu objetivo, na realidade. Estar aqui, se de mim precisarem. Gosto de pensar na igreja de São Jorge como uma espécie de loja de conveniência eclesiástica.

Os sinos de uma igreja próxima começaram a dobrar, e foram respondidos por outro sino, mais ao longe.

O reverendo Harkins parou para ouvir.

— Salute e Gesuati.

— Não, não, Jim — disse Dora. — Não creio que possamos ouvir a Gesuati daqui. Deve ser a Redentore.

— Certo, certo — disse ele.

— Permitam-me uma pergunta — disse eu. — Vocês conheciam bem os antigos vizinhos, Ezra Pound e Olga Rudge?

Dora animou-se com a pergunta.

— Bem, Pound morreu anos antes de chegarmos aqui — disse ela — e Olga vivia lá no Tirol, com a filha Mary de Rachewiltz. Mas o pastor que morava aqui antes de nós conhecia Olga bem e falou-nos dela. Era pequenina como um passarinho. Encantadora. Tinha olhos cintilantes e, mesmo aos 90 anos, usava roupas da moda. Demonstrava interesse por todos. Tinha curiosidade por tudo. Mas, o senhor sabe, é terrível envelhecer em Veneza.

— Por quê? — perguntei.

— Os idosos têm mais dificuldade para se deslocar aqui do que em qualquer outro lugar, porque não podem ser apanhados e levados, de porta à porta, como se faz em outros locais. É preciso caminhar; não existe opção. E isso quer dizer que, cada vez que se vai à rua, é preciso atravessar duas ou três pontes. Mesmo que a pessoa tenha condições de pagar lanchas-táxis, tem de andar até um local onde possa ser apanhada; e, então, tem de caminhar do local onde é deixada até o local de destino.

— Amamos Veneza — disse Jim —, mas teremos de ir embora assim que começarmos a ter dificuldade em cruzar as pontes.

— Katherine, a esposa do ministro, falava com Olga ao menos uma vez por dia — disse Dora —, não raro duas vezes, só para ver se ela estava bem. Mas, o senhor sabe, com aquela idade, em dados momentos, ela ficava confusa. Chegou a um ponto em que Olga precisava de cuidados permanentes, e foi então que Mary veio e a levou para morar consigo. Foi lá que Olga morreu.

"Ninguém é mais vulnerável, em Veneza, do que idosos que moram sozinhos", prosseguiu Dora, "especialmente estrangeiros, sem família que olhe por eles. Passam a depender de estranhos; têm de confiar em estranhos. Disseram-me que foi isso o que aconteceu com Olga, e foi aí que os problemas começaram."

— Problemas? Que problemas? — perguntei.

— Não sei bem, ao certo — disse Dora —, porque aconteceu logo antes de chegarmos aqui. Ao que parece, uns amigos de Olga, que ao longo dos anos tinham sido muito bons para ela, aos poucos envolveram-se demais com os interesses dela. Olga tinha caixas cheias de cartas e documentos... milhares de cartas trocadas entre ela e Ezra Pound, e cartas de dezenas de outras pessoas famosas. Algumas das cartas eram valiosas, outras, não. Porém, sem que ninguém soubesse, a papelada desapareceu.

— ENTÃO, VOCÊ JÁ SABE DA Fundação Ezra Pound — disse Rose Lauritzen, com um olhar que sugeria que eu tinha descoberto um segredo bem guardado.

— Não, na verdade, não — disse eu. — Fale-me a respeito.

— Não posso — disse Rose —, porque, ao menos uma vez, graças a Deus, não conheço o assunto o bastante para sair tagarelando como uma idiota e contar tudo errado!

— A Fundação Ezra Pound — disse Peter — é, ou melhor, era, uma organização isenta de impostos, cujo objetivo era promover o estudo de Ezra Pound e suas obras. Olga muitas vezes dissera que gostaria de fundar algo assim, para perpetuar o interesse em Pound. Mas o estranho é que, quando ela foi em frente e criou a fundação, nenhuma das pessoas cuja participação seria de se esperar tinha conhecimento do projeto. Mary de Rachewiltz, filha de Olga e Pound, pouco sabia, e ela é a executora do patrimônio intelectual do pai. James Laughlin, fundador da New Directions, editora de Ezra Pound desde os anos 30, nada sabia, nem Yale sabia, onde a maior parte dos papéis de Pound está arquivada.

— Como foi que a coisa transpareceu? — perguntei.

— Bem, a primeira vez que ouvimos falar no caso — disse Peter — foi da parte de Walton Litz, meu orientador em Princeton e grande especialista em Joyce e Pound. Litz costumava vir a Veneza, visitar Olga; em dada ocasião, veio me ver e perguntou: "Quem são essas pessoas chamadas Rylands?"

"Eu disse a ele: 'Philip Rylands é o administrador da Coleção Peggy Guggenheim. É inglês. Jane Rylands é mulher dele, e é americana. Por quê?' 'Bem?', Litz disse, 'parece que criaram a Fundação Ezra Pound! E Olga doou os papéis e a casa à fundação.'

"Rose e eu ficamos escandalizados, porque Litz e Mary de Rachewiltz muitas vezes tinham discutido a idéia de um centro de estudos sobre Ezra Pound, em bases semelhantes, sob a direção de Litz."

— O que aconteceu com a fundação? — perguntei.

Peter inspirou fundo, como quem vai embarcar em uma explicação detalhada. Em vez disso, falou:

— Por que você não pergunta a Jane Rylands?

Por acaso, eu já conhecia Philip e Jane Rylands. Certa noite, um amigo me levara à Coleção Guggenheim, logo após o encerramento do expediente, para ser apresentado aos Rylands e com eles tomar uma taça de vinho. Éramos, ao todo, seis. Ficamos em uma galeria que no passado fora o salão de jantar de Peggy Guggenheim, no andar térreo do palácio Venier, onde Peggy residiu durante trinta anos, até morrer, em 1979. Philip Rylands tinha cerca de 45 anos, e achei que era um pouco tímido. Tinha o rosto pálido e quadrado, e o queixo pontudo. Óculos avantajados aumentavam-lhe o tamanho dos olhos, que, somados às sobrancelhas com as pontas levantadas, conferiam-lhe um ar de quem estava perpetuamente alarmado. Jane Rylands tinha baixa estatura, mas era robusta, em vez de delicada; tinha traços firmes e cabelos castanho-claros. Parecia bem mais velha do que Philip. Foram cordiais, mas secos. Várias vezes, Jane murmurou comentários para Philip, mal mexendo os lábios, como se fosse uma ventríloqua.

Nosso encontro foi superficial, mas, embora o casal não tivesse nem me cativado nem mesmo me impressionado, suscitou meu interesse. Em uma cidade como Veneza, um museu com a classe do Guggenheim automaticamente emprestava um certo *status* ao diretor. O Guggenheim era uma conexão internacional, envolvendo arte, sociedade, privilégio, dinheiro e cultura. Os salões arrojados e espaçosos, com paredes brancas e terraços, davam para o Grande Canal, na parte da frente, e para um exuberante jardim verde, onde Peggy e seus cães jaziam sepultados, na parte de trás. O palácio era uma curiosidade em si. A família Venier, que tinha produzido três doges, dera início à construção em 1749 e havia concluído apenas o andar térreo quando os trabalhos foram interrompidos para sempre. A laje do primeiro andar foi utilizada como uma espaçosa cobertura, com o Grande Canal estirado à frente, e árvores imensas que se projetavam do jardim, constituindo um pano de fundo verdejante. Tanto na parte interna quanto na externa, o palácio inacabado se apresentava como um local elegante para recepções, conferências, exibição de filmes e todo tipo de reunião. Além disso, o fechamento do consulado americano em Veneza, no início dos anos 1970, fez do Guggenheim, automaticamente, a presença mais visível dos Estados Unidos na cidade. Por vezes, o museu se via no papel de substituto da embaixada americana. O Departamento de Estado, de vez em quando, telefonava, para organizar recepções e pedir outros favores. Obviamente, Philip e Jane ocupavam uma posição de proeminência e poder em Veneza, e a evidente autoconfiança do casal instigava ainda mais minha curiosidade.

Decidi dar seguimento à breve apresentação, efetuada ao sabor de drinques, voltando a falar, informalmente, com cada um deles. Philip e eu tomamos um café, alguns dias mais tarde, na lanchonete do museu. Ele foi amável e mostrou-se de bom humor, embora parecesse perturbado. Disse-me que tinha estudado História da Arte em Cambridge, e escrito uma dissertação acerca do pintor renascentista Palma Vecchio. Referindo-se ao seu trabalho atual, Rylands mencionou a instalação de uma pequena mostra de Picasso, no outono, mas deteve-se nos planos de expansão do museu, que estavam sendo formulados pelos executivos do Guggenheim, em Nova York. Era trabalhador e sério, mas pareceu-me um pouco maçante — o oposto da esposa.

Fiz uma visita a Jane, no apartamento do casal, mais tarde, naquela mesma semana, e tomamos chá em uma sala de visitas cheia de luz. Ela usava um blazer da moda, em *tweed* preto e branco, calça jeans justa e sapatos de salto alto. Pareceu-me tranqüila, cativante e cheia de opiniões, especialmente quando falava de figuras da sociedade de Veneza. Na década de 1970, baseada em Veneza, ela trabalhara brevemente como colunista social para o jornal *Rome Daily American*, mas desistiu da coluna quando as notas começaram a provocar certa fúria em Veneza. Tendo observado a sociedade veneziana de perto, Jane havia aprendido a navegá-la, por dentro e por fora. Os venezianos, ela disse, têm uma queda por festas, e isso possibilitava até a um estrangeiro exercer certo poder. Como? Convites! O convite feito, o convite sustado. Decerto, Jane tinha condições de fazer e sustar convites.

Gostei bem mais dela dessa vez. Era espirituosa e sagaz, o que me agradava. Mas tinha um lado cáustico, e não hesitava em demonstrá-lo. Em dado momento, referi-me a um determinado sujeito, famoso nos círculos do mundo da arte, amigo íntimo de Peggy Guggenheim desde o início dos anos 60.

— Ah, ele — disse ela, com um riso despreocupado. — O que ele estava fazendo quando você o viu? Servindo drinques para ricaços?

A observação era atrevida, pensei, pois ela não tinha como saber se o sujeito era meu amigo ou apenas um conhecido. Mais tarde, ocorreu-me que ela pouco se importava com isso.

— O nome de Olga Rudge não chegou a ser mencionado? — perguntou Peter Lauritzen.

— Só uma vez — disse eu —, quando eu estava indo embora. Num cômodo, ao lado da sala de visitas, notei um quadro grande que retratava uma senhora de idade sentada entre vários objetos... livros, eu acho. Em tons pastéis. Gostei da tela. Perguntei quem era, e Jane disse: "Olga Rudge." Daí, acrescentou: "Os arquivos dela estão em Yale, sabia?!" Pronunciou as palavras com tal animação que parecia dizer: "Não é maravilhoso?!", o que foi estranho, porque, a meu ver, não era surpresa alguma que a mulher que fora amante de Ezra Pound durante cinqüenta anos tivesse uma coleção de cartas suficientemente importantes para acabar em Yale.

— Não era lá que Jane Rylands queria que elas fossem parar — disse Peter.

Resisti ao impulso de telefonar para Jane e pedir para falar de novo com ela. Parecia ser mais inteligente, primeiro, descobrir mais a respeito da Fundação Ezra Pound. Os Lauritzen se desculparam, dizendo que conheciam o caso apenas por alto e que havia pessoas mais próximas de Olga na época em que a coisa estava acontecendo.

Nesse ínterim, o falecimento recente de Olga fez com que ela se tornasse assunto freqüente de conversas em Veneza. O que veio à tona, de toda aquela conversa, foi um retrato comovente e dramático — de Olga Rudge, Ezra Pound, Mary de Rachewiltz e, ao fundo, a esposa legal de Pound, Dorothy Shakespear, e o filho do casal, Omar.

Tanto Olga Rudge quanto Ezra Pound tinham se tornado expatriados pouco depois da virada do século: Olga em 1904, aos nove anos; Pound em 1908, aos 23. Olga nascera em Youngstown, no estado de Ohio; Pound era natural do estado de Idaho.

Pound fixou-se, a princípio, em Veneza, instalando-se em um pequeno apartamento no rio San Trovaso, e, com recursos próprios, publicou cem cópias do seu primeiro livro de poemas, *A Lume Spento* (Com Velas Apagadas). Três meses depois, mudou-se para Londres, onde se tornou uma força propulsora do Modernismo. Defendia um estilo de expressão mais austero, direto e contundente — resumido e ilustrado na palavra de ordem: "Renovar." Foi poeta, crítico e editor, e generoso promotor dos amigos literatos e suas obras. Ajudou William Butler Yeats a se livrar do romantismo celta, aconselhou Hemingway a "desconfiar de adjetivos" e elogiou James Joyce para Sylvia Beach, que, então, publicou *Ulisses*. A revisão que Pound fez do poema "Terra Devastada", de T. S. Eliot, contribuiu tanto para o poema que Eliot o dedicou a Pound, em gratidão e admiração: "Ezra Pound, *il miglior fabbro*" — o melhor artífice.

Em 1920, Pound escreveu a crítica de um concerto para a *New Age*, em que elogiava uma jovem violinista pela "firmeza delicada de seu violino". A violinista era Olga Rudge. Três anos mais tarde, Pound e Olga encontraram-se pela primeira vez no sarau de Natalie Barney, em Paris. Olga, à época com 27 anos, tinha belos e exóticos traços de uma irlandesa morena. Pound era alto, imponente com o seu inconfundível paletó de veludo marrom, e casado. Tornaram-se amantes.

Desde meados da década de 1920 até a Segunda Guerra Mundial, Pound se dividiu entre a esposa e Olga. A família Pound morava em um apartamento de frente para o mar, em Rapallo, na Riviera italiana. Olga morava na casinha de número 252, na *calle* Querini, que o pai lhe dera, em 1928, e que Pound apelidara de "Ninho Escondido". Olga também alugava um apartamento em Sant'Ambrogio, lugarejo serrano, acima de Rapallo, que só podia ser alcançado mediante árdua caminhada de meia hora, por meio de uma trilha íngreme com degraus de pedra.

Olga deu à luz uma filha de Pound, Mary Rudge, em 1925. Ela e Pound imediatamente entregaram a criança a uma família adotiva que residia em uma fazenda ao pé dos Alpes tiroleses. Mary viveu ali, no vilarejo de Gais, os primeiros dez anos de vida, recebendo a visita dos pais em raras ocasiões e fazendo viagens para vê-los em Veneza. Omar Pound, que Dorothy deu à luz no ano seguinte, foi enviado para a Inglaterra para ser criado pela avó.

Enquanto isso Ezra Pound e Olga Rudge faziam carreira separadamente. Pound trabalhava nos *Cantos*, poema épico que o ocupou durante cinqüenta anos. Olga, orgulhosa por jamais ter dependido de Pound financeiramente, continuou a viajar como violinista de concerto, publicou um catálogo de obras de Vivaldi e escreveu o verbete sobre o compositor para *The Grove Dictionary of Music*.

O advento da guerra arruinou a delicada relação Pound-Shakespear-Rudge. O "Ninho Escondido", em Veneza, foi apropriado pelo governo italiano, e a família Pound foi obrigada a evacuar o apartamento de frente para o mar, em Rapallo. Pound e Dorothy não tinham outra escolha senão subir a colina e se mudar para Sant'Ambrogio, onde moraram com Olga durante quase dois anos. A casa era pequena e não tinha eletricidade nem telefone. Foi uma época difícil para todos. Pound amava Olga e Dorothy, e as duas mulheres amavam Pound, mas se detestavam. Conforme Mary, mais tarde, relembrou: "Ódio e tensão permeavam a casa."

Pound começou a viajar até Roma, duas vezes por mês, para fazer pronunciamentos pró-fascistas na rádio italiana, pelo que, em 1943, o governo dos Estados Unidos o acusou de traição. No fim da guerra, ele foi preso, em Rapallo, mantido em uma jaula, ao ar livre, em um centro de detenção em Pisa, durante seis meses, e então enviado para os Estados Unidos. Mediante a intervenção de amigos literatos, o Ministério da Justiça concordou em declará-lo mentalmente incapaz de ser submetido a julgamento, por motivo de insanidade, e ele foi encaminhado para o Hospital Saint Elizabeth, que abrigava criminosos mentalmente incapacitados, em Washington. Durante os 13 anos em que Pound esteve encarcerado, Olga escreveu-lhe regularmente, mas não teve permissão para visitá-lo. Tal privilégio cabia exclusivamente a Dorothy, a esposa legítima. Quando, em 1958, as acusações foram retiradas, Pound foi libertado sob a responsabilidade de Dorothy. Ele perdeu todos os direitos legais; Dorothy foi designada sua guardiã legal.

Dorothy e Pound foram viver com Mary, no sul do Tirol, em Brunnenburg, castelo medieval que Mary e o marido, o egiptólogo Boris de Rachewiltz, compraram em ruínas e restauraram. Durante dois anos, Dorothy e Pound residiram com os Rachewiltz. Em 1961, deprimido e doente, Pound optou por passar para os cuidados de Olga. Nos últimos

11 anos de vida, morou com Olga no número 252 da *calle* Querini e se isolou em uma concha de silêncio.

Destemidas diante da recusa de Pound em falar, legiões de pesquisadores, discípulos e curiosos procuravam-no, querendo audiências. De modo geral, Olga sabia discernir quem valia a pena admitir no Ninho Escondido. Ela, simplesmente, pedia aos interessados que citassem um único verso da poesia de Ezra Pound, entre os milhares que ele havia escrito, e muitos não eram capazes de fazê-lo.

Após 35 anos como a outra mulher, sem qualquer tipo de direito legal, Olga já não precisava dividir Pound com Dorothy. Ela ficara ao lado dele em tempos de perigo e desespero, e Pound era mais do que agradecido. "Existe mais coragem no dedo mínimo de Olga do que em toda a minha carcaça. Ela me manteve vivo durante dez anos, pelo que ninguém vai lhe agradecer." Pound morreu em Veneza, em 1972, e foi sepultado em San Michele, a ilha-cemitério. Vinte e quatro anos mais tarde, Olga se reuniria a ele. (Dorothy morreu um ano depois de Pound, na Inglaterra, onde foi enterrada no cemitério da família.)

Em 1966, Pound compôs um tributo poético para Olga, a ser inserido no final do último *Canto*, a despeito do que ele ainda viesse a escrever:

Que seus atos
os atos de beleza
de Olga
sejam lembrados.

Seu nome era Coragem
& se escreve Olga

NOS VINTE ANOS QUE SEGUIRAM À MORTE DE POUND, Olga viveu sozinha, no Ninho Escondido. Estudiosos, repórteres e amigos visitavam-na, e Olga recebeu muitos deles, oferecendo chá, conversando animadamente e concluindo quase todos os comentários com a palavra "*Capito?*" (Entendido?). Achava que sua missão era zelar pela chama eterna de Pound e defendê-lo de acusações de fascismo e anti-semitismo — tarefa nada fácil, diante dos pronunciamentos pró-Mussolini de Pound durante a guerra e o constante delírio antijudaico que consta das cartas do poeta.

Apesar da idade, Olga decidiu continuar a residir em Veneza, mesmo que tivesse de viver sozinha. Ela valorizava a independência. Mary, que morava a três horas de distância, nos Alpes tiroleses, sentiu-se aliviada quando Philip e Jane Rylands fizeram amizade com Olga e passaram a se interessar pelo seu bem-estar. Eram jovens, inteligentes, influentes e, sem dúvida, respeitáveis. A ligação do casal com o Guggenheim, que ficava praticamente na esquina da *calle* Querini, era uma segurança redobrada.

Jane e Philip Rylands se embeveceram com Olga. Visitavam-na todos os dias, levavam-na para jantar fora, convidavam-na para festas, faziam-lhe favores, cuidavam das compras de mantimentos. Em 1983, Jane organizou um seminário no Hotel Gritti, sob o título "Ezra Pound e a Itália", apresentando palestras de três gerações da "outra família" de Pound — Olga, Mary e o filho de Mary, Walter. Dois anos depois, Jane organizou uma festa de gala em comemoração do 90° aniversário de Olga, também no Gritti.

Não havia o que Jane e Philip Rylands não fizessem por Olga. No inverno, traziam-lhe lenha do Guggenheim e, certa vez, enxugaram o piso do andar térreo da casa de Olga, inundado pela maré enchente. Se surgisse qualquer problema — um vazamento, um ralo entupido, um fusível queimado —, Olga sabia que podia contar com os Rylands para providências rápidas e eficientes. Com o tempo, entretanto, apareceram sinais de que o cuidado de Jane Rylands por Olga começava a beirar o controle.

Em 1986, Olga ofereceu a um jovem pintor norte-americano, Vincent Cooper, casa e comida, no número 252 da *calle* Querini, em troca da pintura de um mural *trompe l'oeil* representando arcos e colunas, no andar térreo. Olga queria que o mural lembrasse um que havia nas paredes quando ela e Pound moraram na casa, antes da guerra. A pintura tinha sido removida quando a casa foi desapropriada. Cooper ocuparia o último andar, onde ficava o escritório de Pound e o quarto de Mary, na infância.

— Na manhã em que me mudei — Cooper me contou —, Mrs. Rylands chegou na casa, subiu as escadas, pisando duro, e deixou bem claro que não me queria ali. Avançou na minha direção, de braços cruzados, olhou-me bem nos olhos e disse que eu estava na casa de uma grande figura literária do século XX. "Existem objetos muito importantes nesta casa", disse ela, "e, se qualquer coisa desaparecer, você vai ser culpado... não creio que você queira isso."

"Ela me informou que tinha providenciado um retrato de Olga, a ser pintado precisamente naquele cômodo, 'por um importante artista londrino, que vai chegar em breve'. Começou a arrastar várias coisas para o terceiro andar... livros, esculturas, objetos... e os dispôs para servir de fundo ao retrato de Olga. Aconselhou-me a ir embora, nada dizendo a Olga quando eu me fosse, porque Olga me pediria para ficar.

"Depois que Mrs. Raylands saiu, desci e disse a Olga que ia embora, porque Jane Rylands não queria que eu atrapalhasse. 'Você não vai fazer nada disso!', Olga gritou. 'Esta casa é minha, e eu o convidei! Como se atreve Jane Rylands a lhe dizer para ir embora! E tem mais, não quero que pintem o meu retrato!' Insistiu para que eu ficasse e terminasse o mural, e que ao menos permanecesse lá enquanto 'um estranho pinta meu retrato'.

"Então, a campainha tocou, e era o retratista *sir* Lawrence Gowing. Sofria de gagueira tão forte que Olga não pôde compreender uma única palavra do que ele dizia, e ficou visivelmente aborrecida. Ajudei-o a subir com os apetrechos, e, ao ver a arrumação feita por Mrs. Rylands, ele disse: '*Eu* arrumo as minhas poses! Ora! Essa Jane Rylands é uma gerente e tanto!' Então, saí de casa.

"Gowing já tinha ido embora quando voltei, no início da noite. Quanto ao retrato, estava bem adiantado, mas ele havia transferido Olga para outro canto do quarto e ignorado inteiramente as instruções de Jane. Olga não estava cercada pelos objetos dispostos por Jane; posara no meio dos meus pertences, inclusive minha mala e meu passaporte. Um esboço meu, inacabado, apoiado contra a parede, também fazia parte do fundo. Emoldurava a cabeça de Olga.

"Olga tinha conseguido um convite para que eu fosse a uma festa, naquela noite, mas eu não podia alcançar minhas roupas sem mexer na disposição que Gowing dera aos objetos. Portanto, Olga emprestou-me um paletó de veludo preto que pertencera a Pound. Eu estava saindo de casa quando Mrs. Rylands apareceu para ver o retrato. Ficou fora de si quando o viu. 'Eu disse a ele onde pintar Olga, e é assim que ela vai ser pintada!' Virou-se para mim e, agora me falando como aliado, e não como alguém que precisa ser tirado de cena, disse: 'Quando Gowing voltar, diga-lhe que, se quiser ser pago, vai ter de pintar Olga onde determinei a pose e com os objetos que escolhi.' Disse que, sendo ela responsável pela encomenda e pelo pagamento, a pintura seria feita segundo a sua vontade.

"Gowing deixou a pose como estava, mas satisfez Mrs. Rylands ao concordar em incluir, em primeiro plano, máscaras vivas de Ezra e Olga. No entanto, queixou-se de estar pintando três retratos pelo preço de um. O relacionamento entre ele e Mrs. Rylands não acabou bem.

"Quando o retrato ficou pronto, Mrs. Rylands ofereceu um jantar, no Gritti, para desvelá-lo. Olga nunca disse se gostara ou não do retrato, mas dava uma gargalhada cada vez que olhava para o quadro."

Naquela ocasião — meados dos anos 80 —, Olga começou a apresentar lapsos de memória. Com noventa e poucos anos, esquecia-se do que estava dizendo, perdia objetos, não se lembrava de compromissos.

James Wilhelm, professor de Literatura Inglesa da Universidade de Rutgers e autor das obras *The American Roots of Ezra Pound* (As Raízes Norte-americanas de Ezra Pound) e *Dante and Pound* (Dante e Pound), conversou com Olga durante a celebração do centenário de Pound, realizada na Universidade do Maine, em 1985. Wilhelm percebeu falhas de memória. No ano seguinte, em visita a Veneza, esteve com Olga, no Ninho Escondido, e a convidou para almoçar.

— Antes de sair — Wilhelm me disse —, Olga e eu nos sentamos na sala de visitas para conversar. Ela disse que tinha hóspedes no terceiro andar, um jovem poeta e a namorada, e que estavam dormindo; portanto, infelizmente, não poderia me mostrar o terceiro andar, onde Pound trabalhava. Mais tarde, ouvi ruídos vindo de cima, e disse: "Olga, estou ouvindo passos. Eles devem estar se levantando."

"De repente, Olga apertou os olhos e se inclinou na minha direção: 'Quem *são* essas pessoas lá em cima?'

"Eu disse: 'Não sei, Olga. Você disse que eram um jovem poeta e a namorada.'

"'*Sim... sim... quem... é... essa... moça?!*'

"Voltei a dizer: 'Não sei.'

"Ela recostou-se na poltrona. 'Queria que se fossem!'

"Eu sabia que não era essa sua intenção. Ela gostava de ter gente em casa, mas eu já percebia sérios indícios de perda de memória.

"Eu disse a Olga que passaria uma semana em Bolonha e que a visitaria quando voltasse a Veneza. Mas, quando telefonei para a casa dela, uma mulher estranha atendeu. Alguém ligado ao Museu Guggenheim, eu acho. Ela me disse que Olga estava adoentada e não poderia receber ninguém."

Mais tarde, Wilhelm escreveu sobre esses encontros com Olga, fornecendo esses mesmos detalhes, para o periódico acadêmico *Paideuma*, dedicado a Ezra Pound e sua obra.

Foi nessa ocasião também que Olga mencionou a Fundação Ezra Pound, em conversa com amigos, vagamente, sem entrar em muitos detalhes. Era evidente que Jane Rylands estava envolvida.

— Mrs. Rylands e Olga falavam da fundação o tempo todo — disse Vincent Cooper. — Olga tinha pilhas de cartas e papéis pela casa, e sentia-se um pouco inundada por tudo aquilo. Recebia visitas importantes, de editores, advogados etc., e, quando eles saíam, perguntava-me quem eram. Achei que seria arriscado para qualquer pessoa fazer negócios sérios com Olga. Ela esbanjava entusiasmo, mas estava ficando esquecida e qualquer coisa a deixava confusa.

Jim Wilhelm relembra que "corria em Veneza a suspeita de que, idosa, Olga estivesse sendo manipulada por terceiros, com algum objetivo".

Christopher Cooley, amigo de Olga e de Pound, conhecia muito bem o acervo da biblioteca do casal, tendo catalogado os livros da coleção no início dos anos 70. Cooley morava em uma casa no rio San Trovaso. Conversamos em seu jardim.

— Quando Olga me falou da criação de uma fundação para Pound — relembrou Cooley —, eu disse a ela: "Espero que você não esteja assinando nada que tenha a ver com essa fundação, sem consultar a família." Ela foi um tanto vaga a esse respeito, nada afirmando, nada negando.

Convidou-me para participar do conselho da fundação, e eu disse que me sentia constrangido. Eu disse: "Sabe, Olga, se a casa vai ser usada por alunos, vai haver muitas despesas. A fundação terá de arrecadar dinheiro. Isso pode se tornar bem complicado." Portanto, gentilmente, declinei.

"A próxima vez que estive com Jane — numa festa no palácio Brandolini —, pedi-lhe que me falasse da fundação. Ela disse, toda sorridente: 'Estou apenas ajudando uma velhinha a fazer o que ela quer.'

"Então, perguntei, diretamente, quem estava no conselho da fundação, achando-me no direito de fazê-lo, visto que Olga tinha me convidado para participar. Ela retrucou: 'Não é da sua conta!', e retirou-se da sala. A coisa não me cheirou bem. Logo depois, deparei-me com ela e disse: 'Esse seu último comentário foi a única revelação que você fez sobre a fundação.'"

Em seguida, adveio o incidente do desaparecimento da papelada. Olga guardava vários baús de papéis no andar térreo. Por ocasião de um Natal, Jane removeu os baús, a fim de abrir espaço para Olga, ela disse, e para manter os documentos fora do alcance da maré enchente. Ou Olga se esqueceu aonde Jane disse que levaria os papéis, ou Jane nada disse a Olga; em todo caso, pouco tempo depois, Olga mostrou-se preocupada e se queixou a diversas pessoas, dizendo que Jane levara os baús e que ela não sabia onde eles se encontravam. Finalmente, ela pediu a Jane que os devolvesse, e Jane o fez. Mas, segundo Olga, quando os abriu, eles estavam vazios.

Nesse ponto, Arrigo Cipriani, proprietário do Harry's Bar, entrou na história. Cipriani tinha crescido em uma casa próxima à esquina da *calle* Querini com o rio Fornace. As janelas dos fundos da casa de Olga davam para o jardim dos Cipriani.

Sem dizer a Cipriani sobre o que eu queria lhe falar, marquei encontro com ele. Conforme combinado, passei pelo Harry's Bar de manhã, às 11h. Garçons e *barmen* corriam pelo restaurante, preparando o local para o almoço. O carteiro entrou e deixou uma pilha de envelopes no bar. Arrigo Cipriani chegou minutos depois. Usava um elegante terno azul-escuro, com lapelas pontudas. Mantinha-se esbelto, sempre o ágil faixa-preta de caratê.

— Você se importa se caminharmos enquanto conversamos? — disse ele. — Tenho um encontro marcado.

Conduziu-me pela *calle* Vallaresso.

— O que você sabe a respeito da Fundação Ezra Pound? — perguntei, enquanto andava ao lado dele. O rosto de Cipriani transformou-se, de alegre, passando a sério.

— Não é uma bela história — disse ele.

Um operário que levava um carrinho de mão gritou: "*Ciao*, Arrigo!", no momento em que passávamos por ele, apressados. Cipriani acenou e dobrou em um beco estreito, entre os prédios, sempre caminhando em ritmo acelerado.

— Jane Rylands veio me procurar — disse ele — e contou que estava fazendo uma limpeza na casa de Olga Rudge. Perguntou se poderia guardar algumas coisas num *magazzino*, um depósito de minha propriedade, que fica ao lado da casa de Olga. Só algumas caixas, ela disse. O andar térreo estava desocupado, portanto eu disse que tudo bem.

Cipriani dobrou outra esquina, e dois empresários sorriram quando passamos: "*Ciao*, Arrigo!"

— Pouco tempo depois — prosseguiu Cipriani —, operários que trabalhavam ali perto me disseram que Jane Rylands costumava entrar e sair do *magazzino*. Então, por acaso, encontrei Joan FitzGerald na rua. Você sabe, Joan FitzGerald, a escultora, amiga íntima de Pound e Olga. Ela fez uma escultura de Pound; está na Galeria Nacional de Retratos, em Washington. Eu disse a Joan que tinha algumas coisas de Olga, e Joan me contou que Olga estava preocupada com seus pertences. Disse que Jane Rylands tinha levado várias caixas e as devolvido vazias, e agora Olga desconhecia o paradeiro dos conteúdos das caixas. Eu disse: "Acho que sei onde as coisas estão. Vou verificar."

"Só para ter certeza", disse Cipriani, "fui até o *magazzino*, e lá estavam elas: grandes pilhas de papéis embrulhados em folhas de plástico incolor. Avisos diziam: 'Não Tocar', 'Propriedade da Fundação Ezra Pound'. Telefonei para Joan e dois empresários amigos e disse: 'Venham até aqui!'

"Era domingo de Páscoa. Levamos Olga até o *magazzino* e, assim que viu os papéis, ela disse: 'As minhas coisas!' Começou a pegar punhados de papéis e a levá-los de volta para casa, mas não havia espaço. Eu disse: 'Esperem! Tenho uma idéia melhor. Tenho outro *magazzino*, do outro lado da *calle*, e as chaves estão aqui comigo.' Então, atravessamos a *calle*, carregando papéis e caixas, para o número 248, e trancamos a porta. Eu agora estava bastante irritado. Percebi que, sem saber, tinha sido cúmplice do esquema de Jane, fosse ele qual fosse, legal ou ilegal. Eu poderia ter me encrencado seriamente, e agora, ao mexer em papéis que tinham os avisos 'Não Tocar', receava ser acusado de roubar a propriedade de Jane. Portanto, fiz todo mundo assinar um papel, declarando que tínhamos removido as caixas."

Cipriani dobrou outra esquina e, subitamente, estávamos sob a luz forte do sol, ao pé da ponte Rialto.

— Sabe — disse ele —, tive uma sensação estranha, desde o começo. Depois que disse a Jane que ela podia guardar as coisas no meu depósito, ela me perguntou se eu gostaria de participar da diretoria da Fundação Ezra Pound. O que sei eu sobre a poesia de Ezra Pound?

Dois homens de pé em um portal chamaram Arrigo, acenando para que se aproximasse.

— *Ciao! Subito, subito!* ("Já vou, já vou") — disse ele. Então, voltando-se para mim: — Bem, é isso. Como lhe disse, não é uma bela história.

O episódio do desaparecimento da papelada foi um momento crítico no destino da Fundação Ezra Pound. Jane dissera a Olga que tinha removido os documentos para evitar que se danificassem em caso de inundação, mas ficou claro, para todos, que o andar térreo do *magazzino* de Arrigo Cipriani ficava praticamente no mesmo nível que o de Olga, não sendo, portanto, mais seguro.

Harald Böhm, um escultor, contou-me que Jane lhe pediu ajuda para remover os papéis.

— Jane me perguntou se eu podia ajudá-la a carregar alguns móveis. Era época de Natal. Eu disse que sim, porque ela gozava de certo poder no mundo da arte. Tinha condições de fazer contatos entre gente rica e artistas, e, naquela época, eu esperava que ela me conseguisse uma boa encomenda. Mas, quando cheguei à casa de Olga, constatei que iríamos transportar papéis, não móveis. Jane disse que os papéis eram muito valiosos e que, se fossem deixados na casa de Olga, alguém poderia roubá-los, ou a família de Olga poderia vendê-los. Jane falava como se estivéssemos fazendo algo heróico. Mas notei que, enquanto Philip e eu retirávamos os documentos da casa, Jane distraía Olga com uma conversa, no andar de cima. Achei que Olga ignorava o que estávamos fazendo, e isso me deixou nervoso. Eu sabia que ela sofria de uma espécie de Alzheimer. Todos sabiam. Receei que Olga estivesse sendo enganada, e que eu tinha sido enganado ao ser recrutado para ajudar. Tive medo de ser preso, especialmente quando Jane disse, mais tarde: "Tome cuidado para não contar a ninguém o que se passou hoje, ou *peggio per te*... vai ser ruim para você."

Amigos de Olga, que já suspeitavam, ficaram alarmados quando ocorreu o episódio do desaparecimento da papelada. Várias pessoas telefonaram para Mary de Rachewiltz e imploraram-lhe que viesse a Veneza, imediatamente, para descobrir o que se passava. Walter e o pai, Boris de Rachewiltz, vieram no lugar dela e pediram a Olga que lhes mostrasse a documentação legal da fundação. Olga disse que não tinha documento algum; estavam em poder de Jane Rylands. Quando Boris e Walter finalmente leram os documentos, compreenderam o que Olga tinha feito. E, finalmente, Olga também compreendeu. Para Christopher Cooley, Olga disse, simplesmente: "Como fui tola. Ah, como fui tola."

Ao descobrir que a fundação era o instrumento por meio do qual a mãe praticamente a deserdara, Mary de Rachewiltz buscou ajuda de amigos, em Veneza. Uma das pessoas às quais apelou foi Liselotte Höhs, artista austríaca que morava perto da oficina de gôndolas de San Trovaso, não muito longe de Olga. Liselotte e o falecido marido, o advogado Giorgio Manera, eram amigos de Olga e Pound, e, ao longo dos anos, costumavam convidá-los para a ceia de Natal. Depois da morte de Pound, Olga lhes expressara o desejo de criar uma fundação, em Veneza, dedicada à memória de Pound, e Liselotte tentou ajudá-la. Acompanhou Olga a uma reunião com o presidente da Fundação Cini e, em nome de Olga, encontrou-se com os presidentes da Biblioteca Marciana e do palácio Grassi. Mas não conseguiu, àquela época, garantir qualquer comprometimento da parte deles.

Mary entregou a Liselotte cópias dos documentos legais da fundação, e Liselotte ficou indignada com o que viu. Fui informado de que as cópias ainda se encontravam com ela e, quando lhe telefonei, ela convidou-me para ir ao seu encontro e examiná-las.

Sentamo-nos em sua sala de estar, um cômodo amplo, com pé-direito duplo e uma clarabóia voltada para o norte. Liselotte era uma Valquíria extremada, com olhos cintilantes e cabelos louros que caíam em ondas às suas costas.

— Mary não sabia o que fazer — disse ela. — Implorou-me que a ajudasse a encontrar um advogado. Olga sempre quis que o controle ficasse em Veneza, e sempre com o envolvimento do neto, Walter. Era o favorito dela.

Liselotte passou-me os documentos de criação da fundação. Estavam escritos em inglês. A fundação fora registrada como organização sem fins lucrativos, em 17 de dezembro de 1986 — em Ohio. A sede ficava em Cleveland, não em Veneza.

— Por que Ohio? — perguntei.

— Boa pergunta — disse Liselotte.

Jane era de Ohio, lembrei-me. E Olga tinha nascido em Youngstown, mas, na ocasião em que os documentos foram assinados, fazia mais de oitenta anos que ela não vivia em Ohio.

A fundação tinha três executivos: Olga Rudge, como presidente; Jane Rylands, como vice-presidente; e um advogado de Cleveland, como secretário. Os estatutos determinavam que o voto de dois podia derrubar o do terceiro. Isso queria dizer que, desde logo, Olga tinha cedido o controle da fundação a Jane Rylands e ao advogado de Cleveland, nenhum dos quais sequer conhecera Ezra Pound nem era especialista na vida e na obra do poeta.

Liselotte mostrou-me, então, um contrato firmado entre Olga e a fundação, esse em italiano, documentando a doação da casa de Olga para a instituição, diretamente, sem ônus. Quando assinou o contrato, Olga estava com 92 anos.

Liselotte mostrou-me, então, um segundo contrato. Nesse, Olga concordava em vender para a fundação todos os seus "livros, manuscritos, diários, correspondência particular, textos, papéis, todo tipo de documento, desenhos, livros e álbuns de desenhos e esboços, fotografias, fitas magnéticas e cassetes, e quaisquer objetos que viessem a ser acrescentados à coleção antes do seu falecimento" — tudo pela soma de 15 milhões de liras, ou US$7 mil, que, segundo os termos do contrato, Olga já havia recebido.

O significado desse contrato estava muito claro. Por uma ninharia, Olga tinha vendido não apenas cinqüenta anos de correspondência com Ezra Pound, mas também sua correspondência com T. S. Eliot, Samuel Beckett, e. e. cummings, H. L. Mencken, Marianne Moore, Robert Lowell, Archibald MacLeish, William Carlos Williams, Ford Madox Ford e outras figuras literárias, além de rascunhos dos *Cantos*, bem como livros que continham anotações de Pound nas margens e primeiras edições de livros assinados com dedicatória a Pound, pelos respectivos autores. O valor total da coleção poderia chegar a US$1 milhão, considerando as condições do mercado de coisas relacionadas a Pound naquela época. Diversos itens, isoladamente, valiam mais do que o preço total da venda. Entre os mais valiosos, havia os cadernos do escultor Henri Gaudier-Brzeska, fundador, ao lado de Pound, do movimento conhecido como vorticismo. Gaudier-Brzeska morreu durante a Primeira Guerra Mundial, aos 24 anos, o que tornava os seus cadernos especialmente raros e valiosos.

— Olga teve um advogado ao seu lado quando fez tudo isso? — perguntei.

— Acho que não.

Quando Olga afinal percebeu o que tinha ocorrido, ficou histérica. Telefonou para Joan FitzGerald à noite, dizendo que queria extinguir a fundação, e correu pela ponte Accademia, ao encontro de Joan, em lágrimas. Liselotte entregou-me outra página. Era a fotocópia de uma carta escrita à mão, na caligrafia grande e clara de Olga, dirigida ao advogado de Cleveland:

24 de abril de 1988

Prezado [Senhor],

Gostaria de informá-lo de que é minha firme intenção extinguir a "Fundação Ezra Pound".

Revoguei a doação de minha casa, em Dorsoduro, 252, Veneza — e gostaria de deixar bem claro que jamais, conscientemente, vendi meus arquivos à "Fundação" ou a qualquer pessoa. Qualquer contrato nesse sentido só pode ser fruto de algum mal-entendido.

Cordialmente,
Olga Rudge

A resposta, enviada sete semanas depois, informava a Olga que a Fundação Ezra Pound não podia ser extinta simplesmente porque ela assim desejasse; era preciso a maioria dos votos do conselho. E, mesmo que o conselho votasse pela dissolução da fundação, a propriedade desta não poderia retornar para Olga, mas teria de ser repassada a outra instituição isenta de impostos. Assim rezava a lei, ele dizia.

Pelo que parecia, Olga escrevera diversas cartas, declarando seu desejo de extinguir a fundação. Liselotte mostrou-me mais uma, com data de 18 de março de 1988. Essa não estava dirigida a ninguém em particular. "Minha intenção", escreveu Olga, "sempre foi que qualquer fundação criada em nome de Ezra Pound incluísse conselheiros da Fundação Cini, da Universidade Ca' Foscari, da Biblioteca Marciana e meu neto, Walter de Rachewiltz [...]." A caligrafia era, nitidamente, de Olga, mas não havia como saber se as cartas expressavam as palavras de Olga ou se tinham sido redigidas por alguém e copiadas por ela.

Diante de toda essa comoção — amigos de Olga atacando a fundação, a própria Olga declarando que queria extinguir a organização —, seria de se esperar que Jane Rylands recuasse um pouco, dizendo: "Sinto muito. Eu só quis ajudar."

Porém só dois anos mais tarde ela transferiu a guarda dos papéis para Yale. E então ela desfez a fundação. Corriam boatos de que Yale tinha pago a Jane uma soma considerável em dinheiro para ter a posse dos papéis, mas eram apenas conjecturas.

POR ALGUMA RAZÃO, a imprensa veneziana não cobriu a história da Fundação Ezra Pound e do destino incerto da casa e da papelada de Olga Rudge. No entanto, as notícias se espalharam de boca em boca, levantando dúvidas acerca de Jane e Philip Rylands.

Quando o casal Rylands chegou a Veneza, no ano de 1973, em um *trailer* Volkswagen, eis o que se sabia a respeito deles: Jane era natural de Ohio, tinha concluído a graduação na Universidade William and Mary e se mudado para a Inglaterra, onde deu aulas de escrita acadêmica na base aérea norte-americana de Mildenhall, perto de Cambridge. Era extrovertida, ambiciosa, letrada em literatura inglesa e norte-americana, anglófila dedicada e conhecida pelos rapazes de Cambridge por preparar jantares de frango frito comprado no PX da base aérea. Philip estudava no King's College, em Cambridge, quando conheceu Jane. Era tímido, sério e conhecido por ser sobrinho de George "Dadie" Rylands, ilustre e influente estudioso, ator e diretor shakespeariano. Dadie Rylands era um elo sobrevivente do grupo de Bloomsbury, protegido de Lytton Strachey, e ainda benquisto em King's, onde ocupava os mesmos aposentos desde 1927. Seu apartamento tinha sido decorado por Dora Carrington e era visitado por inúmeros intelectuais. Virginia Woolf, no livro *Um Teto Todo Seu*, descreve um almoço requintado ocorrido lá.

Dizia-se que os pais de Philip não aprovaram o casamento com Jane, dez anos mais velha do que ele.

Quando chegaram a Veneza, Philip tinha cabelo comprido, preso dos lados por dois grampos; Jane vestia-se de maneira um tanto desmazelada e usava o cabelo preso em coque. Philip ainda estava escrevendo a tese, que ele demorou quase 12 anos para concluir. Nesse ínterim, Jane sustentou financeiramente o casal, trabalhando como professora na base aérea norte-americana de Aviano, uma hora ao norte de Veneza.

A princípio, não conheciam ninguém em Veneza, mas Philip freqüentava assiduamente a igreja de São Jorge, que era então o centro da vida social dos anglo-americanos expatriados. Ali conheceu *Sir* Ashley Clarke, ex-embaixador britânico na Itália, dirigente da associação Veneza em Perigo, a contrapartida britânica da Salve Veneza. *Sir* Ashley e *lady* Clarke se afeiçoaram ao casal Rylands, que, por sua vez, era atencioso e prestativo com os Clarke. Philip envolveu-se na Veneza em Perigo, e dizia-se que, um dia, sucederia a *Sir* Ashley. Os dois colaboraram em um livreto comemorativo da restauração da igreja Madonna dell'Orto. Em pouco tempo, Jane e Philip passaram por uma transformação: Philip cortou o cabelo, um corte distinto, e Jane começou a usar o cabelo e as roupas em um estilo mais de acordo com a moda.

Na condição de casal jovem e inteligente recém-chegado à cidade, foram bem recebidos por expatriados já estabelecidos, especialmente pela escultora Joan FitzGerald, que os apresentou à sociedade. Ficaram conhecendo John Hohnsbeen, amigo de Peggy Guggenheim desde a década de 1950. Hohnsbeen, por seu turno, apresentou-os a Peggy, e, quase imediatamente, Philip e Jane começaram a fazer tudo para cativá-la. Jane comprava para Peggy ração canina e vários outros itens, com desconto, no PX de Aviano, levava os cães de Peggy para passear, oferecia-se para fazer tarefas domésticas. Em suma, tornaram-se indispensáveis a Peggy.

John Hohnsbeen, de início, ficou satisfeito com o fato de Philip e Jane serem tão prestativos para Peggy; isso aliviava um pouco a carga sobre ele. Durante anos, Hohnsbeen permanecia em Veneza, desde a Páscoa até novembro, para ficar ao lado de Peggy e atuar como curador não-remunerado da coleção. Depois da morte de Peggy, ele continuou a passar os verões em Veneza, em apartamento alugado. Hohnsbeen costumava ficar a maior parte do dia na piscina do Cipriani, onde o encontrei, desfrutando um almoço espartano e conversando com amigos ricos, pertencentes ao *jet set* internacional. Moradores de Veneza podiam, mediante pagamento de uma elevada taxa, usar a piscina, diariamente, durante todo o verão.

— Eu era um hóspede que trabalhava pela hospedagem — disse Hohnsbeen, com seus cabelos brancos penteados de um lado ao outro da fronte bronzeada, fazendo lembrar Pablo Picasso. — Peggy e eu éramos mais ou menos como um par. Eu tinha sido dono de uma galeria, em Nova York, e conhecia a maioria da velha guarda do mundo da arte na cidade. Aqui, eu montava a exposição de Peggy, no início da temporada, e desmontava, no final, o que envolvia todo tipo de tarefa desagradável, por exemplo, raspar as larvas da parte de trás da tela *O Antipapa*, de Max Ernst, que havia sido exposta na galeria surrealista, perto do canal, local bastante úmido. As larvas adoravam a cola.

"Os primeiros anos com Peggy foram maravilhosos, mas depois as artérias dela começaram a enrijecer, e foi horrível. Eu chegava, tarde da noite, e tinha de navegar em torno das obras de arte: passava pelo Calder, pelas pessoas esculpidas por Giacometti, do tamanho de palitos de fósforos, cujos braços se quebravam o tempo todo (não era eu quem os quebrava); depois, dobrava à direita, esquivando-me do Pevsner, e chegava ao quarto. Estava ao seu lado quando ela sofreu o primeiro infarto, e o rosto ficou todo estranho. Depois disso, Peggy tinha sempre um sinete de vaca, pesando quase 7 quilos, ao lado da cama, e eu deixava minha porta aberta, pois o combinado era que, se ela tocasse o sinete, eu correria para assisti-la. Era um trabalho de 24 horas por dia.

"Eu gostava de Jane e Philip", prosseguiu Hohnsbeen. "Passávamos horas juntos, e Jane é uma cozinheira excelente. Eles tinham cativado Peggy também. Foi a espiga de milho congelada. Jane trouxe a espiga do PX de Aviano e conquistou o coração de Peggy. Mas as pessoas sempre me diziam: 'Cuidado com Jane Rylands!'"

— Quem lhe dizia isso? — perguntei.

— Ah, todo mundo. E então Jane e Philip passaram a convidar Peggy para jantar sem me incluir. Não me diziam nada. Levavam Peggy sem que eu percebesse. Àquela altura, ela estava semi-inválida, de modo que era um esforço tremendo pegá-la, levá-la e trazê-la de volta. Peggy era difícil, e pouca gente a tolerava. A brincadeira continuou, pelas minhas costas, durante o verão. A coisa ficou mais intensa quando me fui, em novembro, e assim continuou até o meu regresso, na primavera.

Quando a doença de Peggy entrou em fase terminal, no outono de 1979, Philip e Jane Rylands tinham se tornado, praticamente, seus guardiães. Tinham as chaves da casa. Cuidavam dos interesses dela. Levaram-na para o hospital, em Pádua. No dia seguinte à morte de Peggy, o diretor do Museu Guggenheim, em Nova York, Thomas Messer, chegou a Veneza para assumir a posse das instalações. Encontrou Philip Rylands no porão inundado, removendo quadros para evitar que se molhassem. Precisando de alguém disponível para executar as ordens do escritório de Nova York, Messer pediu a Philip que atuasse como supervisor temporário. Mais tarde, designou Philip como administrador permanente. A ascensão dos Rylands tinha iniciado.

Desde o começo, ficou claro que Jane Rylands pretendia ter um papel na direção do museu, o que deixava Messer irritado.

— Em dada ocasião — Messer me disse —, eu dava instruções a Philip, na presença de Jane, provavelmente, sobre algum procedimento sem maior importância, e ela retrucou: "Não! Isso não pode ser feito!" Achei uma petulância da parte dela interferir daquele modo. Fiquei bastante zangado, e disse que ela não deveria se considerar parte da administração do museu. Mas ela fincou o pé e continuou a exercer uma autoridade que ninguém lhe havia conferido. Dominava Philip. Foi o marido mais dominado que conheci.

Depois que o casal garantiu as credenciais do Guggenheim, Jane alçou-se de um jeito que só pode ser classificado como brilhante. Assumiu a coordenação de uma série de conferências, no Gritti, e convidou celebridades, tais como Stephen Spender, Arthur Schlesinger, Peter Quennell, John Julius Norwich, Brendan Gill, Adolph Green, Hugh Casson e Frank Giles, editor do *Sunday Times*, de Londres. Oferecia jantares, e os signatários do seu livro de convidados incluíam os conferencistas do Gritti e outros, tais como Adnan Khashoggi, Jeane Kirkpatrick e a rainha Alexandra, da Iugoslávia.

— Quando vi o livro de convidados — disse Helen Sheehan, estagiária do Guggenheim na década de 1980 —, percebi que Jane se empenhava em organizar para si mesma uma vida social. Ela costumava me dizer: "Em sociedade, é preciso se projetar."

Com a suposta sanção do Guggenheim aumentando-lhe o *status* e a influência, Jane passou a atuar informalmente como agente de artistas, promovendo a aproximação de clientes abastados com pintores e escultores de Veneza. Isso lhe conferiu um certo poder entre os artistas da cidade. Ela pediu ao pintor norte-americano Robert Morgan que pintasse, para ela, um pequeno retrato de Olga, apenas o rosto. Quando o retrato foi concluído, a questão do pagamento de Morgan veio à baila. Jane ofereceu um valor muito baixo, pouco mais do que um pró-labore, frisando que a cotação de Morgan subiria muito quando as pessoas vissem seu trabalho pendurado na parede dela.

Em ao menos uma ocasião, Jane chegou a aconselhar um artista no que dizia respeito à sua obra.

— Ela me falou que os fascistas iriam se erguer na Itália — disse Harald Böhm — e que eu deveria tornar minha arte mais figurativa, para me adequar melhor aos padrões contemporâneos, suponho. Achei a coisa muito estranha.

Mary Laura Gibbs, texana que era historiadora da arte, mudara-se para Veneza, em 1979, e tornara-se amiga do casal Rylands.

— Jane merece crédito por dar vida ao cenário intelectual de Veneza — ela me disse. — Acho que ela logo percebeu que a vida em Veneza era, na realidade, bastante monótona. Olhou em volta de si e pensou: "Posso me tornar alguém social e intelectualmente aqui." Acho que viu a possibilidade de organizar algo parecido com os antigos saraus.

"Mas, às vezes, ela se levava demasiadamente a sério. Lembro-me, muito bem, de quando o príncipe e a princesa de Gales vieram a Veneza. Estava previsto o comparecimento dos dois ao culto da Igreja Inglesa, e membros da congregação ganharam ingressos. Eu ganhei dois. Minha empregada, Patrizia, que era uma pessoa muito querida, estava ansiosa para ir, e eu disse a Jane que daria o outro ingresso a ela. Jane ficou furiosa, e disse: 'Não vai não!' Eu disse: 'Como assim?' Ela disse: 'Bem, acho que seria uma afronta. A menos que você queira afrontar o príncipe e a princesa! É isso que você quer fazer?'

"Jane tinha uma estranha facilidade para alienar pessoas. Dois grupos se formaram: o grupo dos anti-Rylands e o grupo constituído pelos próprios Rylands. Não havia, na realidade, um grupo pró-Rylands."

Vincent Cooper, o jovem pintor norte-americano, certa vez perguntou a Jane por que tanta gente antipatizava com ela.

— Eu simplesmente provoco animosidade nas pessoas — ela lhe disse. — Não sei por quê. Acho que não sou muito sutil. Não sou mole.

De acordo com Cooper: "Mrs. Rylands tinha pouca ou nenhuma consideração pelos amigos de Olga, muitos dos quais tinham conhecido Pound. Para ela, não passavam de figuras desprezíveis e enfadonhas, capazes até de furtar algo. Pareceu-me autêntica a preocupação de Mrs. Rylands com a guarda dos bens existentes na casa."

Essa preocupação, embora sem dúvida autêntica, não era de todo altruísta. Àquela época, Jane Rylands estava prestes a assumir o controle dos livros e papéis de Olga, de maneira que qualquer coisa que fosse furtada de Olga, de certo modo, estaria sendo furtada de Jane Rylands também.

No âmbito literário, Jane valorizava o parentesco de Philip com o tio e professor de Cambridge, Dadie Rylands, e, através de Rylands, ela contemplava contatos com o grupo de Bloomsbury e metade do mundo literário inglês. Para homenagear e proclamar a ligação, ela encomendou a Julian Barrow — artista inglês que morava no estúdio de John Singer Sargent, localizado no número 33 da Tite Street, em Londres

— um retrato de Dadie, em seus aposentos em King's College. Quando o quadro ficou pronto, Jane pediu a Barrow que acrescentasse Philip ao retrato. Quando o contatei por telefone, Barrow me disse que havia ficado abismado e que, educadamente, recusara-se a fazê-lo: "Eu disse a ela que seria... uma trivialidade."

A ascensão de Philip Rylands na Coleção Peggy Guggenheim foi acompanhada de alguns comentários invejosos, principalmente queixas de que, como estudioso da Renascença, ele não estaria qualificado para dirigir uma galeria de arte moderna. Falava-se também que Jane havia arquitetado a subida de Philip a uma posição que se destinava a John Hohnsbeen. Mas, na verdade, segundo Messer, Peggy jamais demonstrara qualquer preferência quanto a quem deveria comandar o museu depois que ela morresse. Nem John Hohnsbeen nem Philip Rylands. Na época, a indicação de Philip não causou grande comoção.

Entretanto, quando a confusão envolvendo Olga Rudge veio à tona, dez anos mais tarde, a ligação entre o casal Rylands e Peggy Guggenheim foi reavaliada. Havia quem pensasse na existência de um esquema de aliciamento, em série, de idosos em Dorsoduro: primeiro, *Sir* Ashley e *lady* Clarke; depois Peggy; em seguida, Olga.

— Gerontofilia seletiva — assim Mary Laura Gibbs definia o comportamento. — Antes do caso Rudge — disse ela —, eu defendia Jane e Philip contra qualquer crítica quanto às suas intenções em relação a Peggy. Eram muito bons para ela, especialmente Jane. Mas, quando tudo aconteceu novamente com Olga Rudge, passei a desconfiar.

Em retrospectiva, Mary Laura Gibbs lembrou que, a certa altura, Olga começou a expressar insatisfação diante da interferência de Jane.

— Olga fazia comentários um tanto negativos, de passagem, como: "Eu queria lhe mostrar uma partitura, mas Jane Rylands levou tudo embora." Estava ficando desconfiada e constrangida.

Quando a essência da fundação ficou conhecida, amigos de Olga escreveram cartas e fizeram contatos por telefone, em nome dela. Joan FitzGerald, cujo apoio inicial a Jane e Philip havia muito esfriara, telefonou para o embaixador norte-americano em Roma, Maxwell Rabb. Rabb examinou a questão e, em seguida, informou: "Pelo que consta, Jane e Philip Rylands têm muitos amigos."

James Laughlin, fundador da New Directions e editor de Pound desde a década de 1930, tentou pressionar Jane Rylands do outro lado do Atlântico.

— Foi uma dificuldade descartar aquela mulher! — exclamou ele, ao telefone, quando o contatei em sua casa em Connecticut. — Ela se meteu onde não devia! Donald Gallup precisou de 35 anos de trabalho árduo, desde 1947, para montar os Arquivos de Pound para a Biblioteca Beinecke, em Yale. Gallup era o diretor. Localizou papéis pelo mundo afora, teve de lidar com cinco equipes de advogados e infindáveis ações judiciais entre as duas famílias de Pound para saber quem era dono do quê. Em 1966, Yale recebeu de Mary 15 caixotes de papéis de Pound, mas os caixotes tiveram de ficar no porão da Beinecke, durante anos, sem serem abertos, até que as ações estivessem concluídas. Aposto que Mrs. Rylands nada sabia a esse respeito!

"Agora, vou lhe contar algo que ela, provavelmente, também desconhecia: Pound fez um testamento, em 1940, deixando tudo para Mary. Livros, propriedades, tudo. Mas por não ter, na ocasião, registrado o testamento num tribunal italiano, tecnicamente o documento não era válido, embora ele tivesse reiterado suas intenções, por escrito, mais tarde. Depois que Pound foi liberado do Saint Elizabeth, as autoridades norte-americanas instituíram Dorothy como única responsável por questões legais envolvendo os interesses dele. Pound não podia, legalmente, fazer outro testamento, a menos que fosse assinado por Dorothy, e Dorothy simplesmente rejeitou o testamento de 1940. Ela e Omar contrataram advogados. Mary foi obrigada a reconhecer a necessidade de contratar seu próprio advogado; afinal, foi obrigada a dividir o patrimônio com Omar. Então, depois de tudo isso, surge essa tal de Rylands, sem qualquer credencial no que concerne a Pound. Pula no barco, com os dois pés, e causa mais desgosto e despesa para uma família que há décadas sofre com esse tipo de coisa."

A pressão decisiva partiu dos conselheiros da Fundação Guggenheim, em Nova York, a organização que detinha o controle. Um dos conselheiros era Jim Sherwood, proprietário do Hotel Cipriani.

— Jane e Philip — Sherwood me disse — achavam que estavam salvando os papéis de Olga. Mas, do ponto de vista das pessoas em

Veneza, eles estavam tentando roubá-los. O assunto da Fundação Ezra Pound surgiu numa reunião de diretoria, em Nova York. Os conselheiros estavam preocupados com a possibilidade de a controvérsia vazar e causar constrangimento ao museu. Além disso, Peter Lawson-Johnson, presidente do conselho e primo de Peggy, achava que, levando em conta o anti-semitismo de Pound, o envolvimento de Jane era algo de mau gosto, devido à sua ligação com o Guggenheim, através de Philip. A direção determinou que Philip escolhesse entre a Fundação Ezra Pound e a permanência no museu.

ESTAVA NA HORA, PENSEI, de voltar a falar com Philip e Jane Rylands. Contatei Philip, por telefone, em seu escritório, no Guggenheim. Considerando o número de pessoas com as quais eu conversara a respeito da fundação, não me surpreendi com a reação de Philip ao ouvir o meu nome.

— Não estamos interessados em falar com o senhor!

— Eu gostaria de fazer algumas perguntas.

— Não estou interessado em ouvir as suas perguntas.

— Sobre a Fundação Ezra Pound.

— Sei muito pouco sobre a Fundação Ezra Pound, e, de qualquer maneira, combinamos com Mary de Rachewiltz não falar com o senhor sobre esse assunto.

— Então, para ser justo com o senhor e Jane, vou lhes enviar perguntas por escrito, para que, ao menos, tenham a oportunidade de responder.

— Vou considerar o envio de perguntas por escrito uma intromissão! Não vamos nos prestar a ser julgados pela imprensa.

— Não é essa a minha intenção.

— De qualquer modo, é tudo intriga!

— Não — disse eu —, não é intriga.

— O que é, então?

— É história. Porque, quando uma pessoa se envolve com gente famosa, conforme o senhor e Mrs. Rylands parecem gostar de fazer, torna-se parte de suas histórias.

***

MARY DE RACHEWILTZ FOI BEM MAIS CORDATA quando a contatei no castelo de Brunnenburg. Mas também relutou em falar da Fundação Ezra Pound.

— Fiquei constrangida com o episódio dos Rylands — disse ela. — Eram boas pessoas. Foram muito bons para minha mãe, durante vários anos. Pouparam-me de preocupações.

— Vocês combinaram não falar comigo acerca da Fundação Ezra Pound? — perguntei.

— Não — disse ela —, mas não temos permissão para falar com quem quer que seja sobre os termos do acordo com Yale.

— Por quê?

— Fomos obrigados a assinar declarações de que preservaríamos a confidencialidade dos termos. Jane Rylands insistiu nisso. Também tivemos de concordar em não entrar na justiça contra Jane, contra a Fundação Ezra Pound ou contra Yale, e nenhum deles poderia entrar na justiça contra nós.

— Jane recebeu algum dinheiro de Yale?

— Não ficamos sabendo. Isso era parte do combinado. Jane Rylands também desconhece os termos do nosso acordo.

— Vocês receberam algum dinheiro?

— É claro, mas para nós houve prejuízo financeiro. O mercado teria nos pagado dez vezes o que Yale nos pagou pelos papéis.

Mary percebeu que tinha deixado escapar um toque de ressentimento, e logo recuou, como quem recolhe a mão, depois de tocar uma frigideira quente.

— Mas, na realidade, não existe vilão nesta peça. Minha mãe simplesmente mudou de idéia. Philip e Jane tinham boas intenções.

— Por mais prestativos que tenham sido — disse eu —, a senhora acha que, em algum ponto, Jane e Philip foram longe demais?

— Quando tudo acabou, minha mãe me disse: "Ah, essa gente! Agora vejo por que era convidada para almoçar."

Dessa vez Mary não retirou o comentário negativo.

— Houve um momento em que a senhora passou a sentir que as coisas não estavam muito certas?

Mary hesitou um instante.

— Bem, sim. Jane Rylands estava começando a assumir o controle dos acontecimentos. Uma série de pequenas coisas me causou estranheza. Houve a impressão de um panfleto. Foi feita uma conferência. Materiais protegidos por direitos autorais sendo utilizados indevidamente.

— Culminando — disse eu — com a doação de uma casa. Documentos vendidos sem o seu conhecimento.

— Bem, sim. Para nós, a casa é um santuário da família.

— Eu poderia ir até Brunnenburg para conversarmos durante cerca de uma hora?

— Diga-me — disse Mary —, por que tudo isso lhe interessa?

— Para ser totalmente franco — disse eu —, fiquei impressionado com a semelhança do que aconteceu com sua mãe e o enredo de *Os Papéis de Aspern*. A senhora conhece o romance?

— Estamos vivendo *Os Papéis de Aspern* há quarenta anos — disse ela.

Antes de partir para Brunnenburg, li a autobiografia de Mary de Rachewiltz, publicada em 1971 sob o título *Discretions* (Discrições) que joga com o título da autobiografia do pai, *Indiscretions* (Indiscrições). Além de conter um relato surpreendentemente tocante, o livro me apresentou dois novos elementos da saga da Fundação Ezra Pound: a relação tensa entre Mary e a mãe e a adoração quase obsessiva de Mary pelo pai.

Uma vez que tinha passado os seus primeiros dez anos de vida com uma família adotiva, em uma fazenda no sul do Tirol, a poucos quilômetros da fronteira com a Áustria, Mary cresceu ordenhando vacas, removendo estrume com pá e falando alemão em dialeto tirolês. Adquiriu hábitos aprendidos do pai adotivo: cuspir a grande distância e assoar o nariz com o polegar.

Olga ficou apavorada ao constatar que a filha estava sendo criada como uma camponesa, com unhas sujas, maus modos à mesa e dentes que só eram escovados às vezes. Mary resistia às tentativas de Olga de transformá-la em uma jovem de boas maneiras e sofisticada. Mary sentia-se como uma boneca nos vestidos curtos, então em moda, que a mãe queria que ela usasse. Entediou-se com um violino presenteado por

Olga e o espatifou contra o galinheiro, revelando, nas memórias, que teria preferido uma cítara ou uma gaita. Sentia-se intimidada diante da insistência da mãe para que ela aprendesse italiano e que falasse o idioma sempre que estivesse em Veneza. "Sua atitude severa impunha obstáculos maiores do que a barreira do idioma", Mary escreve. Havia momentos em que Olga era "majestosa e linda, como uma rainha, comigo; meiga e graciosa, sorrindo como uma fada [para meu pai]". E, quando Olga tocava violino, "eu não via qualquer indício de perversidade, qualquer ressentimento. [...] Eu vislumbrava sua grande beleza, e meu temor se transformava em veneração". Mas, assim que a música parava, Olga voltava a ficar distante, impenetrável, autoritária.

No final da adolescência, Mary ficou ciente, ao mesmo tempo, de que era filha ilegítima e que Olga, ao engravidar, queria um filho. Naquela ocasião, ela escreve, achava impossível conquistar o afeto da mãe.

Olga ficou profundamente magoada com *Discretions* e deixou de falar com Mary durante vários anos. Olga possuía um exemplar do livro, todo anotado, conforme observou Christopher Cooley.

— Sempre que surgia o assunto do livro — ele lembrava —, Olga arrancava o exemplar da prateleira e, zangada, punha-se a folheá-lo. "Corrigi isto", ela dizia, "e corrigi aquilo". E, então, enfiava o livro de volta na prateleira.

Embora a situação houvesse melhorado com o passar do tempo, um distanciamento geográfico e emocional permaneceu entre as duas. O episódio dos Rylands, não importa o que mais tenha provado, deixou claro, para constrangimento de Mary, que, em grande parte, ela havia delegado os cuidados da mãe a Philip e Jane.

O amor de Mary pelo pai contrastava com seus sentimentos pela mãe. "A imagem do meu [pai] sempre se apresentava como um sol, imenso e brilhante, no fim de uma estrada branca", ela escreve. Quando Pound a levou para ver os pontos turísticos de Verona, a imagem dele ofuscava os monumentos ao fundo. Mary relembra que, depois de assistirem a um filme de Ginger Rogers e Fred Astaire, ele sapateou por todo o trajeto de volta para casa. E relembra quando, do seu quarto, no terceiro andar do Ninho Escondido, ouvia os sinais da chegada do pai — primeiro, os toques da bengala preta de junco, quando ele entrava na *calle* Querini;

em seguida, no momento em que ele se acercava do número 252, ela ouvia o som de um "miau", prolongado e alto, respondido pelo "miau" de Olga, do quarto que ficava no segundo andar; então, Mary descia, correndo, os dois lances da escada, para recebê-lo à porta.

Quando ela estava com 15 anos, seu pai — o homem que dera conselhos literários a Yeats e Eliot — enviou-lhe uma carta sobre o aprendizado da escrita:

> *Ciao Cara,*
>
> Aprender a escrever é como aprender a jogar tênis. Não se pode só jogar, é necessário praticar golpes. Pense; qual foi a diferença de ir ao Lido jogar tênis? Quero dizer, diferente de quando se vai jogar em Siena? Escreva isso. Não para criar uma história, mas para esclarecer.
>
> Vai DEMORAR muito. Quando se começa a escrever, é difícil encher uma página. Quando se é mais velho, tem-se sempre MUITO que escrever.
>
> PENSE: a casa em Veneza não é como QUALQUER casa. Veneza não é como qualquer outra cidade. Suponhamos que Kit Kat, ou algum norte-americano, precisasse ser informado COMO encontrar a casa de Veneza. Como reconhecer você e a mim, saindo de casa para ir ao Lido. Ele desce do trem, como encontrar o número 252 da *calle* Q.?
>
> Descreva-nos, ou descreva Luigino chegando à ferrovia. Ele tem dinheiro? Nós temos? Como vamos até lá?
>
> Um romancista pode escrever um capítulo inteiro para levar o protagonista desde o trem até a porta da rua. A boa escrita tornaria possível, e até certo, a Kit Kat usar o capítulo para localizar a casa.
>
> *Ciao.*
>
> PENSE bastante sobre isso, antes de tentar escrever.

Enquanto Mary estava em plena adolescência, Pound pediu-lhe que traduzisse os *Cantos* para o italiano, para praticar. Assim teve início o estudo que, ao longo da vida, ela empreendeu da obra do pai. "Os *Cantos*, aos poucos, tornaram-se um livro, para mim, imprescindível", ela escreve. "A minha 'Bíblia', conforme os amigos, brincando, costumam dizer." Na década de 1960, quando Yale adquiriu uma coleção importante dos papéis de Pound, criou os Arquivos de Ezra Pound e designou Mary como curadora. Anualmente, ao longo de 25 anos, Mary passou um mês em Yale, organizando e anotando os documentos do pai.

A transformação de Mary, de jovem camponesa falante de dialeto em mulher adulta, bela, fina, educada e poliglota, estava concluída quando ela chegou aos 20 anos. Mas seu amor pelas montanhas e fazendas da infância não diminuiu, e visitar a casa no sul do Tirol constituía, na verdade, uma volta às raízes adotadas.

A viagem de Veneza ao castelo de Brunnenburg levou cerca de três horas; primeiramente, a esticada até Merano, e depois a subida de funicular até o vilarejo de Tirolo. Caminhei os 400 metros finais pela "Trilha de Ezra Pound", em direção ao castelo de Brunnenburg, uma visão dos *Contos dos Irmãos Grimm*, com torres e ameias. O castelo se agarrava a uma encosta íngreme, com videiras plantadas em terraços; do castelo, a vista do vale e das montanhas ao longe era espetacular. Mary morava em uma das duas torres principais. Walter e a esposa, Brigitte, moravam na outra, com os dois filhos. No momento em que cruzei o portão, percebi a presença de um grupo de universitários norte-americanos no pátio. Alojados no castelo, estavam participando de um seminário, com um mês de duração, em que Mary falava dos escritos de Ezra Pound e Walter dava aulas sobre santos e heróis medievais.

Prossegui, galgando uma série de degraus externos, passando por uma réplica da escultura que Gaudier-Brzeska fez da cabeça de Pound, exposta em um pequeno jardim. Alguns degraus acima, vi-me frente a frente com Mary de Rachewiltz. Era alta e sorridente; os cabelos louros estavam escovados para trás, o que lhe ressaltava as maçãs do rosto. Havia em seu porte uma dignidade discreta; afinal, não obstante toda a tristeza de sua vida, ela era filha de uma das maiores figuras literárias do século XX.

Sentamo-nos a uma grande mesa, na varanda, onde logo depois Walter juntou-se a nós. Tinha cabelos castanho-escuros, traços angulares e vestia camiseta preta e calça jeans. Vinha diretamente do parreiral, ele disse, onde estivera cobrindo as parreiras com telas, para protegê-las dos pássaros. Pôs sobre a mesa um fichário vermelho cheio de papéis e começou a folheá-lo. Vi cartas, extratos bancários, documentos legais, mas, em relação a mim, estavam de cabeça para baixo e passavam com tamanha rapidez que nada pude discernir.

— Não temos autorização para mostrar a maioria desses papéis a ninguém — disse Walter. — Mas posso falar sobre alguns deles. A história inteira está aqui.

Mary olhou para o fichário e suspirou.

— Não existe mesmo vilão nesta peça — disse ela, conforme afirmara ao telefone.

Antes que eu pudesse responder, Walter falou, afirmando com certa impaciência:

— Jane Rylands se aproveitou da mágoa que você tinha em relação à sua mãe.

Mary nada disse.

Virando-se para mim, ele continuou:

— A engrenagem foi posta em movimento por minha avó. Ela queria perpetuar os escritos de Ezra Pound, mas nunca mencionou que estava doando os papéis e a casa para uma fundação.

"Finalmente, fomos alertados quando Liselotte Höhs e Joan FitzGerald telefonaram para minha mãe, de Veneza, dizendo que deveríamos ir até lá, imediatamente, para descobrir o que estava se passando. Meu pai e eu fomos ao escritório do tabelião e lemos os contratos. Ficamos surpresos ao constatar o quanto Olga tinha doado.

"Meu pai, então, foi até a sede do governo municipal e descobriu que a prefeitura ainda não tinha transferido o título de propriedade da casa, de modo que conseguimos fazê-la retornar para o nome de minha avó. Mas a venda da papelada era fato consumado.

"Quando mostramos os contratos para minha avó, ela disse: 'Nunca vi este papel. Nunca assinei este documento.'

"Notamos, também, que o contrato da venda dos papéis rezava que ela já havia recebido 15 milhões de liras, o equivalente a US$7 mil, e talvez houvesse recebido, mas nunca encontramos qualquer registro do dinheiro. Quando tentamos marcar uma reunião com Jane, para conversar sobre todas essas questões, ela veio com evasivas. Faltou a encontros marcados."

Walter continuava a folhear.

— Veja, por exemplo — disse ele. — Meu pai e eu marcamos um encontro com Jane, na casa dela, mas, quando chegamos, ela não estava. Encontramos este bilhete. — Mostrou-me um cartão. — Diz: "Lamento que vocês tenham atravessado a ponte à toa."

"Minha avó estava com 92 anos", prosseguiu Walter, "quando tudo isso aconteceu."

A implicação do comentário era de que, se a tática de adiamento praticada por Jane durasse o bastante, a questão se resolveria biologicamente. Olga haveria de falecer, e Jane estaria no controle.

— A maior piada — disse Walter — é que minha avó viveu até a idade de 101 anos!

— Não — disse Mary —, a maior piada é que fui demitida de Yale!

— Olga Rudge e sua família foram vítimas nesse caso duas vezes — disse Walter. — Primeiro, a perda da papelada de minha avó, em favor da fundação. Depois, durante as negociações com Yale, a família recebeu menos do que os papéis valiam, e Ralph Franklin, que havia assumido a direção da Biblioteca Beinecke, demitiu minha mãe do cargo de curadora dos Arquivos de Pound. Franklin jamais aprovara o esquema, que tinha sido implementado pelo diretor que o precedeu.

Walter continuou a folhear os papéis.

— Eis aqui um cheque de US$600 que minha avó pagou para o escritório advocatício de Cleveland, em Ohio. US$600! Minha avó nunca tinha dinheiro. Não entendo por que haveria de pagar qualquer importância a esse escritório. A doação da casa e da papelada deveria ter sido suficiente.

"Minha avó pode ter sido presidente da fundação, mas era só no nome. Jane Rylands detinha poderes exclusivos. Ela depositou num cofre de banco os cadernos de Gaudier-Brzeska que pertenciam a minha avó, decisão que, na verdade, parecia ser sensata, uma vez que os cadernos eram muito valiosos. Mas, quando minha avó e eu fomos até o banco para resgatá-los, fomos impedidos de fazê-lo. O funcionário nos disse que Jane Rylands era a única pessoa com autoridade para abrir o cofre da Fundação Ezra Pound. Minha avó disse: 'Mas eu sou presidente da

Fundação Ezra Pound!' O funcionário disse: 'Sinto muito, recebemos instruções de Mrs. Rylands.'"

Walter voltou a folhear o fichário vermelho.

— Ah, encontrei — disse ele.

Era um pedaço de papel de carta azul-claro, em que estavam escritas, em letras grandes, como que para serem lidas por uma criança, as seguintes palavras: "Olhe no cofre do banco. Conte os cadernos. Quantos cadernos a senhora vê? 1, 2, 3, 4, 5, 6." Parecia a versão escrita de um discurso lento e claro dirigido a uma criança, ou talvez a um idoso um tanto perturbado. O papel não estava assinado, e a pessoa que deveria ter feito um círculo em redor do número não o fizera.

— Que significa isso? — perguntei.

Walter deu de ombros.

— Tenho certeza de que foi Jane Rylands quem escreveu isso. Acho que isso indica o estado mental de minha avó e a cautela de Jane, depois que surgiram os boatos.

Ele voltou a introduzir o pedaço de papel no saco de plástico incolor.

— Às vezes, Jane se envolvia em questões que nada tinham a ver com a fundação — prosseguiu ele. — Minha avó possuía duas telas importantes, de Fernand Léger e Max Ernst. Jane as levou para o Guggenheim, para serem emolduradas, disse ela, e guardadas. Quando pedimos a Jane que as devolvesse, ela levou meses para fazê-lo e, quando o fez, as telas continuavam sem moldura.

— Você chegou a perguntar a Jane por que ela se meteu nisso tudo? — perguntei.

— Sim — disse Mary —, e ela disse: "Estou nisso por interesse comercial." Ela falava de montar bibliotecas sobre Ezra Pound nas principais cidades do mundo. Haveria simpósios, congressos, publicações.

— Ela repetia esse comentário com freqüência — disse Walter. — Que estava "nisso por interesse comercial".

— Por que você não entrou na justiça para invalidar os contratos assinados por sua avó?

— Fomos informados de que a única maneira de anular os contratos seria através do direito criminal — disse Walter. — Teríamos de fazer acusações de fraude, ou *circonvenzione d'incapace*, que significa "má-fé contra incapacitado", e não estávamos dispostos a isso. Além do mais, fomos informados de que nenhum advogado em Veneza aceitaria um caso contra outro advogado ou tabelião veneziano. Teríamos de encontrar um advogado em Milão ou Roma.

Walter fechou o fichário e o empurrou para o lado.

— Bem — disse eu —, apesar de tudo o que aconteceu, Jane e Philip parecem se lembrar de Olga Rudge com afeto. Têm um retrato dela.

— É? — Mary pareceu surpresa. — Onde está esse retrato?

— No apartamento deles — disse eu.

— Eu gostaria de saber quem pagou por ele.

— Consta que Jane tenha feito a encomenda e pagado pelo retrato ela mesma — disse eu.

Mary deu um sorriso sardônico.

— Eu gostaria de saber quem pagou por ele.

EM BREVE VISITA DE VOLTA AOS ESTADOS UNIDOS, passei um dia na Biblioteca Beinecke, em New Haven. Ali encontrei os papéis relativos a Olga Rudge arquivados em 208 caixas, ocupando 33 metros de prateleiras. Li dezenas de cartas e outros documentos, cada um propiciando um olhar fragmentado do mundo de Ezra Pound e Olga Rudge.

Uma carta despertou em mim um interesse especial, ainda que irônico. Era de Mary, em Brunnenburg, para Olga, que estava em Veneza, com data de agosto de 1959. Discípulos e especialistas acorriam ao castelo, vasculhando os papéis de Pound, como "porcos em busca de trufas". Mary cansava-se daquilo e escrevia à mãe: "Reli *Os Papéis de Aspern* ontem à noite. Por Deus, me dá vontade de fazer uma fogueira e queimar cada pedacinho de papel."

Quase trinta anos mais tarde, em 24 de fevereiro de 1988, Mary escreveu para Olga novamente de Brunnenburg:

> Querida mãe,
>
> A senhora me pediu que "fizesse por escrito". O tempo é precioso, portanto, resumindo: DEScapitalize a sua "Fundação", e se

assegure de que o único local que podemos chamar de lar seja mantido por uma filha, dois netos e quatro bisnetos dos quais a senhora carrega consigo fotografias. Se quiser confiar os "detalhes técnicos" ao Walter, tenho certeza de que ele está apto a assumir a responsabilidade. No momento, a senhora está cuidando do fogo em uma casa que não lhe pertence.

Com amor,
Mary

Minha descoberta mais curiosa em Beinecke, entretanto, não foi algo que li, mas algo que não tive permissão de ler. Todas as 208 caixas da papelada pertinente a Olga Rudge podiam ser examinadas, exceto uma. Uma caixa, de número 156, estava arquivada separadamente, "uso restrito", até o ano de 2016. A caixa número 156 continha os documentos da Fundação Ezra Pound.

Eu gostaria de perguntar a Jane Rylands o que a caixa lacrada continha e por que estava lacrada. Havia inúmeras outras perguntas que gostaria de formular, mas, uma vez que Philip tinha me advertido que consideraria até o envio de perguntas por escrito "intromissão", não o fiz. Em vez disso, telefonei para o diretor da Beinecke, Ralph Franklin, e perguntei-lhe por que aquela caixa, e somente aquela caixa, estava lacrada.

— Foi uma das condições impostas pela Fundação Ezra Pound para concordar com a venda.

— Por que o ano 2016, 26 anos depois que o negócio foi fechado?

— Não sei.

— O senhor pagou a Jane Rylands algum valor em dinheiro? — perguntei.

— Nunca lidamos com Jane Rylands diretamente — disse ele. — Lidamos com a Fundação Ezra Pound. Havia duas partes litigantes, ambas reclamando a propriedade da papelada de Olga Rudge: de um lado, Olga Rudge; do outro, a Fundação Ezra Pound. Fizemos acordos com ambas as partes e, assim, adquirimos os papéis.

— Àquela altura, obviamente — disse eu —, a fundação era constituída apenas por Jane Rylands e um advogado em Cleveland. Logo após fechar o negócio com Yale, extinguiram a fundação. Que aconteceu com o dinheiro?

— Não sei o que a fundação fez com o dinheiro recebido.

— Essa informação será revelada na caixa que ficará lacrada até 2016?

— Nem eu sei o que há naquela caixa — disse ele.

AO RETORNAR A VENEZA, fui diretamente à *calle* Querini, bater à porta do reverendo James Harkins e da esposa. O reverendo recebeu-me calorosamente e me entregou a chave da casa ao lado. Mary deixara a chave para mim. Eu havia providenciado o aluguel do Ninho Escondido pelas seis semanas seguintes. O interior tinha sido recentemente reformado, disse Mary, e já não continha pertence algum de seus pais; contudo, a idéia de ver Veneza a partir da perspectiva do Ninho Escondido, ainda que por pouco tempo, muito me agradava.

— Não se esqueça — disse o reverendo Jim —, costumamos tomar drinques às cinco e meia.

Agradeci, fui até a casa ao lado, virei a chave na fechadura e abri a porta.

A casa tinha 15 metros quadrados, estava varrida e quase sem mobília. As paredes brancas tinham sido pintadas recentemente. No térreo, onde os papéis de Olga estiveram guardados em baús e onde, antes de fazer voto de silêncio, Ezra Pound lia seus poemas em voz alta para os amigos, havia agora uma mesa de jantar, quatro cadeiras e uma pequena cozinha, detrás de portas de correr. Duas janelas de cada lado da lareira davam para a parte de trás do jardim dos Cipriani e, no fundo do jardim, avistava-se o muro alto de tijolos do velho armazém da Alfândega. Na parede, via-se o cartaz emoldurado de um concerto da década de 1920, anunciando Olga Rudge e George Antheil. Mas não havia livros, nem estantes, nem mural.

Subindo um lance de escada, o segundo andar, outrora quarto de Olga, estava mobiliado com uma mesa e duas cadeiras.

No terceiro andar, onde ficara o escritório de Pound, havia uma cama e um banheiro. Uma escrivaninha, algo simples, tinha sido encaixada próxima ao corrimão da escada, em frente à janela.

Um objeto sobre a mesa captou o meu olhar. Era um livro, o único livro na casa: um exemplar de capa mole de *Os Papéis de Aspern*. Abri na folha de rosto e li a dedicatória: "Que o 'Ninho Escondido' inspire obra-prima igual — M de R."

{10}

POR ALGUNS TROCADOS

— ESTÁ SURPRESO?

Ludovico De Luigi olhou-me, com seu nariz aquilino, divertindo-se com a minha reação à notícia do dia. Estávamos sentados em um café ao ar livre, no campo San Barnaba, e a manchete do jornal diante de nós estampava as palavras "incêndio criminoso". Os peritos que examinavam o incêndio do Fenice haviam mudado de idéia. Em fevereiro passado, tinham concluído que o incêndio fora causado por uma combinação de acidente e negligência. Agora era junho, e tinham chegado à conclusão de que fora um ato criminoso.

— Por que não haveria de estar surpreso? — disse eu. — Meses atrás, rejeitaram a possibilidade de incêndio criminoso com "uma certeza quase matemática". Você sempre esteve convencido de que foi ato criminoso?

— Não, nem agora estou convencido — disse De Luigi. — Mas era inevitável que alguém fosse acusado de incêndio criminoso. Eu sabia que isso aconteceria, assim que Casson disse que processaria muita gente importante por negligência: o prefeito, o gerente-geral do Fenice, o secretário geral do Fenice, o engenheiro chefe do Fenice. Esses homens têm posses. Contrataram os melhores advogados de defesa da Itália. Os advogados sabem que não podem provar que os clientes não foram negligentes, porque eles *foram* negligentes. Mas, se conseguirem convencer a justiça de que se trata de um caso de incêndio criminoso, e se um culpado puder ser identificado e condenado, todas as acusações de negligência serão automaticamente retiradas, por lei.

— Você está querendo dizer que os peritos foram pressionados a mudar de opinião?

De Luigi deu de ombros.

— Nunca é tão óbvio assim. É algo mais sutil.

Eu estava prestes a perguntar a De Luigi que tipo de sutileza ele tinha em mente, quando uma mulher sentada à mesa ao lado da nossa arquejou. Uma gaivota tinha pousado no meio de um grupo de pombos que beliscavam migalhas de pão e agarrado um dos pombos com o bico. O pombo se debatia e contorcia, tentando livrar-se da gaivota, que era bem maior. Em pouco tempo, a gaivota imobilizou o pombo, pressionando-o contra o calçamento, e golpeava-lhe o peito com o bico longo e afiado. Instantes depois, arrancou dali um pedaço de carne ensangüentada, do tamanho de uma uva — sem dúvida, o coração do pombo —, equilibrou-o no bico e o engoliu.

A gaivota deixou o pombo morto sobre as pedras do calçamento e andou, garbosa, em direção à beira do canal San Barnaba (por acaso, no local exato onde muitos anos atrás Katharine Hepburn caiu dentro do canal, em *Quando o Coração Floresce*). Os outros pombos, tendo batido em revoada, em pânico, durante o ataque, voltaram e continuaram ciscando as migalhas, a poucos metros da gaivota, talvez sabendo que o apetite da agressora estava saciado. A mulher da mesa ao lado estremeceu e virou o rosto. De Luigi riu baixinho.

— Aí está — disse ele —, a cena diante dos seus olhos. Uma alegoria: o forte contra o fraco. É sempre a mesma coisa. Os poderosos sempre vencem, e os fracos sempre voltam para serem, novamente, vítimas. — De Luigi riu.

Agora que os peritos tinham concluído que o incêndio do Fenice era ato criminoso, cabia a Felice Casson identificar a parte culpada, ou as partes culpadas. "Agora resta apenas atribuir um rosto ao monstro ou monstros que fizeram isso", a citação era de Casson. As especulações voltavam a focalizar a Máfia. Casson anunciou que estava investigando ativamente a hipótese de envolvimento da Máfia. Tinha recebido telefonema de um promotor público de Bari, onde a Máfia incendiara a Ópera Petruzzelli, em 1991. Após comparar fotografias dos dois incêndios, o promotor de Bari percebeu uma semelhança preocupante: tanto no incêndio do Petruzzelli quanto no do Fenice, as chamas começaram em um andar superior e se espalharam, rapidamente, para as laterais, indicando ato criminoso. Estariam os dois incêndios relacionados? O elo entre o chefão da Máfia que comandara o incêndio em Bari, Antonio Capriati, e o chefão da Máfia da região do Vêneto, Felice "Cara de Anjo" Maniero, apontava para a possibilidade de uma ligação entre Bari e Veneza. Ao longo dos anos, os dois homens tinham se encontrado, com freqüência, em Pádua. Além disso, em 1993, enquanto era processado por roubo e tráfico de drogas, "Cara de Anjo" Maniero tinha admitido, sob juramento, que havia considerado atear fogo ao Fenice, a fim de intimidar a promotoria pública.

A despeito da insistência do prefeito Cacciari de que a Máfia não estava presente em Veneza, era entendimento geral que "Cara de Anjo" Maniero e a Máfia controlavam a atividade das lanchas-táxis, em Veneza, e que, até recentemente, Maniero comandava a agiotagem em frente ao Cassino, cobrando a taxa escorchante de 10% ao dia.

O jovial Maniero, aos 41 anos, era um dos mafiosos mais ousados da Itália. Certa vez, gabou-se de ter mandado furtar da catedral de Pádua um relicário incrustado de pedras, contendo o maxilar de Santo Antônio, a ser utilizado como ponto de barganha na eventualidade de ele ou algum de seus comparsas serem aprisionados. Maniero cultivava uma imagem de urbanidade despreocupada. Usava lenços ao pescoço, possuía uma frota de carros de luxo e costumava ser visto tomando champanha com caviar, na companhia de mulheres altas e louras. Enquanto era perseguido pela polícia, em 1993, comprou um iate de 36 pés e, com ousadia, fez um cruzeiro pelo Mediterrâneo. A polícia o alcançou em Capri, embarcou no iate e o prendeu. Condenado a uma sentença de 33 anos, Maniero protagonizou uma fuga espetacular, poucos meses depois de ser preso. Sete de seus capangas, disfarçados de *carabinieri* e empunhando armas automáticas, entraram na prisão de segurança máxima, em Pádua, e renderam os guardas, enquanto Maniero e cinco outros integrantes do bando fugiam. Cinco meses mais tarde, ao ser recapturado, Maniero passou a atuar como informante. Em troca de liberdade, e sob a égide do programa de proteção a testemunhas, ele prestou informações que levaram à prisão de mais de trezentos integrantes da Máfia. Por ocasião do incêndio do Fenice, Maniero encontrava-se em Mestre, depondo contra 72 companheiros mafiosos, em processos que envolviam dois roubos, cada um no valor de US$1 milhão, a venda de centenas de quilos de heroína e um duplo homicídio.

O fato de Maniero estar colaborando com os promotores que perseguiam a Máfia tornava perfeitamente possível que, se ele não fosse pessoalmente responsável pelo incêndio do Fenice, outras figuras da Máfia talvez tivessem comandado o incêndio para parecer que a culpa fosse dele.

Outra hipótese envolvendo a Máfia surgiu quando um informante siciliano disse a Casson que o principal chefão da Máfia em Palermo, Pietro Aglieri, tinha confidenciado a um comparsa que havia incendiado o Fenice para preservar sua reputação. Uma testemunha do governo, em processo que envolvia a Máfia na região do Vêneto, tinha se declarado homossexual e amigo íntimo de Aglieri. Profundamente envergonhado, Aglieri pretenderia se redimir diante dos parceiros do submundo, dando uma demonstração de força e comandando uma proeza cataclísmica em Veneza. Atearia fogo ao Fenice. Segundo o informante, Aglieri e outro integrante do clã foram de carro, de Palermo até Veneza, e tocaram fogo no Fenice com um isqueiro. Casson investigou a história até começar a ter dúvidas sobre a fonte. Porém, em vez de rejeitar totalmente o relato, delegou a investigação para a unidade anti-Máfia em Veneza.

Enquanto isso, os peritos que trabalhavam para Casson esforçavam-se para explicar por que haviam mudado de opinião sobre a origem do incêndio. De início, tinham achado que uma fagulha, ou uma ponta de cigarro atirada descuidadamente, havia inflamado o assoalho do *ridotto* (coberto com resina), localizado no saguão do terceiro andar da grande entrada. Ao queimar, a resina teria provocado uma combustão lenta nas tábuas do piso, uma combustão sem chamas, durante duas ou três horas, até que surgissem labaredas. Um fogo lento era típico de incêndio acidental.

Mas testes subseqüentes realizados em laboratório revelaram que, mesmo com a camada de resina, o assoalho só pegava fogo em temperaturas bem mais elevadas do que as de uma fagulha ou de um cigarro. Os peritos foram obrigados a concluir que as tábuas só arderiam em chamas se alguém derramasse sobre elas líquido inflamável. Oito litros de um solvente altamente inflamável — Solfip — tinham sido guardados no *ridotto*, e resíduos desse solvente haviam sido detectados em fragmentos carbonizados das tábuas.

A prova decisiva que, inicialmente, tinha levado os peritos a concluir que o fogo era acidental foi a descoberta de que as vigas de sustentação do piso do *ridotto* tinham ficado totalmente calcinadas. Isso, eles acreditavam, indicava uma combustão inicial lenta e, por conseguinte, um acidente. Agora, de acordo com o cenário de incêndio criminoso, os peritos diziam que as vigas, cobertas de resina e saturadas de solvente, queimaram durante todo o incêndio, apesar de encharcadas com a água das mangueiras dos bombeiros.

Portanto, o fogo não tinha ficado latente durante duas ou três horas. Tornara-se uma deflagração violenta, dez ou 15 minutos depois de começar. Isso queria dizer que o fogo fora ateado em algum momento entre 20h20 e 20h50, e não às 18h, conforme, a princípio, pensaram os peritos. Mas e as oito testemunhas que diziam ter sentido cheiro de algo queimando, do lado de fora do Fenice, às 18 horas? Os peritos frisavam que, dentro do Fenice, ninguém tinha sentido cheiro algum àquela hora e que, além disso, nenhuma das testemunhas do cheiro das 18 horas havia informado o fato no momento em que ele ocorreu. O cheiro das 18 horas, propunham os peritos, provavelmente, originava-se da cozinha de algum restaurante ou de algum forno à lenha.

A transformação da causa do incêndio de negligência em crime significava que Felice Casson tinha de reexaminar toda a informação coligida nos últimos meses. Casson passou a centralizar seu interesse em três jovens de cerca de vinte anos que foram vistos correndo em direção ao campo San Fantin, gritando: "*Scampemo, scampemo!*" (Fujamos, fujamos!), em dialeto veneziano, pouco antes do início do incêndio. Estavam rindo. Testemunhas achavam que talvez os jovens estivessem fazendo alguma travessura que acabara mal. Outros dois jovens tinham sido vistos correndo, dez minutos antes. Todos vieram da direção da porta dos fundos do Fenice, na *calle della* Fenice.

Vinte e cinco indivíduos trabalhavam na restauração do teatro no dia 29 de janeiro. Casson queria saber quem fora o último a sair.

GILBERTO PAGGIARO, de 54 anos, o vigia do Fenice de olhar tristonho, entrou em serviço às 16h, no dia 29 de janeiro de 1996. De sua cadeira, na pequena sala da portaria situada ao lado da porta dos fundos do teatro, ele viu a maioria das pessoas sair entre 17h e 17h30. Outras três pessoas deixaram o prédio na meia hora seguinte: um cenógrafo, um membro da imprensa e a mulher que cuidava do bar, cuja cafeteira elétrica tinha sido, brevemente, culpada do incêndio. Às 18h30, o eletricista do Fenice foi para casa. Dez minutos mais tarde, um executivo de uma das firmas que realizavam trabalhos no Fenice saiu, e foi seguido por um mestre-de-obras. Às 19h30, o carpinteiro que integrava a equipe do próprio Fenice saiu, acompanhado de quatro operários que o auxiliavam na oficina de carpintaria, a fim de celebrar o aniversário de um ex-companheiro.

Isso ainda deixava nove pessoas no interior do teatro às 20h: o vigia Paggiaro; o fotógrafo do Fenice, Giuseppe Bonannini, que tirava fotos com o propósito de documentar o trabalho de restauração, e sete jovens eletricistas, terceirizados da Viet, pequena firma especializada em instalações elétricas. A Viet estava atrasada em seus trabalhos. Os sete eletricistas da firma, inclusive o proprietário, recentemente vinham trabalhando 12 horas por dia. Três deles tinham sido contratados na semana anterior, para recuperar o tempo perdido. Em 29 de janeiro, trabalhavam no andar térreo. Às 20h, terminaram o serviço e subiram ao camarim do quarto andar a fim de tomar banho e mudar de roupa.

Enrico Carella, de 27 anos, proprietário da Viet, disse aos investigadores que tinha saído às 20h30, acompanhado do primo Massimiliano Marchetti, que era um de seus empregados. Nos cinco minutos seguintes, outros três eletricistas saíram, um dos quais diria aos investigadores que ele e os outros dois provavelmente eram os três jovens vistos correndo pela *calle della* Fenice.

— A gente estava brincando — disse ele.

Um sexto eletricista deixou o teatro minutos depois, despedindo-se do eletricista que restava ao sair. O último eletricista da Viet a deixar o prédio tinha instruções do eletricista do Fenice para apagar todas as luzes do teatro. Depois de fazê-lo, passou pela sala do vigia, antes de sair do prédio; não encontrando Paggiaro, deixou um bilhete informando que apagara as luzes, conforme solicitado. O bilhete foi localizado depois do incêndio, mas o sujeito, Roberto Visentin, era o único dos sete eletricistas da Viet cuja saída não fora testemunhada por ninguém.

Agora restavam apenas duas pessoas no teatro: o vigia Gilberto Paggiaro e o fotógrafo Giuseppe Bonannini.

Paggiaro iniciou uma ronda de segurança às 20h30, percorrendo com uma lanterna o teatro às escuras. A ronda costumava durar mais de meia hora, devido ao tamanho do teatro, os vários andares e o desenho labiríntico. Primeiramente, Paggiaro subiu a escadaria, atravessou o palco e foi até a ala sul, onde percorreu a série de salas de reunião e escritórios enfileirados. Encontrou tudo em ordem. Então deu meia-volta, atravessou novamente o palco e verificou os escritórios da ala norte. Mais uma vez, nada errado. De lá, seguiu pelo corredor em formato de ferradura, passando por trás do segundo balcão de camarotes, em direção ao fundo do auditório e dos Salões de Apolo. Foi naquele ponto, à medida que se aproximava do centro do corredor em formato de ferradura, que ele sentiu cheiro de fumaça. Achando que o cheiro vinha do lado de fora, abriu a janela e viu uma mulher, do outro lado da *calle*, gritando: "Socorro! O teatro está pegando fogo!"

Paggiaro ficou assustado. Sabia que o fotógrafo Bonannini ainda estava em sua sala, no quarto andar, pois ele lhe pedira que fosse até lá quando estivesse fazendo a ronda e, com a lanterna, o guiasse escada abaixo, no escuro. Paggiaro subiu correndo as escadas e encontrou Bonannini na sala, ainda separando fotografias.

Sem fôlego, Paggiaro gritou:

— Beppe, Beppe, senti cheiro de fumaça lá embaixo, no segundo balcão! Venha me dar uma ajuda. Precisamos descobrir de onde está vindo. Vamos. Depressa!

Os dois saíram da sala de Bonannini e correram escadas abaixo.

— O segundo balcão, o segundo balcão! — Paggiaro gritou, indicando o caminho.

Abriram a porta de acesso ao corredor em formato de ferradura, no segundo balcão, e, imediatamente, sentiram cheiro de fumaça. Paggiaro acendeu a lanterna e iluminou uma névoa fina. Avançaram pelo corredor, passando pelas portas dos camarotes individuais, em direção ao fundo do teatro. Estavam exatamente atrás do camarote real, olhando os Salões de Apolo através da porta, quando viram fumaça negra e espessa descendo a escadaria do *ridotto*, fumaça tão acre que foram obrigados a cobrir os narizes com lenços. O reflexo de labaredas tremeluzia nas paredes. Ouviram os estalidos de um fogo violento. Então, subitamente, houve uma explosão de chamas. Deram meia-volta, correram pelo corredor e subiram até a sala de Bonannini, para chamar o Corpo de Bombeiros. Bonannini atrapalhou-se com as chaves, e não conseguia encontrar a certa. Nesse ínterim, Paggiaro viu um telefone do lado de fora da sala dos mensageiros, correu até lá e fez a chamada. O atendente disse-lhe que já haviam sido informados do fogo e que ele corresse até lá embaixo e abrisse a porta da frente para os bombeiros. Quando os dois homens chegaram ao andar térreo, Bonannini foi embora, imediatamente. Paggiaro correu até a sua sala, para vestir o sobretudo e uma boina. Então, pensando que talvez ainda houvesse alguém no teatro, gritou: "Fogo! Fogo! Tem alguém aí?" Mas não houve resposta. Em seguida, saiu correndo pela porta dos fundos e desceu a *calle* até o campo San Fantin. Exatamente às 21h21, de lanterna ainda em punho, Paggiaro apresentou-se ao primeiro policial que encontrou e disse que era o vigia do Fenice.

O policial olhou-o com espanto. Havia vinte minutos que ele esmurrava a porta da frente, gritando para que alguém a abrisse.

— Onde o senhor estava esse tempo todo?

CASSON REPETIU ESSA PERGUNTA A PAGGIARO diversas vezes, em não menos do que dez entrevistas. Casson não suspeitava que Paggiaro fosse cúmplice direto do incêndio, mas achava possível que ele tivesse saído para comer algo, abandonando o posto em um momento crucial. Paggiaro jurava que não deixara o teatro e que, naquele dia, comera algo trazido de casa, embora não se recordasse se tinha sido fruta ou sanduíche. Não obstante as juras do vigia, o promotor não se convencia. Por isso, manteve Paggiaro na lista de pessoas a serem processadas por negligência.

Casson não tinha suspeita em relação ao fotógrafo Bonannini. A versão dele conferia, e inexistia motivação discernível.

O sétimo e último eletricista da Viet a deixar o teatro, Roberto Visentin, de 32 anos, aquele que ninguém tinha visto sair, foi, para Casson, o primeiro suspeito de incêndio criminoso. Aquele era o quarto dia de Visentin na Viet, mas ele conhecia a planta do teatro, pois havia trabalhado no Fenice por três anos, em tempo integral. Um dos outros eletricistas, confidencialmente, tinha expressado suspeita em relação a Visentin, mencionando que o eletricista desaparecera do camarim por volta das 20h15, dizendo que ia apagar as luzes do teatro. Casson interrogou Visentin com muita atenção, e refez o trajeto que ele disse ter seguido enquanto desligava as luzes. A versão de Visentin não conflitava com a de ninguém — foi corroborada pelo eletricista da casa, que confirmou ter pedido a Visentin que apagasse as luzes —, e Visentin tampouco tinha motivação aparente. Casson riscou seu nome da lista.

Casson, então, concentrou-se em Enrico Carella, proprietário da Viet, e no seu primo, Massimiliano Marchetti, de 26 anos. Examinou as transcrições das primeiras entrevistas feitas com os dois. Ambos diziam ter saído do Fenice às 20h30 e passado pelo Bar del Teatro La Fenice, ao lado da Ópera, para tomar um trago com outros três eletricistas. Em seguida, tomaram o *vaporetto* até o Lido, onde jantaram com a namorada de Carella, tendo chegado à casa dela às 21h15. Quando estava no

Lido, Carella disse, recebeu o telefonema de um amigo que acabara de assistir a uma reportagem na televisão, noticiando que o Fenice estava em chamas. Carella falou a Marchetti e à namorada sobre o incêndio, e os três chamaram uma lancha-táxi para voltar a Veneza.

Ao longo de vários meses seguintes, Casson convocou todos os sete eletricistas para sucessivos interrogatórios, em grupo e individualmente. Esmiuçou os relatos, comparou os detalhes, insistiu em apurar contradições, a fim de determinar se eram apenas lapsos de memória ou mentiras flagrantes. Quando as respostas não o agradavam, os eletricistas logo percebiam: o rosto dele ficava vermelho. Casson foi implacável. Mandou detetives seguirem os eletricistas; instalou microfones em seus carros, grampeou os telefones fixos e celulares dos pais e das respectivas namoradas e secretamente filmou-os enquanto, na sala de espera da delegacia, aguardavam para serem chamados para interrogatório. Então, no dia 22 de maio de 1997, 16 meses depois do incêndio, Casson deu o bote.

Pouco antes do amanhecer, uma patrulha policial bateu à porta do apartamento na Giudecca onde Enrico Carella morava com a mãe e o segundo marido dela. Durante quatro horas, os policiais vasculharam o apartamento; em seguida disseram a Carella que entrasse no barco da polícia. Aquela mesma cena estava sendo representada, simultaneamente, em Salzano, pequena cidade no continente, onde Massimiliano Marchetti morava com os pais e o irmão caçula.

Ao meio-dia, telejornais exibiram gravações de Carella e Marchetti saindo algemados da central de polícia e sendo conduzidos para a cadeia. Tinham sido interrogados e detidos, sob suspeita de incendiarem o Fenice. Casson obtivera ordem judicial com base em uma nova lei que permitia "detenção preventiva" durante noventa dias. Ele tinha baseado o pedido na preocupação de que, se ficasse solto, Carella talvez tentasse manipular provas, exercendo pressão psicológica sobre os demais eletricistas da Viet. Na condição de empregador, Carella ainda lhes devia salários e horas extras.

A motivação do incêndio, segundo Casson, era evitar o pagamento de multa por atraso na conclusão dos trabalhos da parte elétrica. O prazo expirava em 1º de fevereiro, dentro de dois dias, e a multa era de US$125 por dia de atraso. Estimava-se que ainda faltavam dois meses de trabalho, o que significava que o valor total da multa a ser paga pela Viet era de US$7.500. O montante parecia ridiculamente pequeno, insuficiente para levar alguém a atear fogo a um teatro lírico. Mas, somado aos US$75 mil que, segundo Casson, Carella devia, o valor talvez fosse preocupante. De acordo com a hipótese de Casson, Carella e Marchetti tinham a intenção de provocar um pequeno incêndio que interrompesse o trabalho e os livrasse do prazo. Mas a situação fugiu ao controle.

A Viet trabalhava no Fenice terceirizada pela Argenti, grande firma construtora com sede em Roma. O pai de Carella, Renato Carella, intermediara o negócio com a Argenti e abrira a Viet, para ser administrada pelo filho. O subcontrato da parte elétrica da restauração do Fenice era o primeiro trabalho da Viet. Renato Carella atuava como mestre-de-obras e como contato da Viet junto à Argenti, em Roma, o que, na realidade, o tornava empregado do filho.

Dos dois primos, Enrico Carella era o mais extrovertido e seguro de si. Era inteligente e desenvolto. Usava roupas caras, mesmo para trabalhar.

— Ele aparecia calçando mocassins Fratelli Rosetti — disse um dos eletricistas.

Com seus cabelos castanho-escuros, o belo Carella tinha várias namoradas ao mesmo tempo. Mudava-se para a casa de uma jovem e, depois de algum tempo, avisava que estava saindo com outra. Alessandra, a namorada que ele e Marchetti visitaram no Lido na noite do incêndio (e que emprestara US$8 mil a Carella), foi substituída por Elena, a quem Carella disse que gozaria férias em companhia de outra jovem, Michela, mas só depois de Elena, pouco tempo após tê-lo conhecido, ter lhe emprestado US$3 mil. Quando foi preso, um ano e meio depois, Carella estava noivo de Renata, dona de uma sorveteria em Crespano del Grappa e cujo pai fizera um generoso empréstimo ao pai de Carella, no valor de US$12 mil. Nessa época, Carella comprou um BMW, por US$25 mil, e uma lancha a motor da marca Acquaviva, por US$7 mil.

Massimiliano Marchetti, em comparação, era caladão, um mosca-morta; parecia não ter ambição; reservado e inexpressivo, tinha apenas uma namorada, da qual estava noivo.

Com os dois primos na mira, Casson mostrou-se, novamente, um promotor implacável. Não apenas os acusou de incêndio criminoso, mas aduziu uma acusação de tentativa de assassinato — pior do que assassinato, na verdade: o termo empregado por Casson foi *strage*, que significa "matança" ou "massacre". Casson tinha em mente o elevado número de pessoas que teriam morrido se o fogo tivesse varrido Veneza, como poderia perfeitamente ter sido o caso. Além disso, Casson anunciou, abertamente, que também estava investigando outros três suspeitos de incêndio criminoso, ainda soltos: Renato Carella e dois mafiosos sicilianos — Aglieri, o chefão da Máfia em Palermo que, segundo constava, tinha se gabado de tocar fogo no Fenice, e o homem que supostamente o auxiliara, Carlo Greco.

Renato Carella tinha saído do Fenice ao menos duas horas antes do incêndio, e não era suspeito de envolvimento direto. Casson suspeitava que Renato fosse o elo entre o próprio filho e anônimos para os quais a destruição do Fenice valesse uma soma considerável. Para Casson, os suspeitos mais óbvios eram empresas que esperavam desempenhar um papel fundamental e lucrativo na reconstrução do teatro.

Assim, havia, na realidade, duas hipóteses de incêndio criminoso: a hipótese da deflagração menor, segundo a qual os dois primos, agindo sozinhos, teriam tentado provocar um incêndio de pequenas proporções, a fim de evitar o pagamento de uma multa de US$7.500, e a hipótese da devastação total, em que os primos teriam sido pagos para incinerar o teatro. Casson dava-se ao luxo de investigar ambas as hipóteses ao mesmo tempo.

A guinada em favor da hipótese de incêndio criminoso surgiu como um alívio para as 14 pessoas que Casson havia acusado de negligência, mas o alívio foi efêmero. Poucos dias depois, ele anunciou que não deixaria de apresentar denúncias de negligência. Mesmo que o incêndio tenha sido ato de criminosos, ele argumentava, a negligência criou as condições que impossibilitaram debelar o fogo. De mais a mais, se não conseguisse obter uma condenação por incêndio criminoso, Casson poderia se valer da acusação de negligência, mais fácil de ser comprovada.

— Nunca excluí a possibilidade de incêndio criminoso — Casson me disse pouco tempo depois das prisões. — Entreguei aos peritos um relatório, por escrito, logo no início, dizendo que indícios de incêndio criminoso não deveriam ser ignorados. Mas eles repetiam: "Negligência, negligência, negligência." De vez em quando, eu perguntava: "E a hipótese de incêndio criminoso?" E eles respondiam: "Negligência."

Encontramo-nos no escritório de Casson, situado no Tribunal, cujo prédio datava do século XV e situava-se ao pé da ponte Rialto. O interior do edifício tinha sido dividido aleatoriamente. Ao longo de corredores tortuosos, via-se velhos armários de metal e pilhas de documentos legais, conferindo ao local a aparência de um depósito entulhado. O escritório de Casson dava para o Grande Canal, mas era simples e parecia mais um espaço provisório do que o sistema nervoso central de uma atuante divisão de combate ao crime.

— Quando os peritos finalmente concluíram que se tratava de incêndio criminoso — prosseguiu Casson —, tive de rever meses de transcrições de entrevistas, à procura de pistas.

— O senhor encontrou alguma "bomba"? — perguntei.

— Uma das primeiras coisas que verifiquei — disse Casson — foi a declaração de Enrico Carella de que, depois que ele e o primo deixaram o teatro, foram tomar um trago no Bar del Teatro La Fenice e, em seguida, se dirigiram ao Lido. Isso pode lhe parecer bobagem, mas eu quis saber se era verdade que tinham tomado um trago no bar. Então fui até lá e pedi para falar com o *barman* que estava de serviço na noite do incêndio. Aconteceu que o bar estava fechado naquela noite.

Casson se permitiu um sorriso discreto.

— Imediatamente, chamei um dos eletricistas que haviam confirmado a história do bar e o confrontei com a notícia de que o bar estava fechado. Ele recuou e admitiu que era mentira. Então contou que, no dia seguinte ao incêndio, Carella tinha convencido todos os eletricistas a chegar a uma versão comum, a ser contada à polícia. Carella marcara reuniões para conversar sobre o assunto, uma reunião numa pizzaria perto da praça de São Marcos e outra na casa da namorada, no Lido. Queria que todos dissessem que tinham saído juntos, às 19h30, uma hora antes do horário em que, de fato, tinham saído.

Casson parou para ver se eu tinha percebido a importância da alteração do horário.

— Somente a pessoa que provocou o incêndio — disse ele — saberia que deixar o prédio uma hora antes que o fogo começasse seria um álibi. Quando examinei as declarações com atenção, notei que Carella e Marchetti tinham apresentado versões conflitantes. Em entrevistas separadas, ambos disseram que tinham ido juntos ao camarim, mas cada um descreveu um trajeto diferente pelo teatro. Os horários mencionados por eles, muitas vezes, contrariavam as provas. Por exemplo, Carella disse que tinha chegado à casa da namorada às 21h15. Mas os registros das chamadas telefônicas apontam que ela telefonou para ele às 21h21, quando supostamente ele já se encontrava lá. Por que ela telefonaria para ele, se ele estava com ela?

— E se Carella simplesmente se enganou em relação ao horário? — perguntei.

— É possível — disse Casson —, mas há outros horários que não coincidem. Por exemplo, Carella disse que soube do incêndio por um amigo que lhe telefonou após ter ouvido a notícia na televisão. Verificamos: a primeira menção ao fogo foi às 22h32, mas às 22h29 Carella telefonou para o Corpo de Bombeiros, identificou-se e perguntou se era verdade que o Fenice estava em chamas. Ao menos uma hora antes, ele havia telefonado para um de seus empregados e deixado uma mensagem misteriosa, perguntando se o sujeito tinha esquecido um maçarico aceso. O operário não havia usado o maçarico naquele dia.

Casson recitava esses detalhes sem consultar anotações ou arquivos. Era óbvio que estava intensa e intimamente envolvido no caso.

— Carella demonstrou comportamento estranho, nos dias que antecederam o incêndio — Casson prosseguiu. — Nove dias antes, numa noite de sábado, já bem tarde, quando o teatro estava vazio, um dos guardas ficou surpreso ao encontrar Carella no *soffitone*, o sótão, sem estar vestindo roupa de trabalho. De acordo com um dos peritos, foi ali que teve início uma segunda combustão, e Carella não estava ali por motivo de trabalho. Ele quis justificar a própria presença dizendo ao guarda que estava tentando ver uma mulher trocar de roupa, numa janela, do outro lado da *calle*.

O promotor ergueu uma sobrancelha.

— Cerca de uma semana antes disso, alguém que trabalhava para a Viet deixou um maçarico aceso, com uma chama de dez centímetros, a noite inteira. Estava ligado a um cilindro de 15 quilos de gás propano.

— O senhor faz idéia de quando e como o incêndio foi iniciado? — perguntei.

— Eu estava mesmo chegando a esse ponto — disse Casson. — Várias testemunhas disseram que Carella e Marchetti tinham se ausentado da área de trabalho da Viet, no térreo, mais de uma vez, naquela tarde e noite. Em algum momento, entre 19 e 20h, Carella foi visto deixando a área de trabalho, em direção ao *ridotto*, no andar de cima.

"Foi nesse momento que, creio eu, ele fez os preparativos para mais tarde. Foi até o *ridotto*, sabendo que os homens que haviam trabalhado lá naquele dia já tinham ido embora. Abriu um armário, pegou as latas de solvente, abriu-as e derramou o solvente sobre o piso e uma pilha de tábuas de assoalho. Então, foi até o camarim, onde se juntou aos companheiros e mudou de roupa. Quando já estavam com roupas de sair, Carella e Marchetti desceram, na companhia dos demais. Carella foi à sala do vigia, a fim de dar um telefonema, e Marchetti esperou por ele, do lado de fora da sala. Os três primeiros eletricistas despediram-se e saíram. Carella e Marchetti, então, esconderam-se no interior do prédio, até que o último eletricista, Visentin, saísse. Depois que Visentin atravessou a porta, eles voltaram ao *ridotto*, sem serem vistos. Sob a vigilância de Marchetti, Carella pegou um maçarico, acendeu-o e direcionou a chama às tabuas do assoalho. Quando o fogo começou a se espalhar, eles correram escada abaixo e saíram pela porta dos fundos, às 20h45."

— Ninguém os viu durante toda essa atividade? — perguntei.

— Bem, sim: Carella e Marchetti eram, provavelmente, os dois jovens vistos correndo pela *calle della* Fenice, dez minutos depois que os primeiros três tinham passado.

Os advogados de Carella e Marchetti investiram imediatamente contra a hipótese de Casson. Defendendo Marchetti, Giovanni Seno argumentou que a quase totalidade das provas apresentadas por Casson dizia respeito à tentativa de Carella e Marchetti de dar a impressão de que tinham saído do Fenice ao menos uma hora antes da deflagração do incêndio.

— É claro que saíram! — disse Seno. — Estavam assustados. É reação normal, tentar se afastar de uma suspeita infundada, num evento terrível como esse. A hipótese de Casson é mera conjectura, nada mais.

O advogado de Carella acrescentou que Casson se equivocara totalmente quanto à motivação: a Viet não estava atrasada; o Fenice tinha concedido à firma uma extensão de seis semanas, até 15 de março. Ademais, se houvesse multa, esta seria paga pela companhia que subcontratou a Viet, isto é, pela Argenti. O advogado de Carelli também argumentou que as dívidas pessoais de Enrico somavam apenas US$7.500, um décimo da estimativa de Casson. O montante de US$75 mil, disse o advogado, teria sido obtido em uma escuta telefônica em que o pai de Carella mencionou a um amigo que as dívidas do filho haviam aumentado após o incêndio. Isso ocorreu porque grande parte do equipamento dele foi destruído pelo fogo.

Perguntei a Casson se houve um momento-chave ou uma prova cabal que fez pesar a balança, convencendo-o de que Carella e Marchetti eram culpados.

— Sim — disse ele, sem hesitar e, mais uma vez, exibindo o sorriso maroto. — Aconteceu em 12 de abril, para ser exato. Convoquei Marchetti e a namorada Barbara Vello para responder a algumas perguntas. Durante a entrevista, entreguei a Barbara uma notificação informando-lhe que estava sob suspeita, por ter mentido acerca de uma chamada telefônica que Marchetti lhe fizera na noite do incêndio. Tínhamos descoberto, numa escuta entre os dois, que Marchetti tentara convencê-la a alterar o horário da chamada. Ele disse: "Telefonei para você às 20h30 naquela noite." Ela disse: "Você me telefonou às 18." E ele repetia: "Não, às 20h30. Telefonei para você às 20h30."

"Marquei a entrevista propositadamente na delegacia policial da estação de Santa Chiara, na *piazzale* Roma", continuou Casson, "em vez de no meu escritório, no Rialto, porque sabia que eles viriam de Salzano no carro de Marchetti. Disse-lhes que poderiam estacionar bem em frente à delegacia, o que não costuma ser permitido. O que eles não sabiam era que, alguns dias antes, tínhamos instalado um pequeno radiotransmissor no carro deles. Depois da entrevista, eles voltaram para o carro e Barbara Vello ficou furiosa porque agora estava sob suspeita de falso testemunho. Ela gritou com Marchetti, falando em dialeto: 'Por alguns trocados, e o outro com dívidas até o pescoço! Então, para ganhar um dinheirinho, concordam em tocar fogo no Fenice. Se ao menos tivesse dado algum dinheiro, ou se ao menos esse seu primo tivesse ganhado alguma parte do dinheiro prometido.'" (*Per quattro schei e quell'altro coi debiti i se ga messo d'accordo per fare un pochi de schei e i ga dà fogo aea Fenice. Almanco che ghe fusse vegnui in scarsea quei schei, almanco che ghe fusse vegnui in scarsea a to cugin.*)

— Foi então que tive certeza — disse Casson. — Chamei-a de volta e pedi que explicasse a declaração. A princípio, ela disse que não se lembrava de ter dito aquilo; então sugeri que ouvisse a gravação com suas próprias palavras. Daí, ela tentou se esquivar. Disse que tinha ficado exaltada. O comentário não expressava uma admissão. Ela estava apenas extravasando, falando por falar.

A polícia vinha ouvindo gravações havia meses, nada encontrando de útil. Quando ouviu essa fita, entretanto, ficou entusiasmada. Casson também estava visivelmente satisfeito com a fita. Passou para a imprensa o comentário de Barbara Vello, que, conforme previsto, foi manchete. Contudo, alguns círculos expressaram dúvidas quanto ao verdadeiro sentido das palavras da jovem.

Um belo dia, por volta do meio-dia, passei pelo Gia Schiavi, um bar freqüentado por residentes locais, perto da Accademia. Encontrei quatro homens de pé, ao balcão. Um deles tinha em mãos um exemplar do *Gazzettino*; estava lendo para os demais, em voz alta, as palavras de Barbara Vello.

— Do jeito que está escrito — disse um dos sujeitos —, parece uma declaração: "Tocaram fogo no Fenice por alguns trocados." Mas depende da entonação. É possível que ela estivesse fazendo uma pergunta: "Tocaram fogo no Fenice por alguns trocados?" Isto é: "Como pode a polícia achar que alguém seria tão idiota assim?"

Os demais fizeram coro, concordando.

— Sim, sim... É claro...

— E tem a segunda parte: "Se ao menos esse seu primo tivesse ganhado algum dinheiro." É possível que o sentido das palavras dela fosse: "Bem, *se* eles fizeram aquilo, ao menos seu primo deveria ter ganhado algum dinheiro."

CINCO MESES APÓS AS PRISÕES, os dois primos ainda estavam na cadeia. Barbara Vello encontrava-se em casa, em San Donà, no continente, deprimida e grávida.

— Ela se culpa pelo que aconteceu com Massimiliano — disse a mãe de Marchetti. — Não deveria. Não foi culpa dela. Estão tentando torcer as palavras dela.

A *signora* Marchetti e o marido estavam sentados à mesa da cozinha, em sua casa, em Salzano, pequena cidade localizada a meia hora ao norte de Veneza. Terminados os três meses de prisão preventiva, Casson solicitou ao juiz uma extensão de três meses, que foi concedida. Casson manteve a pressão, deixando Marchetti e Carella em isolamento, durante várias semanas de cada vez. Ninguém sabia quando seriam libertados.

— Não desejo um inferno desse para ninguém — disse a *signora* Marchetti, com o rosto jovial agora tenso e sombrio. Tinha os cabelos grisalhos cortados bem curto e usava agasalho com zíper e calça comprida. O marido, gerente de produção de uma indústria química em Marghera, permanecia quieto, ao lado. Ela serviu Coca-Cola de uma garrafa plástica de um litro.

"A polícia esmurrou a porta às 6h", disse ela. "Tinham um mandado de busca, mas não nos diziam o que procuravam. Ficamos aqui sentados, na cozinha, durante duas horas, enquanto eles olhavam embaixo de cada objeto, embaixo de todos os móveis da casa. Abriram todas as gavetas, o guarda-louça, todos os guarda-roupas. Revistaram até o carro de Massimiliano."

— Perguntaram se queríamos chamar um advogado — disse o *signor* Marchetti. — Eu disse não; procurem onde quiserem. Nada temos a esconder.

— Achamos que talvez fosse maconha — disse a *signora* Marchetti. — Um ano atrás, Massimiliano foi preso por posse de maconha e recebeu uma sentença de um ano, suspensa depois. Mas isso já passou. A polícia não encontrou maconha nenhuma. Mas levaram a espada de samurai dele, que ainda está com eles.

A *signora* Marchetti enxugou os olhos com um lenço.

— Então, às oito horas, pediram a Massimiliano que entrasse no carro da radiopatrulha. Disseram que iam levá-lo para assinar uns papéis. Mera formalidade. Ele carregou as ferramentas, achando que iria trabalhar depois. Pegamos nosso carro e os seguimos até a Questura, em Marghera. E ficamos esperando. Às nove horas, disseram-nos que ele tinha sido preso por atear fogo ao Fenice. Ficamos horrorizados. Não o vimos por dois meses depois daquilo. Eu fui ao tribunal todos os dias para pedir permissão para vê-lo.

O *signor* Marchetti segurou a mão da esposa.

— E pensar — disse ela — que na noite do incêndio do Fenice assistimos a tudo pela TV, chorando. Amamos Veneza. Massimiliano ama Veneza. Ele não pode ter feito isso. É um bom garoto. Ele me disse que ganharia dois ingressos quando a restauração acabasse. Convidou-me para ir com ele. Queríamos ver Woody Allen.

— Qual foi a reação dos vizinhos a isso tudo? — perguntei.

— Nossos amigos não têm dúvida de que ele é inocente, o que é um consolo para nós. Mas perdi a fé por causa disso. Fazia trinta anos que eu sempre ia à igreja. Já não vou com a mesma freqüência.

LUCIA CARELLA, irmã mais velha da *signora* Marchetti, trabalhava como arrumadeira no Hotel Cipriani. Divorciara-se de Renato Carella havia muitos anos e agora desposara o irmão de Renato, Alberto Carella. Moravam em Sacca Fisola, na Giudecca, com o filho dela, Enrico. Vinte anos de contato com a clientela de alto nível do Cipriani tornaram a *signora* Carella um pouco mais cosmopolita do que a irmã. Sua expressão era de desafio, não de preocupação, mas o olhar revelava um permanente senso de humor.

— A polícia nos acordou às cinco da manhã e revirou tudo — disse ela. — Mas não nos diziam por quê. Perguntei a Enrico o que eles procuravam e, em voz baixa, ele disse: "Os canalhas querem me pegar.

Provavelmente, estão procurando drogas." Ele não desconfiava que aquilo tivesse algo a ver com o Fenice. Não parecia nervoso, de jeito nenhum.

— O promotor — disse eu — afirma que foi Enrico quem tocou fogo e que seu sobrinho, Massimiliano, apenas ficou na vigia.

— Casson! — disse ela. — Vou contar ao senhor uma coisa sobre Casson. A primeira vez que me telefonou, depois que prendeu Enrico, ele me pediu que fosse até lá, responder a algumas perguntas. Disse que eu tinha o direito de me recusar. Mas eu disse: "Estou inteiramente à disposição para responder às suas perguntas." Fui até o escritório dele e contei tudo o que sabia e que consegui lembrar. E ponto final.

"Então Casson decidiu manter Enrico na cadeia além do período de três meses de detenção, e, como o senhor pode imaginar, fiquei não apenas desesperada como também furiosa. Logo depois disso, Casson me convocou novamente para responder a mais perguntas. Mas, dessa vez, eu disse não. Disse que não tinha nada mais para lhe falar. E ele disse: 'Ah, a senhora não vai colaborar? Bem, nesse caso não terá permissão para visitar seu filho.' E, durante os sete meses em que Enrico esteve na prisão, só pude visitá-lo duas vezes. Minha irmã visitou o filho a cada duas semanas."

— Por que a senhora acha que Enrico foi acusado?

— É um bode expiatório. Casson diz que ele incendiou o Fenice para não precisar pagar uma multa. Será? Por causa do incêndio, Enrico perdeu equipamento que valia dez vezes mais do que a tal multa. Isso, por si só, já deveria ser prova de que ele não fez nada.

— O filho da senhora foi interrogado várias vezes sobre o Fenice, antes de ser preso — disse eu. — Não ocorreu a vocês, ou a ele, que ele estivesse sob suspeita?

— Nosso maior erro foi não ter contratado um advogado imediatamente — disse ela. — Subestimamos a gravidade da coisa. Subestimamos Casson, aquele idiota que arruinou as nossas vidas.

— Casson diz que seu ex-marido, Renato Carella, também é suspeito de incêndio criminoso — disse eu.

— Casson! Casson é um daqueles que adoram aparecer na TV, que nunca se enganam, que sabem tudo, que sempre pegam os culpados.

Uma pessoa importante me contou que conhece um magistrado aqui em Veneza que diz que Casson faz mais mal do que bem!

A *signora* Carella inclinou-se em minha direção.

— Eu não deveria repetir isso — disse ela, baixando o tom de sua voz —, mas ele me falou que o magistrado acha Casson um babaca.

A *signora* Carella subitamente levou a mão à boca, ciente de que talvez tivesse saído da linha, mas, quando eu ri, ela riu também.

A INVESTIGAÇÃO AINDA ESTAVA EM CURSO quando Casson liberou os dois primos — Marchetti após cinco meses, Carella após sete. Enrico Carella foi morar com a noiva, em Crespano del Grappa, e passava o tempo trabalhando na sorveteria da jovem. Telefonei para ele.

— É claro que converso com o senhor — disse ele —, mas quero ser pago.

— Sinto muito — disse eu —, mas não trabalho assim.

— Posso contar coisas que não contei a ninguém — disse ele.

— Você já foi entrevistado pelo *Gazzettino* e pelo *Oggi* — disse eu. — Por que me contaria coisas que não contou a eles?

— O senhor vai ver.

Desejei tudo de bom para Carella e, em vez de pagar para falar com ele, contatei Marchetti através de seu advogado, Giovanni Seno. Eu poderia falar com Marchetti, Seno disse, no escritório dele, e desde que eu compreendesse que Marchetti talvez não pudesse responder a determinadas perguntas. Muito bem, eu disse. O assunto de pagamento não foi mencionado.

O escritório de Seno ficava em um centro comercial, localizado em cima de uma loja de artigos domésticos, na cidade de Spinea, a meia hora de carro de Veneza. Seno tinha bigode e cabelos grisalhos, penteados artisticamente para disfarçar uma crescente calvície. A jaqueta de pelica, mais tarde fui informado, era sua marca registrada, em matéria de vestuário. Conferia-lhe um toque de elegante informalidade, a calhar com seu estilo despojado. Dele transbordava uma confiança amável que beirava a arrogância. Quando lhe perguntei, no início da conversa, com que tipo de caso costumava lidar, ele respondeu, friamente:

— Máfia.

— O senhor já representou Felice "Cara de Anjo" Maniero? — perguntei.

— Já — disse ele —, mas isso foi há vinte anos, quando ele era um rapazola, antes de se tornar *capo*. Foi por uma simples contravenção. Não me lembro o quê.

O cliente mais famoso de Seno atualmente, Massimiliano Marchetti, chegou ao escritório do advogado em companhia do pai. O jovem Marchetti era baixo, troncudo, e tinha cabelos louros e longos, raleando no topo da cabeça. Usava jaqueta de náilon, calça jeans desbotada e tênis de corrida. Uma pequena argola de ouro pendia-lhe da orelha esquerda.

— Como foi ficar em isolamento durante 42 dias? — perguntei-lhe.

Marchetti pensou na pergunta durante algum tempo.

— A gente fica ali, sozinho — disse ele. — Sem TV, sem jornal... sem ver ninguém.

— Como era a cela? — perguntei.

— É chamada de Boca do Leão — disse ele, falando com interrupções. — É como... digo... a gente não vê lá fora... Só vê o céu.

Fez uma pausa.

— Por que você foi posto na solitária?

— Humm... eles... — Marchetti parecia não saber o que dizer.

Seno falou.

— Foi um meio de tentar arrancar dele o que eles queriam. Mas ele nada tinha a dar, então, foi apenas uma forma de tortura. Já vi colocarem sujeitos na solitária durante 11 meses. Tiveram de ser tirados de lá por psiquiatras.

— É, eu tive sorte — disse Marchetti.

— Como você acha que o incêndio começou? — perguntei.

— Não sei — disse ele. — Realmente... não faço idéia.

— Bem, como foi que você soube do incêndio?

Marchetti olhou para o pai e, em seguida, para Seno.

— Eu contei para eles... humm... o que eu lembrava, que... Não tudo... digo... os horários não coincidiam. E eu não achava que o fato de que... E também, porque... digo... sabendo que eu não tinha feito nada, a gente não pára para pensar...

Então, calou-se.

— Mas como você ficou sabendo? — perguntei.

Após uma longa pausa, Marchetti disse:

— Pelo meu primo. Naquela noite... foi depois... como foi mesmo?... Humm... foi...

— Como você ficou sabendo? — Seno interrompeu, visivelmente exaltado. — Não seja tão evasivo, porra! Ele quer saber como você ficou sabendo! O que aconteceu! Quem lhe contou!

O pai de Marchetti lançou um olhar preocupado em direção ao filho.

— Alguém telefonou para eles — disse ele, tentando ajudar.

— Não! — disse Seno. — Carella diz isso. Ele — disse apontando para Massimiliano —, ele não ouviu o telefone tocar.

— Eu não estava... humm... na mesma sala — disse Marchetti.

Seno inclinou-se em minha direção, com as palmas das mãos voltadas para cima.

— O que posso fazer? Esse é o jeito que ele fala. Entende? Está tentando se defender, e fala assim. Leva um minuto para botar para fora cada palavra. Não posso deixá-lo depor.

— Qual vai ser o fio condutor da sua defesa? — perguntei a Seno. — Qual é o seu argumento mais forte?

— Motivação! — disse Seno. — Casson nem sequer sugeriu que Massimiliano tivesse motivação. E como poderia ter? Massimiliano era apenas um empregado da Viet. A Viet não é dele. Ele não tem nenhuma preocupação quanto a multas. Não poderia ter um motivo.

"Quando se refere à motivação", continuou Seno, "Casson sempre fala da multa. Isso se aplica a Carella, talvez, mas não a Massimiliano. Portanto, Carella é, na realidade, o principal suspeito. Mas não existe a menor prova para incriminar Massimiliano, a não ser o fato de ele ter dito a Casson que ele e o primo estiveram juntos o tempo todo. Isso o amarra a Carella; então, se Carella provocou o incêndio, Casson acha que Massimiliano estava junto. Se Massimiliano não tivesse dito aquilo, Casson o teria desligado do caso, e ele não estaria passando por tudo isso. Mas, veja, Massimiliano não achava que era suspeito, até ser preso, 16 meses depois do incêndio. Não teve advogado... eu...

até o dia em que foi detido, e, àquela altura, já havia sido interrogado cinco vezes."

— Então o senhor acha que Carella talvez seja culpado? — perguntei. — Ou acha que, ao menos, ele sabe o que aconteceu?

— Eu não disse isso — observou Seno. — Disse apenas que, dos dois rapazes, Carella seria o candidato mais provável.

— O senhor acha que eles foram vítimas de algum esquema?

— Perfeitamente. Tudo isso cheira mal. É muito sujo, desde o princípio. A polícia, a imprensa, tudo. Quando formos a julgamento, vou demonstrar que esses dois garotos não tiveram tempo suficiente para atear o fogo, desde a hora que Casson diz que foram vistos no teatro até poucos minutos depois, quando posso provar que estavam do lado de fora. Não vou agora entrar em detalhes, mas eles teriam de ter corrido pelo teatro a toda velocidade... e no escuro.

— Mas, se é incêndio criminoso — disse eu —, quais são os outros suspeitos?

— Está brincando? Com todos aqueles tipos estranhos lá no Fenice eles não precisavam cismar com esses dois garotos. Tinha um sujeito trabalhando lá, escute bem, que costumava gritar: "Fogo! Fogo!", toda vez que passava pelos companheiros. Não é piada! E ouvi falar de outro sujeito que, onde quer que trabalhasse, sempre ocorria um incêndio. Eles excluíram o tal cara quase imediatamente.

"Não, a única prova de que Casson dispõe é quem 'oficialmente' saiu por último do teatro. E 'oficialmente' foram Carella e Marchetti. Agora, que tipo de prova é essa? O que ela demonstra? Qualquer pessoa poderia ter entrado naquele teatro! Qualquer pessoa! Não havia ninguém verificando quem entrava. As portas estavam destrancadas, algumas escancaradas! Não havia ninguém vigiando. O vigia saiu e só apareceu no incêndio vinte minutos depois. Mas quem precisava de um criminoso especializado em provocar incêndio? Aquilo não era um teatro. Era um estábulo, pronto para arder a qualquer momento.

A DESPEITO DA CONVICÇÃO DE CASSON quanto à culpa de Carella e Marchetti, o público permaneceu cético, ao menos segundo pude depreender com base em conversas informais e comentários ouvidos aleatoriamente.

Um feirante, no mercado Rialto, disse a uma dona de casa que comprava tomates:

— Quem, a não ser um tonto, acreditaria que dois venezianos tocariam fogo no Fenice? Logo venezianos!

A dona de casa assentiu, com um gesto de cabeça:

— É loucura.

— E por tão pouco dinheiro! — disse o feirante. — Mas mesmo que fosse por uma fortuna. Não. Destruir o Fenice com fogo? Não cabe na cabeça de ninguém.

O gosto de Veneza por teorias de conspiração não se satisfez com a idéia de que dois jovens teriam tocado fogo no Fenice para evitar o pagamento de uma pequena multa. Deveria haver algo bem maior e mais secreto por trás de tudo. A Máfia ainda era a principal suspeita para muita gente que acreditava se tratar de incêndio criminoso.

Uma pessoa que não acreditava em crime era o homem cujas fotografias, ironicamente, foram utilizadas para provar que o incêndio *tinha sido* criminoso. O fotógrafo Graziano Arici andava pelo campo San Fantin a caminho do jantar, na noite do incêndio, quando sentiu cheiro de fumaça, avistou labaredas e correu até sua casa para pegar a máquina fotográfica. As fotos que ele bateu foram estudadas não apenas pelos peritos de Casson, mas pelo promotor, em Bari, que as comparou com as imagens do incêndio provocado por criminosos na Ópera Petruzzelli, e constatou estranhas semelhanças.

— Só vi o incêndio porque tinha brigado com minha namorada, poucas horas antes — Arici me disse. — Acompanhei-a até o *vaporetto* e, em vez de seguir com ela até Mestre, voltei para casa, estava indo jantar sozinho.

Arici convidou-me para olhar as fotografias, em seu estúdio, no andar térreo do palácio do conde Girolamo Marcello, a menos de 100 metros do Fenice. Homem simpático, de barba grisalha, Arici sentou-se diante do computador, manuseando, habilmente, o teclado e o mouse, alinhando e realinhando no monitor as imagens do incêndio, aproximando-as e as distanciando. As fotos mostravam a deflagração se espalhando rapidamente, da esquerda para a direita.

— Afirmam que estas fotos comprovam incêndio criminoso — Arici disse — porque havia uma parede resistente ao fogo, dividindo ao meio este andar, mas a parede não pareceu impedir que o fogo se espalhasse. Daí, um dos peritos concluiu que o incêndio deve ter sido deflagrado em ao menos dois locais... talvez até em três... e, evidentemente, isso configuraria ato criminoso. Mas acho isso uma bobagem. E se as portas corta-fogo estivessem abertas? E as pilhas de madeira e montes de serragem e lascas de tábuas? Teriam pegado fogo, em caso de acidente.

— Então o que você acha que aconteceu? — perguntei.

— Bem, talvez os eletricistas quisessem secar algo e utilizaram um aquecedor ou um maçarico. E houve um acidente. Talvez tenham tentado apagar o fogo, não conseguiram, ficaram com medo e saíram correndo. Isso explicaria por que tentaram fazer crer que tinham saído do teatro uma hora antes do momento em que, de fato, saíram. É provável que Casson os tenha acusado de ato criminoso na expectativa de que lhe contassem sobre o acidente, se é que foi acidente, o que implicaria uma sentença mais branda... por negligência, por terem fugido do incêndio e não tê-lo comunicado. Mas quem sabe? Sou apenas um fotógrafo.

LUDOVICO DE LUIGI ERA APENAS UM ARTISTA, mas *ele* havia decifrado tudo.

— No fim das contas, é sempre uma questão de dinheiro — disse ele —, e o fim das contas não está nada próximo. Muito dinheiro ainda vai ter de passar por muitas mãos antes de tudo isso acabar.

Declarei-me impressionado com a aparente minúcia dos testes científicos conduzidos pelos peritos de Casson. A reação de De Luigi, depois de uma boa risada, foi insistir para eu conhecer um amigo dele.

— Vou apresentá-lo a um verdadeiro perito — disse ele. — Venha comigo.

No clube de remo de Zattere, De Luigi apresentou-me a um homem que estava de pé ao lado de uma gôndola amarrada ao cais. O homem tinha barba espessa e negra, sem bigode, como a de Abrahan Lincoln. Chamava-se Gianpietro Zucchetta e era um químico que trabalhava para o Ministério do Meio Ambiente. Sua gôndola era uma réplica da de Casanova, *circa* 1750.

— Parece com as gôndolas que vemos nas telas de Canaletto — disse Zucchetta —, que são visivelmente diferentes das gôndolas modernas.

A gôndola de Zucchetta tinha uma cabine removível, ou *felze*, acoplada à parte do meio, e o desenho era reto, em vez de curvo na proa, o que exigia a ação de dois gondoleiros, em vez de um. O mais notável era a elevação da popa, e Zucchetta disse que, na primeira vez que saiu com a gôndola na maré alta, ficou surpreso ao constatar que ela não passava por várias pontes sob as quais Casanova transitara tranqüilamente.

— Foi uma demonstração dramática do quanto o nível da água subiu em Veneza nos últimos 250 anos — disse ele.

Zucchetta sabia mais sobre água e Veneza do que a maioria das pessoas; havia escrito uma história da *acqua alta* na cidade. Era também uma autoridade em pontes venezianas, tendo catalogado todas as 443 no seu livro *Venice, Bridge by Bridge* (Veneza, Ponte por Ponte). No decorrer da conversa, fiquei sabendo também que Zucchetta era autor de vários outros livros: dois sobre os canais de Veneza, um sobre os "canais perdidos" que foram aterrados (os *rii terrà*), um sobre Casanova, um sobre a gôndola de Casanova, um sobre a história do gás em Veneza e outro sobre o sistema de esgotos de Veneza.

— Quando pagamos a um gondoleiro para nos conduzir pelos canais — disse Zucchetta —, ele nos está levando pelo esgoto de Veneza.

Mas não foi por nenhuma dessas especialidades que De Luigi tinha me trazido para conhecer Zucchetta, conforme descobri ao perguntar.

— Sobre o que será seu próximo livro?

— Uma história de incêndios em Veneza — disse ele.

De Luigi sorriu.

— Meu amigo Zucchetta é especialista em incêndios. Já investigou... o quê?... seiscentos, setecentos incêndios?

— Oitocentos — disse Zucchetta —, inclusive o incêndio da Ópera Petruzzelli, em Bari. Sou filiado à Associação Internacional de Investigadores de Incêndios Criminosos.

— O senhor foi chamado como consultor no caso do incêndio do Fenice? — perguntei.

— Sim — disse ele —, mas recusei o convite.

— Por quê?

— Porque é um incêndio político, e eu não investigo incêndios políticos.

— Como assim?

— Há políticos envolvidos. Estão entre os acusados de negligência. Agora, há duas acusações conflitantes: negligência e incêndio criminoso. Naturalmente, os suspeitos de negligência querem que o veredicto seja ato criminoso, e os suspeitos de ato criminoso querem que seja negligência. Cada lado vai tentar encontrar especialistas que comprovem seus respectivos argumentos. Dois dos suspeitos de negligência me ofereceram cheques em branco se eu testemunhasse em seu favor. Disseram-me que eu poderia preencher o montante. É evidente que queriam que eu dissesse que foi ato criminoso, mesmo que pensasse o contrário. Por isso é um incêndio político, e por isso recusei o convite.

— Quem foram eles?

— Isso não vou dizer. Mas os acusados não são as únicas pessoas que têm algo em jogo nesse caso. Muita gente perdeu bens. Os apartamentos de alguns vizinhos foram danificados; houve quem perdeu ou teve equipamentos destruídos pelo fogo, e todos pretendem recuperar perdas não cobertas pelo seguro. Se o veredicto for ato criminoso, eles nada ganharão com indenizações cobradas aos eletricistas, porque estes não têm dinheiro. No entanto, se for constatada negligência, os prejudicados têm uma seleção de alvos ricos a quem processar: a cidade de Veneza, a Fundação Fenice e os 15 indivíduos acusados de negligência. Dois dos acusados de negligência já passaram suas propriedades para os nomes das esposas.

O parceiro de remo do *signor* Zucchetta chegou. Prepararam-se para embarcar na gôndola.

— Suponho que o senhor esteja acompanhando os acontecimentos do caso — disse eu.

— Sim, estou — respondeu Zucchetta, embarcando na gôndola e firmando-a, enquanto seu parceiro de remo entrava.

— O senhor tem uma opinião sobre como a coisa aconteceu?

— Com certeza — disse ele. Zucchetta desamarrou o cabo de atracação e empurrou a gôndola para longe do cais.

— Acha que foram os eletricistas?

Zucchetta sacudiu a cabeça.

— Se os eletricistas incendiaram o Fenice — disse ele, com um sorriso —, então os bombeiros hidráulicos são responsáveis pela *acqua alta*.

{11}

ÓPERA-BUFA

Poucos dias após a prisão dos dois eletricistas, eu viajava de *vaporetto* até São Marcos quando uma lancha-táxi passou a nos seguir. Cinco homens de terno estavam de pé na coberta da proa da lancha, atrás do piloto, e, mesmo a uma distância de 15 metros, pude notar que havia algo importante naquele grupo. Um homem forte, elegante, de cabelos brancos e com óculos de sol, era, nitidamente, o líder do tal grupo. Tinha traços marcantes, tez corada e porte majestoso. Achei que os demais fossem sócios dele ou até mesmo guarda-costas. Então o líder tirou o paletó, e vi que usava o relógio de pulso por cima do punho da camisa. Soube imediatamente de quem se tratava. Ninguém tinha aquele hábito, a não ser Gianni Agnelli.

A presença em Veneza de Agnelli, presidente da Fiat, gigante da indústria automotiva, poderia decorrer de inúmeras razões. Na década de 1980, ele e a Fiat haviam adquirido o neoclássico palácio Grassi, tendo restaurado e transformado o edifício em um espaço magnífico para grandes exposições de arte. Uma das irmãs de Agnelli, Cristiana Brandolini d'Adda, residia do outro lado do Grande Canal, exatamente em frente ao Grassi, no palácio Brandolini. Outra irmã, Susanna Agnelli, tinha um apartamento para temporadas de férias em San Vio. Era possível, contudo, que a razão da presença de Agnelli em Veneza tivesse algo a ver com a reconstrução do Fenice.

A reconstrução da Ópera tinha sido aberta à licitação pública, e seis grupos haviam submetido propostas. A Fiat submetera uma proposta por intermédio da Impregilo, um conglomerado de construtoras dirigido pela Fiat Engenharia. O anúncio do ganhador era esperado em breve. A Impregilo era a favorita, por ampla margem, graças à presença magistral de Agnelli e ao fato de a Impregilo ter feito um belo trabalho de restauração no palácio Grassi, o que a tornava, entre os participantes da licitação do Fenice, a única firma com experiência no pesadelo logístico que Veneza impunha aos projetos de reconstrução. As dificuldades eram exclusivas de Veneza, e espantosas. Guindastes gigantescos, indispensáveis à construção, teriam de ser desmontados e transportados até o Fenice, flutuando por um canal estreito e com tráfego intenso, em balsas que não poderiam passar por baixo das duas pontes do canal se a maré estivesse excessivamente alta. Tijolos, vigas de aço, pranchas de madeira, canos de metal, blocos de mármore e outros materiais de construção seriam trazidos até o Fenice pela mesma rota, mas, uma vez que não haveria espaço para armazenar tudo isso no teatro, seria preciso criar depósitos nos espaços abertos mais próximos — no campo Sant'Angelo, por exemplo, ou até em plataformas construídas no Grande Canal.

Agnelli, conhecido carinhosamente junto ao público e à imprensa como "L'Avvocato" (o Advogado), tinha reunido a mesma equipe que se saíra tão bem na reconstrução do palácio Grassi, dez anos antes. O grupo incluía a arquiteta Gae Aulenti, de Milão, e o arquiteto Antonio Foscari, de Veneza.

Gae Aulenti seria a arquiteta mais experiente envolvida no projeto. Ficou famosa pela transformação da estação ferroviária oitocentista Gare D'Orsay, em Paris, no Museu D'Orsay, e pelo projeto da galeria de arte moderna do Centro Pompidou, também em Paris.

Antonio (Tonci) Foscari e a esposa, Barbara del Vicario, também arquiteta, moravam no palácio Barbaro, em um apartamento situado embaixo do exuberante *salone* da família Curtis. Tonci Foscari, que há vinte anos ocupava a cadeira de História da Arquitetura na Universidade de Veneza, era o atual presidente da Accademia di Belle Arti. No momento, os Foscari estavam trabalhando juntos na restauração do Teatro Malibran (construção do século XVII), perto do Rialto. O projeto tinha adquirido redobrada urgência, pois a perda do Fenice deixara Veneza sem um grande teatro para espetáculos ao vivo.

Entre todos os projetos arquitetônicos de Tonci Foscari, o mais conhecido do público era a restauração que ele e Barbara tinham feito da casa de campo do casal, ao longo do canal Brenta: o palacete Foscari, também conhecido como La Malcontenta. Andrea Palladio projetara a mansão, no século XVI, para dois irmãos Foscari, e o prédio era um modelo de simplicidade e harmonia perfeitas. O palacete tinha sido objeto de um artigo da revista *House & Garden*, intitulado "A Casa Mais Bela do Mundo".

Na noite em que o Fenice pegou fogo, os Foscari estavam em casa, quando um amigo lhes telefonou para dizer que havia um incêndio na vizinhança. Eles correram para o telhado do conservatório de música, ao lado do palacete, o edifício mais alto naquela área. Tonci Foscari, de câmera em punho, ficou horrorizado, sentindo-se como se estivesse presenciando um assassinato, incapaz de bater a foto. Agora ele integrava uma equipe que pretendia reconstruir o Fenice.

Sentamo-nos na sala de visitas do apartamento dos Foscari, no palácio Barbaro. As paredes brancas eram ornamentadas com sóbrias molduras de gesso, em tom pastel, remontando ao século XVIII, um tratamento minimalista se comparadas ao turbilhão dos adornos barrocos do velho *salone* dos Curtis, no andar de cima. Janelões davam para o Grande Canal. Retratos dos antepassados de Foscari — um almirante veneziano e um papa — olhavam-nos das paredes. O retrato do doge Francesco Foscari, que viveu no século XV e que foi imortalizado na peça de Byron e na ópera de Verdi, *Os Dois Foscari*, estava em exposição no Museu Correr, na praça de São Marcos.

— Um grupo francês convidou-me para participar da concorrência para a reconstrução do Fenice — disse Foscari — e, depois, um grupo espanhol. Mas titubeei. Finalmente, L'Avvocato Agnelli começou a remontar a equipe do palácio Grassi. Era quase inevitável que o fizesse. Após restaurar o Grassi, ele não podia deixar de concorrer pelo contrato para reconstruir o Fenice. E, sendo Agnelli, não poderia deixar de ganhar. E, se ganhasse, haveria de garantir, melhor do que ninguém, que o trabalho seria concluído dentro do prazo e dos custos previamente apresentados. Ele telefonou para mim e disse: "Você está conosco!" Naquele momento, precisei ser bastante prático. Parecia se tratar de uma situação segura, mais segura que as demais; portanto aceitei.

Foscari não alimentava qualquer ilusão de que, nos trabalhos da nova versão do antigo teatro, pudesse fazer uma contribuição arquitetônica que fosse muito além da supervisão de detalhes. O verdadeiro valor que ele tinha para a Impregilo seria sua familiaridade com os procedimentos complicados, típicos de construções realizadas em Veneza, bem como sua experiência na lida com a burocracia local.

— Teoricamente — disse ele —, os projetos submetidos deveriam ser basicamente iguais. Trata-se, na realidade, de uma competição entre construtoras, ou ao menos deveria ser. Mas... e isso é bem italiano... tornou-se uma competição entre arquitetos, com discussões infindáveis acerca dos seus respectivos talentos.

— Terá Agnelli feito uma oferta que Veneza não poderá recusar? — perguntei.

— Será bom negócio para Veneza, se Veneza escolher o projeto dele — disse Foscari. — L'Avvocato certamente não vai ganhar dinheiro como isso. Na verdade, pode até mesmo perder dinheiro. Mas faria o trabalho por uma questão de orgulho e prestígio, não por lucro. Além disso, quando se constrói em Veneza, os lucros previstos podem desaparecer, pois os incidentes mais inesperados podem causar atrasos muito dispendiosos.

— Como o quê?

— Bem, por exemplo, quando se cava uma fundação, pode-se descobrir uma relíquia arquitetônica com valor histórico. Isso aconteceu recentemente, na nossa restauração do Teatro Malibran.

Os olhos de Foscari brilharam. Aparentemente, ele se deliciara com aquele atraso.

— Sabe o que jaz sob o Malibran? A casa de Marco Polo! Foi construída no século XIII. Sabíamos disso antes de começar, é claro, e, quando cavamos, encontramos a casa exatamente no local apontado pelos documentos. Chegamos ao seu andar térreo, 2 metros abaixo do nível do solo hoje em dia. Foi empolgante, e ainda haveria mais a descobrir, pois continuamos a cavar. Logo chegamos a um piso datado do século XI e, abaixo, a um do século VIII e, mais abaixo, finalmente, a um piso do século *VI*! Este último foi construído na época da invasão dos lombardos e representa as fundações originais da própria Veneza. Pouco sabemos desse período da história da cidade. Os registros por escrito remontam apenas ao século VIII.

"Ver aqueles pisos foi, para mim, uma experiência intensamente emocional. Era uma prova dramática de que o nível da água está subindo, e Veneza afundando, há 1.500 anos, e que os venezianos têm lidado com o problema do mesmo modo, desde sempre, elevando o nível da cidade. Ainda hoje fazemos isso. Pode-se ver operários, por toda a cidade, arrancando as pedras do calçamento ao longo dos canais e as recolocando, sete centímetros acima. Isso reduz o número de inundações, durante trinta anos, mais ou menos, mas não poderemos proceder assim para sempre.

"Escavar o terreno da casa de Marco Polo e todos aqueles pisos abaixo da casa foi considerado um 'problemão', porque causou atraso na restauração do Malibran. Levamos cinco meses. Cinco meses muito interessantes. Enquanto isso, os venezianos diziam: 'Ah, mas vocês estão cinco meses atrasados! É sempre assim, ninguém consegue fazer nada dentro do prazo em Veneza.' E eu dizia: 'Sinto muito, mas é raro ter a oportunidade de realizar escavações dessa natureza. É importante.'"

— O que há embaixo do Fenice? — perguntei.

— Encontrei um mapa do local, feito antes da construção do Fenice; portanto, sabemos onde estavam as estruturas antigas. Felizmente, não há nada tão importante quanto a casa de Marco Polo.

NA NOITE DO INCÊNDIO DO FENICE, enquanto Tonci Foscari estava no telhado do conservatório de música, transfigurado, impossibilitado de falar, Francesco da Mosto, que também era arquiteto, circulava entre seus convidados para um jantar, em sua *altana*, do lado oposto ao teatro, observando o fogo pelo visor da câmera de vídeo.

Francesco e Jane da Mosto ofereciam o primeiro jantar depois de casados quando o senhorio telefonou, perguntando se eles estavam tocando fogo na casa. Do outro lado da cidade, o senhorio avistara fumaça saindo por cima da casa. Francesco subiu até a *altana* para averiguar, e, quando lá chegou, tudo se esclareceu. O terraço dos da Mosto propiciava uma visão próxima e livre do fogo e, à medida que a noite avançava, amigos e parentes chegaram, entre os quais o pai de Francesco, Ranieri da Mosto. O conde da Mosto pertencia à Câmara de Vereadores de Veneza, que havia interrompido a sessão noturna ao ser notificada do incêndio.

Francesco trabalhava como auditor para o Departamento de Obras Públicas e, nos dias subseqüentes ao incêndio, foi requisitado por um grupo que tentava reconstituir a dinâmica de como o incêndio fora deflagrado e avaliar a estabilidade das paredes externas do Fenice que continuavam de pé.

Uma tarde, o arquiteto milanês Aldo Rossi veio até o Fenice a fim de examinar os escombros. Rossi, que havia projetado a restauração da Ópera Carlo Felice, em Gênova, tinha sido recentemente empregado pela Holzmann-Romagnoli, um consórcio alemão-italiano que preparava uma proposta com vista à reconstrução do Fenice. Enquanto era conduzido pelo local, Rossi mencionou que procurava um arquiteto baseado em Veneza, para trabalhar no Fenice com a sua equipe. O engenheiro-chefe sugeriu Francesco da Mosto.

Encontrando-se no dia seguinte, Rossi e da Mosto tomaram um café e conversaram sobre o Fenice. Rossi achou da Mosto bem-informado e simpático.

— Quero você na equipe! — Rossi disse, acrescentando que preferia relações profissionais informais. — Quando se dirigir a mim — disse ele a da Mosto —, chame-me de *você*.

A informalidade condizia muito bem com Francesco da Mosto. Aos 35 anos, ele tinha cabelos emaranhados e precocemente brancos, e uma queda por roupas confortáveis e, de modo geral, amarrotadas — camisa esporte, com colarinho aberto, paletó folgado e calça larga, com grandes bolsos. Costumava ser visto em seu barco com motor de popa deslizando pelos canais ou saindo em direção à lagoa.

A família da Mosto era uma das mais antigas de Veneza, com uma ancestralidade que remontava a mais de mil anos. Os da Mosto da atualidade viviam no Palazzo Muti-Baglioni, um imenso palácio renascentista comprimido em ruas estreitas, próximas ao mercado do Rialto. Francesco fez o escritório em um estúdio, no mezanino.

— A campainha está quebrada — ele me disse, ao telefone. — Quando chegar à porta da frente, olhe para cima. Vai ver um barbante pendurado de uma janela acima da porta. Puxe o barbante. Vai tocar uma campainha no meu escritório, e eu abro a porta daqui. É só subir um lance de escada.

Da Mosto recebeu-me no patamar de uma escada forrada de carpete vermelho. No momento em que nós virávamos para seguir até o escritório, ele gesticulou na direção de um busto de mármore sobre um pedestal, perto da porta.

— Este é Alvise da Mosto — disse ele —, meu antepassado predileto. Descobriu, aos 29 anos, as ilhas de Cabo Verde, em 1456.

O estúdio de da Mosto era um espaço escuro e cavernoso, com teto alto e cortado por vigas, prateleiras transbordando de livros, fitas de vídeo e pastas. Computadores, impressoras e uma prancha de desenho ficavam meio enterradas sob pilhas de papéis e periódicos. As paredes estavam cobertas de gráficos, fotos, máscaras e suvenires. Era entulho em grande escala.

Da Mosto retirou um monte de papéis de uma cadeira, liberando um lugar para eu sentar. Vi-me diante de uma complexa árvore genealógica, pendurada na parede.

— Quantas gerações estão aí? — perguntei.

— Sabe, não tenho certeza — disse ele, rindo. — Eu teria de contar. Em todo caso, acho que são mais ou menos 27.

— Tudo nobreza? — perguntei.

— Sim, nobreza, mas nem todos são honrados. Uma das minhas antepassadas, que era cortesã, passou gonorréia para Lord Byron! Outro, Vido da Mosto, foi pego imprimindo dinheiro falso. Pensaram em arrancar-lhe os olhos e pendurá-lo entre as colunas de São Marcos, mas, em vez disso, atribuíram-lhe a tarefa de imprimir o dinheiro oficial da República de Veneza. A teoria, creio eu, era de que, se alguém tivesse algum talento especial, a República deveria se valer disso. Teve um da Mosto cuja mulher comia tanto que o arruinou. Outro foi para a cadeia por ter insultado o doge Andrea Gritti e outros três ou quatro foram excomungados. Tivemos a esposa de um doge, mas nunca um doge; um da Mosto perdeu por pouco para um homem que foi decapitado depois que se tornou doge; portanto, talvez tenha sido bom ele ter perdido. Em todo caso, os da Mosto sempre preferiram ser o poder por trás do trono. É um lugar mais seguro.

— E agora — disse eu — um da Mosto vem salvar o Teatro La Fenice.

— Todo mundo espera que Agnelli vença — disse ele —, mas, dentro de um ou dois dias, vamos saber.

Da Mosto retirou uma pasta grossa debaixo de uma pilha de papéis e a entregou a mim.

— Eis as especificações que a prefeitura nos deu para o novo Fenice. É o projeto preliminar — disse ele —, o que se chama de "documentos de licitação".

Folheei as páginas. O Fenice estava delineado em multimídia: plantas, desenhos, esboços, fotografias, pinturas.

— Felizmente — disse da Mosto — alguém descobriu as plantas arquitetônicas feitas em 1836, depois do primeiro incêndio. Foram encontradas num arquivo, com instruções detalhadas, deixadas pelos irmãos Meduna. Portanto dispomos de todas as medidas corretas para o auditório, o que significa que poderemos recriar exatamente a acústica do Fenice. Os Meduna chegaram a descrever como os pedaços de madeira devem ser cortados. As ondas sonoras se propagam pelos veios da madeira, de modo que, se ela for cortada devidamente e posicionada no ângulo certo, o som se propaga por igual, do palco até todos os cantos do teatro. Os Meduna assinaram cada pedaço de madeira!

Era visível a satisfação de da Mosto quanto a esse último detalhe.

— O que se espera parece estar bem claro — disse eu.

— Sim, mas não totalmente — disse ele. — Quando recebi estes documentos da prefeitura, em setembro passado, estudei-os várias vezes. E algo parecia estar errado.

Da Mosto debruçou-se sobre as plantas fornecidas pela prefeitura.

— Veja esta área aqui. — Apontou a ala sul, um complexo de prédios menores agarrados à parede sul do teatro como se fossem craca. — De acordo com esse projeto — disse ele —, a antiga ala sul foi expandida, de maneira que agora incorpora um prédio de dois andares que não pertence ao Fenice. É este espaço em branco, bem aqui. Cobre um total de 300 metros quadrados, mas nunca fez parte do Fenice. No momento — disse ele, abrindo uma velha planta do teatro — você pode ver que tem um *magazzino* no térreo. Ali fica a lavanderia utilizada pelo restaurante Antico Martini; no andar de cima, ficam alguns apartamentos particulares. É muito estranho. Não existe menção a esse novo espaço nas instruções que recebemos por escrito. Se deveríamos reconstruir o teatro exatamente como era... *com'era*... este lugar não pertence ao teatro.

— Então, por que está no projeto?

— É isso que eu me pergunto. O *signor* Baldi, proprietário do Antico Martini, diz que precisa da lavanderia, para toalhas e guardanapos, e não existe alternativa de espaço; portanto, ele não vende o *magazzino*. Eu não sabia o que fazer; então perguntei a alguns engenheiros e arquitetos que trabalharam no projeto preliminar para o prefeito. Quando perceberam o que eu estava falando, ficaram brancos como folha de papel. Então, telefonei imediatamente para Aldo Rossi e disse a ele que parasse de trabalhar, porque havia algo confuso acerca da ala sul.

"Parece que não fui o único a levantar a questão. Outro concorrente já havia escrito uma carta. Então o prefeito enviou os faxes a todos os licitantes, mas a redação do fax tornou a questão ainda mais confusa. Dizia que deveríamos construir 'toda a ala sul do teatro, do piso ao telhado'. Mas o que significa 'toda a ala sul'? Será de acordo com a planta da antiga ala sul conforme era antes do incêndio, ou a planta da antiga ala sul acrescida daqueles prédios? Fiquei mais confuso do que nunca. Então fui até a Câmara de Vereadores e falei com alguns amigos que trabalhavam lá havia anos. Essas são as pessoas que estão sempre por dentro de tudo. Disseram-me que nada sabiam, mas, com um leve sorriso, afirmaram que deveríamos incluir o novo espaço.

"Tivemos uma grande reunião, em Milão, e expliquei o que estava se passando em Veneza. Decidimos arriscar e seguir em frente com os planos de Rossi, para a expansão da ala sul.

"A prefeitura provavelmente supôs que todos projetariam a ala sul com mais escritórios, nos moldes dos que ali existiam antes. Mas Rossi teve outra idéia, e foi brilhante. Transferiu a sala de ensaio do último andar para o térreo, no novo espaço. Atribuiu à sala espaço suficiente para a realização de ensaios da orquestra completa e do coro. Poderia ser utilizada também para concertos de música de câmara ou conferências. A maravilha é que essa sala de ensaio pode ser transformada num teatro de porte médio que pode ser usado ao mesmo tempo que o teatro principal. É isolada acusticamente e tem a própria entrada na rua. Com dois teatros funcionando simultaneamente, a capacidade total do Fenice aumentaria em cerca de 10%."

Da Mosto devolveu a pasta ao mar de papéis sobre a mesa.

— Estou curioso para saber o que os outros fizeram com a ala sul.

Quando eu estava saindo, da Mosto levou-me ao andar de cima, o *piano nobile*. O salão central era um espaço amplo, com 23 metros de comprimento. Tinha janelas altas, com vitrais nas duas extremidades, e paredes trabalhadas com gesso, com retratos de ancestrais de da Mosto, um dos quais tinha sido tesoureiro do Exército veneziano e posava cercado de pilhas de moedas de ouro. Ao lado do salão principal, uma sala elegante, com paredes ornadas com brocado dourado, dava para uma capela pequena, pintada com afrescos, e, depois da capela, para uma sala de jantar, onde, segundo da Mosto, foi rodada uma cena do filme *Sedução da Carne*, de Visconti.

— Os produtores do filme *O Talentoso Ripley* também querem rodar uma cena na casa — disse da Mosto. — É muito dispendioso manter o *stucchi* em bom estado nessas condições de umidade; portanto, concordamos.

Enquanto eu olhava os retratos da família, o pai de da Mosto entrou na sala. Era um cavalheiro distinto, de fala mansa, impecavelmente vestido, com terno e gravata em tons discretos. Eu tinha lido que ele era um dos principais proponentes da restauração da República de Veneza como Estado independente, separado do resto da Itália. Era separatista, *indipidentista*. Perguntei-lhe a respeito.

— A maioria das pessoas não percebe — disse ele — que a República de Veneza não morreu. Quando o exército de Napoleão se aproximava, em 1797, o Grande Conselho, em pânico, votou a dissolução da república. Mas o voto foi ilegal, porque não havia *quorum* na reunião do conselho. A ocupação cruel e abjeta que Napoleão impôs a Veneza não passou de uma operação militar, e a subseqüente ocupação austríaca tampouco foi mais do que uma ação militar. A unificação da Itália, no plebiscito de 1866, foi uma impostura, uma trapaça da família Savoia, com cédulas preenchidas previamente, e com a polícia e os *carabinieri* espionando as pessoas nas seções eleitorais. Foi uma vergonha.

— Mas o que pode ser feito agora? — perguntei.

— Temos esperança de levar tudo à atenção do Tribunal de Haia. Não sei o que vai acontecer. A batalha não vai ser fácil.

Algo me fazia duvidar que qualquer tribunal se arrogasse autoridade para anular a unificação da Itália, 130 anos após o fato, mas parecia ser essa a esperança do conde da Mosto.

— Como o senhor se sente — disse eu — sabendo que, se a equipe de Francesco ganhar o contrato do Fenice, ele vai contribuir não apenas para a ressurreição do Fenice, mas do camarote real do teatro, originalmente construído para Napoleão e, mais tarde, reconstruído pelos austríacos?

— Nos últimos cinqüenta anos — disse o conde, com um sorriso cordial —, um grande leão de São Marcos, dourado, enfeitou o frontão acima do camarote real. Não é mais o camarote de Napoleão nem dos austríacos. É o nosso.

Seis propostas foram submetidas para a reconstrução do Fenice. Uma delas, encaminhada pela Ferrovial de Madri, não foi homologada, porque faltava a carta anti-Máfia, documento compulsório, relativa a uma das subcontratadas. Cartas anti-Máfia eram documentos carimbados pela polícia, confirmando que nada constava do banco de dados criminais quanto a ligações entre a proponente e a Máfia, nem no passado nem no presente. Apesar de protestos veementes de que havia submetido a referida carta, a Ferrovial teve sua proposta rejeitada. Restaram cinco candidatos.

O resultado da concorrência foi anunciado em 2 de junho de 1997, um ano e meio depois do incêndio. Ninguém se surpreendeu quando a Impregilo, de Agnelli, foi declarada a vencedora; a Holzmann-Romagnoli ficou em segundo lugar. Curiosamente, o detalhamento das notas revelou que o projeto de Aldo Rossi tinha sido considerado o melhor. A Impregilo somou pontos suficientes para conquistar o primeiro lugar ao prometer concluir os trabalhos dois meses antes da Holzmann-Romagnoli, a um custo de US$ 45 milhões, 4 milhões a menos.

Apesar da decepção, Francesco da Mosto parecia animado quando o encontrei na rua, poucos dias depois.

— Os licitantes que perderam têm o direito de examinar a proposta classificada na posição imediatamente acima da sua — disse ele. — Portanto, vou dar uma olhada na proposta da Impregilo. Estou a caminho da prefeitura agora. Acho que não posso levar ninguém comigo, mas, se você quiser vir, chegando lá, eu pergunto.

Acompanhei da Mosto até a prefeitura, o imenso palácio renascentista conhecido, formalmente, como Palazzo Corner della Ca' Grande, e fomos informados que, de fato, só ele poderia entrar para examinar os documentos relacionados à concorrência do Fenice. Um porteiro o conduziu até o depósito, no térreo, e tive de me contentar com uma ida até o andar de cima e uma turnê pelos magníficos salões oficiais, voltados para o Grande Canal. Meia hora depois, reencontramo-nos no andar de baixo. Francesco estava com um olhar estranho. Eu não conseguia saber se era alegria, perplexidade, preocupação ou raiva.

— O que a Impregilo projetou para o novo espaço? — perguntei.

— Quando vi — disse ele —, não acreditei. Pensei: "Não pode ser verdade!" Não projetaram nada. Deixaram o espaço em branco.

TRÊS SEMANAS MAIS TARDE, o campo San Fantin voltou a viver, depois de quase um ano e meio de uma quietude sombria e funérea, em que a casca incinerada do Fenice repreendia silenciosamente os transeuntes, como um símbolo deprimente de desesperança. Nas semanas seguintes, três guindastes altos como torres, porta-estandartes de restauração e da renovação, projetavam-se no ar acima do Fenice. Operários em andaimes reforçavam as paredes externas do teatro. O som de britadeiras e do equipamento para remoção de terra sinalizava que a escavação e a colocação de estacas de uma nova fundação estavam em curso.

Em pleno Grande Canal, uma plataforma de 370 metros quadrados tinha sido montada sobre pilares de madeira e cercada por um tapume de compensado com 2,40 metros de altura. Destinava-se a armazenar equipamentos e suprimentos. Betoneiras posicionadas na plataforma bombeavam concreto líquido por tubos subterrâneos até o local da construção. Um mural colorido do Fenice foi pintado no tapume, expressando o otimismo que, subitamente, tomara conta da cidade. No segundo aniversário do incêndio, em janeiro de 1998, oito meses após o início da reconstrução, um radiante prefeito Cacciari concedeu entrevista coletiva à imprensa para anunciar que o trabalho seguia dentro do prazo previsto. Conforme prometido, o Fenice reabriria em setembro de 1999.

As expressões de júbilo do prefeito se transformaram em grito de angústia quando, menos de duas semanas depois, o Conselho de Estado acatou recurso da Holzmann-Romagnoli e revogou o contrato da Impregilo. De acordo com o Conselho, o projeto preliminar tinha indicado, claramente, que a ala sul deveria incluir o novo espaço. O Conselho citava um trecho do próprio projeto para demonstrar que os licitantes não estavam obrigados a construir uma réplica exata do Fenice: "Será impossível reproduzir o teatro conforme projetado por Selva, reconstruído por Meduna ou modificado por Miozzi. Tampouco pode o teatro voltar a ser exatamente como era antes do incêndio. Mesmo que reconstruído com todo o esmero, o novo Fenice, na melhor das hipóteses, será apenas uma evocação do antigo." A Impregilo tinha sido a única licitante a omitir o novo espaço, com isso assumindo uma vantagem injusta em relação às demais, pois o custo da sua proposta tinha sido inferior.

O trabalho no Fenice foi interrompido.

— A decisão é idiota! — declarou o prefeito Cacciari. — O mérito dessa decisão é absolutamente desproporcional ao prejuízo imposto à cidade e ao país.

O local da reconstrução virou um caos; nenhuma autoridade sabia o que fazer. Funcionários, em Roma e Veneza, trabalhando quase em pânico, rogavam à Impregilo, que saía de cena, e à Holzmann-Romagnoli, que entrava, que cooperassem, a fim de garantir uma transição rápida e serena. Mas isso parecia improvável, pois os eventos logo ficaram enrolados em um emaranhado de questões e disputas.

A Impregilo seria ressarcida pelos U$15 milhões já gastos? A Holzmann-Romagnoli honraria as centenas de contratos que a Impregilo já havia assinado com fornecedores e artífices? Quem se responsabilizaria pelos guindastes, cujo aluguel custava milhares de dólares por dia, ainda que a obra estivesse parada? O mesmo valia para os andaimes. E, finalmente, seria possível adaptar a fundação, já parcialmente construída de acordo com o projeto de Gae Aulenti, de modo que sustentasse o Fenice de Aldo Rossi? Ou seria possível alterar o projeto de Rossi para se adequar à fundação?

O homem que poderia ter respondido à última dessas perguntas com mais facilidade, tragicamente, não teria como fazê-lo. Aldo Rossi havia morrido em um acidente de carro, em setembro. O carro tinha saído da pista quando ele dirigia por uma estrada tortuosa, a caminho de sua casa no lago Maggiore. Seus parceiros, em Milão, dariam continuidade ao trabalho. Francesco da Mosto, que logo alertara a Holzmann-Romagnoli de que havia base para recurso, serviria de contato entre o escritório Rossi, a Holzmann-Romagnoli e a prefeitura de Veneza.

A reação de Gae Aulenti à notícia da sua inesperada dispensa do projeto Fenice foi um comentário sucinto: "Ao meu sucessor, boa sorte." Literalmente, era o comentário apropriado, mas, em sua concisão, expressava descaso e repúdio.

A resposta de Tonci Foscari foi bem mais elegante. Ele escreveu uma carta ao *Gazzettino*, elogiando o projeto de Aldo Rossi. Felicitou a decisão de Rossi, de situar a sala de ensaio no andar térreo, podendo funcionar também como pequena sala de concerto e aumentar o público do Fenice. Foscari ofereceu algumas sugestões à equipe Rossi, condizentes com a idéia de incrementar a lucratividade do Fenice. Propôs, por exemplo, adaptar os Salões de Apolo, a fim de que pudessem funcionar independentemente, para recepções e jantares depois dos espetáculos. Isso exigia o planejamento de mais banheiros, uma copa e saídas de emergência. Foscari ofereceu suas sugestões "como uma evolução natural do pensamento de Aldo, e — em memória àquele sorriso distante que lhe iluminava o rosto — tais sugestões me parecem constituir quase um ato de respeito".

Gianni Agnelli nada disse sobre a decisão da justiça, atitude bem de acordo com a maneira dele.

— L'Avvocato é o dono do Juventus, o time de futebol de Turim — disse Foscari. — Em algumas semanas ele vence, em outras ele perde. Reclamar não faz seu estilo.

Enquanto isso, submetido à inspeção minuciosa, o projeto arquitetônico de Rossi revelou violações a certas normas de construção observadas em Veneza. Para que a construção prosseguisse, ou as normas teriam de ser alteradas, ou exceções feitas. Os funcionários responsáveis, no entanto, declararam, prontamente, que não haveria problemas.

Uma questão mais difícil dizia respeito ao prédio de propriedade particular, o tal com os dois apartamentos. Os donos ainda se recusavam a vendê-lo.

— É TUDO UMA QUESTÃO DE DINHEIRO — Ludovico De Luigi disse, dando de ombros. — Olho vivo. Muitas mãos ainda vão querer uma fatia do bolo, antes que ele acabe.

De Luigi estava sentado diante do cavalete, aplicando tinta a uma imagem da igreja Santa Maria della Salute retratada como plataforma de petróleo suspensa acima de um mar revolto e restrito à superfície da praça de São Marcos. Era uma de suas paisagens surrealistas de Veneza. O ateliê de De Luigi ficava no térreo da casa em que ele morava, e as janelas davam para um pequeno canal, o rio di San Barnaba.

— O Fenice está ensaiando uma ópera — disse ele. — Uma ópera-bufa... uma ópera cômica. — Fez uma pausa, repensando as palavras. — Não, uma ópera tragicômica. Mas essa ópera não se passa no palco. Passa-se na platéia. Os espectadores se tornaram os artistas. Políticos, executivos de construtoras, arquitetos. Todos dizem que querem construir o teatro. Mas, na realidade, ninguém quer. Só estão interessados nos honorários. Não querem que essa ópera chegue ao fim. Eles vêm, conseguem um pouco de dinheiro, não fazem nada, vão embora e, ao sair, conseguem um pouco mais de dinheiro. Outros vêm e conseguem um pouco de dinheiro e assim por diante. Todos fazem projetos impressionantes, mas é preciso saber o que está por baixo. Uma gente implacável. Políticos.

Era o melhor cinismo à moda de De Luigi, mas a história verídica começava a apresentar semelhanças à visão do artista e à loucura de sua arte.

— É por isso que pinto o apocalipse — disse ele, aplicando espuma branca às ondas, no mar que cobria a praça de São Marcos. — Sou um *svedutista*, um pintor de paisagens negativas, de paisagens interiores. Pinto-as como existem na mente. Não são abstrações. São compostas de traços reconhecíveis, organizados em visões surreais. São retratos de nossos pesadelos.

De Luigi recuou e, durante algum tempo, estudou a tela sombria e bela.

— Eles precisavam encontrar alguém para ser culpado do incêndio — prosseguiu ele, voltando a tocar a tela com o pincel. — Mas não os políticos, é claro. Primeiro, acusaram a Máfia. Demorou dois anos para decidirem que não era a Máfia. E agora encontraram os dois pobres eletricistas. — De Luigi encolheu os ombros. — Dizem para os eletricistas: "Se vocês forem para a cadeia no meu lugar, vão ter uma bela conta bancária quando saírem." Quem tocou fogo no Fenice não o fez por razões políticas nem filosóficas. Foi por dinheiro.

— Se fosse por raiva do Fenice — disse eu —, acho que os criminosos teriam revelado tal motivo.

— O Fenice tem suas falhas — disse De Luigi, desviando o olhar da tela. — O foco dos espetáculos do Fenice mudou, e para pior. Mudou do amor à arte para um protagonismo narcisista. Exibicionismo. Começou quando colocaram o refletor sobre o maestro. Foi para Herbert von Karajan. O primeiro maestro tipo astro de cinema. Maestros costumavam ficar no escuro. Mas Karajan fazia questão do refletor, ou não haveria música.

O próprio Ludovico De Luigi não era avesso a refletores. Banhava-se na luz de um refletor inventado por ele mesmo. O refletor iluminava-lhe os cabelos brancos caídos nos ombros, o perfil imperial e as brincadeiras ousadas. Naquela noite, ele brilhava mais do que nunca, sob seu refletor particular. Usava chapéu de três pontas debruado de arminho, camisa larga, calça de seda vermelha e um paletó de *smoking* sobre o qual ele havia pintado, em estilo realista, labaredas vermelhas e alaranjadas. Era novamente a época do Carnaval. Foliões fantasiados eram vistos do lado de fora da janela.

— Para o Carnaval deste ano — disse ele —, estou me dedicando ao segundo aniversário da noite em que o Fenice se tornou uma casca vazia. Talvez permaneça uma casca vazia para sempre. Quem sabe?

Logo depois, juntou-se a nós Gianpietro Zucchetta, o barbudo especialista em pontes, canais, *acqua alta*, esgotos e incêndios. Zucchetta estava acompanhado pela esposa, ambos de máscaras e trajes do século XVIII, e por uma loura vestida de cortesã. Depois de tomarmos um drinque, embarcamos na gôndola de Zucchetta, a réplica da gôndola de Casanova, que ele havia amarrado a uma estaca, no canal, em frente à casa de De Luigi. De Luigi trouxe a bordo uma pequena bolsa e a guardou embaixo da *felze*, escondida.

— Isto é para mais tarde — disse ele com um olhar que traduzia uma expectativa misteriosa. — Vamos fazer um *scherzo*, uma brincadeira.

Virou-se para mim.

— Você já foi detido pelos *carabinieri*?

— Ainda não tive o prazer — disse eu.

— Então esta talvez seja sua noite!

— Por quê? — perguntei.

— Porque vou infringir a lei, e quem estiver comigo talvez seja considerado cúmplice.

De Luigi parecia se aprazer de me manter em suspense, portanto não perguntei em que consistia o *scherzo*.

— Ser preso faz bem para a alma — disse ele. — Eu fui preso por cometer "atos obscenos em público". Aconteceu quando convidei a atriz pornô Cicciolina para inaugurar minha escultura de cavalo, na praça de São Marcos, e ela surgiu de *topless*. O tribunal declarou que eu era imoral... pessoa de má reputação! — De Luigi deu risadas ao pensar na sentença. — Mas, para um artista, reputação e má reputação são a mesma coisa. O artista quer ser reconhecido, atrair atenção.

"Fiquei famoso em Chicago", continuou ele. "A polícia retirou de uma galeria meus quadros de nus artísticos, alegando que eu havia pintado 'bicos de seios agressivos'. Evidentemente, isso me tornou bastante conhecido em Chicago." De Luigi deu outra risada e, então, olhou para mim. "A idéia de ser preso o preocupa?"

— Não se for por uma boa causa.

— É pelo Fenice.

— Nesse caso, então, tudo bem — disse eu.

Com Zucchetta remando na proa e um gondoleiro profissional manejando o remo da popa, rumamos para o Grande Canal, onde viramos à direita, em direção à praça de São Marcos. De Luigi ria e brincava, mas notei que ele olhava canal acima e canal abaixo, correndo os olhos de barco em barco, averiguando quem mais estava no canal, especialmente barcos da polícia. Estávamos passando diante do Museu Peggy Guggenheim.

— Depois da guerra — disse De Luigi —, Peggy Guggenheim costumava dar festanças. Quando a festa acabava, os empregados saíam e nos davam cigarros e sorvete. Sempre que ela dava uma festa, meus amigos e eu ficávamos da ponte Accademia olhando os convidados que dançavam no terraço. Certa noite, Peggy encenou o naufrágio do *Titanic*... o pai dela tinha morrido no naufrágio. Caminhou do terraço dela até a água, e entrou, completamente nua. Levou consigo a orquestra. A orquestra tinha sido paga para fazer aquilo. Os gondoleiros tiveram de resgatá-la.

"Os Estados Unidos já não fazem jorrar gente louca. Eram pessoas bastante divertidas. Uma gente teatral. Eram originais, criativas. Hoje em dia os norte-americanos não são tão divertidos. *Va bene.* Vamos ter de nos divertir sozinhos."

Bem à nossa frente no canal estava a plataforma murada onde eram guardadas as betoneiras e demais equipamentos do Fenice. Emparelhamos com o mural do Fenice que havia sido pintado no tapume de compensado. De Luigi surgiu de dentro da *felze*. Tinha nas mãos uma lata de tinta vermelha e um pincel. Olhou o Grande Canal, de cima a baixo.

— Alguém está vendo algum barco da polícia?

— Ainda não — disse Zucchetta.

Ele e o gondoleiro que vinha na popa giraram os remos, para estabilizar a gôndola e aproximá-la do mural.

De Luigi molhou o pincel na tinta. Então, enquanto erguia a mão, olhou para mim.

— Você sabe muito sobre o incêndio — disse ele. — Onde foram avistadas as primeiras labaredas?

— Fachada principal, janela superior esquerda — disse eu.

Com grandes pinceladas, De Luigi pintou enormes línguas de fogo, brilhantes e vermelhas, saindo da janela superior esquerda. Em seguida, pintou labaredas saindo pela janela do meio, depois da janela da direita.

Uma lancha-táxi que vinha atrás de nós fez uma curva aberta e encostou ao nosso lado para que os passageiros foliões pudessem ver melhor.

— Bravo! Fantástico! — gritaram.

De Luigi virou-se e fez uma reverência. A marola do táxi bateu contra a gôndola e nos sacudiu. A tinta respingou da lata, mas caiu na água, e De Luigi recuperou o equilíbrio. Em seguida, ele virou de costas e voltou ao trabalho. Pintou chamas nas janelas do térreo e na porta principal, e continuou pintando, até que todas as portas da fachada principal estivessem cobertas de chamas. As labaredas combinavam com aquelas que tinham sido pintadas em seu *smoking*. O paletó em chamas de De Luigi e o mural com as janelas incandescentes formavam uma obra de arte em conjunto. Ele era a tocha que ateava fogo à pintura do Fenice.

Outros dois barcos encostaram, depois mais um e mais um. Nossa gôndola subia e descia na superfície da água, ao som de gargalhadas, aplausos, motores em ponto morto e água respingando. De Luigi continuava a pintar. Agora estava de pé, em frente a um corte transversal do saguão e dos Salões de Apolo, pintando até onde conseguia alcançar com o pincel. No momento em que ele pintava labaredas na escadaria principal, o mural foi, subitamente, iluminado por uma luz azul intermitente. Um barco de polícia abria caminho através da flotilha que nos cercava. De Luigi, com plena consciência da chegada do barco, continuou a pintar.

— O que o senhor está fazendo? — gritou um dos policiais.

De Luigi virou-se, segurando em uma das mãos o pincel incriminatório e, na outra, a lata de tinta.

— Estou falando a verdade — disse ele, em tom de desafio triunfante. — O projeto do arquiteto para construir o novo Fenice saiu das chamas. Estou transformando a interpretação dele numa declaração sincera.

— Ah, é o senhor, mestre — disse o policial.

— Então, vocês vão me prender? — perguntou De Luigi.

— Prender o senhor? Novamente?

— Eu vandalizei o mural — disse De Luigi.

— Não sei se eu diria isso.

— Não estou perturbando a ordem pública? — De Luigi parecia atônito.

— Durante o Carnaval, mestre, todo mundo perturba a ordem pública. As regras são diferentes. Volte e faça isso novamente na semana que vem. Então, talvez iremos prendê-lo.

{12}

ATENÇÃO! ANJOS CAINDO

DA PARTE SUPERIOR DE UMA PEQUENA PLATAFORMA, Lesa Marcello observava os operários que removiam as últimas partes do andaime armado na igreja Santa Maria dei Miracoli, construída há quinhentos anos. O prédio estava envolto em lona, fazendo lembrar um casulo, havia dez anos, enquanto os restauradores trabalhavam, e agora era revelado: uma caixa de jóia, em estilo do início da Renascença, multicolorida e coberta de painéis de mármore e alabastro incrustado.

Qual pedra preciosa, a Miracoli encaixava-se em um pequeno nicho, no coração de um labirinto de ruas tão entrelaçadas e fora dos percursos mais óbvios que, para muita gente, encontrá-la era uma surpresa. Um pequeno canal corria-lhe por uma das laterais, servindo de espelho-d'água. A Miracoli era, em suma, irresistível. Até mesmo John Ruskin, que detestava a arquitetura renascentista, teve de admitir que se tratava de um dos edifícios mais "requintados" de Veneza. Não é à toa que Santa

Maria dei Miracoli — Santa Maria dos Milagres — era a igreja preferida para a realização de casamentos, desde sempre.

A restauração foi financiada pela Salve Veneza, instituição de caridade norte-americana dedicada à preservação da arte e da arquitetura de Veneza. Na condição de diretora do escritório local da Salve Veneza, a condessa Marcello tinha visitado a igreja várias vezes por semana, durante anos, a fim de acompanhar o progresso dos trabalhos. Conversava com artífices, operários, empreiteiros e funcionários municipais. De vez em quando, até subia em andaimes para olhar mais de perto.

Conforme ocorria com todos os projetos congêneres em Veneza, a restauração da Miracoli não fora uma simples questão de prover o dinheiro e dizer aos restauradores que começassem a trabalhar. Os burocratas de Veneza jamais compartilhavam da urgência dos doadores. Eram capazes de retardar um projeto, indefinidamente, diante do menor desafio à sua autoridade ou ao seu conhecimento. Compreendendo a situação, os executivos da Salve Veneza, sabiamente, contrataram a condessa Marcello para dirigir o escritório local. Além disso, elegeram diversos nobres venezianos para o conselho diretor da organização, inclusive o marido de Lesa Marcello, o conde Girolamo Marcello.

A condessa Marcello era mulher dotada de um charme discreto, despretensioso, e tinha se mostrado excepcionalmente valiosa para a Salve Veneza. Conhecia pessoalmente os superintendentes locais; mais que isso, estava ciente das rivalidades internas da burocracia e, por conseguinte, sabia manobrar com habilidade, sem pisar em ninguém. Era experiente na arte da negociação, segundo o estilo veneziano, que se baseava no entendimento de que era possível negociar melhor tomando um café, no Café Florian, do que em lados opostos de uma mesa, dentro de um escritório. Em conversa, Lesa Marcello abordava os assuntos indiretamente. Sabia ceder e, quando a impaciência dos executivos da Salve Veneza chegava ao limite (o que costumava ocorrer), ela jamais deixava os venezianos saberem.

— Essas coisas precisam ser feitas em particular — disse ela quando a visitei, em seu escritório, uma tarde —, extra-oficialmente. Por exemplo, se a Salve Veneza paga pela restauração de um quadro, um dos especialistas do conselho diretor talvez queira vir a Veneza e dizer ao superintendente: "Sabe, o senhor não deve utilizar esta substância química." O superintendente vai pensar que está sendo criticado, e responderá: "Mas é exatamente isso que pretendemos fazer." E, então, o projeto é retardado. Prefiro tocar no assunto dizendo: "Perguntaram-me se isso ou aquilo seria possível." E, então, apenas comparo as duas idéias, sem confrontá-las. A diferença é bastante sutil, mas é importante. É a nossa natureza, o nosso modo de ser, de navegar. É suave, não-agressivo. Os superintendentes se dispõem a discutir novas idéias com outros especialistas, mas só se for de igual para igual. E, obviamente, só em particular.

— Como assim, "em particular"? — perguntei.

— A dois — disse ela. — Se uma terceira pessoa estiver presente, já não é em particular. É em público, e o superintendente, como qualquer ser humano, ficaria constrangido.

De modo geral, a Salve Veneza selecionava projetos de restauração com base em uma lista preparada pelas superintendências, mas, no caso da Miracoli, a idéia tinha partido da própria Salve Veneza. A igreja não constava de nenhuma das listas habituais. A Miracoli tinha ficado preta, coberta de uma sujeira oleosa, por dentro e por fora. Para a restauração, a Salve Veneza propôs o emprego de métodos experimentais e, a princípio, o superintendente de monumentos opôs-se firmemente. Ele pretendia realizar um estudo exaustivo de todo o edifício, antes de iniciar qualquer trabalho, e isso poderia demorar décadas. Finalmente, a Salve Veneza sugeriu proceder em fases: abrir um pequeno segmento nas paredes, ver o que se descobria e continuar, ou não, a partir daquele ponto. O superintendente assentiu, e o projeto avançou.

A Salve Veneza esperava concluir o trabalho em dois anos, em 1989, a tempo do quinto centenário da igreja. Mas até os peritos da própria Salve Veneza insistiram na realização de pesquisas preliminares, que, por si só, levariam dois anos. Técnicos analisaram amostras de todas as substâncias estruturais do prédio, fizeram desenhos em escala, com o auxílio de instrumentos a laser, examinaram o estado das paredes e registraram os níveis de umidade e temperatura em toda a edificação.

Quando retiraram os primeiros painéis de mármore das paredes de tijolos, constataram que o sal dos canais tinha penetrado nos tijolos porosos e se infiltrado no mármore. Catorze por cento das placas de mármore eram sal. Muitas estavam a ponto de rachar. Cada peça de mármore teve de ser retirada e dessalinizada, permanecendo imersa, durante meses, em tanques de aço especialmente projetados, cheios de água destilada corrente.

A restauração levou dez anos, não dois, e os custos tinham escalado de uma estimativa de US$1 milhão para US$4 milhões. Mas nada disso importava agora. Concluída, a Miracoli estava sendo amplamente celebrada como obra-prima de restauração e exemplo de cooperação. Tratava-se do projeto mais ambicioso até então desenvolvido por um dos trinta comitês independentes que faziam restaurações em Veneza. Os resultados extraordinários geraram demonstrações de simpatia em relação à Salve Veneza. Integrantes do ilustre Ateneo Veneto, o conselho supremo da comunidade intelectual veneziana, votaram a outorga de sua homenagem mais nobre, o Prêmio Pietro Torta, à Salve Veneza e ao diretor do conselho administrativo da instituição, Lawrence Dow Lovett.

Lesa Marcello tinha falado com Lovett, mais cedo naquele dia, para informar a confirmação do prêmio. Lovett, natural de Jacksonville, na Flórida, cativara os venezianos ao adquirir um palácio oitocentista no Grande Canal, restaurá-lo e ali fixar residência. O palácio era suntuosamente mobiliado, e do seu amplo terraço, o maior em todo o Grande Canal, tinha-se uma vista espetacular da ponte Rialto. Lovett costumava oferecer jantares elegantes, para vinte convidados ou mais, com o cardápio a cargo do Harry's Bar e servido por um esquadrão de garçons de luvas brancas.

A condessa Marcello informou também o presidente da Salve Veneza, Randolph "Bob" Guthrie, residente em Nova York, sobre a concessão do Prêmio Pietro Torta. Guthrie era um cirurgião plástico famoso, um dos dois médicos que criaram técnicas consagradas para a cirurgia de reconstrução da mama. Ele e a esposa, Bea, moravam em uma casa de dois andares, no lado nordeste de Manhattan; no térreo da casa funcionava o escritório da Salve Veneza.

Lesa Marcello estava de ótimo humor enquanto voltava a pé da Miracoli para o escritório da Salve Veneza. Sabia que, ao seu modo, tinha contribuído para o sucesso da restauração da igreja. No escritório, um fax esperava por ela. Era de Bob Guthrie. Ela leu a primeira linha.

E releu. "A notícia de que o Prêmio Torta destaca um só indivíduo", Guthrie tinha escrito, "é revoltante".

Ela continuou a ler, com tristeza. "Por favor, diga ao presidente da comissão que concedeu o prêmio que a restauração da Miracoli resultou dos esforços de muita gente que trabalha para a Salve Veneza e que a proposta da comissão, no sentido de destacar um único indivíduo, não é aceitável para a direção da Salve Veneza. O prêmio, se for concedido, deve contemplar a Salve Veneza como um todo. Caso contrário, a instituição vai solicitar, formalmente, que o prêmio não seja outorgado."

Sem jamais mencionar o nome de Larry Lovett na carta, Guthrie dizia a Lesa que informasse à comissão que "a pessoa" escolhida para receber o prêmio havia mais de dez anos não atuava como executivo-chefe (em outras palavras, presidente) da Salve Veneza e que, de todo modo, seria presunção um só indivíduo aceitar um prêmio pelo trabalho de tantas pessoas.

A carta de Guthrie era ríspida, categórica e inflexível. Concluía dizendo a Lesa que, se os integrantes da comissão de premiação não mudassem de idéia, ela não deveria disponibilizar-lhes qualquer dado, quaisquer fotografias, nem documentos, e tampouco deveria prestar-lhes qualquer colaboração. "Não quero que haja dúvida, em Veneza, quanto ao nosso sentimento."

Os motivos por trás do fax de Bob Guthrie eram vários e complicados, conforme a condessa Marcello bem sabia. Mas, por ora, a carta tinha apenas um significado: um painel de ilustres venezianos tinha votado por homenagear a Salve Veneza e o diretor do conselho administrativo da instituição, Larry Lovett, com o mais cobiçado dos prêmios, e Bob Guthrie, presidente da Salve Veneza, estava disposto a atirar-lhes o prêmio na cara.

A TENSÃO DENTRO DA SALVE VENEZA, entre o diretor do conselho administrativo e o presidente, vinha crescendo nos últimos dois anos, desde 1995. O primeiro sinal visível foi tão sutil que poucas pessoas perceberam: o nome de Bob Guthrie, como presidente, tinha, pela primeira vez, aparecido acima do de Larry Lovett, encimando a lista de nomes que compunham o conselho administrativo da Salve Veneza, em um lustroso periódico patrocinado pela instituição e editado por Bob Guthrie. Aquela súbita inversão da hierarquia tinha sido uma surpresa desagradável para Lovett.

As raízes daquela rixa crescente remontavam ao início dos anos 60, antes mesmo de os dois se conhecerem, quando, durante uma recepção em Roma, alguém ouviu um coronel reformado do Exército americano especular acerca da possibilidade de se estabilizar a Torre de Pisa, congelando-se o subsolo.

O homem que tinha feito o comentário era o coronel James A. Gray. A pessoa que o ouviu era o superintendente de Belas-artes e Antiguidades da Itália. O superintendente disse ao coronel que a idéia de congelar o solo era engenhosa e poderia ser tentada, caso se mostrasse viável. Gray começou a pesquisar. Embora a torre fosse finalmente estabilizada por meio de outro procedimento, as pesquisas do coronel Gray o transformaram em um defensor apaixonado da preservação da grande arte e arquitetura mundial. Em suas investigações, ele descobriu que não havia organização privada, sem fins lucrativos, voltada para esse tipo de trabalho; portanto, em 1965, ele criou uma. Batizou-a de Fundo Internacional de Monumentos, e a dirigia de seu apartamento no National Arts Club, em Gramercy Park, Nova York. (Vinte anos mais tarde, em versão bastante expandida, a organização criada pelo coronel Gray seria renomeada como Fundo Mundial de Monumentos.) A escolha de projetos por parte de Gray era um tanto caprichosa e extravagante — a preservação das misteriosas cabeças de pedra na ilha de Páscoa e dos templos de pedra, datados do século XII, esculpidos em encostas na Etiópia.

Então, em 4 de novembro de 1966, uma combinação de chuva torrencial, ventos fortes e abalos sísmicos no solo do mar Adriático provocou marés excepcionalmente altas que causaram enchentes pelo norte da Itália e inundaram Veneza com um metro e meio de água, durante mais de 24 horas.

Logo em seguida à enchente, a atenção se concentrou em Florença, onde o Arno, subindo mais de 6 metros, havia transbordado, matando noventa pessoas e danificando ou destruindo milhares de obras de arte. Amantes da arte por todo o mundo formaram comitês para o envio de auxílio e assistência. Nos Estados Unidos, foi instituído o Comitê de Resgate da Arte Italiana, tendo Jacqueline Kennedy como presidente honorária.

Quanto a Veneza, embora ninguém tivesse morrido e pouca arte estivesse danificada, logo ficou patente que a situação era, na verdade, pior do que em Florença. Veneza tinha sido construída sobre milhões de estacas de madeira, cravadas no lodo do fundo da lagoa. No decorrer dos séculos, à medida que a cidade se acomodava ao solo e o nível do mar subia, as fundações se tornaram instáveis. Examinando melhor Veneza, os especialistas descobriram que a maioria das construções e quase a totalidade das obras de arte estavam em condições desesperadoras, em decorrência de dois séculos de abandono, depois da derrota da cidade diante de Napoleão. Em toda a cidade, pinturas estavam escurecidas pela fuligem, mofadas, frágeis. Muitas das obras mais importantes se encontravam no interior de igrejas, mas desprotegidas das intempéries devido a buracos nos telhados. Ao mesmo tempo, muitos edifícios estavam com fundações corroídas e fachadas desmoronando. Era um risco freqüente a queda de pedaços de paredes, tijolos, placas de mármore, cornijas e outros elementos decorativos. Toda a parede leste da igreja Gesuiti ameaçava ruir no canal adjacente. Depois que o segmento de um anjo de mármore caiu de um parapeito da igreja Santa Maria della Salute, ricamente ornada, mas lamentavelmente dilapidada, Arrigo Cipriani, dono do Harry's Bar, afixou um aviso do lado de fora da igreja, alertando: "Atenção! Anjos Caindo."

Reconhecendo a ameaça à própria sobrevivência de Veneza, o coronel Gray fundou o "Comitê Pró-Veneza", no âmbito do Fundo Internacional de Monumentos. Enquanto, em Florença, as operações de resgate eram concluídas, Gray recrutou o presidente do Comitê de Resgate da Arte Italiana, o professor John McAndrew, para ser o diretor do conselho do Comitê Pró-Veneza.

McAndrew, historiador da arquitetura, estava perto de se aposentar como professor do Wellesley College. Em uma vida tão ativa quanto variada, ele tinha trabalhado como curador da área de arquitetura do Museu de Arte Moderna de Nova York, depois de ter servido no México durante a Segunda Guerra Mundial, desempenhando a função de coordenador de assuntos interamericanos para o Departamento de Estado. Era especialista em Frank Lloyd Wright e Alvar Aalto, e escrevia, com freqüência, para periódicos especializados.

Na década de 1970, McAndrew recrutou para o Comitê Pró-Veneza um grupo de intelectuais e patronos de arte, entre os quais o estudioso da Renascença Sydney J. Freedberg, chefe do Departamento de Belas-artes de Harvard; Rollin "Bump" Hadley, diretor do Museu Isabella Stewart Gardner, em Boston; o colecionador de arte suíço Walter Bareiss e Gladys Delmas, filantropa norte-americana com interesse especial por Veneza. Ao mesmo tempo, organizações similares, dedicadas a prestar assistência à cidade, eram criadas em outros países: na Grã-Bretanha, surgiu a Veneza em Perigo; na França, o Comité Français pour la Sauvegarde de Venise; na Suécia, a Pro Venezia. Chegaram, finalmente, a existir 33 desses comitês privados, sem fins lucrativos. O trabalho de todas essas organizações era coordenado por um escritório de ligação dirigido pela Unesco, chamado Associação de Comitês Independentes.

Em seus primeiros quatro anos, o Comitê Pró-Veneza deu início a mais de uma dezena de projetos importantes de limpeza e restauração, a começar pela rica fachada do Ca' d'Oro, um palácio gótico situado no Grande Canal. Para demonstrar gratidão pelas boas obras da Salve Veneza, a aristocracia local fez algo extraordinário — isto é, extraordinário para venezianos: convidaram os norte-americanos a seus palácios para coquetéis. Esse gesto, aparentemente simples, marcou uma revolução social em Veneza. Tradicionalmente, os venezianos não convidavam ninguém a suas casas, exceto a família e os amigos íntimos. Era quase tabu estender convites além desse círculo fechado. A nova hospitalidade era um índice da alta estima que os venezianos tinham pelo Comitê Pró-Veneza; era também a primeira de uma série de oportunidades de ganhar acesso a santuários íntimos que os turistas comuns jamais podiam visitar.

Dentro de pouco tempo, entretanto, surgiu um conflito de personalidades entre o abrutalhado coronel Gray e os integrantes do Comitê Pró-Veneza, pessoas extremamente sofisticadas.

Gray era um homem de ação sensato, dotado de grande charme, mas carente de polimento social. Era engenheiro eletricista e pára-quedista, e, durante a guerra, realizara uma centena de saltos sobre a Itália, mas não tinha formação em arte. Usava linguagem chula quando lhe convinha, e contava piadas picantes em momentos inoportunos.

McAndrew, Hadley e Bareiss ficavam constrangidos na presença de Gray e passaram a evitá-lo. Gray, por sua vez, considerava-os um bando de colunáveis diletantes que freqüentavam festas no Grande Canal e bebiam *prosecco*. Quando o Comitê Pró-Veneza propôs a realização de uma festa beneficente em Boston, Gray rejeitou a idéia, considerando-a perda de tempo. Se quisessem angariar fundos, ele dizia, bastava sentar no terraço do Hotel Gritti, às 17h, beber vodca e conversar com os ricaços da mesa ao lado; chegado o momento de se levantar para ir embora, a pessoa teria um cheque de US$10 mil no bolso, em nome do Comitê Pró-Veneza. Ele mesmo tinha agido assim, mais de uma vez.

Na opinião dos integrantes do Comitê Pró-Veneza, o coronel Gray simplesmente não tinha o mesmo estofo que eles. As relações tornaram-se, gradativamente, hostis. Bump Hadley detestava Gray e mal falava com ele. Finalmente, em 1971, McAndrew sugeriu a Gray que o Comitê Pró-Veneza se separasse do Fundo Internacional de Monumentos e se tornasse uma organização independente, dedicada apenas a salvar a arte e a arquitetura de Veneza. Gray não fez objeção.

— Por que não chamam a organização de Salve Veneza? — disse ele.

Com McAndrew na direção do conselho administrativo e Bump Hadley na presidência, o Comitê Pró-Veneza transformou-se na Salve Veneza, Inc., instituição sem fins lucrativos que era constituída por um conselho administrativo, mas que não contava com associados. Em vez de associados, a instituição dispunha de mala-direta de doadores. Ao longo da década seguinte, a Salve Veneza implementou projetos modestos, restaurando pinturas e esculturas e realizando reparos emergenciais em telhados, paredes e pisos de edifícios. No final dos anos 70, Bump Hadley procurou Larry Lovett, amigo desde os tempos em que eram estudantes de Harvard, e convidou-o para ingressar no conselho da Salve Veneza, na função de tesoureiro.

Larry Lovett era erudito, tratável e, na condição de herdeiro da cadeia de supermercados Piggly Wiggly, rico. Saindo de Jacksonville e chegando a Nova York com aspirações sociais, Lovett teve a sorte de ser protegido pela Sra. John Barry Ryan, decana da sociedade nova-iorquina. Tornou-se diretor do conselho da Associação da Ópera Metropolitana e, mais tarde, da Sociedade de Música de Câmara do Lincoln Center. Lovett já tinha por hábito morar em Veneza vários meses por ano quando Hadley o convidou para fazer parte do conselho da Salve Veneza, e ele aceitou. Então, em 1986, Hadley passou a presidência para Lovett, e Lovett começou a procurar alguém que o substituísse como tesoureiro.

Na ocasião, Lovett conhecia Bob e Bea Guthrie havia uma década ou mais. No exercício do cargo de diretor da Associação da Ópera Metropolitana, Lovett tinha trabalhado com Bea Guthrie, que era voluntária do departamento encarregado de doações de "alto nível". Bea Guthrie pertencia à família Phipps, sobrinha de Ogden Phipps, colunável proprietário de cavalos de corrida. Ela havia se graduado *summa cum laude* pelo Smith College, em História da Arte. Os Guthrie, a exemplo de Lovett, eram fascinados por Veneza. Mas Bob Guthrie era cirurgião plástico, com uma agenda cheia de operações, e relutava em aceitar o cargo de tesoureiro. Finalmente, Lovett o convenceu; então, enviou a Guthrie os livros contábeis da Salve Veneza, e Guthrie constatou que a instituição estava um tanto ou quanto desorganizada. E que a mala-direta era inútil. Mais da metade das pessoas listadas tinha mudado de endereço ou estava morta. De uma lista de milhares de nomes, a Salve Veneza contava com apenas 84 doadores ativos e arrecadava, na melhor das hipóteses, de US$40 mil a US$50 mil por ano. Guthrie disse a Lovett que, na realidade, a Salve Veneza estava morta.

Mas Lovett teve uma idéia. Todos os anos, no final do verão, durante o Festival de Cinema de Veneza e a competição de remo, um contingente internacional de *socialites* convergia para Veneza — Nan Kempner, Deeda Blair e suas amigas. Lovett conhecia várias dessas pessoas e tinha certeza de que, se a Salve Veneza promovesse um magnífico jantar dançante em algum palácio no Grande Canal, elas compareceriam e atrairiam outras pessoas, ávidas por estar em sua companhia. Depois de muito debate, a idéia cresceu, transformando-se em uma festa de gala, com quatro dias de duração, que incluíam turnês, recitais, conferências e — aproveitando a recente disposição dos venezianos em abrir suas casas aos benfeitores da cidade — festas em palácios particulares.

Entusiasmado com a idéia de realizar em Veneza uma festa beneficente de gala para a alta sociedade, o conselho administrativo deliberou que a Salve Veneza deveria ser transformada em algo muito maior do que até então pensado. Em vez de restaurar apenas alguns quadros por ano, a instituição arrecadaria um montante muito mais elevado e restauraria prédios inteiros. O conselho escolheu a igreja Miracoli como o primeiro grande projeto e estimou um orçamento de US$1 milhão de dólares para realizar a restauração.

A reorganização da Salve Veneza em tal escala exigia os serviços de um profissional em coleta de fundos. Bea Guthrie aceitou ser diretora-executiva.

Um ano mais tarde, em 1987, a primeira Semana de Gala da Regata Salve Veneza atraiu quatrocentas pessoas que pagaram US$1 mil cada uma pelo privilégio de comparecer. Os participantes foram levados em turnês conduzidas por Gore Vidal, Erica Jong e pelo historiador britânico John Julius Norwich. Houve almoços, coquetéis e ceias em cinco palácios particulares. Os convidados foram admitidos ao palácio dos Doges, para o descerramento da restauração mais recente promovida pela Salve Veneza: o monumental *Paraíso*, de Tintoretto. Foram levados de gôndolas, por canais sinuosos, para visitar o novo projeto, a igreja Miracoli, ainda por restaurar. Na última noite, participaram de um jantar formal, no palácio Pisani-Moretta, onde Peter Duchin e sua orquestra tocavam música dançante, no térreo, e Bobby Short apresentava uma noite de cabaré, no andar de cima.

A alta voltagem do grupo de convidados era visível a cada momento. O programa oficial da festa lembrava aos participantes que trouxessem para cada evento seus ingressos numerados, por motivo de segurança, "devido à presença de vários embaixadores, ministros e outros representantes do poder público". Em todo e qualquer evento, via-se gente como Hubert de Givenchy, o príncipe Amyn Aga Khan, Evangeline Bruce, Michael York, o embaixador norte-americano Maxwell Rabb e suas altezas reais, o príncipe e a princesa Michael de Kent.

Com muitos dos eventos inteiramente patrocinados por empresas voltadas para o mercado de itens de luxo — Tiffany, Piaget, Escada,

Moët & Chandon —, a receita líquida da Salve Veneza naquele ano foi da ordem de US$350 mil.

A Semana de Gala da Regata tornou-se um acontecimento bienal com duração de quatro dias, e sempre vendia todos os convites, mesmo quando os preços subiram a US$3 mil por pessoa. Em anos alternados, a Salve Veneza organizava cruzeiros de luxo pelo Mediterrâneo, sempre convidando historiadores e especialistas em arte para fazer conferências a bordo, conduzir turnês e dar ao cruzeiro um caráter educacional. A receita bruta logo se elevou a US$1 milhão por ano, e a Salve Veneza assumiu mais da metade dos trabalhos de restauração realizados na cidade pelos trinta comitês independentes somados.

O trabalho da Salve Veneza transcorreu de maneira harmoniosa durante toda a década de 1980. Os Guthrie, ao lado de uma pequena equipe, supervisionavam as atividades de rotina, trabalhando no andar térreo de sua residência, espaço que eles haviam disponibilizado para a Salve Veneza, sem cobrar aluguel, para servir de escritório. Em eventos promovidos pela instituição, o simpático Bob Guthrie circulava, apresentava-se às pessoas e fazia tudo para que os convidados se divertissem. Bea Guthrie dedicava-se intensamente aos aspectos educacionais das atividades programadas para as recepções.

Por seu turno, Larry Lovett recrutava europeus com títulos de nobreza, magnatas e luminares da sociedade, convencendo alguns a entrar para o conselho e outros a comparecer como convidados de honra a diversos eventos. Como resultado dos esforços de Lovett, a cobertura que a imprensa fazia da Salve Veneza aparecia, invariavelmente, cravejada de nomes precedidos de SAR, SSA, V. Exa., duque, duquesa, conde, condessa, barão, baronesa e marquesa. O encantamento romântico criado por esses prefixos atraía centenas de pessoas para a Salve Veneza, suas festas e seus bailes de gala.

Em 1990, Lovett começou a achar que as atribuições da presidência tomavam-lhe muito tempo, e convidou Guthrie a assumir o cargo, enquanto ele assumiria a direção do conselho. Guthrie aceitou. Àquela altura, os venezianos traziam no peito a Salve Veneza. Lovett continuou a desempenhar o papel de anfitrião benquisto no cenário social, e o casal Guthrie era admirado pelos esforços incansáveis, tudo em prol de Veneza.

Bob Guthrie, na realidade, tornara-se um autêntico herói, devido ao papel arrojado que desempenhou em um acidente horrível e sangrento, envolvendo o rosto de uma célebre marquesa.

A marquesa era Barbara Berlingieri, uma das aristocratas que Larry Lovett tinha seduzido para o conselho administrativo da Salve Veneza. A marquesa desempenhara um papel crucial na abertura das portas da sociedade e dos palácios venezianos a Lovett e à Salve Veneza. Na verdade, ela se tornara vice-presidente da instituição. Com freqüência, Barbara e o marido, Alberto, recebiam o príncipe e a princesa Michael de Kent como hóspedes em seu palácio no Grande Canal, e os Kent retribuíam a hospitalidade. Conforme disse o *Corriere della Sera*, com certo escárnio, os Berlingieri praticamente moravam no palácio de Kensington.

Barbara Berlingieri era uma beldade, no estilo mais nobre de Veneza. Tinha perfil clássico e olhos azuis e expressivos. Usava os cabelos louros presos à nuca com um laço de veludo preto. O palácio dos Berlingieri, o Palazzo Treves, era famoso por seu interior neoclássico e por um par de grandes esculturas de mármore, de autoria de Canova, retratando Heitor e Ajax, expostas em pedestais giratórios em um salão cercado de colunas, construído especialmente para abrigá-las.

Uma tarde, logo após os quatro dias de gala promovidos pela Salve Veneza, Barbara Berlingieri estava em seu palácio quando o telefone tocou em uma ante-sala, no fundo do comprido salão central. Ao correr para atender, ela escorregou no piso do *terrazzo* e caiu por cima de uma cortina pesada, chocando-se contra a janela que estava por trás. A janela quebrou. Um grande caco de vidro rasgou a cortina e cortou-lhe o rosto, desde a parte inferior do olho esquerdo até a boca, atingindo o osso da face. Com o sangue jorrando, ela gritou para o marido: "Chame Bob Guthrie!"

Guthrie estava, naquele momento, fazendo as malas para viajar para Nova York. Dirigiu-se às pressas para o palácio dos Berlingieri.

— Barbara estava em seu quarto — relembrou ele. — Havia sangue por todo lado. Freneticamente, Alberto pulverizava o rosto dela com uma substância própria para fechar pequenos cortes, e que seca como uma teia de aranha. Mas aquilo era um talho aberto, e o aerossol apenas formava uma camada branca e espessa, misturada com sangue, sobre o rosto da marquesa.

Minutos depois um barco-ambulância os apanhou e os transportou, em alta velocidade, ao hospital em San Giovanni e Paolo. Foram recebidos pelo cirurgião-chefe, que realizaria a operação. Entretanto, ele não era cirurgião plástico.

— O corte no rosto de Barbara tinha causado dois problemas sérios — relembrou Guthrie. — Tinha cortado o músculo responsável pelo sorriso e a borda do lábio superior, que chamamos de "ponto médio do filtro labial". Se os músculos do sorriso não fossem suturados corretamente, Barbara ficaria com o sorriso torto, repuxado de um lado. E, se a borda do lábio fosse suturada em linha reta, o filtro labial formaria uma ruga. É preciso fazer ali um pequeno corte, uma incisão mínima, a fim de manter lisa a borda do lábio. Mas o cirurgião nunca tinha feito aquilo. Alberto apresentou-me ao cirurgião, e disse que gostaria que eu fizesse a operação. O cirurgião disse que, infelizmente, tal procedimento seria ilegal. Eu não tinha licença para praticar a medicina na Itália nem naquele hospital, e ele não poderia deixar que eu operasse. Alberto, que normalmente é um homem tranqüilo, agarrou o médico pela gravata e disse: "Ela é minha esposa! O senhor vai deixar o Dr. Guthrie realizar a cirurgia, senão...!" Fiquei quieto, pois sabia que o doutor tinha razão. O médico ficou um pouco trêmulo e disse: "Bem, não vejo por que o Dr. Guthrie não possa estar presente no centro cirúrgico, como observador." Então vesti o avental cirúrgico, lavei as mãos e fomos para a sala de cirurgia. O cirurgião estava prestes a iniciar a operação quando se virou para mim e disse: "Dr. Guthrie, por que o senhor não faz uma demonstração de sua técnica?" Aquele tipo de convite era absolutamente correto; portanto fiz a cirurgia e tudo correu muito bem.

Após aquele incidente heróico, Veneza transbordou de simpatia em relação à Salve Veneza e a todas as pessoas ligadas à instituição. Barbara Berlingieri anunciou que Bob Guthrie lhe salvara o rosto, na verdade salvara-lhe a vida.

Pelos próximos quatro ou cinco anos, os trabalhos transcorreram com tranqüilidade e despreocupação. Considerando o sucesso total dos projetos da Salve Veneza, nem Guthrie, como presidente, nem Lovett, como diretor do conselho, queriam se deter em certos aborrecimentos que começavam a surgir.

Guthrie descobriu, por exemplo, que Lovett fazia pronunciamentos e aceitava compromissos em Veneza sem informar-lhe, e que, ocasionalmente, ele desautorizava decisões previamente tomadas por Guthrie. Além disso, uma vez que o nome de Lovett era o primeiro da lista dos integrantes do conselho administrativo da Salve Veneza, somente ele recebia os boletins publicados pela Associação de Comitês Independentes, o escritório de ligação dirigido pela Unesco. Os boletins continham informações cruciais sobre o andamento de restaurações realizadas pela Salve Veneza e outros comitês. Contudo, por razões que jamais ficaram muito claras, Lovett, segundo o relato de Guthrie, não fazia circular os boletins. Embora não demonstrasse, Guthrie ficou irritado quando Lovett aceitou uma medalha por trabalhos realizados pela Salve Veneza na basílica de São Marcos e não o convidou para a cerimônia de entrega do prêmio nem lhe informou a respeito. Do mesmo modo, ficou aborrecido quando Lovett pôs o próprio nome em uma placa comemorativa da restauração de uma fonte batismal da igreja San Giovanni, em Bragora, e organizou uma cerimônia de inauguração, convidando a imprensa e determinados amigos, mas não Bob Guthrie. Era a primeira vez que uma placa da Salve Veneza exibia o nome de um doador vivo, ainda que, freqüentemente, doadores especificassem a obra de arte à qual destinavam a doação, conforme Lovett fizera nesse caso.

Por sua vez, Lovett não fez objeções quando Bob Guthrie, depois que se tornou presidente, começou a exibir tendências autocráticas, ao falar em nome de todo o conselho, sem primeiro consultar os membros, ou ao declarar que ele, e não Lovett, discursaria neste ou naquele evento. Lovett continha a indignação quando Guthrie fazia exigências petulantes às autoridades venezianas — insistindo, por exemplo, que a Salve Veneza fosse autorizada a utilizar grandes lanchas a motor, em vez de lanchas-táxis, para transportar números elevados de pessoas pelo Grande Canal, embora o uso desse tipo de embarcação fosse vetado, devido ao congestionamento do tráfego e porque as ondas poderiam danificar as fundações dos prédios ao longo do canal (nesses casos, por causa do dinheiro que a Salve Veneza gastava na cidade, a permissão era geralmente concedida, mas muito a contragosto).

Todavia, durante algum tempo, prevaleceu a cordialidade. O momento decisivo ocorreu quando Bob Guthrie soube que Larry Lovett estava fazendo comentários depreciativos sobre ele e Bea, referindo-se a eles como "equipe contratada". Foi nessa ocasião que Guthrie pôs o próprio nome acima do de Lovett, no topo da lista de integrantes do conselho administrativo da Salve Veneza. Foi o primeiro tiro de uma batalha que se tornaria cada vez mais pública, e cada vez mais desagradável.

LARRY LOVETT E BOB GUTHRIE não poderiam ser mais diferentes em termos de temperamento e envergadura.

Lawrence Dow "Larry" Lovett era um exemplo de refinamento no falar, nos modos, no vestir e no cosmopolitismo. Quando criança, ele nutria esperanças de se tornar pianista clássico e, aos 17 anos, fez uma turnê pela América do Sul, apresentando-se diante de pequenas platéias, mas o medo do palco forçou-o a desistir da carreira. Graduou-se por Harvard e depois cursou a Faculdade de Direito de Harvard. Trabalhou em uma sucessão de cargos executivos, em empresas pertencentes ao pai — navios-tanques e uma linha de navegação a vapor —, mas aposentou-se aos 50 anos, optando por uma vida de diversão, mecenato e convívio com a sociedade internacional, em seus níveis mais elevados. O ponto alto da vida social de Lovett ocorreu em 1995, quando Diana, a princesa de Gales, esteve em Veneza para a inauguração do pavilhão britânico da Bienal e almoçou no palácio de Lovett, atraindo o enxame habitual de repórteres e câmeras de televisão.

Pouco depois do almoço triunfal com Diana, Lovett abriu um exemplar do periódico que tratava da Semana da Regata Salve Veneza e viu seu nome abaixo do nome de Bob Guthrie.

Randolph H. Guthrie Jr. era um sujeito alto. Mais precisamente, era imenso, e, quando caminhava, mesmo bem devagar, tinha-se a impressão de que vários passos seriam necessários antes que ele conseguisse parar completamente. Filho de um proeminente advogado de Nova York (seu pai era o Guthrie, do escritório de advogados de Richard Nixon: Nixon, Mudge, Rose, Guthrie, Alexander & Mitchell), Bob Guthrie fora educado na Saint Paul's School, de onde foi expulso por detonar uma bomba detrás de um dos dormitórios; em seguida, graduou-se por Andover, em Princeton, e pela Faculdade de Medicina de Harvard. Guthrie era brilhante, decidido, motivado, extremamente disciplinado e dotado de uma personalidade inclinada ao comando, o que fazia dele um líder nato. O lado negativo era sua tendência a lidar com diferenças por meio de confronto e intimidação, o que causou a sua saída de mais de um conselho administrativo. O ritmo lento em que as coisas eram feitas em Veneza o irritava e, mais de uma vez, ouviram-no dizer que "Veneza estaria melhor sem os venezianos" e que "os venezianos são os maiores parasitas do mundo". Era conhecido também por, às vezes, amedrontar e humilhar subordinados em público.

Em uma reunião a dois com Guthrie, Larry Lovett, irritado, expressou sua objeção à inversão dos nomes feita por Guthrie. Mais tarde, segundo o relato que Guthrie fez da conversa, ele respondeu dizendo que Lovett deveria culpar a si mesmo. Lovett desautorizava Guthrie, dando instruções contraditórias aos empregados, fazendo pronunciamentos e assumindo compromissos em nome da Salve Veneza, sem o conhecimento de Guthrie. Guthrie advertiu que colocaria o próprio nome na parte superior também do papel timbrado da Salve Veneza se Lovett insistisse naquela conduta. Lovett ameaçou exonerar-se se Guthrie agisse assim, e Guthrie cedeu, achando que já havia marcado sua posição. Então ofereceu devolver a presidência a Lovett, mas Lovett disse que não tinha tempo para realizar o trabalho e que não queria a responsabilidade legal.

— Nesse caso — disse Guthrie —, você não fará mais inaugurações e descerramentos unilaterais, não vai fazer discursos e não vai assumir compromissos para a Salve Veneza, ou aceitar medalhas e receber os créditos por trabalhos da Salve Veneza, a menos que o faça com a minha concordância prévia. Eu teria prazer em me pôr de lado e deixar que você voltasse a ser o patrão, mas enquanto eu for o patrão você vai ter de andar na linha.

Lovett arregalou os olhos para Guthrie.

— Na posição de diretor do conselho administrativo — disse ele —, eu tenho certas prerrogativas!

— Na verdade — respondeu Guthrie —, como diretor do conselho você não tem nada. — Guthrie entregou a Lovett um exemplar dos estatutos da Salve Veneza. — Tome, pode olhar os estatutos. Não há qualquer menção ao diretor do conselho. Está muito claro. O presidente é o executivo-chefe, o único que comanda a Salve Veneza. Quando escolheu o título de diretor do conselho... você, que adora títulos... você se intitulou para o esquecimento. Você não existe.

POUCAS PESSOAS NOTARAM O ESFRIAMENTO entre os dois homens, seis meses mais tarde, no baile realizado no Rainbow Room naquela noite do incêndio do Fenice. A rixa ainda era privada.

No entanto, a relação piorou nos meses seguintes. Em Veneza, Lovett continuava a se apresentar como o cabeça da Salve Veneza. Ele disse a Guthrie que não se "rebaixaria" informando à Unesco e aos demais comitês independentes que Guthrie era o executivo-chefe.

— Francamente — Lovett disse a Guthrie —, você não é benquisto em Veneza. Preciso sempre remediar as coisas para você.

Guthrie, mais uma vez, ofereceu devolver a presidência a Lovett e, mais uma vez, Lovett declinou. Guthrie começou a fazer observações casuais sobre a inutilidade de Lovett. Ele era preguiçoso, dizia Guthrie; não fazia coisa alguma. Por que mantê-lo como diretor do conselho?

A situação ficou mais séria quando, durante uma reunião do conselho, em Nova York, no início de 1997, o conselheiro Alexis Gregory levantou questões sobre possíveis irregularidades financeiras praticadas pelo casal Guthrie. Gregory, aliado de Larry Lovett, era proprietário da Vendôme Press, editora especializada em livros de arte; era irmão do ator e diretor Andre Gregory, mais conhecido pelo filme *Meu Jantar com André*. Alexis Gregory referiu-se à conta de representação no valor de US$100 mil, confiada a Bea Guthrie, e queixou-se de que o casal faturava em nome da Salve Veneza um montante excessivo de despesas com viagens e jantares. E se opunha ao aluguel anual no valor de US$50 mil, pago pelo escritório de Veneza. O escritório ocupava apenas dois cômodos; o resto do espaço era uma casa de dois andares e três dormitórios que servia de residência do casal Guthrie. Gregory assinalou que era possível obter um escritório para a Salve Veneza, por intermédio da Unesco, por apenas US$5 mil por ano. Larry Lovett acusava Guthrie de "falta de clareza" no tratamento das finanças.

— Se perguntarmos a Bob Guthrie qualquer coisa sobre assuntos financeiros — disse Lovett —, ele põe uma pilha de quatrocentas páginas diante da gente, para decifrarmos a situação sozinhos.

Os auditores Ernst & Young foram contratados para realizar uma auditoria completa dos livros contábeis e constataram que cada centavo tinha sido contabilizado. Nesse ínterim membros do conselho procuravam meios de resolver uma disputa que se tornara, na opinião deles, mesquinha, humilhante e profundamente constrangedora.

Em meados de 1997, contudo, a divisão no seio da Salve Veneza estava aumentando. Na reunião do conselho realizada em maio, Lovett surpreendeu Guthrie, ao trazer consigo diversas procurações e dominando as votações para a constituição de subcomissões importantes, provendo-as de pessoas vistas por ele como aliadas. Era a primeira vez que procurações estavam sendo usadas em uma reunião do conselho da Salve Veneza.

Algumas semanas após aquela reunião, Barbara Berlingieri convidou Guthrie para ir até a casa dela tomar um chá. Fazia algum tempo que ela se queixava de que a personalidade de Guthrie tinha mudado, desde que ele se tornara presidente.

— Costumávamos debater os assuntos — disse ela. — Mas agora ele nos dizia: "Sou o presidente. Tenho poder total. Digo a vocês o que quero, e não preciso perguntar nada a ninguém." Eu dizia: "Bob, por que há trinta conselheiros? Somos totalmente inúteis." Ele dizia: "Ah, você não entende porque é italiana"... essa era sempre a desculpa dele... "mas, nos Estados Unidos, o presidente decide sozinho, e não precisa perguntar nem informar."

Guthrie sabia muito bem que a marquesa era a aliada mais próxima de Larry Lovett. Era uma adversária temível, muito mais astuta, na verdade, do que o próprio Lovett. Foi Barbara Berlingieri quem reuniu as procurações para Lovett. Era sócia de uma outra mulher veneziana em uma pequena empresa chamada Venezia Privata, que organizava turnês, festas e visitação a palácios particulares. Havia anos que ela e Lovett propunham que o escritório de Veneza, e não a sede, em Nova York, se encarregasse das providências para as celebrações bienais. Guthrie se opunha à idéia, em parte porque sabia que era um jogo de poder, e em parte porque desconfiava que a marquesa via nisso uma oportunidade profissional para si mesma.

Barbara Berlingieri e Bob Guthrie sentaram-se na sala de visitas do *piano nobile* dos Berlingieri. Barbara foi direto ao ponto.

— Bob — disse ela —, você sabe que agora temos votos suficientes para expulsá-lo do conselho.

Guthrie olhou para ela do outro lado da mesa de chá. A luz que entrava pelas janelas situadas ao longo do Grande Canal iluminava o lado esquerdo do rosto dela, o lado que tinha sido cortado, do osso malar até o lábio superior, abrindo um talho que ele havia fechado com tamanha perícia que a cicatriz era como um fio de cabelo, tão fina que ninguém que não soubesse que ali havia uma cicatriz seria capaz de notá-la.

— Mas não faremos isso com você — disse ela sorrindo, e o sorriso estava perfeitamente simétrico, e não mais alto de um lado. O ponto médio do filtro labial estava liso, sem ruga.

Bob Guthrie ficou olhando o rosto de Barbara Berlingieri, ainda belo, admirando o seu trabalho, e, enquanto refletia, ouviu-a dizer, com o sorriso que ele havia salvado:

— É isto que estamos dispostos a lhe oferecer. Você pode ser presidente do comitê secundário. E, quando criarmos um comitê de aconselhamento, faremos você presidente, também.

Guthrie permaneceu em silêncio, durante algum tempo, refletindo sobre a proposta intencionalmente degradante feita por Barbara Berlingieri, e deixou a mente vagar um pouco: e se ele tivesse se posto de lado e deixado o cirurgião do hospital suturar o rosto dela, em vez de ele mesmo fazê-lo? E se o cirurgião-chefe, que nunca tinha feito cirurgia plástica, tivesse apertado demais os pontos dos músculos da face, deixando-a com um risinho de desdém, em vez daquele sorriso natural? E se o cirurgião tivesse suturado o ponto médio do filtro labial em linha reta, sem fazer a pequena incisão, e o lábio dela ficasse com uma ruga permanente? Não. Foi melhor Bob Guthrie ter se prontificado a ajudar. Porque, agora e pelo resto da vida, Barbara Berlingieri podia olhar o espelho, ao acordar, ver o próprio reflexo ao passar diante de vitrines, espiar o espelhinho do pó compacto ao retocar a maquiagem e, assim e de outras dezenas de maneiras, todos os dias, confrontar sua imagem e se lembrar da genialidade de Bob Guthrie e da sua própria imensa ingratidão.

— Barbara — disse ele. — Você estragou tudo.

— Eu fiz o quê?

— Desperdiçou as procurações. Você deveria ter ficado calada sobre as procurações e esperado até a reunião do outono, depois das festas de gala, quando elegemos os conselheiros. Essa é a eleição que conta. Mas, até lá, agora que você entregou o jogo, eu terei as minhas procurações. Então, veremos quem, de fato, tem os votos.

Mais de trezentas pessoas reuniram-se em Veneza para as comemorações de gala promovidas pela Salve Veneza, no final do verão de 1997. Naquele ano, como costumava acontecer, as joalherias de São Marcos ficaram abertas até mais tarde, cientes de que, com a presença da clientela da Salve Veneza na cidade, teriam a melhor semana do ano. Dez anos tinham se passado desde a primeira comemoração, quando a Salve Veneza voltou os olhos para a restauração da igreja Miracoli. A inauguração da igreja estava prevista para aquele outono. Em seus primeiros dez anos, a instituição cresceu em porte e realizações. Os convites para as festas de gala sempre se esgotavam, apesar do preço de US$3 mil por pessoa, excluindo hospedagem e tarifas aéreas. O papel timbrado da organização agora exibia os nomes de 13 indivíduos com títulos de nobreza, e não apenas meia dúzia. E, naquele ano, oito membros de famílias reais compareceram às comemorações de gala como convidados de honra. O programa de quatro dias incluiu uma turnê por três vinhedos no continente, festas em palácios particulares e um complemento de atividades culturais, como jogos de adivinhação, excursões e conferências. A companhia da Ópera Fenice emprestou adereços e cenários para a decoração de um dos jantares e, novamente, a música no baile a rigor esteve a cargo de Peter Duchin e Bobby Short.

Como sempre, o tempo estava abafado e a atmosfera consistia em uma mistura inebriante de riqueza, luxo, privilégio e poder, em meio às glórias de Veneza. Mas naquele ano havia uma onda de boatos sobre a crescente rixa no seio da Salve Veneza. Embora comprovadamente infundadas, as acusações de que o casal Guthrie estava com a mão na gaveta da caixa registradora circulavam pela piscina do Cipriani. Bea Guthrie percebeu, ou talvez houvesse imaginado, que certas pessoas davam-lhe as costas, quando ela se aproximava. Durante um almoço, na ilha de Torcello, Bob Guthrie cumprimentou a princesa Michael de Kent, convidada freqüente das festas da Salve Veneza ao longo dos últimos dez anos. Dirigiu-se a ela como sempre o fizera, pelo primeiro nome: Marie-Christine. A princesa empertigou-se e disse:

— O senhor deve me chamar de "madame".

Na reunião do conselho realizada logo após as festas, tanto Bob Guthrie quanto Larry Lovett trouxeram procurações, cada um na esperança de alterar o equilíbrio de forças em seu favor. Contudo vários conselheiros não estavam dispostos a um confronto, e se abstiveram, impedindo ambas as partes de obter a maioria. O duelo de procurações terminou em acordo.

Mas surgira uma controvérsia novinha em folha. Havia sido descoberto que Larry Lovett tinha renunciado à cidadania norte-americana alguns anos antes. Era agora cidadão irlandês, e já não pagava impostos nos Estados Unidos. Vários conselheiros ficaram indignados.

— Se você quer ser filantropo e levar uma vida de luxo, tudo bem — disse um deles —, mas primeiro pague seus impostos.

Terry Stanfill, presidente do comitê de nomeações e esposa do ex-presidente da 20th Century Fox e da MGM, disse a Lovett que não poderia, em sã consciência, nomeá-lo para mais um mandato como diretor do conselho. Lovett protestou, mas era uma batalha perdida. O conselho achava imprudente que uma instituição de caridade norte-americana, isenta de impostos, fosse dirigida por alguém que a Secretaria da Receita pudesse considerar um burlador do fisco. Lovett foi eleito, então, para o novo cargo de "diretor internacional" da Salve Veneza.

Essa era, pois, a situação quando Lesa Marcello recebeu a boa notícia de que o Prêmio Torta seria outorgado à Salve Veneza e a Larry Lovett.

DEPOIS DE LER O FAX DE GUTHRIE exigindo que o prêmio fosse concedido à Salve Veneza como um todo, ou então seria rejeitado, a condessa

Marcello sentou-se para escrever a resposta. Ela explicou que o Prêmio Torta era sempre conferido a indivíduos e que, no caso de o contemplado ser uma organização, o prêmio era oferecido em nome de alguém que representasse a organização, nesse caso Larry Lovett. Disse que receava não haver um meio de dar o recado de Guthrie à comissão que concedeu o prêmio sem insultá-la e sem deixar patente que uma desavença constrangedora estava ocorrendo no âmbito da Salve Veneza. Disse que esperava que os problemas internos da instituição fossem resolvidos em particular.

Guthrie não se acalmou. Tinha suspeitado, desde o início, que Barbara Berlingieri estava por trás da indicação única de Lovett ao Prêmio Torta. Alexis Gregory praticamente admitira isso ao propalar, alegremente, que "Barbara orquestrou tudo para Larry". Guthrie via aquilo como mais um exemplo irritante do desejo insaciável de Lovett por reconhecimento. Pegou o telefone, ligou para um dos integrantes da comissão do Prêmio Torta e deixou mais do que clara a sua posição.

A notícia do telefonema de Guthrie espalhou-se rapidamente por Veneza. Dizia-se que o tom por ele adotado tinha sido "intimidador". Lesa Marcello enviou-lhe outro fax, para dizer que os membros da comissão estavam "extremamente aborrecidos" com o telefonema dele e chocados com a idéia de que ele fosse capaz de considerar uma recusa ao prêmio. "Era isso que eu, ansiosamente, tentava evitar", ela disse. "A situação está má, muito má."

Embora contrariada, a comissão responsável pela concessão do prêmio cedeu a Guthrie. Omitiram o nome de Lovett da citação do prêmio, mas incluíram uma fotografia dele, com palavras elogiosas, no programa impresso que foi distribuído na cerimônia de entrega.

Guthrie estava agora convencido de que Lovett e Barbara Berlingieri tinham "subvertido" Lesa, dando-lhe a impressão de que ela já não precisava se reportar a Nova York. Na opinião de Guthrie, isso explicava a relutância de Lesa em transmitir as objeções dele à comissão do prêmio, bem como a argumentação dela de que o prêmio era sempre concedido a indivíduos, o que de fato era a regra — mas, Guthrie sustentava, tinha havido exceções. Guthrie desconfiava que Lesa estivesse sendo usada por Larry e Barbara; ela estaria passando informações para eles, espionando

Guthrie. Ele, então, decidiu agir; certa manhã, com um telefonema breve, em meados de janeiro de 1998, ele a demitiu.

O telefonema foi, na realidade, dado por Paul Wallace, presidente do comitê executivo, mas trazia, nitidamente, o *imprimatur* de Guthrie. E, embora Wallace tenha utilizado a abordagem adequada — o trabalho de Lesa era excepcional... a Salve Veneza cortava gastos... espero que você aceite seis meses de gratificação, como consultora... queremos dedicar ao seu nome um projeto de restauração da Salve Veneza —, a mensagem era clara: a condessa Marcello estava demitida, sem aviso prévio, e, por obséquio, deveria desocupar a mesa até a manhã seguinte. Guthrie enviou um fax sucinto ao escritório da Unesco, informando o nome do novo diretor do escritório de Veneza, sem sequer mencionar Lesa Marcello.

Em um dia, a notícia da demissão súbita de Lesa Marcello se espalhou pelos círculos venezianos mais e menos próximos, alcançando pessoas que não conheciam nenhum dos protagonistas e que tinham apenas vaga noção do que era a Salve Veneza. A história, conforme contada em bares e supermercados, era desprovida de detalhes: uma organização composta de americanos ricos tinha demitido uma condessa veneziana inocente. O que havia começado como uma mesquinha e desprezível rusga particular tornou-se um insulto público a Veneza e aos venezianos.

A dispensa da condessa aumentou a dissensão no conselho administrativo da Salve Veneza. Ao receber a notícia, um conselheiro exonerou-se, o professor Wolfgang Wolters, historiador da arte que trabalhara com Lesa Marcello na igreja Miracoli.

Girolamo Marcello, marido de Lesa e um dos venezianos que integravam o conselho, não se exonerou. Em vez disso, em surdina, fez planos de ir a Nova York, participar da próxima reunião do conselho administrativo da Salve Veneza. Ele jamais havia participado de uma reunião em Nova York; participava apenas das realizadas em Veneza. Quando ele cruzou a porta do University Club, o local da reunião, Bob e Bea Guthrie trocaram olhares. Larry Lovett e Barbara Berlingieri eram as únicas duas pessoas presentes que, supostamente, sabiam o que estava prestes a acontecer.

Mas, primeiramente, o conselho ouviu relatórios detalhados de 18 projetos da Salve Veneza, inclusive sobre a restauração de um quadro de

Carpaccio e sobre o andamento dos trabalhos realizados na fachada da Scuola Grande di San Marco. O conselho, em seguida, aprovou a compra de uma grua de 10,5 metros de altura, a ser utilizada em projetos de restauração, ouviu os termos de uma proposta de criação de bolsa de pesquisa, para que um jovem curador pudesse trabalhar com os principais restauradores de Veneza, e votou em favor de arcar com parte do custeio de uma leitora/impressora de microfilme para o Arquivo Público de Veneza.

Então, o conde Marcello pediu a palavra. Distribuiu cópias de uma tradução em língua inglesa de suas observações, cuja leitura ele faria em italiano.

— Meu inglês não é muito bom — ele me disse, mais tarde — e eu estava exaltado; portanto não teria falado com muita clareza.

Ajustou os óculos de leitura e iniciou.

— Vim hoje aqui para discutir uma situação de profundo interesse para a Salve Veneza e para os senhores. Nos últimos meses, um desagradável conflito interno na Salve Veneza danificou a delicada relação existente entre a instituição e a cidade de Veneza. E isso tem de parar. Os danos à reputação e à imagem da Salve Veneza são bem piores do que lhes pode parecer, daqui de Nova York.

O conde Marcello qualificou de arrogante a ameaça de Bob Guthrie de que o conselho administrativo da Salve Veneza recusaria o Prêmio Torta.

— E, sendo eu integrante do conselho da Salve Veneza, sei que Bob Guthrie falou sem a autorização do conselho.

Quanto à demissão da esposa, Lesa, o conde Marcello reconhecia o direito de a administração demitir um empregado, mas fazia objeção à maneira como a dispensa tinha sido feita.

— Talvez os senhores não saibam — disse ele — que, em Veneza, o término de uma relação de trabalho que durou seis anos, sem aviso prévio, invariavelmente indica desonestidade por parte da pessoa envolvida. Foi esse o procedimento adotado com Lesa, e é disso que me ressinto.

"Ser veneziano", prosseguiu Marcello, "e saber viver em Veneza é uma arte. É o nosso modo de vida, tão diferente do resto do mundo. Veneza não é construída apenas de pedra, mas de uma fina teia de palavras faladas e lembradas, de histórias e lendas, de testemunhos e boatos. Trabalhar e operar em Veneza significa, em primeiro lugar, compreender as peculiaridades e o frágil equilíbrio da cidade. Em Veneza, nos movemos delicadamente e em silêncio. E com grande sutileza. Somos um povo bastante bizantino, e isso, certamente, não é fácil de se entender."

Marcello correu os olhos pelos ouvintes. A não ser pelos dois ou três que entendiam italiano, os demais seguiam lendo, e a atmosfera era uniformemente solene. Os conselheiros da Salve Veneza, que se consideravam benfeitores de Veneza, versados e esclarecidos quanto ao modo de ser da cidade por eles adotada, estavam recebendo uma repreensão, como se não fossem melhores do que uma multidão de turistas porcalhões.

— Devo contar-lhes como esse distúrbio recente na Salve Veneza foi recebido na cidade. Foi visto como prova de que alguns integrantes do conselho não consideram a Salve Veneza uma associação de amigos que fazem boas obras em prol de Veneza, mas um meio de obter prestígio e poder pessoal. Nós, venezianos, encaramos nossa cidade através do antigo sentimento cívico com o qual a construímos, a governamos e a amamos há séculos, e é muito doloroso ver nossa cidade sendo usada dessa maneira.

"Por maior que seja nossa sincera gratidão pela generosidade notável que a Salve Veneza tem demonstrado, nós, venezianos, somos avessos a aceitar auxílio de quem demonstra tão pouco respeito por nós."

Quase como uma reflexão tardia, Marcello concluiu a fala com o seguinte comentário:

— O curso de ação a ser tomado pelo conselho é decisão dos senhores, mas eu certamente acho que o Dr. Guthrie deve ser destituído de todos os poderes.

Ao regressar a Veneza, Marcello mostrou-me o discurso. Era uma fala extensa, por vezes divagante, mas implacável ao exprimir uma indignação contida.

— E como eles reagiram? — perguntei.

— Alguns sacudiram a cabeça e disseram: "Finalmente!" Mas outros ficaram zangados. Um me disse, em italiano: "É uma petulância o senhor vir aqui e falar assim." E eu disse: "O senhor sabe, quando se faz necessário dizer coisas assim, é preciso ter petulância."

Devolvi o discurso a ele.

— Foi forte — observei —, mas o senhor me disse, certa vez, que o sentido daquilo que os venezianos dizem é sempre o oposto do que parece.

O conde Marcello sorriu.

— É verdade, e quando eu lhe disse isso, o sentido era o oposto.

AS LINHAS DE BATALHA ESTAVAM DEFINIDAS. O mandato de três anos de Bob Guthrie como membro do conselho administrativo expirava dentro de quatro meses, na reunião de setembro de 1998, em Veneza. Ele concorreria à reeleição e precisava da maioria dos votos dos 29 conselheiros, a fim de manter assento no conselho. Qualquer resultado inferior, com efeito, resultaria em sua saída da Salve Veneza.

Enquanto o verão avançava, os integrantes do conselho debatiam entre si a crise, e transpareceu que, além da luta por poder entre Guthrie e Lovett, havia uma questão subterrânea que somente agora chegara à superfície. Alguns conselheiros, simpatizantes de Lovett, começavam a achar que a Salve Veneza tinha perdido a aura de exclusividade, que o casal Guthrie tinha assumido o controle da lista de convidados e o resultado era que muitas pessoas que estavam adquirindo convites e comparecendo às festas e às comemorações de gala "não tinham o nosso nível". Era um eco da divisão social que havia rachado o antigo Comitê Pró-Veneza do coronel Gray, no início dos anos 70, e que culminou com o esvaziamento do comitê e a criação da Salve Veneza.

Um conselheiro que poderia ser o primeiro a admitir que talvez não fosse do "nível" de Lovett era Jack Wasserman, advogado nova-iorquino especialista em comércio internacional e associado a Carl Icahn, especialista em tomadas de controle acionário. A ligação de Wasserman com Veneza decorrera de um fascínio, desde os tempos de universidade, pela vida e poesia de Lord Byron. Wasserman era presidente da Associação Norte-americana de Lord Byron e possuía uma coleção importante das primeiras edições de Byron. Embora profundamente dedicado a Byron e aos estudos sobre ele, Wasserman não era, em absoluto, um acadêmico.

— Byron foi útil quando vim à Itália, pela primeira vez, num navio de estudantes, quarenta anos atrás — disse ele. — Os primeiros dois versos de um poema de Byron garantiam-me uma transa toda noite.

Wasserman estava almoçando tarde, em uma mesa de canto no Harry's Bar, quando me juntei a ele. Apresentou-me a um *poodle* preto, bem-comportado, sentado embaixo da mesa, vigiando uma tigela com água. O nome do *poodle* era uma homenagem ao ministro da Guerra que tinha sido amigo, companheiro de viagem e executor testamentário de Lord Byron, John Cam Hobhouse.

— A Salve Veneza foi a minha experiência com a chamada "alta sociedade" — disse Wasserman. — Fazia anos que minha esposa e eu freqüentávamos aquelas festas de gala, onde conhecíamos aquela gente classe A. Ou, ao menos, olhávamos para elas. Então, quando me convidaram a entrar para o conselho, porque não tinham um advogado e estavam crescendo com muita rapidez e questões legais surgiam a todo momento, eu disse: "Claro." Digo, fiquei impressionado comigo mesmo! No conselho, ao lado de Oscar de la Renta. É gente graúda; há que se admitir.

"Mas esses dois sujeitos, Larry e Bob, sob o meu ponto de vista... Larry é bastante glamoroso, socialmente um sucesso, um homem muito sedutor. Sabe, quando a gente está na presença de Larry, sempre fica admirado. É como se ele tivesse um halo em torno de si. Bob não tem isso. Mas o conhecimento de Bob, seu estilo de vida, é tão sensacional que a gente sempre presta atenção no que ele diz.

"Bob e Bea Guthrie trabalham das 6h à meia-noite, como burros de carga. Burros de carga! Falam com Deus e o mundo. As pessoas telefonam: 'Não gostei da minha mesa; não gostei do local onde sentei ontem à noite.' Bob e Bea cuidam do caso. Com prazer, sem problema. Larry não trabalha dia a dia na Salve Veneza. Não trabalha mês a mês. Não é essa a função dele. Sua função é ser o Sr. Glamour, sabe, atrair grã-finos para a festa, para que outras trezentas pessoas paguem para estar no mesmo salão que eles. É esse o trabalho dele, e Deus sabe quanto isso é valioso. Mas ele não trabalha nas festas, não do jeito que o Bob trabalha. Larry se mantém distante. Distante?! É como falar com Deus! Digo, ele sempre aparece, super bem-vestido, em sua própria lancha a motor, acompanhado de uma princesa ou algo assim. Desembarca e se diz satisfeito que tudo esteja correndo bem; então volta para o barco com a princesa, e lá vai ele. É maravilhoso ficar olhando. É imperial. Digo, fico pasmo. É como estar perto do puto do doge.

"Mas essa coisa com a realeza. Alguém me deu certa vez a definição de esnobe. A gente pode ser esnobe para cima, se relacionando com pessoas de um nível acima do nosso, ou esnobe para baixo, descartando pessoas abaixo do nosso nível. Larry tem uma dedicação obsessiva, às vezes assustadora, pela nobreza. Digo, assustadora! Acho que Larry realmente acredita que nasceu para se vestir de púrpura. Por exemplo, durante uma das semanas de gala, alguém da família real inglesa morreu, não me lembro quem. Lembro-me de Larry dizendo: 'O palácio expediu um decreto...', para mim, falando isso para mim, digo, como se eu me importasse. 'O palácio expediu um decreto de que ninguém deve comparecer a festas.' Isso foi logo antes de um coquetel da Salve Veneza. Então eu disse: 'Mas, Larry, você pode ir ao coquetel. O decreto não é dirigido a você.' E Larry disse: 'Ah, eu não poderia fazer isso. E meus amigos... O rei da Grécia e os demais.' Então ele não foi ao coquetel em Veneza. Ficou em casa, com Barbara Berlingieri, porque a realeza européia não compareceria a coquetéis. Eu disse com meus botões: 'Puxa vida!'"

NA TARDE DO BAILE A RIGOR, passei para visitar o casal Guthrie em sua casa vermelha, ao pé da ponte Accademia. O interior era mobiliado com poltronas e sofás forrados de tecido de algodão, e mais parecia um apartamento do lado leste de Manhattan do que uma residência veneziana. Bob e Bea Guthrie estavam sentados na sala de visitas, examinando um quadro grande, apoiado sobre um cavalete e coberto de crachás espetados sobre círculos que representavam mesas.

— Já organizou as mesas de um jantar para 350 talheres? — Guthrie perguntou. — Tente fazê-lo quando meia dúzia de pessoas telefonam, na última hora, dizendo: "Fazemos questão de que fulano sente-se em nossa mesa", o que significa que você precisa refazer tudo.

— Suponho que fica ainda mais difícil — disse eu — quando, ao mesmo tempo, existe um sério conflito pessoal.

Guthrie ficou assustado com minha objetividade, mas logo se recompôs.

— Acho que isso quer dizer que você já ouviu falar — disse ele com uma risada.

— Metade de Veneza já ouviu falar — disse eu.

Ele voltou a olhar para o mapa das mesas.

— Bem, estamos quase terminando... por enquanto. Quer ir dar uma volta de barco?

Saímos e fomos até a lancha de Guthrie, uma Boston Whaler atracada à margem de um pequeno canal, logo adiante do portão. Guthrie se pôs ao timão, deu marcha a ré até o Grande Canal e seguiu em direção ao Rialto. Falava em um tom de voz audível, apesar do ruído do motor.

— Até certo ponto, sim, é uma rixa entre mim e Larry. Mas, na realidade, a coisa é mais complexa. Existem diferenças fundamentais entre a maioria dos nossos conselheiros e o pequeno grupo de dissidentes que apóia Larry.

"Tipicamente, os integrantes do conselho são pessoas realizadas. A Salve Veneza é, para eles, uma distração, e não sua atividade principal. Gostam de estar juntos, amam Veneza e têm prazer em ajudar a preservar a cidade. A contribuição que eles fazem em tempo e dinheiro para a Salve Veneza é maior do que o retorno obtido. São doadores.

"Os dissidentes são uma raça bem diferente. Têm dinheiro, mas não têm uma ocupação importante, não têm realizações. A Salve Veneza assume uma importância exagerada em suas vidas porque eles não têm outro meio de alcançar a fama. É o seu cavalo de batalha. Quando se apresentam, mencionam os cargos que ocupam em suas respectivas organizações. Para comprovar a própria importância, precisam receber o crédito pelas realizações da instituição, embora eles mesmos não trabalhem. Na verdade, referem-se às pessoas que trabalham longas horas como 'equipe contratada'. São tomadores.

"Os dissidentes usam a Salve Veneza para promover sua própria vida social, que é a única vida que têm. Convidam para nossas festas e comemorações de gala os amigos mais exuberantes e os amigos com os quais gostariam de se relacionar e, em troca, são convidados para cruzeiros e casas de campo, onde passam o fim de semana caçando. Esses convidados que não pagam se tornaram um problema. O número deles está aumentando, e os dissidentes os monopolizam. Contratam limusines para levá-los a eventos no interior, enquanto nós viajamos de ônibus, e passam por nós sentados elegantemente no banco traseiro. Chegam tarde e saem cedo. Sentam-se juntos, em mesas só para eles, esnobando os convidados pagantes. E pouco se importam se estão desrespeitando as pessoas."

— Eu tinha a impressão — disse eu — de que esses convidados não pagantes emprestavam o tipo de glamour que atrai os pagantes.

— E emprestam — disse Guthrie —, mas isso era mais importante nos primeiros anos. A Salve Veneza tornou-se tão conhecida que é uma atração por si só. Já não precisamos dessa gente.

Passávamos diante do palácio Pisani-Moretta, onde o baile seria realizado naquela noite. Fornecedores estavam descarregando caixotes de balsas atracadas no portão à beira d'água. Guthrie gesticulou em direção ao palácio.

— São os dissidentes que sempre insistem em sentar perto da janela quando faz calor, ou da lareira quando faz frio. São pessoas muito exigentes. Que diabo! Eu ainda opero 18 horas por dia. Na realidade, não preciso disso.

— Então, por que não larga tudo? — perguntei.

— Bea e eu quase fizemos isso. Já havíamos escrito as cartas de demissão quando começaram a surgir as acusações de irregularidades financeiras. Esse foi o grande erro dos dissidentes, porque, diante daquilo, não poderíamos largar tudo. Jamais poderíamos sair com aquela nuvem pairando no ar. Precisávamos ficar e limpar nossos nomes.

Logo que passamos pelo Rialto, dobramos em um canal secundário. Guthrie diminuiu a velocidade pela metade, enquanto fazíamos curvas e contornávamos barcos a motor e gôndolas que seguiam no sentido oposto. Depois de vários minutos, passamos por baixo de uma pequena ponte e surgimos diante da Miracoli. A fachada de mármore, macio como cetim, brilhava à luz da tarde.

— Eis o único objetivo — disse Guthrie. — Organizamos festas a fim de arrecadar fundos para restaurar edifícios como este.

— Acho que todos concordariam com isso — disse eu.

— De jeito nenhum — disse Guthrie. — Para os dissidentes, é o contrário. Acham que estamos no ramo da restauração para organizar festas e conviver com a realeza.

Quando, mais tarde, naquele mesmo dia, citei para Larry Lovett as palavras de Bob Guthrie, a resposta foi enfática:

— Isso é uma bobagem total.

Na manhã da reunião de setembro em Veneza, realizada na semana seguinte às festas de gala, as duas partes chegaram ao Hotel Mônaco armadas com procurações. As forças de Lovett mostraram-se furiosas, desde o início, porque Guthrie lhes recusara o pedido de transferir a reunião para a tarde, para que três conselheiros que estavam em Nova York pudessem votar por telefone. Conforme as coisas ficaram, seriam 4h em Nova York quando a votação ocorresse.

Dez assentos no conselho seriam preenchidos e os candidatos, apresentados um a um. Logo que a votação começou, a facção de Lovett voltou a estrilar. Guthrie tinha votado com a procuração de um homem que se exonerara do conselho meses antes. Quando a grita diminuiu, Guthrie explicou que havia convencido o indivíduo a revogar a própria demissão, assinar uma procuração e permitir que Guthrie aceitasse o pedido de demissão no momento adequado. O momento adequado ainda não chegara. Lovett apelou para Jack Wasserman, que conhecia os estatutos melhor do que ninguém, pois havia contribuído com a redação do novo regimento. Wasserman confirmou a validade da procuração.

Houve novo alarido quando Guthrie apresentou procurações de duas pessoas eleitas para o conselho, como novos membros, minutos antes. Guthrie argumentou que, embora os dois houvessem assinado as procurações quando ainda não pertenciam ao conselho, estas só foram utilizadas depois que eles ingressaram. Wasserman confirmou a legalidade dessas procurações também.

As procurações de Lovett tampouco eram irreprocháveis. Uma fora assinada pela condessa Anna Maria Cicogna, filha de Giuseppe Volpi, ministro da Fazenda de Mussolini, e meia-irmã de Giovanni Volpi. A condessa tinha mais de 90 anos, e era sabido que suas faculdades mentais estavam falhando. No entanto, aquela era a terceira vez, em dois anos, que uma procuração da anciã tinha sido obtida para ser utilizada em votações da Salve Veneza. Na primeira vez, a procuração da condessa foi uma das surpresas que Barbara Berlingieri reunira em favor de Lovett, um ano e meio antes. Quando, mais tarde, perguntada, a condessa Cicogna não se lembrava de ter assinado a procuração e duvidou que a assinatura fosse dela. Na época da reunião seguinte, para não ficar para trás, os Guthrie a contataram primeiro. Localizaram-na no hospital onde ela estava sendo tratada de uma gripe. Mas a notícia chegou até os parceiros de Lovett, que correram até a condessa, encontrando-a tão confusa diante daquela última procuração quanto da que havia assinado para eles. Então convenceram-na a escrever uma carta a Bea Guthrie, pedindo para ver uma cópia do que havia assinado. "Como você sabe, minha memória é muito fraca", a condessa Cicogna escreveu. "Não consigo me lembrar exatamente de que documento assinei no hospital, e a quem destinei a declaração." Um ano tinha se passado desde aquela carta, e agora, apesar da melancólica admissão de fragilidade mental, a condessa fora convencida a assinar uma terceira procuração, mais uma vez, em nome de Lovett e, supostamente, sem saber ao certo do que se tratava ou em favor de quem assinava.

Todavia, mesmo com a procuração da condessa Cicogna, Lovett somou apenas 12 votos. Guthrie teve 17, incluindo a procuração do conselheiro prestes a se demitir, as duas dos novos integrantes e três abstenções dos que estavam dormindo em Nova York, cujas procurações, segundo o parecer de Wasserman, poderiam ser utilizadas pela administração. Guthrie foi reeleito, e os derrotados extravasaram sua frustração em cima de Wasserman. Protestaram que a eleição tinha sido manipulada e que tudo aquilo era uma tomada de poder corrupta e hostil. Alexis Gregory dirigiu impropérios a Wasserman, incluindo as palavras "vulgar" e "brutamontes".

— Se você disser isso outra vez, dou-lhe uma porrada — Wasserman replicou.

Terry Stanfill, que, não obstante as objeções de Lovett, foi reeleita para o conselho, saiu da sala em lágrimas, dizendo que jamais poderia trabalhar com pessoas que falassem a seu respeito com tamanha rispidez.

Àquela altura, Alexis Gregory deu um salto e declarou: "Vamos todos embora!" Em seguida, ofereceu as demissões dele e de outros oito conselheiros, para surpresa geral da sala, inclusive dos conselheiros a cujas demissões ele se referia e que pareciam perplexos com a precipitação daquele final de jogo. Um tanto hesitantes, levantaram-se e, em fila, deixaram a sala. Pegaram uma lancha a motor diretamente para o Cip's, o novo restaurante no cais do Hotel Cipriani, a fim de refletir, planejar uma estratégia e partilhar um almoço longo, quatro estrelas, com a vista de São Marcos do outro lado da lagoa, reluzente ao sol do meio-dia.

Só faltava a imprensa saber da debandada e com ela se divertir. A manchete do *Gazzettino* dizia: SALVE VENEZA: OS ARISTOCRATAS FOGEM. A reportagem insinuava que a desavença tinha configurado uma batalha campal entre venezianos e americanos, embora apenas quatro dos nove demissionários fossem venezianos (um era francês, os demais, norte-americanos). "Foi uma reunião de três horas, em torno da mesma mesa, mas com posições cada vez mais divergentes", dizia o *Gazzettino*, "os americanos de um lado, os nobres venezianos do outro. A administração da Salve Veneza foi acusada de se dedicar mais a festas do que à restauração de obras de arte. A saída de um pequeno grupo de venezianos ilustres dividiu a instituição como uma maçã."

Segundo o *Gazzettino*, os dissidentes acusavam a administração de "usar a cidade para conseguir prestígio pessoal e como um palco onde se exibir. A Salve Veneza, eles afirmavam, tinha se tornado um clube restrito ao '*jet set*'".

"Deus do céu! Isso é exatamente o que eu diria sobre *eles*!", disse ao *Gazzettino* o historiador da arte Roger Rearick, um dos conselheiros que ficaram. "Foram sempre aqueles indivíduos, os demissionários, que só pensavam em festas e jantares VIP. A verdade é que eles pouco se importam com restauração. Debandaram na esperança de destruírem a Salve Veneza, mas enganam-se. A Salve Veneza vai prosseguir sem eles."

Quando a última demissão foi encaminhada, já não havia venezianos no conselho da Salve Veneza. Ao todo, 15 pessoas tinham saído. Dizia-se que Larry Lovett estava abrindo sua própria instituição de caridade, e os dissidentes previam que as portas dos palácios de Veneza se fechariam diante do casal Guthrie e da Salve Veneza. Nas palavras do *New York Times*, "o acesso a italianos portadores de títulos de nobreza devia-se a Lawrence Lovett, o principal responsável pela abertura dos portões de

Veneza a americanos considerados socialmente à altura. Contudo tais portões talvez estejam se fechando".

Se isso acontecesse, a Salve Veneza se veria em uma posição estranha e sumamente ilógica: celebrada como a mais generosa benfeitora estrangeira da cidade e, ao mesmo tempo, desprezada como um pária abjeto.

OS PRIMEIROS CONVIDADOS A CHEGAR AO JANTAR oferecido por Larry Lovett saíram ao terraço logo após o pôr-do-sol, naquela meia hora mágica, quando a luz suave e turva colore céu e mar com o mesmo madrepérola rosado, e os palácios ao longo do Grande Canal, mais do que nunca, parecem estar flutuando.

Hubert di Givenchy, de costas para o Grande Canal, sentava-se em uma banqueta acolchoada, conversando com a nova-iorquina Nan Kempner. A ponte Rialto erguia-se dramaticamente por trás deles, iluminada no céu que escurecia. Um garçom, trazendo uma bandeja de bebidas, aproximou-se do marquês Giuseppe Roi no momento em que este fazia um comentário alegre que provocara a gargalhada inconfundível e estridente da condessa Marina Emo Capodalista.

— Adivinhe! — gritou Dodie Rosekrans segurando a condessa Emo pelo pulso. Com seus olhos arregalados, a socialite de São Francisco e herdeira de uma cadeia de cinemas acabava de chegar de uma semana na costa da Dalmácia. — Comprei um... mosteiro!

Era o início de setembro. Um ano tinha se passado, desde a divisão da Salve Veneza. Lovett havia criado sua própria instituição de caridade, finalmente, e a batizara de Herança Veneziana. Ele tinha saído à procura de indivíduos para o conselho administrativo como um crupiê que recolhe fichas azuis, reunindo tamanha quantidade de aristocratas e membros de famílias reais que o papel timbrado da Herança Veneziana mais parecia uma página do guia *Debrett's*. Vinte e um dos cinqüenta nomes da lista possuíam títulos: um duque, um marquês, uma marquesa, uma baronesa, os condes e as condessas de sempre, e nada menos do que seis altezas, tanto reais quanto serenas. A Salve Veneza, em contrapartida, ficara reduzida a um único conselheiro com título nobre, uma baronesa. Lovett alegrou-se com o estado da Salve Veneza, e a ele se referiu em uma carta dirigida ao presidente da instituição, Paul Wallace, ressaltando que o evento de inverno que Bob Guthrie preparava para a Salve Veneza, em Nova York, "conta com o apoio de um membro menor da casa real de Savóia, presume-se, porque Guthrie carece de uma figura importante da família real inglesa".

No início daquele verão, a Herança Veneziana tinha organizado seu primeiro festival de gala com duração de quatro dias. Lovett programara a celebração para junho, coincidindo com a abertura da Bienal de Veneza, quando a nata do mundo da arte convergia para Veneza. A festa, cujos convites foram todos vendidos, a US$4 mil cada um, tinha sido um triunfo, levando-se em conta o seleto grupo de participantes, as portas de residências particulares venezianas que se abriram para o evento e o montante de dinheiro arrecadado. Larry Lovett tinha todos os motivos para estar satisfeito. E estava. Porém, a sobrevivência da Salve Veneza o amargurava. E a Salve Veneza, como ele bem sabia, estava longe de morrer.

Na ocasião do tumultuado rompimento, faltava menos de um ano para a próxima Semana de Gala da Regata Salve Veneza. Em breve ficaria bem claro se o mundo particular de Veneza continuaria tão acessível à Salve Veneza quanto o fora no passado. O casal Guthrie estava prestes a começar a buscar contatos e fazer chamadas quando o telefone tocou. Bea Guthrie atendeu.

— É o Volpi! — A voz do conde Giovanni Volpi estrondou, do outro lado. Estava telefonando de seu palacete, na Giudecca. — Ouvi falar que aqueles palhaços agora estão dizendo que as portas de Veneza vão se fechar para vocês!

— Também ouvi — disse Bea Guthrie —, mas, na verdade, não acho...

— E o motivo que eles alegam para terem abandonado a Salve Veneza? — continuou Volpi. — Porque vocês estavam dando festas demais? Isso dito por venezianos que sempre reclamam dos assentos... esses parasitas que nunca pagam um centavo por nada?

O célebre desprezo que o conde Volpi sentia por seus concidadãos venezianos queimava em cada sílaba.

— Veneza é como uma cortesã que pega o dinheiro e nada oferece em troca. Mesquinha, ambiciosa e vulgar! Eles não passam de abutres!

Não bastou caluniarem vocês o verão inteiro, chamando-os de trapaceiros. Esse tipo de crueldade é intolerável. Foi um linchamento moral! Eles têm sorte de vocês não os processarem! E, francamente, acho que deveriam processá-los.

— Bem, Giovanni, tem sido um pesadelo. Mas nós...

— Escute — disse Volpi. — Estou telefonando porque, no passado, vocês costumavam me perguntar se poderiam usar o Palazzo Volpi para o baile da Salve Veneza, e eu sempre dizia não. Pois bem, mudei de idéia. Se acharem que vai ajudar, terei prazer em emprestar-lhes o palácio, no verão que vem, para o baile organizado por vocês.

O Volpi, um palácio magnífico, datado do século XVI, com 75 cômodos e à beira do Grande Canal, era na verdade um palácio e meio. Tinha um jardim no pátio e grandes alas e salões. A presença de uma das figuras mais dinâmicas da Itália no século XX — o conde Giuseppe Volpi, pai de Volpi, fundador do Festival de Cinema de Veneza, criador de Mestre e Marghera, ministro da Fazenda de Mussolini, "o último doge de Veneza" — ainda era amplamente perceptível: no salão de baile, em mármore e chapeado de ouro, construído por Volpi para comemorar as vitórias militares como governador da Líbia, na década de 1920; no retrato a óleo, em tamanho natural, de Volpi em traje diplomático; no canhão posicionado no meio do portego; no mobiliário trazido do palácio Quirinal, em Roma; na foto assinada do rei Umberto de Savóia. Durante anos, o palácio Volpi foi cenário do glamoroso Baile Volpi, realizado todo mês de setembro pela mãe de Giovanni. Mas o último Baile Volpi ocorrera quarenta anos atrás e, desde então, o palácio tinha sido pouco usado — bem preservado, mas não muito usado como residência.

O palácio Volpi estava havia tanto tempo fora do circuito que até os venezianos tinham curiosidade de revê-lo. Sabendo disso, o casal Guthrie fez um astuto gesto político. Com a permissão de Volpi, convidaram dezenas de venezianos para o baile, inclusive diversas pessoas que o briguento Volpi jamais teria chamado. Somente daquela vez, entretanto, Volpi teria satisfação em recebê-los. Era sua intenção provar que ninguém podia "ficar na prateleira", em Veneza, simplesmente porque um bando de "palhaços" assim decretara. Se receber venezianos em seu palácio propiciava-lhe a oportunidade de esfregar-lhes os narizes nesse fato, tanto melhor.

Na noite do baile, as janelas do palácio Volpi se acenderam pela primeira vez na memória recente. Uma frota de lanchas a motor encostou no portão à beira d'água, e centenas de convidados trajando vestidos de baile e *smoking* desembarcaram, entre os quais dezenas de venezianos.

O significado do Baile Volpi-Salve Veneza foi percebido muito além das paredes do palácio Volpi. Tal significado ficou, na realidade, bem claro para Larry Lovett, que, naquela mesma noite, oferecia um jantar em seu terraço. Corria a idéia de que o único objetivo do jantar de Lovett era ofuscar a Salve Veneza e roubar-lhe alguns convidados venezianos. Corria também que Lovett especificara o traje "passeio completo", a fim de impedir que seus convidados fossem do jantar diretamente para o palácio Volpi, sem primeiro ter de passar em casa para vestir traje a rigor. Os amigos admitiram que, da parte de Lovett, o jantar tinha sido um raro *faux pas*; outros consideraram o jantar uma demonstração infantil de maldade que comprovava, de uma vez por todas, que Lovett estava mais preocupado com o próprio prestígio e notoriedade do que com a preservação da arte e da arquitetura venezianas.

Nada disso importava para Giovanni Volpi. Enquanto Peter Duchin tocava música dançante no salão de baile e Bobby Short cantava suas canções no andar de cima, Volpi permanecia no canto do jardim do pátio, longe de tudo, como de hábito.

— Sei lá — disse ele. — Salve Veneza, Herança Veneziana... qual é a diferença? Pensando bem, ambas são pacotes de viagem glorificados. Não sei por que os americanos não podem, simplesmente, visitar Veneza para se divertir, em vez de virem aqui bater no peito. Sabe do que estou falando? É essa coisa de vir aqui com uma missão. Por que têm de vir a Veneza para salvá-la? É claro que o dinheiro dado por eles é bom. Mas isso nada tem a ver com generosidade. Querem é parecer importantes. E, na verdade, é só uma gota no oceano. Deveriam vir para se divertir. Ponto final. Certo? Caminhar. Ver alguns quadros. Ir a alguns restaurantes, como fazem em outras cidades. Os americanos não vão a Paris para salvar Paris, vão? Certo? Quando a gente vê um prédio veneziano com quinhentos anos, ele pode estar meio dilapidado e até em perigo.

Mas a gente não pode descrevê-lo como "em decomposição". O prédio sobrevive há quinhentos anos! A "Veneza em decomposição" é um grande mito. É isso o que acho da Salve Veneza. Chega. Veneza salva-se a si mesma. Vão salvar Paris!

{13}

O HOMEM QUE AMAVA OS OUTROS

A PRIMEIRA VEZ QUE NOTEI AS PICHAÇÕES — e houve diversas — foi quando caminhava pelo mercado do Rialto em uma tarde de inverno. Poucos dias depois, deparei-me com outra, perto de São Marcos, e, no dia seguinte, uma terceira, do lado de fora do restaurante Osteria di Santa Marina. Eram sempre bem escritas, em tinta aerossol vermelha, e sempre em tapumes, onde não fariam mal. A mensagem melancólica era sempre a mesma: SOLIDÃO NÃO É ESTAR SOZINHO; É AMAR OS OUTROS EM VÃO (*Solitudine non è essere soli, è amare gli altri inutilmente*).

Ao contrário da maioria das pichações, aquelas tinham um autor. Estavam assinadas "Mario Stefani". Stefani era personagem conhecido em Veneza, poeta de certa fama que aparecia em um canal de TV local, Tele Venezia, cinco dias por semana, apresentando um breve comentário cultural. Tinha o rosto sorridente e queixudo, e uma cabeleira indômita. A primeira vez que sintonizei o programa foi por acaso. Ele fazia um monólogo informal, improvisado, pulando de um assunto para outro.

"Os venezianos foram grandes navegadores e piratas", dizia ele. "Roubavam coisas e as traziam para Veneza, a fim de embelezar a cidade... mármore esculpido, do Oriente, ouro, pedras preciosas. Agora, as pessoas roubam para si mesmas. Isso é muito triste.

"*Signor* doge", Mario Stefani prosseguiu, agora se dirigindo a um convidado imaginário, "o senhor aceita um copo d'água? Prefere vinho! Não posso culpá-lo por isso. Uma taça de vinho custa apenas mil liras [50 centavos de dólar] em Veneza, hoje em dia. Água engarrafada custa três vezes mais."

Então, passava para outro assunto.

"*Signor* conde", ele perguntou, "o senhor gostaria de fazer uma caminhada comigo pela praça de São Marcos? Não? O senhor diz que não é Moisés, e que não é capaz de abrir as águas? Bem, é verdade que temos enchentes e inundações com mais freqüência. Depois de vinte anos de debates, ninguém decide em favor da construção de diques para conter as inundações. Sempre ouço falar que pessoas que têm interesse financeiro no adiamento da decisão são aquelas que causam o atraso.

"Senhor doge, parece que o senhor está hesitando em pegar uma lancha-táxi. Por quê? Porque é muito caro! É verdade. E, provavelmente, já percebeu que as gôndolas são caras também. E os hotéis. E os restaurantes. Todos os confortos pelos quais os turistas pagam. São eles que detêm o poder em Veneza. Não, não, não, não os turistas... Refiro-me aos taxistas, aos gondoleiros e aos donos de hotéis e restaurantes. Mandam em Veneza, conforme qualquer pessoa pode lhe confirmar."

O programa de TV apresentado por Stefani era uma produção de baixo custo, com apenas uma câmera, em preto e branco, e com duração máxima de cinco minutos. Sempre abria com a música tema de *A Pantera Cor-de-rosa* e Stefani olhando diretamente para a câmera, anunciando: "Venenos e proclamações venezianas! Conversa fútil!" Veneza e os venezianos eram o assunto principal.

"Os venezianos são criaturas metódicas", disse ele em um programa. "Para sabermos se estamos adiantados ou atrasados, basta observar o local onde encontramos determinadas pessoas na rua. Se estivermos na hora certa, vemos determinadas pessoas nesse ou naquele campo. Se virmos essas pessoas na rua, antes ou depois, saberemos se estamos adiantados ou atrasados."

Stefani lamentava o desaparecimento de instituições e personagens.

"Os gatos desapareceram das ruas de Veneza. É porque as velhinhas que costumavam alimentá-los sumiram. Tenho saudade das velhinhas que usavam xales e delicadas correntes de ouro que ficavam presas na lã. Uma das que eu mais gostava tinha o hábito de entrar no bar e pedir grapa. Dizia: 'Dê-me duas grapas. Uma para mim e uma para Franca.' Pagava e bebia a dela, o tempo todo olhando em volta e dizendo: 'Franca? Cadê a Franca? Deve ter ido comprar alguma coisa... *Madonna*, cansei de esperar. Acho que vou ter de beber a dela também.' A cena se repetia diariamente, e Franca nunca aparecia. A velhinha sempre bebia as duas grapas. Onde estará agora? Tenho saudade dela."

Stefani falava de bairros, especialmente do dele próprio, que era o campo San Giacomo dell'Orio, bela praça na região de Santa Croce, a salvo do principal circuito turístico da cidade.

"O padeiro do nosso campo imprimiu um poema meu nos sacos de papel da padaria... por respeito, não apenas a mim mas à poesia. De maneira que as pessoas entram na padaria e pedem dois pães e um poema."

Mario Stefani era um entusiasta da sua cidade. Tinha natureza generosa, acolhedora. "Qualquer pessoa que ama Veneza é um autêntico veneziano", ele dizia, "até um turista, mas somente se o turista permanecer tempo suficiente para apreciar a cidade. Se ficar só um dia, apenas para dizer que conhece Veneza, não."

Stefani ensinava literatura em uma escola no continente, e seu nome aparecia com freqüência no *Gazzettino*. Escrevia crítica literária e de arte, e participava de leituras e outros eventos culturais. Era provavelmente mais conhecido em Veneza por seu comentário, tantas vezes citado: "Se Veneza não tivesse uma ponte, a Europa seria uma ilha." A frase era o título de um de seus livros de poesia.

Durante o Carnaval, todos os anos, Stefani participava das leituras de poesia erótica realizadas no campo San Maurizio. Vinte por cento de seus poemas, ele estimava, eram eróticos. Eram também abertamente homossexuais. Em seus poemas, ele fazia referências freqüentes aos músculos, aos lábios, à beleza e ao olhar de belos rapazes. Falava de ajoelhar-se diante deles, em adoração. Lembrava um rapaz que pressionou a virilha contra ele, no ônibus, e outros com quem se encontrava, tarde da noite, no campo.

Sua poesia erótica abrangia o jocoso e o gráfico, mas ele levava a sério seu papel de gay assumido. "Falar a verdade é o ato mais anticonformista que conheço", ele dizia. "A hipocrisia é a base, a fundação da sociedade. Jamais levei vida dupla. Sempre declarei 'minha cruz e meu gosto', quero dizer, meu desejo pelo homem, por músculos fortes e pelo rapaz adolescente, um desejo que me tem causado tanto sofrimento e tanto prazer."

A sinceridade de Stefani conquistou o respeito e a aceitação dos venezianos. Ele demonstrou boa-fé, dizia-se, e superou o preconceito, a ponto de mães confiarem os filhos e, mais importante, a educação dos filhos a ele.

De vez em quando, eu via Stefani na rua e nos bares do Rialto. Era um tanto obeso, tinha cerca de 60 anos e caminhava com os passos arrastados. Vestia-se com certo estilo — suspensórios vermelhos, tênis vermelhos, gravata de bordas largas e calça larga —, mas as roupas costumavam estar amarrotadas e com manchas de comida. Sempre carregava duas sacolas plásticas cheias de livros e comestíveis, uma em cada mão, parecendo um vagabundo. A todo momento, cumprimentava alguém, ou parava para conversar, ou enfiava a cabeça pela porta de uma loja para trocar algumas palavras ou dizer algo engraçado. Gostava de beijar as mulheres no rosto, mas diversas vezes percebi que elas, disfarçadamente, limpavam a face em seguida. "É um homem querido, meigo", Rose Lauritzen disse, "amável e generoso. Mas sempre reajo com ambivalência quando o vejo vindo em minha direção, porque ele sempre me beija, e é sempre um beijo babado."

Nos bares, Stefani se deparava com a própria imagem. Um escultor local tinha feito jarras de cerâmica para vinho, no estilo de canecas *toby*, à imagem de Stefani representado como Baco, com uvas na cabeça. O escultor fabricara uma série de cem jarras e tinha presenteado o prefeito Cacciari com a "prova do autor", em cerimônia pública. A oferta coincidiu com a publicação do novo livro de poesias de Stefani, *Vinho e Eros.*

Quando as pichações de Stefani, em aerossol vermelho, começaram a aparecer por Veneza, ficou claro para mim que ele possuía um talento natural para autopromoção. A mensagem — "Solidão não é estar sozinho; é amar os outros em vão" — era sensível e compassiva. Era também uma de suas frases mais famosas. Em poucos dias, a imprensa local estava publicando fotos das pichações, acompanhadas de textos bem-humorados e referências positivas a Stefani. A publicidade nada lhe custara. Quando perguntado, Stefani dizia que não tinha feito as pichações: "Não fui eu", ele dizia. "Deve ter sido algum fã. Fico lisonjeado, é claro, e gostaria de conhecê-lo, quem quer que seja."

História convincente, pensei.

Então, em um domingo, 4 de março de 2001, mal tendo passado um mês depois que a primeira pichação apareceu, Mario Stefani enforcou-se na cozinha de seu apartamento.

DE REPENTE, A MENSAGEM DA PICHAÇÃO assumiu novo significado. Já não era uma observação sábia de um poeta sensível. Era um grito de dor.

A notícia foi recebida com descrença por toda a cidade. "Mas ele estava sempre sorrindo", era o comentário mais ouvido. "Era um homem tão popular. Tinha tantos amigos."

Carla Ferrara, que era musicista, via a coisa de outro modo.

— Em Veneza, é mais difícil perceber a solidão. Fica escondida, porque, quando a gente sai de casa, é obrigada a caminhar. Todo mundo caminha em Veneza; então a gente encontra vinte pessoas conhecidas, e tem de dizer "olá". Mas não importa quantas pessoas a gente encontre, ainda assim é possível se sentir sozinha, por dentro. Esse é o problema da cidade pequena. A gente fica cercada de pessoas que falam conosco e dizem "olá". Na cidade grande, a gente não fala com tantas pessoas. A solidão é mais óbvia.

O sentimento de descrença foi observado mais profundamente nos vizinhos de Stefani, em campo San Giacomo dell'Orio.

— Nenhum de nós sabia que ele se sentia só — disse Paolo Lazzarin, dono da Trattoria al Ponte, localizada no térreo do edifício de Stefani. — Ele vinha aqui três vezes por dia. Era como se fosse da família. Tinha perdido um pouco de peso, nos últimos meses, mas nos disse que estava seguindo dieta. Não sabíamos que precisava de ajuda.

As mulheres que dirigiam o restaurante La Zucca, do outro lado da ponte, em frente à casa de Stefani, também ficaram surpresas.

— Nós o víamos passar, com as sacolas plásticas cheias de compras — disse Rossana Gasparini. — Ele vinha aqui uma vez por dia, pelo menos, nos beijava, e dizia: "Já sabem da última?" Parecia um pouco abatido ultimamente, mas nunca imaginamos...

O padeiro, Luciano Favero, disse:

— Ele estava sempre cercado de um monte de gente, mas talvez tivesse poucos amigos de verdade. Nos últimos tempos, parecia pensativo.

No noite de sábado, na véspera de morrer, Stefani tinha ido a Mestre para a abertura de uma exposição do pintor Nino Memo, um velho amigo.

— Ele chegou cedo — disse Memo — e parecia estar de ótimo humor. Gostou da exposição e até prometeu escrever uma crítica favorável. Vários amigos dele estavam lá... escritores, pintores e acadêmicos... e ele conversou com todos. Mas percebi uma coisa fora do comum: ele ficou até o fim. Não tinha aquele hábito; costumava ir embora de uma reunião como aquela antes do fim. Depois juntou-se a alguns de nós e fomos jantar; então voltamos todos para Veneza. Antes de nos despedirmos, na Piazzale Roma, ele abriu a sacola plástica e nos mostrou um frango assado, pronto. Era para o almoço de domingo. Disse que, provavelmente, não sairia de casa o dia inteiro. Tinha muito trabalho a fazer.

Na tarde de domingo, uma estudante que era amiga de Stefani, Elena de Maria, esperou por ele na Trattoria al Ponte. Ele tinha dito que lhe daria algumas orientações para a tese; quando ele não apareceu para o encontro das 14h, ela lhe telefonou, mas não obteve resposta. Continuou tentando, a tarde inteira. Finalmente, por volta das 21h, ela telefonou para o Corpo de Bombeiros. Enquanto os bombeiros subiam até o apartamento, ela esperou lá embaixo. Mario era amigo da família havia anos, mas, em todo aquele tempo, jamais a convidara para ir até o seu apartamento — provavelmente, ela disse, porque estaria uma bagunça. Um barco-ambulância chegou dez minutos mais tarde, e os pára-médicos subiram com a maca.

— Quando desceram com a maca sem o Mario — disse ela —, eu sabia que ele estava morto. Então os bombeiros trouxeram o corpo, dentro de um saco. Não o carregaram; arrastaram o corpo pelas escadas.

Elena de Maria encontrou-se comigo no Al Ponte para conversar sobre Mario.

— Domingo era o único dia da semana em que a falta de Mario não seria logo sentida — disse ela. — Ele gostava de ficar em casa o dia inteiro, de cueca. Em qualquer outro dia da semana, ao cabo de algumas horas, se não tivessem notícia dele, os amigos logo se preocupariam. O padeiro daria falta dele. Os freqüentadores do Al Ponte dariam falta dele. A maioria das pessoas estaria morta uma semana até que os amigos notassem. Mario achava que estava sozinho, mas não estava.

O promotor público encarregado do caso de Stefani, Antonio Miggiani, disse que a polícia encontrou Stefani pendurado no corrimão da escada que ligava a cozinha ao sótão. Ele vestia apenas uma camiseta. Tinha uma nota suicida presa a um barbante amarrado em volta do pescoço. A polícia não revelou o conteúdo da nota, mas disse que Stefani listava uma série de acontecimentos infelizes que o levaram a se matar, inclusive a morte recente do pai. Não foi encontrado nenhum indício de crime.

Em editoriais de jornais e em conversas, Veneza examinava a própria alma, perguntando-se como pôde ignorar as diversas mensagens do desespero de Mario Stefani, especialmente aquelas em tinta aerossol vermelha. Uma reunião do Ateneo Veneto celebrou a vida e a poesia de Mario. Todavia, o padre da vizinhança de Stefani provocou uma controvérsia amarga ao negar o uso da igreja San Giacomo dell'Orio para o funeral de Stefani, porque ele havia cometido o suicídio. Ludovico De Luigi e outros amigos de Stefani acusaram o padre de preconceito, dizendo que ele estava invocando uma regra antiga, que já não era adotada. Fizeram uma demonstração de protesto no campo. O impasse foi resolvido uma semana depois, quando o padre da igreja San Giovanni e Paolo consentiu em realizar o funeral lá. Centenas de pessoas compareceram.

Durante a cerimônia, sentei-me ao lado de De Luigi. Seu estado de espírito era cáustico.

— Mario passou a semana toda na geladeira — disse ele. — Estou enojado com o público. Prestam mais atenção ao seu homossexualismo do que aos poemas e ao coração e à alma. Ninguém consegue enxergar além do aspecto físico, porque vivemos numa sociedade materialista. Todo mundo está explicando a morte de Mario pelo seu traseiro. Não o entendem. Hoje tudo é táctil. Voltamos aos macacos. — Ludovico deu de ombros: — Quanto a mim, vivo apavorado com o dia em que me entenderem, porque isso vai significar que sou igual a eles. E aí será o fim da minha vida, porque a vinda inteira eu não quis ser entendido.

A despeito das declarações da polícia, alguns amigos de Stefani duvidavam que sua morte pudesse ter sido suicídio voluntário. Stefani era fisicamente inábil, diziam. Era incapaz de lidar com os aspectos práticos mais simples da vida cotidiana. Conforme disse um amigo, ele não sabia pendurar um quadro, muito menos se enforcar.

Maria Irma Mariotti, jornalista que escrevia para o jornal cultural *Il Sole 24 Ore*, conhecia Stefani havia 35 anos e ficou perplexa por ele ter sido encontrado seminu.

— Mario sempre se preocupava com a própria aparência — disse ela. — Se planejasse o próprio suicídio, sabendo que o corpo seria visto por muitos estranhos, haveria de ser encontrado em estado mais apresentável.

Pouco após a morte de Stefani, a Editoria Universitária, que publicava seus trabalhos, pôs na praça um livro de cinqüenta páginas contendo a sua poesia mais recente, *Desespero Silencioso*. A imagem da capa era uma foto de Stefani, em preto e branco, com aspecto melancólico, e o tom dos poemas era igualmente sombrio. Ele dizia que tinha um sorriso no rosto, mas o coração estava sofrido. Sentia-se cansado de viver; a vida era um peso insuportável. A morte aguardava por ele ao final de uma solitária viagem de trem.

Encontrei um exemplar de um livro anterior reunindo poesias suas, *Poemas Secretos*. Fora publicado três anos antes de sua morte, e já àquela época seu estado de espírito não poderia ser mais evidente: "Continuo a viver", ele escreveu, "mas quero morrer".

Ficou claro para mim que a maioria das pessoas que conhecia Mario não tinha lido a sua poesia. Sentei-me e li uma tarde inteira. A metade dos poemas, pelo menos, era sobre vida, morte, lembranças dolorosas e sobre a dor do amor e da saudade.

Àquela altura, decidi fazer uma visita ao editor de Stefani. Baseando-me no nome — Editoria Universitária —, eu supunha que se tratasse de uma nobre editora acadêmica, mas não consegui encontrá-la no catálogo telefônico. Depois de muito perguntar, descobri que a editora era operada pelo próprio dono, sozinho, Albert Gardin, e que funcionava na loja de fantasias e brechó pertencente à sua esposa, localizada em uma ruela estreita, a *calle del* Scaleter, não muito longe do campo San Giacomo dell'Orio.

Quando olhei pela vitrina da lojinha vi um amontoado de coisas antigas: chapéus, vestidos, casacos, capas, echarpes, guarda-chuvas, bonecas e peças de tecido — emboladas, empilhadas, espalhadas e penduradas —, mas nem sinal de algo que se assemelhasse a uma editora. Entrei e perguntei a uma mulher de cabelos castanho-claros, caídos nos ombros, se ela poderia me levar até Albert Gardin. Naquele momento, um homem de baixa estatura, barbado, surgiu detrás de um *bunker* de chapéus. Era Albert Gardin.

Apresentei-me e disse que gostaria de saber mais a respeito de Mario Stefani. O *signor* Gardin disse-me que teria satisfação em falar da poesia do amigo, o que era muito, e da morte dele, o que não era muito. Apontou uma banqueta, e me sentei.

— A polícia não fala nada — disse ele. — Sequer sabemos o que Mario escreveu na nota suicida. Minhas melhores informações foram detalhes que vazaram. Um amigo que trabalha no Corpo de Bombeiros me disse que Mario foi encontrado com um laço em volta do pescoço e os pés apoiados no chão. Portanto, ele não morreu instantaneamente, por ter quebrado o pescoço, mas em conseqüência de um estrangulamento demorado e lento. Seu rosto estava negro. Ele usou uma corda de montanhismo, feita de algum material plástico, que estica. Acho possível que tenha morrido de alguma outra maneira, e que o corpo tenha sido pendurado para parecer suicídio.

— O senhor acha que foi assassinato?

— É possível. Talvez a autópsia nos revele algo.

— Mas a polícia diz não haver indício de crime — disse-lhe eu.

— É claro — disse ele.

— Também dizem que não há sinal de roubo. Dinheiro, quadros e objetos de valor estavam nos respectivos lugares.

— Podem ter encontrado dinheiro, quadros e objetos de valor, como dizem. Mas como saberiam que nada foi levado?

— Mas não havia muitos sinais de que Mario Stefani era suicida? — perguntei. — Quero dizer, esse novo livro que o senhor publicou. É quase um mapa para o suicídio.

— Mario falou-me de morte e suicídio mais de uma vez — disse Gardin. — Mas eu não achava que fosse suicida, e há coisas sobre a morte dele que não conferem.

— Que tipo de coisa?

— Um dia antes de morrer, ele me telefonou para dizer que não marcasse nada para 30 de março. Ele estava planejando um evento no Lido. Não me lembro o que era... uma leitura de poesia envolvendo crianças ou idosos. O que quer que fosse, ele estava entusiasmado. Por que faria planos, se pretendia se matar?

— Talvez o ímpeto final tenha ocorrido subitamente, sem aviso — disse eu. — Sei que isso pode acontecer, especialmente com alguém que luta contra um impulso suicida.

Gardin sacudiu a cabeça.

— Eu conhecia Mario muito bem. Ele valorizava as amizades. Tenho certeza de que teria vindo me ver pela última vez, para se despedir, pessoalmente. Tal atitude seria típica dele. Mario era... — Gardin se calou. Fechou os olhos. Então, passado um instante, piscou, evitando as lágrimas. — Desculpe. É que não estou acostumado a dizer "Mario *era*". Eu ia dizer que Mario era um verdadeiro amigo, só isso. Estava deprimido, mas não a ponto de se matar.

— Por que estava deprimido?

Gardin fez uma pausa e olhou para as próprias mãos, antes de responder.

— Acho que estava sendo chantageado.

— Por quê?

— Mario sempre se gabava de pagar drinques e jantares para outras pessoas. Ele dizia: "Quero humilhá-lo com minha riqueza." Então, no verão passado, parou de fazer isso. Dizia que estava passando dificuldades financeiras e não podia mais pagar, e, se pagasse, era apenas pela parte que lhe cabia da conta. Ele via alguém passando por um bar, com pressa, e oferecia uma bebida a essa pessoa, sabendo que ela não teria tempo para aceitar.

"Eu sabia que tinha de haver uma razão para as dificuldades financeiras, e fiquei preocupado. Finalmente, perguntei-lhe se estava sendo chantageado. Ele disse: 'Não, não, não!' Mas agradeceu-me por ter perguntado e disse: 'Talvez um dia eu explique tudo.'"

— Por que alguém o chantagearia? Ele era bem franco quanto à sua homossexualidade.

— Sim, mas esse aspecto da vida dele era algo à parte. Ele pagava para fazer sexo. Os rapazes pertenciam à classe operária, e alguns tinham antecedentes criminais. Alguns eram viciados em drogas. Abordavam-no na rua, dizendo que precisavam de dinheiro para pagar a conta de luz, e ele dizia: "Passe lá em casa hoje à noite." Para os rapazes, era uma questão de sexo por dinheiro, mas Mario muitas vezes se apaixonava, o que o tornava vulnerável. Ele lhes dava o que quisessem, e o que sempre queriam era dinheiro. É nesse tipo de chantagem que estou pensando.

Gardin preocupava-se com o destino do patrimônio de Stefani.

— Dezessete artistas fizeram retratos de Mario, inclusive Giorgio de Chirico. Mario me disse que queria que todos os seus quadros, seus escritos e a coleção de milhares de livros fossem doados para o museu da Fundação Querini Stampalia.

Gardin preocupava-se, particularmente, com o destino da poesia inédita de Stefani.

— Ele estava sempre rabiscando poemas — disse Gardin. — Deve haver dezenas deles em cadernos, pedaços de papel, acabados, inacabados. Para um olho destreinado, tais escritos podem não parecer nada. Talvez sejam jogados no lixo.

A princípio, a suposição era de que o herdeiro de Mario fosse o parente mais próximo, uma prima distante que mal o conhecia. Ela havia providenciado o enterro e foi a única pessoa que a polícia permitiu entrar no apartamento. Mas, logo após a morte de Stefani, duas organizações sem fins lucrativos se apresentaram, ambas afirmando que ele lhes dissera que constavam de seu testamento como beneficiárias — uma organização que pesquisava o câncer, com sede em Milão, e a Igreja Valdense, em Veneza. O legado da Igreja Valdense era o mais recente e, portanto, esta parecia ser a herdeira legítima.

Um mês depois, entretanto, em manchete, o *Gazzettino* alardeou: "O Mistério do Terceiro Testamento." A polícia tinha encontrado um terceiro testamento no apartamento de Stefani, com data posterior às dos outros dois. Não foi revelada a identidade do beneficiário; dizia-se apenas que era alguém cujo nome não constava de nenhum dos dois testamentos anteriores. Contudo havia um problema: o terceiro testamento era uma fotocópia, não sendo, portanto, válido por si só. Seria preciso encontrar o original. O promotor público disse que interrogaria o tabelião de Stefani para saber se o original do testamento fora suprimido, escondido ou destruído.

A revelação mais surpreendente da reportagem foi que o patrimônio de Stefani incluía não apenas a casa, mas seis apartamentos para aluguel, em Mestre, e dois *magazzini* no Rialto. O valor total era superior a US$1 milhão.

No dia seguinte, o tabelião de Stefani localizou o original do terceiro testamento dentro de um livro de poesias que Stefani lhe dera vários meses antes. Encontrou no livro, também, um quarto testamento, datado de um mês depois, que tão-somente reiterava os termos do terceiro. A identidade do herdeiro ainda não tinha sido revelada.

A história tomou outro rumo inesperado, seis semanas depois, com o anúncio surpreendente de que a herdeira era uma menina de um ano de idade. Stefani amava a criança como se fosse sua filha. Segundo o *Gazzettino*, Stefani fizera o pai da menina seu herdeiro porque ela era menor e, se ele deixasse o patrimônio no nome dela, a justiça assumiria o controle até que ela completasse 18 anos. Ainda assim, os nomes não tinham sido revelados. A descrição dos pais da menina revelava que eram operários, e que tinham ficado atônitos e incrédulos com a herança.

Essa última revelação assombrou todos os conhecidos de Stefani, especialmente Albert Gardin. Próximo do final de junho, eu estava andando em frente à sua lojinha e vi o topo da cabeça dele detrás de uma pilha de chapéus. Entrei no brechó.

— O senhor descobriu alguma coisa mais sobre a menina? — perguntei.

— Não existe menina alguma — respondeu ele.

— Quê?

— Mario deixou tudo para um homem de 32 anos. Isso é tudo o que está dito no testamento. Não há menção a bebê algum.

— Como o senhor descobriu isso? — perguntei.

Gardin enfiou a mão em uma gaveta e retirou uma folha de papel. Era uma cópia do terceiro testamento de Mario Stefani. Estava escrito à mão, exigência de todos os testamentos italianos. O herdeiro "único e universal" estava citado como Nicola Bernardi.

— Quem é ele?

— Um quitandeiro — disse Gardin. — Trabalha na quitanda da família, em São Marcos. Ele e a esposa têm uma menininha. O nome dela é Anna. Mario escreveu um poema sobre ela.

Lembrei-me, então, de ter ouvido Stefani, em seu programa de TV, em duas ocasiões, falar de uma linda menininha que o ajudara a sair de uma depressão profunda. Gardin entregou-me um exemplar do último livro de poesias de Stefani, aberto na página do poema escrito sobre ela. Anna lhe trouxera esperança, ele escreveu, e vontade de seguir vivendo.

— O *Gazzettino* ainda cometeu outro erro — disse Gardin. — Afirmou que o tabelião achou o testamento dentro de um livro de poesias. Mas, quando registrou o testamento, o tabelião relatou que o documento lhe fora *entregue* pela advogada de Nicola Bernardi, Cristina Belloni. Tenho os documentos do registro, também.

— O que o senhor acha disso tudo? — perguntei.

— Estou mais desconfiado do que nunca. Deixe-me mostrar-lhe algo *realmente* estranho. Observe a redação do testamento. Está cheia de erros gramaticais. Mario jamais teria escrito algo assim. Por exemplo, ele muda da primeira para a terceira pessoa, e volta para a primeira: "*Eu*, Mario Stefani, estando em pleno comando das *suas* faculdades mentais, *deixa* todos os *seus* bens e propriedades e todos os *meus* ativos financeiros..."

"Se não for uma falsificação gritante, então Mario devia estar sob uma pressão tremenda no momento em que escreveu isto. Talvez tenha sido ditado para ele. Se Mario escreveu este testamento intencionalmente, então cometeu o suicídio uma segunda vez... um suicídio literário. Quero dizer, o que sabe esse quitandeiro sobre poesia? Ou que importância dará à poesia? Como saberá discernir entre um pedaço de papel que contenha um poema rabiscado e um pedaço de papel que pode ser, tranqüilamente, jogado fora? Ele vai tomar decisões sobre direitos autorais e traduções? Vai negociar com editores?"

— A propósito — disse eu —, de que modo isso afeta o senhor, na condição de editor de Stefani? Notei que, nos livros, a Editoria Universitária é identificada como detentora dos direitos autorais.

Ele encolheu os ombros.

— Quem sabe?

— O que o senhor vai fazer a esse respeito?

— Primeiro, quero decifrar esse mistério. Vou peticionar ao promotor público a abertura de um inquérito honesto, transparente, e vou enviar cópias da petição aos jornais.

Uma semana depois, Gardin fez exatamente isso.

No dia seguinte, o *Gazzettino* reportou, devidamente, que a petição encaminhada por Gardin "lança dúvidas sobre a notícia publicada aqui acerca do suicídio do poeta veneziano". O jornal citou o testamento de Stefani na íntegra, inclusive os erros gramaticais, mas omitiu o nome de Bernardi. Ficou claro que não havia menção a nome de bebê algum. O jornal citou também a reclamação de Gardin, de que, quando registrou o testamento, o tabelião dissera que o documento lhe fora entregue por um advogado, e não que havia encontrado o testamento entre as páginas de um livro, conforme relatara o *Gazzettino.* O jornal não apresentava razões para as discrepâncias.

Dois dias depois que a história apareceu no *Gazzettino*, meu telefone tocou, pouco antes do meio-dia. Era Gardin. Sua voz estava trêmula.

— Algo muito sério aconteceu — disse ele. — Você pode vir até a loja? A polícia já esteve aqui.

— O senhor está bem? — perguntei.

— Sim, sim — disse ele. — Você vai ver.

Quinze minutos depois, eu estava em frente ao escritório de Gardin, quero dizer, em frente ao brechó que pertencia à mulher dele. Em garranchos escritos com um pincel atômico azul na vitrina da loja, lia-se o aviso: NÃO VAI FAZER ONDA COM O TESTAMENTO DE MARIO STEFANI.

Depois que li e absorvi a mensagem, Gardin apagou-a, com um pano.

— O *Gazzettino* e *La Nuova* estiveram aqui uma hora atrás — disse ele. — Tiraram fotos. Registrei queixa na polícia.

— Seja quem for esse quitandeiro — disse eu —, ele deve ser um tanto obtuso para não perceber que é o suspeito óbvio.

— Pode ser ele — disse Gardin. — Ou algum amigo dele, ou algum parente.

No dia seguinte, os dois jornais publicaram reportagens sobre os garranchos ameaçadores, acompanhadas de fotos de Gardin ao lado da vitrina. "Alguém não gostou da minha petição ao promotor público", Gardin disse ao *La Nuova*, "mas pretendo ir até o fim da linha." Ele havia encaminhado uma petição à polícia, solicitando patrulhamento noturno mais intenso nas proximidades da loja da esposa. Os jornais ainda não revelavam a identidade de Bernardi.

A revelação se deu três semanas depois, no final de julho, quando Nicola Bernardi apresentou-se publicamente e se identificou como herdeiro de Stefani. Por meio de sua advogada, Cristina Belloni, ele disse que pretendia resguardar o legado de Mario Stefani, doando todos os manuscritos, livros, correspondência e quadros à Fundação Querini Stampalia. Ele havia contratado especialistas para catalogar tudo o que estava na casa de Stefani, até o final do verão.

Belloni reiterava que não havia mistério por trás do testamento. Seu cliente só tomou conhecimento de que era o herdeiro após a morte de Stefani, quando foi convocado pela polícia.

Albert Gardin não se satisfez. Três dias mais tarde, concedeu entrevista coletiva no saguão do Hotel Sofitel e apresentou novas e sensacionais acusações. "O último relacionamento de Mario Stefani", ele disse, "tornou-se um jogo erótico perigoso que fugiu ao controle e lhe custou a vida".

"Eu descreveria a morte dele como pasoliniana", ele prosseguiu, referindo-se ao assassinato brutal do diretor de cinema Pier Paolo Pasolini, em 1975, quando um garoto de programa foi condenado. "Mario pagava para fazer sexo com os rapazes sobre os quais escrevia poemas eróticos. A polícia deveria investigar a conta bancária de Mario, porque houve movimentação imediatamente antes de sua morte e, quando ele morreu, a conta estava vazia."

Um repórter salientou para Gardin que "muita gente pensa que o senhor tem motivos pessoais para atrair atenção para o caso, embora ele já pareça estar solucionado".

"Não está, absolutamente, solucionado", Gardin respondeu. "Somente a advogada do herdeiro pensa que está."

Na manhã seguinte, um segundo aviso apareceu na vitrina da loja de Gardin. Esse, a exemplo do primeiro, estava escrito com pincel atômico azul: NÃO LEU OS JORNAIS? NÃO EXISTE MISTÉRIO COM O TESTAMENTO DE STEFANI. SE CONTINUAR A FALAR, VAI SE DAR MAL.

Gardin registrou outra queixa contra pessoas desconhecidas e voltou a pedir patrulhamento noturno à polícia.

Passei pela loja, novamente, para ver a mensagem escrita na vitrina. Gardin e a esposa estavam no brechó. Ele saiu à *calle*.

— Minha mulher está apavorada — disse ele a meia voz. — Quer que eu abandone a campanha.

Mas ele não o fez. Em vez disso, organizou uma festa póstuma para comemorar o 63º aniversário de Stefani, no domingo seguinte, no campo San Giacomo dell'Orio. Enviou convites intitulados "Poetas Nunca Morrem", dirigidos a "Meus Amigos" e assinados "Mario". O *Gazzettino* disse que o convite demonstrava um certo mau gosto. "É correto lembrar o poeta", o jornal declarou, "é correto que os amigos (os verdadeiros amigos) se reúnam, mas não vamos explorar a morte dele. Deixemos Mario em paz, conforme ele queria".

A festa aconteceu ao ar livre, no campo, e cerca de quarenta pessoas compareceram. Começou como uma elegante homenagem à poesia de Stefani, mas logo se transformou em plataforma de críticas à polícia e de especulações sobre o que teria, de fato, acontecido.

A velha amiga de Stefani, a jornalista Maria Irma Mariotti, propunha o cenário mais extremo, indo ao encontro da idéia de Gardin.

— Na minha opinião, Mario foi assassinado — disse ela, com uma voz rouca de fumante. — Não excluo a possibilidade de ele ter sido vítima de um jogo erótico, um jogo que envolveu asfixia com um saco enfiado na cabeça ou uma corda amarrada em volta do pescoço, seguida de uma encenação de enforcamento.

Mariotti disse que, um ano antes de Stefani morrer, esteve com ele, em uma exposição de arte, quando de repente ele caiu em lágrimas, tremendo todo, e lhe disse que estava desesperadamente apaixonado por um jovem que ameaçava nunca mais vê-lo, a menos que Stefani lhe pagasse somas de dinheiro cada vez mais elevadas.

— Ele está arruinando minha vida — dissera Stefani —, mas não posso recuar.

— Adverti Mario a romper aquele relacionamento — disse ela. — Parecia perigoso. Mas ele disse que já havia incluído o sujeito em seu testamento.

— Rasgue o testamento, eu lhe disse.

— Mas, se ele descobrir, não sei como vai reagir.

— Quando ouvi aquilo — observou Mariotti —, disse a Mario: "Se não terminar esse caso logo, você estará assinando sua própria sentença de morte." Quando me despedi dele naquela noite, não apenas implorei que descartasse aquele cavador de ouro, mas jurei que não voltaria a vê-lo até que o fizesse. Algum tempo depois, ele me telefonou e disse: "Fique tranqüila; acabou"; mas, para falar a verdade, não acreditei.

O *Gazzettino* publicou um relato do *vernissage*, inclusive um resumo das suspeitas de Mariotti. Dez dias depois, Mariotti encaminhou aos *carabinieri* um relatório detalhado, em três páginas, e, dois dias depois disso, um terceiro aviso apareceu na vitrina da loja de Gardin. Mais uma vez, estava escrito com pincel atômico azul, com a mesma caligrafia de antes: VOCÊ É O ÚNICO QUE FALA BESTEIRA SOBRE JOGOS ERÓTICOS E DIZ QUE MARIO STEFANI FOI ASSASSINADO. ELE COMETEU SUICÍDIO. ENTENDEU??? VAMOS QUEBRAR SUA CARA. ÚLTIMO AVISO.

Pela terceira vez, Albert Gardin registrou queixa contra pessoas desconhecidas e repetiu o pedido de patrulhamento noturno.

A questão estava nesse ponto quando procurei Aurelio Minazzi, o tabelião que supostamente encontrara o testamento de Mario Stefani dentro de um livro de poesias. Minazzi era jovial e amável. Disse que conhecia Stefani havia 35 anos, tendo sido apresentado a ele pelo pai, que era secretário do editor do *Gazzettino*.

— O senhor realmente encontrou o terceiro testamento enfiado num livro de poesias? — perguntei.

— Sim — disse ele.

— Então, quando registrou o testamento, por que o senhor disse que Cristina Belloni lhe entregara o documento, pedindo-lhe que o registrasse?

— Era uma formalidade legal — disse ele. — A lei exige que alguém solicite a um tabelião o registro de um testamento. Eu não poderia fazê-lo por iniciativa própria. Eu poderia levar o testamento a outro tabelião, e pedir que ele o registrasse. Portanto, quando encontrei o testamento, telefonei para Cristina Belloni e disse: "Sim, já encontrei." Então ela veio até aqui com Bernardi. Entreguei o testamento a ele. Bernardi passou-o para Cristina Belloni e então ela me entregou o testamento e pediu-me que o publicasse.

— Por que o senhor não mencionou, em seu relato, que tinha encontrado o testamento dentro de um livro?

— Porque é irrelevante. Não faz diferença onde o testamento estava antes de ser registrado. Mario poderia tê-lo guardado no cofre de um banco, ou tê-lo dado ao editor, ou deixado na gaveta da escrivaninha. Não precisava deixá-lo com um tabelião.

— Então por que o juiz imediatamente apontou o dedo contra o senhor e abriu investigação para apurar por que o senhor não entregara o original?

— Porque, no cabeçalho do testamento, Mario tinha escrito: "Para o tabelião Aurelio Minazzi." Portanto, naturalmente, o juiz supôs que o original estivesse comigo.

— Faz sentido — disse eu, lembrando-me que, realmente, o nome de Minazzi estava no cabeçalho do testamento que Albert Gardin tinha me mostrado.

— Mas por que guardar um testamento dentro de um livro de poesias?

— Mario escreveu muitos testamentos — disse Minazzi, com um sorriso. — Estava sempre mudando de idéia. Era... não direi mania... o jeito dele. Entregava-me um testamento, e depois me telefonava e dizia: "Não estou satisfeito." E então escrevia outro.

"Quando Mario morreu, verifiquei nos registros e descobri um testamento feito por ele em 1984, deixando tudo para a Associação de Pesquisa do Câncer. Eu tinha também um bilhete que ele me enviou mais tarde, dizendo que queria deixar tudo para a Igreja Valdense. Mas ele jamais chegou a escrever esse testamento. Portanto, quando ele morreu, eu disse ao juiz que Mario tinha desautorizado o último testamento que fez, sem ter, formalmente, escrito outro, até onde eu soubesse. Foi então que o juiz mandou a polícia de volta ao apartamento para procurar qualquer coisa escrita por Mario, e a polícia encontrou a fotocópia do testamento que deixava tudo para Bernardi.

"O juiz me chamou e perguntou se eu tinha o original. Minha secretária e eu tentamos nos lembrar da última visita de Mario. Então lembramos que ele tinha vindo sem marcar hora, como sempre, e que me trouxera uma planta, chocolate e um livro de poesias. Foi então que encontramos os dois testamentos relativos a Bernardi."

— Quantos testamentos ele escreveu?

— Para falar a verdade, não tenho certeza. Na realidade, depois que Mario morreu, um homem me trouxe a cópia de um testamento que deixava tudo para ele. É um bombeiro. Mario tinha escrito o tal testamento em 1975, antes de eu ser tabelião. Tive de dizer-lhe que o testamento dele era inválido, pois havia outros, posteriores.

"Mario tinha os seus problemas", disse Minazzi. "Talvez alterar o testamento fosse seu modo de resolver tais problemas."

CRISTINA BELLONI CONCORDOU EM ME receber em seu escritório, no campo Santo Stefano. Morena atraente e vestida de acordo com a moda, ela foi direto ao assunto.

— Meu cliente, Nicola Bernardi, foi chamado pelo promotor público para prestar esclarecimentos relativos ao suicídio de Mario Stefani. O promotor disse a ele que era apenas uma conversa informal, mas acabou sendo um interrogatório. Depois da sessão, Nicola veio até aqui, ao meu escritório, e estava aborrecido. Contou que lhe disseram que Mario Stefani o designara seu herdeiro único. Ele não fazia a menor idéia dessa herança. Daí, disseram-lhe que o testamento era uma fotocópia e, portanto, não era válido. Então Nicola levou dois choques, o primeiro porque havia um testamento e o segundo porque talvez não tivesse validade.

"Tive de agir rapidamente, porque pensei que alguém talvez houvesse encontrado e destruído o testamento original. Os jornais diziam que um embrulho para presente fora encontrado sobre a mesa da cozinha de Mario. Em cima do pacote estava o número do telefone de Nicola, e era um presente de aniversário para a filha de Nicola, Anna. Então, imediatamente procurei o promotor e lhe perguntei se ele tinha aberto o embrulho. Ele disse que não. Perguntei-lhe se, por acaso, ele não teria imaginado que o original do testamento pudesse estar dentro do pacote. Ele disse que não. Insisti para que o embrulho fosse aberto e avisei que faria tudo que estivesse ao alcance legal de um advogado. Peticionaria ao chefe da promotoria que, ao menos, entregasse o pacote ao destinatário — Anna. Ele me respondeu com irritação, e disse que tinha autoridade para arrastar a investigação por mais trinta dias, e que faria isso se eu interferisse de algum modo.

"Agora eu precisava atacar. Enviei carta registrada ao tabelião de Mario e, em vez de dizer que sabia que o testamento não estava com ele, fiz exatamente o oposto. Escrevi: 'Pergunto-me se V. Sa., amigo de Mario Stefani, não estaria de posse do testamento por ele assinado. Peço confirmação e, se V. Sa. tiver em mãos o testamento, peço que o registre, imediatamente, porque sou advogada do beneficiário.' Vinte e quatro horas depois, o tabelião telefonou-me e disse: 'Encontrei o testamento.'"

— A senhora acredita que ele achou o testamento nas páginas de um livro — perguntei — ou que ele o escondeu, por alguma razão?

— Não me cabia acreditar nem desacreditar. Eu estava interessada apenas em proteger meu cliente. O tabelião me disse: "Ainda não posso registrá-lo, porque preciso de vários documentos autenticados." Eu disse: "Tabelião, amanhã de manhã os documentos estarão nas suas mãos. E, então, o senhor vai, amanhã de manhã, registrá-los para mim!"

A agressividade de Cristina Bolloni era impressionante e um tanto desagradável. Ela confirmou o que Minazzi me dissera sobre a rota seguida pelo testamento: Minazzi entregou-o a Bernardi, Bernardi passou-o a Cristina Belloni e, então, Cristina Belloni devolveu-o a Minazzi e pediu-lhe que o publicasse.

— Obtive uma declaração junto ao tabelião — disse ela — e, com a declaração em mãos, fui ao promotor e lhe disse: "Libere tudo, agora, imediatamente." Ele tentou retardar um pouco, e, depois de 48 horas, consegui uma ordem judicial para que ele suspendesse a interdição da casa de Mario.

— Como surgiu a história de que Anna seria a herdeira? — perguntei.

— Nicola vende frutas e verduras... é pessoa simples, sem sofisticação social. Talvez viesse a ser perseguido pela imprensa, e teve medo. Portanto fiz um acordo para manter em sigilo a indicação dele, ao menos temporariamente, e dar-lhe tempo de absorver o impacto. Demora cerca de vinte dias a publicação de um testamento, e então todos podem vê-lo.

— O plano do sigilo parece ter feito com que as pessoas ficassem mais desconfiadas — disse eu.

— A mídia reportou muita coisa maliciosa sobre Mario e Nicola, coisas que jamais foram verídicas. Aconselhei Nicola a não responder; caso contrário, seria ainda pior. Daí, esperamos até que o inventário da obra de Mario estivesse em curso e a doação para a Querini Stampalia definida, e só então ele concedeu a entrevista coletiva.

— E a especulação de que Mario tinha sido chantageado? Que o perseguiam para obter dinheiro?

— Descobri que Mario estava sendo processado por uma mulher, em Mestre, que exigia indenização por prejuízos provocados pela água de uma infiltração proveniente de um apartamento em cima do dela, que pertencia a Mario. Era dinheiro alto e, ao que parece, Mario estava bastante preocupado com a questão.

— As acusações e as suspeitas persistem — disse eu.

— Sim, por parte de Albert Gardin, que se apresenta como editor de Mario. Fiz uma pesquisa sobre ele na Câmara de Comércio. Gardin já teve muitas carreiras na vida, mas a editora não existe. Não tem endereço. Havia um contrato, em 1991, mas, depois disso, ela fechou. Desconfiei quando ele publicou uma coleção da poesia de Mario, postumamente, sem fazer qualquer esforço para contatar o herdeiro. Ele vende livros sem código de barras, de maneira que não há como contabilizar o número de exemplares vendidos. Parece ávido por publicidade.

— A senhora acha que foi Nicola, ou algum amigo, quem escreveu aquelas mensagens com pincel atômico azul na vitrina de Gardin?

— De jeito nenhum.

— Quem teria feito aquilo, então?

— Talvez o próprio Gardin.

MESMO ANTES DE NICOLA BERNARDI SER IDENTIFICADO pela imprensa como beneficiário de Mario Stefani, seu nome e paradeiro circulavam entre os amigos de Stefani, e um fluxo constante de curiosos começou a passar diante da quitanda da família Bernardi, na expectativa de avistá-lo. Alguns tiravam fotos, fingindo-se de turistas; outros entravam na quitanda e compravam um quilo de tomate. E trocavam impressões. Bernardi era alto e tinha aspecto comum. Tinha o corpo franzino, os cabelos ralos e cortados rente à cabeça, e um rosto alongado, eqüino.

— Ele tem olhos pequenos — relatou uma amiga de Stefani — e se movem depressa, como os de um lagarto. O sorriso dele, na minha opinião, é ávido demais. É forçado, como o sorriso súbito que a gente vê nas crianças que pedem esmolas em Marrocos, no México e na Índia. A boca se abre de repente. As crianças ricas têm o sorriso mais contido. Riem com menos freqüência... somente quando o riso é espontâneo.

Uma jornalista coreana lembrou que, em diversas ocasiões, Stefani insistiu para que ela o acompanhasse até a quitanda de Bernardi.

— Ele sentia uma atração irresistível pelo local — disse ela —, mas tinha medo de ir lá sozinho. Quando entrávamos na quitanda, Mario fingia que estávamos de passagem pela vizinhança. Eu ficava surpresa com a maneira como ele era recebido. Não era nada amigável, o que me deixava constrangida. Mal falavam com ele. Não havia comunicação, nada de risos ou sorrisos. O jovem, Nicola, seguia com seu trabalho, fingindo não conhecê-lo. Na verdade, parecia aborrecido com a presença de Mario.

Nicola Bernardi vivia com a esposa e a filha em um apartamento de um cômodo, perto de Frari. Era um espaço apertado, no máximo 37 metros quadrados; a porta da frente abria direto na sala de visitas. Fui visitá-los, um ano depois da morte de Mario Stefani, tendo feito o contato através de Cristina Belloni. Sentei-me no sofá, de frente para Nicola, que usava jeans e tênis de corrida. Francesca tinha cabelos castanhos, pele luminosa, olhos calmos e frios. Estava vestindo Anna com um macacão cor-de-rosa. Anna era loura e tinha então dois anos.

— Ficamos conhecendo Mario — disse Nicola — porque ele vinha muito à nossa quitanda, comprar frutas e verduras e visitar meus pais, meu irmão e a mim. O banco dele é aqui perto. Era um cliente tão bom que tinha direito a desconto. Mas ele nunca aceitava. Dizia: "*Mamma mia*, que trabalho vocês têm! Levantam-se tão cedo. Portanto não quero desconto."

Aquela lembrança de afeto e amabilidade entre frutas e verduras não coincidia com o relato de indiferença e quase hostilidade feito pela jornalista coreana. Mas qual seria a versão verdadeira? Francesca, também, tanto quanto Nicola, falava de Mario quase como se fosse um parente.

— Mario foi ao hospital quando eu tive a Anna — disse ela. — Foi ao batizado também. Nós o convidamos para a festa do primeiro aniversário de Anna, e ele disse que tentaria comparecer, mas matou-se antes.

— Ele veio aqui alguma vez?

— Ele telefonava e dizia que estava perto daqui — disse Nicola —, e que tinha um presente para Anna, ou um conjunto de panelas para nós. Se não estivéssemos em casa, ele deixava os presentes no parapeito da janela e fechava as persianas. Ele era assim. Quando chegávamos à casa, encontrávamos os presentes. Na verdade, um dia tivemos de pôr um ponto final naquilo. Eu disse: "Mario, você não pode continuar a nos dar presentes. Não precisamos de nada."

Estava combinado que eu me encontraria com os Bernardi em sua casa e, de lá, caminharíamos até o apartamento de Mario. Francesca pôs Anna em um carrinho de bebê e entregou-lhe um ursinho de pelúcia.

— Anna — disse ela —, quem deu este ursinho a você? Lembra? Tio... tio... tio quem? Tio Mario! Você se lembra do tio Mario? — Anna não respondeu.

No percurso até a casa de Stefani, Anna saiu do carrinho e atravessou a pé cada uma das quatro pontes. Nicola e eu seguimos à frente.

— Agora já faz um ano — disse eu. — Como mudou sua vida desde que você se tornou um herdeiro?

— Não temos mais problema de dinheiro — disse Nicola. — Se chega a conta de luz, não temos que nos preocupar. E, se eu quiser manter o ar-refrigerado funcionando o verão inteiro, agora podemos. Mas o trabalho é o mesmo. Ainda me levanto às quatro e meia e pego o barco para ir comprar frutas e verduras e trazê-las para a quitanda. A única diferença é que agora não peço dinheiro a meus pais.

— Você trabalha sem receber?

— Ninguém me obriga. Na realidade, não preciso trabalhar, mas acho que tenho um dever moral com meus pais e meu irmão. É correto continuarmos a trabalhar juntos.

Bernardi falava de um modo informal e tranqüilo, e sem qualquer malícia aparente. Era dono de um charme descontraído e, de vez em quando, abria um sorriso afável, o que era de se admirar, pensei, naquelas circunstâncias. Afinal, ele fora acusado de ter um relacionamento secreto com Mario e de estar envolvido, de algum modo, na morte dele. E lá estávamos, caminhando em direção à suposta cena do crime. Nicola tinha todo o direito de ficar nervoso, fossem as acusações verídicas ou totalmente inventadas. Mas parecia completamente despreocupado.

— As pessoas têm lhe pedido empréstimos?

— Não, e somos nós, Francesca e eu, que podemos agora oferecer. E, assim que pudermos, vamos reformar o apartamento de Mario e nos mudar para lá. Mas ainda não começamos. Ainda está do jeito que era quando Mario morava lá, exceto os papéis e os livros, que foram levados para serem catalogados.

— Você ou Francesca conheciam o apartamento de Mario antes de ele morrer?

— Nem sabíamos onde ele morava. A primeira vez que fui lá foi com Cristina e a polícia. A porta estava trancada com cadeado. Foi um policial que a abriu. Lá dentro, encontramos um presente para Anna, e um pouco de dinheiro, mas o apartamento estava uma bagunça. Havia livros por toda parte, e coisas empilhadas e espalhadas. Foi perturbador.

— Você já leu algum poema de Mario?

— Nunca fui um grande leitor. Quando ia a pé para a escola, eu costumava passar pelo santo, no muro da *calle* Bembo, e colocar uma moeda na caixa, para não receber nota abaixo da média de aprovação.

Mas li o poema sobre Anna. Era sério. Depois gravei algumas coisas dele da TV.

— O que você acha de toda essa especulação sobre o suicídio de Mario, o testamento e a sua parte nisso?

— Fiquei bastante zangado. As pessoas diziam que eu o forçara a escrever o testamento e que eu estava tendo um caso com ele. Essa merda me incomodou muito. Eu queria responder, mas todo mundo me dizia que não, porque a história apenas voltaria para as páginas do *Gazzettino*.

— É claro.

— E quem são essas pessoas? Supostamente, são bons amigos de Mario. Mas foram a público dizer coisas terríveis sobre ele... que ele pagava para fazer sexo e que praticava perigosos jogos eróticos. Afinal, o que descobri sobre Mario é que ele era amigo de todos e, ao mesmo tempo, amigo de ninguém.

— E as ameaças escritas com pincel atômico azul na vitrina de Gardin?

— Por que eu faria uma loucura daquelas? Quando uma daquelas mensagens apareceu, eu estava nas montanhas.

No campo San Giacomo, esperamos por Francesca e Anna. Então subimos os quatro até o apartamento de Stefani. No topo de uma escada íngreme, com degraus de pedra, uma pesada porta dupla, de madeira, dava acesso a uma cena bolorenta e sombria. O apartamento tinha pé-direito alto, janelas altas, mobiliário pesado, de carvalho, e papel de parede manchado, descascando. Aqui e ali, quadros emoldurados, inclusive diversos retratos de Stefani a bico de pena, pendiam das paredes. Fomos de cômodo em cômodo.

— Anna! Veja! — disse Francesca. — De quem é este apartamento? Você sabe! Tio Mario!

Passou pela minha mente a idéia de que aquelas referências a tio Mario se destinassem tanto aos meus ouvidos quanto aos de Anna. Nicola era um quitandeiro de sorte, sem dúvida. Mas a herança inesperada de US$1 milhão teve um preço: a suspeita indelével de ele ter recebido a herança por meio de algum mistério, atos abomináveis que ele e a família, para sempre, sofreriam para negar.

Na cozinha, vi a escada estreita que dava acesso ao sótão e o corrimão de madeira onde Stefani amarrara a corda que o estrangulou até a morte. Um pôster preso à parede com fita adesiva mostrava dois soldados, jovens e alegres, dando um beijo; a legenda dizia: "Faça amor, não faça guerra."

— Ainda não começamos a trabalhar na reforma — disse Nicola. — Nunca venderíamos este apartamento. É do Mario.

Entramos na sala de jantar. Sobre o guarda-louça, notei uma escultura de vidro que, à primeira vista, parecia representar uma planta; porém, olhando mais atentamente, vi que era um falo. Ao lado, havia outro objeto fálico, esse feito de mármore. No chão, havia uma caixa contendo uma variedade de tipos de pênis, mais para brincadeira de mau gosto do que para pornografia: velas em formato de pênis, com o pavio na ponta; cachimbos de argila em formato de pênis; saleiros na forma de pênis; pênis de cerâmica dentro de cinzeiros de cerâmica; aldravas na forma de pênis.

— Acho que estes objetos não serão incluídos nos arquivos permanentes de Mario — eu disse a Nicola. Sua risada foi leve, fácil e, até onde eu podia perceber, totalmente autêntica.

UM ANO MAIS TARDE, A COLEÇÃO MARIO STEFANI foi inaugurada no Querini Stampalia, um museu e acervo bibliográfico alojado em um requintado palácio do século XVI. A obra de toda a vida de Stefani tinha sido salva da desordem esquálida do seu apartamento e instalada em um local onde seria preservada para futuros estudos. A coleção incluía escritos, pinturas, retratos, recordações e a correspondência dele com pessoas como Alberto Moravia, Giorgio de Chirico, Pier Paolo Pasolini e outros. Estranhamente, no entanto, não havia poemas inéditos entre os papéis doados. Isso aumentava o receio dos amigos de Stefani de que Bernardi, por engano, tivesse achado que as anotações de Stefani fossem lixo e jogado tudo fora, antes de a controvérsia sobre o patrimônio ter se tornado pública, ocasião em que ele foi forçado a contratar especialistas que realizassem a triagem do material com um olhar profissional.

Em todo caso, os bibliotecários do Querini Stampalia ficaram bem satisfeitos com a aquisição da biblioteca de Stefani, com 6.800

volumes, em sua maioria constituída de obras de poetas locais, menos conhecidos. A coleção era a maior em seu gênero. Quanto à poesia do próprio Stefani, a bibliotecária Neda Furlan disse que seria difícil avaliar a qualidade da obra, pois os poemas ainda não tinham sido objeto de estudo acadêmico.

— Ele era muito conhecido local e nacionalmente e alguns de seus poemas são verdadeiramente belos — disse ela —, mas, em vida, nunca foi considerado excepcional. Talvez seja cedo demais para dizer. O distanciamento do tempo será necessário para uma interpretação objetiva da obra.

Enquanto isso, o herdeiro de Stefani, passados dois anos, ainda trabalhava para os pais, na quitanda, sem remuneração, ainda se levantava às 4h30 e ainda morava no apartamento de um cômodo, como antes — com a esposa e, agora, *duas* crianças. A reforma do apartamento de Mario ainda não tinha sido iniciada.

— Nicola está fazendo as coisas aos poucos — Cristina Belloni me disse. — Ele pagou os especialistas que trabalharam no inventário e, em decorrência do que encontraram, puderam reconstruir a figura de Mario enquanto poeta, escritor, crítico e um dos primeiros homossexuais a se declarar como tal, publicamente... e até reconstruíram a coleção dele de literatura erótica.

Algum tempo depois de ser reconhecido como herdeiro legal de Mario Stefani, Nicola Bernardi encomendou a colocação de uma lápide na sepultura de Stefani, no cemitério da ilha de San Michele. Em seguida pediu aos técnicos que catalogavam os papéis de Stefani que procurassem uma citação adequada para servir de epitáfio. Encontraram uma no texto de um discurso de Stefani, e Nicola mandou gravá-la na lápide: "Mais do que como poeta, eu gostaria de ser lembrado como alguém que amava os outros."

OS PROTESTOS E AS ACUSAÇÕES DE ALBERT GARDIN relativos ao triste fim de Mario Stefani finalmente diminuíram e se tornaram um murmúrio. Em 2003, Gardin viu-se envolvido em clamoroso debate público acerca de uma estátua de Napoleão, com 2,40 metros de altura, doada à cidade pelo Comitê Francês para Proteger Veneza. Um lado era favorável à aceitação da estátua, com base no fato de que Napoleão fazia parte da história de Veneza, para o bem e para o mal. O outro, do qual Albert Gardin era importante porta-voz, opunha-se, veementemente, chamando Napoleão de terrorista, saqueador, traidor, bárbaro e vândalo. O lado contrário a Napoleão preparava-se para arrastar o herói francês diante de um tribunal póstumo, *ad hoc*, no estilo de Nuremberg.

Eu andava pela *calle del* Scaleter quando me ocorreu passar pela loja de Gardin e bater um papo sobre a controvérsia acerca de Napoleão. No momento em que me aproximava do brechó que pertencia à mulher dele, avistei o topo da cabeça de Gardin aparecendo por trás de uma pilha de chapéus e caixas, como sempre. Mas, quando encostei a mão na porta, vi algo que me fez estancar. As palavras "Roupas de Qualidade, Promoção de Chapéus e Xales" tinham sido escritas na vitrine, ao lado direito da porta — com um pincel atômico azul.

{14}

O INFERNO REVISITADO

Laura Migliori, no interior de um dos salões de recepção do Fenice, fitava as paredes enegrecidas pela fuligem. Era janeiro de 2000, quatro anos após o incêndio, e o Fenice ainda não tinha telhado. O auditório era um buraco lamacento. A *signorina* Migliori sabia que sob a sujeira das paredes daquele salão — o Salão de Dante — estavam os vestígios de um mural com afrescos que representavam, por incrível que pareça, o *Inferno*. Como curadora de arte, ela fora contratada para restaurar o que havia sobrado dos seis afrescos do salão, todos representando cenas da *Divina Comédia*.

— Não foram somente as chamas e a fumaça que causaram danos — disse ela. — Para apagar o incêndio, os bombeiros foram obrigados a usar água acumulada em pouca profundidade, em maré baixa, e os afrescos foram atingidos, durante horas, com água salgada e lamacenta. E é preciso lembrar que, sem telhado, não houve proteção alguma às paredes contra anos de chuva.

— Por onde a senhorita vai começar? — perguntei. As paredes enegrecidas estavam cobertas por uma camada de óleo.

— A primeira coisa que temos de fazer — disse ela —, antes mesmo de remover a lama, é proteger o afresco. Em alguns pontos, está solto da parede; existe, em algumas partes, um espaço de 1 centímetro entre o afresco e a parede que está por trás. Então vamos primeiro cobri-lo com um papel fino, japonês, para evitar que os pedaços caiam. Em seguida, vamos injetar pequenas quantidades de gesso, através do afresco, para preencher os espaços e colar o afresco à parede. Feito isso, removemos o papel e recolhemos amostras de cor. Então começamos o processo de limpeza, apalpando levemente o afresco com esponjas embebidas em água destilada misturada com várias substâncias. Ninguém sabe ao certo o que vamos encontrar, pois, nos últimos 25 anos, os afrescos estiveram encobertos por pinturas a óleo de Virgilio Guidi montadas sobre eles. Ninguém os viu durante todo esse tempo, e as únicas fotografias que encontramos para servir de referência estão velhas e embaçadas.

Laura Migliori não podia iniciar a restauração imediatamente. Os trabalhos no Fenice tinham sido interrompidos, em fevereiro de 1998, quando a justiça cancelou o contrato ganho pela Impregilo, da Fiat, oito meses após o início da obra. O contrato foi então passado à segunda colocada na concorrência pública, a Holzmann-Romagnoli, mas o reinício dos trabalhos foi retardado em decorrência da compra dos apartamentos que pertenciam a terceiros, da aprovação do projeto e de negociações contratuais truncadas. Somente 16 meses depois a construção finalmente teve reinício, e correu mal desde o primeiro dia.

Surgiram diferenças em relação a dinheiro, cronograma de trabalho e alterações ao projeto estrutural exigidas pela cidade. Então, em novembro de 1999, menos de cinco meses após o reinício dos trabalhos, a Holzmann (a metade alemã do consórcio Holzmann-Romagnoli) anunciou que estava à beira da falência.

A Philipp Holzmann S.A. era uma das maiores construtoras da Europa, e a notícia da iminente insolvência fez as ações da companhia despencarem noventa pontos percentuais na bolsa de valores alemã. O pânico se abateu sobre Veneza. O chanceler Gerhard Schroeder realizou reuniões de emergência com o Parlamento alemão, e preparou um pacote de US$50 milhões de socorro financeiro para a Holzmann. Isso acalmou os nervos em Veneza, mas só um pouco. O ritmo dos trabalhos continuava mais lento do que o previsto. O prazo de conclusão foi estendido uma vez, e mais uma vez. Descobertas arqueológicas sob o Fenice — dois poços antigos, um arco e uma coluna — resultaram em mais atraso. A Holzmann-Romagnoli pedia mais dinheiro, e um prazo ainda mais dilatado, mas o governo municipal negou.

Em maio de 2000, com os trabalhos novamente interrompidos, desta vez em decorrência de problemas com a instalação de um novo guindaste, o prefeito Cacciari decidiu não concorrer à reeleição. Veneza elegeu novo prefeito — Paolo Costa, economista de projeção nacional, que tinha sido ministro de Obras Públicas e reitor da Universidade Ca' Foscari. De cabelos brancos, óculos e apenas aparentando tranqüilidade, o prefeito Costa, com coragem, tomou a frente da grande confusão que envolvia o Fenice. Adotou a medida, sem precedentes, de pedir para ser designado, ele próprio, encarregado da reconstrução, o que o tornava responsável pelo sucesso ou fracasso do projeto. Costa colocou em jogo seu cargo e sua reputação, e logo descobriu que as adversidades eram muitas. Pouco tempo depois de se tornar prefeito, fez uma visita de surpresa ao Fenice e só encontrou uma pessoa trabalhando no local.

Costa estava na prefeitura havia seis meses quando um contingente de duas dúzias de empregados do Fenice embarcou em um grande barco de transporte e desceu o Grande Canal, fazendo um protesto barulhento. Era 29 de janeiro de 2001, quinto aniversário do incêndio. Os manifestantes cantavam, gritavam palavras de ordem e acenavam uma faixa que dizia *COM'ERA, DOV'ERA, IN QUALE ERA?* ("Como era, onde era, em qual era?"). Pararam em frente ao prédio da prefeitura, Ca' Farsetti, onde se juntaram a outros cem manifestantes, com apitos, buzinas, sinos e a maquete de papelão do Fenice, expelindo fumaça, resultado de algum efeito especial. Música de ópera estrondava nos alto-falantes. A multidão cantava a ária "Di quella pira", de *Il Trovatore*, de Verdi, na qual canta o tenor: "As chamas terríveis daquela pira me consomem. Covardes, apaguem-nas, ou vou extingui-las com seu sangue. [...] Às armas! Às armas!"

Costa reviu a situação do Fenice: 60% do tempo alocado já havia passado, mas apenas 5% do trabalho tinha sido realizado. Nem as fundações estavam concluídas, e a Holzmann-Romagnoli continuava a pedir mais tempo e mais dinheiro. Costa convenceu-se de que, se não agisse, ainda estaria discutindo verba e prazos cinco anos depois. Comunicou à Holzmann-Romagnoli a rescisão do contrato. A firma estava dispensada. Tinham trinta dias para retirar os equipamentos ou a cidade se apropriaria deles.

Costa tentou garantir a uma população duvidosa que, por mais absurdo que parecesse, aquele era o meio mais rápido, mais limpo, de concluir o trabalho. Falava agora como ex-ministro de Obras Públicas. Dizia: "Confiem em mim." O processo teria de ser reiniciado, com nova chamada de licitação. A parte mais ousada da ação de Costa foi declarar que Veneza, e não a Holzmann-Romagnoli, era a proprietária do projeto de Aldo Rossi, e que Veneza realizaria o projeto, trabalhando com os parceiros de Rossi, de Milão, mas não com a Holzmann-Romagnoli. Costa estava convicto de que ganharia qualquer batalha judicial.

A Holzmann-Romagnoli se contorceu e se debateu, e recusou-se a deixar o local da construção até Costa enviar a polícia para expulsá-la. Em 27 de abril de 2001, Veneza recuperou a custódia do Fenice, mas os trabalhos estavam praticamente parados. Somente uma firma permanecia no local, trabalhando nas fundações, enquanto Costa procurava nova empreiteira.

Oito construtoras responderam ao novo edital de licitação. Uma carta, entretanto, chegou 15 minutos depois do prazo, e Costa a rejeitou. Não estava disposto a tolerar atrasos.

Entre as propostas apresentadas, Costa escolheu a da construtora Sacaim, de Veneza, firma bastante acostumada a funcionar no ambiente difícil da cidade. A Sacaim tinha trabalhado em muitos prédios venezianos importantes, inclusive o palácio Grassi e o Teatro Malibran. Tampouco desconhecia o Fenice: a Sacaim era a principal empreiteira envolvida na reforma em curso na ocasião do incêndio no teatro.

No início de março de 2002, após um hiato de 11 meses, o prefeito Costa instalou um grande relógio digital, do lado de fora do Fenice, a fim de manter os operários e o público informados do número de dias que faltavam até o prazo dado à Sacaim: 30 de novembro de 2003. Quando a Sacaim ocupou fisicamente o Fenice, em 11 de março, o relógio marcava 630 dias.

A contagem regressiva estava em 614 quando coloquei um capacete de proteção e me encontrei com Laura Migliori, no Salão de Dante. Fazia dois anos desde a primeira vez que ela olhara as paredes enegrecidas, mas apenas duas semanas desde que tinha conseguido começar a trabalhar. Ela e os assistentes já haviam removido a camada de lama e fuligem que encobria os afrescos. Agora, com o tratamento subseqüente, limpariam as manchas mais profundas e reavivariam as cores. Em cinco dos seis murais, restavam apenas fragmentos dos afrescos. No entanto dois terços do mural do *Inferno* tinham sobrevivido. Havia três figuras em primeiro plano. Um homem de manto vermelho estava absolutamente intacto, mas, quanto aos outros dois, restavam apenas as metades inferiores.

— Tenho certeza de que o homem de vermelho é Dante — disse Laura — e achamos que um dos outros dois é Virgílio. Quando fizermos o teste de cor, esperamos descobrir qual dos dois será ele. Vamos procurar vestígios de verde, porque ele usava coroa de louros.

Grande parte do trabalho do Fenice seria realizada fora do local e depois trazida ao teatro para ser montada. Guerrino Lovato, proprietário da loja de máscaras Mondonovo, foi contratado para fazer modelos de todos os ornamentos tridimensionais do auditório. Ele alugou um *magazzino*, do outro lado da rua, em frente à sua loja, para servir de ateliê onde seriam esculpidos os modelos de argila para sátiros, ninfas, sílfides, cariátides, anjos, animais, flores, parreiras, folhas, treliças, conchas, trombetas, pergaminhos, sóis, luas, máscaras, guirlandas e espirais que enfeitariam os parapeitos dos camarotes, as paredes e o teto do teatro. A partir dos originais, esculpidos em argila, os assistentes fariam moldes de gesso, em negativo, nos quais os ornamentos seriam confeccionados, em papel machê e gesso, por artesãos de Mogliano; os assistentes fariam também modelos para serem copiados por entalhadores de Veneza. Para garantir o perfeito encaixe dos ornamentos nas superfícies curvas do teatro (que ainda não existia), Lovato experimentava o trabalho em uma reprodução, em tamanho natural, de uma metade do teatro, construída em um galpão em Marghera.

Laura Migliori e seus dois assistentes teriam de restaurar os afrescos do *Inferno* no local, no meio dos operários que montavam grandes elementos estruturais, instalavam tubulações de ar-refrigerado e cabos de eletricidade, e realizavam outros trabalhos, como pintura, revestimento de gesso, solda, douração e forração dos pisos do terraço e do assoalho. Ela estaria trabalhando, em outras palavras, cercada pelo caos — e feliz.

— Todos estamos empolgados — disse ela.

Os esforços de Migliori e de todos os outros seriam em prol da recriação do Fenice conforme projetado depois do incêndio de 1836, de modo que, conforme o arquiteto Giambattista Meduna declarou à época: "Nenhuma parte terá a exuberância diminuída, [e] aqueles que o virem dirão que a riqueza das ornamentações de Versalhes não é mais esplêndida".

Quanto à possibilidade de resgatar a antiga opulência, riqueza e exuberância, Laura Migliori dizia apenas:

— Já começamos. Removemos a lama.

A MÚSICA DE ÓPERA QUE ESTRONDAVA dos alto-falantes durante a manifestação pela passagem do quinto aniversário do incêndio do Fenice propagava-se pelo Grande Canal até o Palácio da Justiça, onde, por acaso, o promotor Felice Casson tecia considerações finais na sessão de julgamento de Enrico Carella e Massimiliano Marchetti, acusados de incêndio criminoso. A imputação de tentativa de assassinato tinha sido descartada em sessão anterior.

Casson sentava-se sozinho a uma mesa em um salão de pé-direito alto, vestindo toga preta por cima de uma camisa sem colarinho, perante um painel composto por três juízes. Falou durante cinco horas, detalhando a acusação contra os dois eletricistas. Os réus e seus advogados sentavam-se em mesas posicionadas detrás de Casson. Enrico Carella usava terno escuro, gravata de seda e sapatos pretos engraxados. Massimiliano Marchetti vestia paletó esporte, calça de veludo, gravata lisa e calçados pesados. Ambos sentiam-se intimidados. Nervoso, Carella mexia-se na cadeira.

Casson relatou a história do incêndio em uma narrativa meticulosa, fascinante: os operários saindo do teatro no fim do dia; Carella derramando solvente sobre uma pilha de pranchas de madeira no *ridotto*, preparando-se para, mais tarde, atear fogo; Carella e Marchetti escondendo-se, enquanto o último dos operários saía; Carella utilizando um maçarico para provocar o fogo, enquanto Marchetti vigiava; o fogo se arrastando, e então rugindo, pelo teatro. O relato de Casson foi acompanhado de uma reconstituição computadorizada, tridimensional, exibida em quatro grandes monitores de televisão dispostos pela sala do tribunal.

No decorrer da exposição, Casson deixou claro que os dois eletricistas tinham ficado sob vigilância quase constante, quase obsessiva.

Em conversa gravada após longo interrogatório realizado na central da polícia, Carella e Marchetti entraram no carro sem saber que o veículo estava grampeado. O comportamento dos dois naquele momento, Casson disse, foi significativo:

— Entram no carro e, depois de tudo por que passaram, seria de esperar que extravasassem, como qualquer pessoa normal, inocente: "Estão loucos! Isso é loucura! Que temos nós a ver com o Fenice?!" Em vez disso, Carella diz: "É melhor Mauro acertar os detalhes da história dele." Estavam preocupados com alguém chamado Mauro. Estavam escondendo o tal Mauro. Então Massimiliano diz a Enrico que não mencionou para a polícia o sobrenome de Mauro, e Enrico responde: "Bom, perfeito!"

Na gravação foi a primeira vez que Casson ouviu falar de Mauro Galletta, um peixeiro que morava perto do Fenice. De acordo com Casson, Carella e Marchetti queriam esconder a existência de Galletta por duas razões. Primeiro: algumas horas antes do incêndio, Galletta tinha ido ao Fenice, a pedido de Carella, fotografar as instalações elétricas que sua empresa fazia na ocasião. Ao serem examinadas, as fotos comprovavam que Carella estava muito atrasado, na iminência de pagar multa, fato que Carella tinha negado várias vezes. A perspectiva da multa era fator central da explicação de Casson para a motivação do crime; era igualmente importante para a defesa de Carella demonstrar que não havia multa iminente. Segundo: após deixar o Fenice, Carella e Marchetti não tinham ido direto para o Lido, conforme disseram; tinham ido até a casa do amigo Mauro Galletta, fumar maconha e comer pizza. De acordo com Galletta, eles chegaram a sua casa pouco depois das 21h. Isso impossibilitava a chegada deles ao Lido às 21h15 conforme afirmavam.

Casson calculava agora que só às 22h Carella e Marchetti saíram em direção ao Lido, onde Carella dizia ter recebido a chamada telefônica informando-lhe sobre o incêndio.

— Na hora em que atravessavam a lagoa, a caminho do Lido — disse Casson —, o céu estava todo iluminado. Como é possível que não soubessem do incêndio?

Carella tinha oferecido uma explicação absurda, disse Casson: estavam sentados de costas para Veneza.

A vigilância de Casson detectou duas declarações de Carella e Marchetti que eram praticamente confissões. Um policial à paisana sentado atrás deles no *vaporetto* ouviu Marchetti dizer a Carella: "Não se preocupe, não vou trair você."

Então, em conversa gravada depois de um interrogatório policial particularmente exaustivo, ouviram Marchetti dizer: "Vamos os dois para a cadeia", ao que Carella respondeu: "Nos pegaram. Nos pegaram de jeito." Casson leu essas duas citações para o tribunal, acrescentando, secamente, que tinha omitido os xingamentos contidos em ambos os comentários.

Um dos golpes mais danosos à credibilidade de Carella partiu de uma fonte inesperada: do seu pai, Renato Carella. Quando perguntaram a Renato Carella como ele soube do incêndio, ele respondeu que o filho lhe telefonara às 22h10. Isso era vinte minutos antes do anúncio do incêndio pela televisão, mas Enrico Carella afirmava que *ele* ficara sabendo do incêndio ao ser avisado por alguém que acabara de ver o fogo na TV. Renato Carella tinha certeza do horário? Sim, ele dizia; tinha certeza.

Na verdade, Renato Carella tornara-se o mistério do caso. Tinha aberto a empresa para o filho com o único propósito de ganhar da Argenti, de Roma, o subcontrato relativo à parte elétrica. Renato Carella foi, então, contratado pela Argenti para atuar como contato junto ao Fenice. Quando Casson anunciou a primeira lista de réus, em 1998, Renato Carella não constava. Mas Casson mencionara três suspeitos ainda sob investigação. Dois eram chefões da Máfia, de Palermo. O outro era Renato Carella. Os chefões da Máfia foram logo descartados como suspeitos, mas Carella continuou na mira de Casson, e este pretendia mantê-lo assim, indefinidamente.

— EU MESMO GOSTARIA DE SABER MAIS a respeito de Renato Carella — disse Giovanni Seno, advogado de Massimiliano Marchetti, durante o intervalo de uma hora concedido a Casson, em suas considerações finais.

Eu tinha descido para dar uma volta pelo mercado do Rialto, e me vi caminhando ao lado de Seno. O advogado ainda parecia convencido e confiante, mas percebi que estava preocupado. A acusação feita por Casson estava construída com solidez, e Seno já não sustentava que o incêndio fora causado por negligência. Agora argumentava que o infeliz Marchetti desconhecia "o que se passava naquela noite". Seno não dizia o mesmo em relação a Enrico Carella, e admitia que suspeitava de Renato Carella. Enquanto conversávamos ele olhava em volta, como para se certificar de que não estávamos sendo ouvidos.

— Olha — disse ele —, vou lhe contar umas coisas que talvez você não saiba. Sobre como funcionam contratação e subcontratação na Itália. Por trás desses grandes contratos... aqui entre nós... existe quase sempre favoritismo, um pouco de política e talvez um pouco de suborno. Não estou dizendo que isso tenha acontecido na presente situação, mas seria incomum se não acontecesse. A coisa funciona assim: uma grande empresa, como a Argenti, ganha um contrato e, então, descarrega todo o trabalho em firmas terceirizadas que operam ao menor custo possível. A empresa grande não faz trabalho algum. Não mobiliza operários. Não faz nada. Ela ganha o contrato, digamos, por 750 milhões de liras [US$375 mil] e distribui as tarefas a firmas subcontratadas, ao custo, talvez, de 600 milhões [US$300 mil]. A empresa contratada aufere lucro sem mexer um dedo. Isso acontece o tempo todo, e não é ilegal. Agora, na presente situação, algumas pessoas desconfiam que talvez... quem sabe... tenha sido Renato Carella, um simples mestre-de-obras, quem conseguiu o contrato para a Argenti.

— Como?

— Talvez dispusesse de informação privilegiada. Talvez conhecesse os custos ou as propostas dos outros licitantes, mas, como não era empreiteiro registrado, não podia apresentar a própria proposta. Então ele passa a informação valiosa para a Argenti. A Argenti ajusta a proposta, de acordo com as dicas de Renato, e vence a licitação. Para demonstrar gratidão, a empresa direciona algum dinheiro para Renato, subcontratando uma firma que Renato monta para o filho... uma firma que, convém lembrar, não existia, que não tinha histórico. E, então, a Argenti emprega Renato como mestre-de-obras. Será que me fiz claro?

Seno chegou mais perto de mim.

— Na minha opinião, Renato Carella, tio do meu cliente, era quem controlava tudo, aquele que detinha o verdadeiro poder. Não está totalmente claro, para mim, como ele agiu. Não disponho de dados específicos, mas esse cara é um oportunista. Logo após o incêndio, embora estivesse sob suspeita de incêndio criminoso, Renato Carella ganhou outro grande subcontrato de obra pública, no Arsenal. Levou Enrico para aquele trabalho também.

— Mas que tem isso a ver com o incêndio do Fenice?

— Estou lhe dando o cenário geral. Renato Carella é homem que tem contatos em muitas empresas. Não apenas na Argenti.

— Entendo — disse eu.

— Mas, dentro do cenário geral, existem detalhes muito curiosos. Sabemos, por exemplo, que, na ocasião do incêndio, o filho tinha dívidas no valor de 150 milhões de liras [US$75 mil]. Misteriosamente, sete meses depois do incêndio, Renato Carella dá dinheiro ao filho para liquidar as dívidas. Isto está nos autos. Se ele é apenas um mestre-de-obras, como pôde fazer isso? Onde conseguiu o dinheiro?

— Então, você acha — disse eu — que o dinheiro pode ter vindo de quem pagou Carella para provocar o incêndio, supondo que alguém tenha feito isso.

— Não, não! — Seno ergueu a mão direita, como quem prestasse juramento. — Não me entenda mal. Não estou dizendo isso! Nunca disse isso! Você deve tirar suas próprias conclusões. — Olhou em volta, mais uma vez. — Mas eis outro fato curioso: Renato Carella contratou um dos advogados mais caros da Itália, um sujeito que trabalha para o primeiro-ministro Berlusconi.

— Está brincando! — disse eu.

— E foi para sua própria defesa — disse Seno.
— E para o filho?
— Nada.
— E para o sobrinho?
— Menos ainda.

Ao concluir as observações finais, Casson pediu ao tribunal que condenasse Carella e Marchetti por incêndio criminoso e os sentenciasse a setes anos de detenção. Quanto à possibilidade de o incêndio ter sido encomendado e pago por terceiros, ele disse que a investigação prosseguia e que talvez ensejasse, mais tarde, outro julgamento.

Antes que os juízes anunciassem o veredicto, o julgamento passaria à segunda fase: as acusações contra oito réus por negligência e descumprimento de dever.

Casson iniciou argumentando que condenações por incêndio criminoso não excluíam, automaticamente, negligência criminosa.

— Ataques a obras de arte — disse ele —, especialmente a teatros, infelizmente, não são incomuns no cenário italiano. Desde outubro de 1991, quando a Ópera Petruzzelli, em Bari, pegou fogo, houve uma dezena de ocorrências de prejuízos causados a teatros e galerias de arte como resultado de incêndio criminoso. Por conseguinte, em 1996, um incêndio no Fenice era algo plausível, e os indivíduos responsáveis pela segurança do teatro deveriam saber disso. Mas ninguém se incomodou.

Casson leu os nomes dos réus e as penas de detenção por ele propostas a cada um. A lista era encabeçada pelo ex-prefeito Massimo Cacciari: nove meses de cadeia. No entanto, uma sentença com tal duração era apenas simbólica, visto que qualquer período de detenção inferior a dois anos ficava automaticamente suspenso. O outro indivíduo do grupo de oito cuja sentença proposta era inferior a dois anos era o vigia do Fenice, Gilberto Paggiaro. Casson considerava a ausência de Paggiaro do posto, na noite do incêndio, negligência de natureza menos grave, porque não havia contribuído para as condições perigosas em que o teatro se encontrava antes do incidente. Casson propunha para Paggiaro, que estava deprimido e tinha sofrido dois enfartes desde o incêndio, uma pena de 18 meses.

Os outros seis eram acusados de uma longa lista de faltas e delitos, que iam desde imperícia no controle do manuseio e armazenamento de materiais inflamáveis até a autorização para o desmantelamento do antigo sistema de combate a incêndio antes que o novo fosse instalado.

O infrator mais culpado, na visão de Casson, era o engenheiro-chefe da prefeitura de Veneza, o executivo mais graduado responsável pela reforma do teatro. Para este, Casson propunha uma pena de quatro anos de detenção; para os dois assistentes do engenheiro-chefe, dois anos; e para a administração superior do Fenice — o gerente geral e o secretário geral —, três anos.

Todos os argumentos da defesa tinham um tema comum: a negação de qualquer responsabilidade. Os funcionários de escalões superiores apontavam para os lados e para baixo. Os de escalões inferiores apontavam para cima.

A defesa mais original foi apresentada pelo advogado de Gianfranco Pontel, gerente geral do Fenice. O advogado de Pontel defendia, exaustivamente, e sem titubear, que seu cliente era responsável pela segurança do Teatro Fenice e que, quando não havia espetáculo, o Fenice deixava de ser teatro e se tornava apenas um complexo de prédios em relação aos quais seu cliente não tinha qualquer dever legal. O teatro desaparecera, ao menos no que tocava à responsabilidade de Gianfranco Pontel, e só reapareceria quando voltasse a ter produções no palco. A fala do advogado provocou riso na galeria e poderia ser inserida, perfeitamente, em *Alice no País das Maravilhas* ou em várias operetas de Gilbert e Sullivan. A nomeação de Gianfranco Pontel teve caráter político, e ele sempre foi considerado uma escolha estranha para a gerência geral do Fenice, pois não tinha formação musical e passava a maior parte do tempo em Roma. Em todo caso, desde o incêndio, Pontel tinha avançado funcionalmente, tornando-se secretário geral da Bienal de Veneza.

Concluída a segunda fase do julgamento, os juízes se retiraram para considerar as evidências. No fim do mês, o juiz que presidia o julgamento leu os veredictos diante de uma sala de tribunal lotada:

— Enrico Carella: culpado de incêndio criminoso, sete anos de detenção. Massimiliano Marchetti: culpado de incêndio criminoso, seis anos de detenção. Os oito acusados de negligência: inocentes. O incêndio foi resultado, exclusivamente, de ato criminoso.

Giovanni Seno ficou indignado.

— O veredicto já estava escrito no final do primeiro dia do julgamento! — disse ele aos repórteres.

Carella, que não tinha estado presente à leitura do veredicto, fez uma declaração ao *Gazzettino*, proclamando a própria inocência. Marchetti nada disse. Os dois continuariam livres, aguardando recurso.

Dois meses depois, os juízes entregaram a *motivazione*, a explicação de como chegaram ao veredicto. O relatório continha uma revelação arrepiante:

"Carella e Marchetti não agiram sozinhos", diziam os juízes. "Eram representantes de terceiros que permaneceram ocultos, pessoas com interesses financeiros de tamanha magnitude que, comparativamente, o sacrifício do teatro seria algo menor."

Os magistrados empenharam sua autoridade na noção de que o incêndio criminoso tinha sido financiado por pessoas desconhecidas. "Para os juízes", reportou o *Gazzettino*, "o que antes fora mera teoria que balizava a investigação tornou-se certeza."

O foco de suspeita recaiu sobre Renato Carella. Porém, três meses mais tarde, Renato Carella estava morto, em conseqüência de câncer no pulmão. Visitei Casson, em seu escritório no prédio da Justiça, para perguntar sobre o efeito que isso teria na investigação.

— Acabou — disse ele simplesmente. — Renato Carella era o foco da nossa investigação. Achávamos que talvez ele fosse o elo entre os rapazes e o dinheiro. Tinha contatos com diversas empresas fora de Veneza. Estávamos investigando-o e também verificando todos os contratados e subcontratados que trabalharam no Fenice, mas nunca conseguimos descobrir provas concretas. E agora, com a morte dele, todas as pistas foram perdidas.

— E os rapazes? — perguntei. — Demonstram alguma propensão a falar?

— Em várias ocasiões disseram que nos dariam mais informações sobre ele, mas sempre mudavam de idéia. E, infelizmente, temos um número extremamente elevado de casos que exigem nossa atenção. Enquanto não houver algo novo, como uma declaração de Carella ou Marchetti, o caso não será reaberto. Simplesmente, não temos tempo de investigar.

— O PAI ESTÁ MORTO, AS PISTAS ESFRIAM E O MISTÉRIO PROSSEGUE — disse Ludovico De Luigi dando uma risada. — É uma questão de dinheiro, como sempre. Não amor... dinheiro. O final perfeito para Veneza.

De Luigi estava sentado em seu ateliê, no andar térreo, em frente a uma tela inacabada que representava um vestido, bordado em pedrarias, flutuando e tendo ao fundo uma paisagem árida, como se estivesse sendo usado por uma mulher invisível.

— Estou retratando a auto-estima de Peggy Guggenheim — disse ele. — Este é o vestido de baile dourado que ela está usando na célebre foto que Man Ray bateu dela nos anos 20. É um vestido Poiret.

A foto estava publicada na sobrecapa da autobiografia de Peggy Guggenheim, *Fora deste Século*, que De Luigi tinha pregado ao lado do cavalete.

— Por que o final perfeito? — perguntei. — As coisas ainda estão no ar.

— Sim, mas é o tipo de final com o qual Veneza pode viver feliz e para sempre. — Aplicou tinta dourada à tela. — Veja o que a história oferece: um grande incêndio, uma calamidade cultural, o espetáculo de autoridades públicas se culpando mutuamente, uma corrida indecente atrás de dinheiro para reconstruir o teatro, a satisfação de um julgamento com sentenças condenatórias e penas de detenção, o orgulho do renascer do Fenice e — ergueu o pincel e olhou para cima — um mistério não resolvido. Dinheiro passando, secretamente, de mão em mão. Criminosos não identificados escondidos nas sombras. Isso estimula a imaginação, propicia às pessoas liberdade para construir o cenário que quiserem. O que mais se pode desejar?

O RELÓGIO DIGITAL do lado de fora do Fenice marcava 537 no dia em que Laura Migliori encontrou vestígios de tinta verde exatamente onde esperava, o que significava que a figura incompleta em primeiro plano era Virgílio, afinal. Às 13h, naquele mesmo dia, um tribunal de recurso, em Mestre, manteve as condenações de Enrico Carella e Massimiliano Marchetti. Os advogados dos dois jovens anunciaram que levariam o caso a um tribunal superior, o de *cassazione*, em Roma, para o segundo e último recurso.

Um ano mais tarde, no auge do verão de 2003, o teatro assemelhava-se a um modelo de si mesmo, em madeira compensada e em tamanho natural: teto desnudo, paredes desnudas e quatro galerias de caixas de madeira desnudas. Parecia impossível que o Fenice estivesse concluído em quatro meses, mas os encarregados da obra garantiam à imprensa que a reconstrução estava dentro do prazo. Pouco depois do meio-dia, no 140º dia, chegou de Roma a notícia de que o tribunal de *cassazione* tinha negado o último recurso de Carella e Marchetti. Eles iriam para a cadeia.

A polícia chegou à casa de Marchetti às 16h, e o levou, algemado, para começar a cumprir a sentença de seis anos.

— Esse tribunal de *cassazione* realmente me ferrou — disse o advogado de Marchetti, Giovanni Seno, quando telefonei para ele uma semana depois. — Geralmente, antes de executar a sentença e prender uma pessoa, eles concedem alguns dias para que a pessoa ponha a vida em ordem. Opressores! No ano passado, tive um sujeito condenado a nove anos, por tráfico de drogas, e eles esperaram um mês antes de prendê-lo. Mas isso não é nada. Meu sócio tem uma ré que é viciada em drogas/ladra/prostituta, e ela ainda está livre, um ano e meio depois, porque eles não conseguem achar a papelada do tribunal de recurso e, portanto, não executaram a sentença. Eles agarram Marchetti em questão de horas! Diga-me, para onde ele fugiria, com uma filha recém-nascida e a esposa? Mas *Carella*!

Enrico Carella não estava em casa quando a polícia veio prendê-lo; tampouco chegou mais tarde ou no dia seguinte. Dois meses antes, em entrevista concedida a Gianluca Amadori, do *Gazzettino*, Carella dissera que, se o recurso fosse negado, cumpriria a pena. O advogado de defesa de Carella afirmou, logo após o recurso ser indeferido, que já havia falado com Carella e que ele se entregaria em breve. No terceiro dia, as autoridades venezianas declararam Carella "desaparecido", mas não "escondido". No final da semana, declararam-no "fugitivo".

— Então, quem recebe o dinheiro da fiança? — perguntei a Seno. — E quanto foi?

— Que fiança? — disse ele. — Não existe sistema de fiança na Itália. Existiu um durante dois ou três anos, mas não temos a figura do avalista de fiança, como vocês têm nos Estados Unidos, portanto só os réus abastados conseguiam se beneficiar. Virou uma questão social.

— O senhor acha que a polícia ainda está à procura dele?

— Sei que está, porque, obviamente, para a polícia é uma derrota humilhante. Não apanharam quem deveria ter sido apanhado. Na minha opinião, o comportamento de Carella era de alguém que ia bater as asas. Preparou-se para tal. Até a entrevista que ele deu ao *Gazzettino* fez parte do esquema, quando ele disse que cumpriria a pena se o *cassazione* decidisse contra ele.

"Ainda não acabou. Faz trinta anos que estou no ramo, e não estou acostumado a perder causas. Não arquivei o processo. Tenho tudo no computador. E prometo a você que, se algo acontecer, eu lhe informo. Não lhe contei tudo. Vou ser sincero com você. Não lhe contei tudo."

O que fosse que Giovanni Seno estivesse escondendo de mim, não seria algo capaz de ajudar Massimiliano Marchetti, que já estava preso em Pádua — na mesma penitenciária de onde o velho cliente de Seno, o chefão da Máfia, Felice "Cara de Anjo" Maniero, escapara alguns anos antes.

Fui até Solzano visitar os Marchetti. Sentamo-nos na cozinha, bebendo Coca-Cola servida de garrafas plásticas de 1 litro, conforme tínhamos feito na minha primeira visita.

— Por causa de "Cara de Anjo" Maniero — disse o pai de Marchetti —, eles agora mantêm os prisioneiros trancados nas celas o dia todo.

Embora os Marchetti estivessem bastante preocupados e deprimidos, percebi que demonstravam certo alívio por saberem que a contagem regressiva para o fim do pesadelo já havia começado. Com bom comportamento, Massimiliano poderia sair da cadeia no prazo de dois anos e oito meses.

— Mas ainda encontram meios de torturá-lo — disse a mãe de Marchetti. — Na semana passada, enviaram-lhe uma carta formal, dizendo que tinha havido um erro no cálculo da sentença, e que ele teria de servir 14 dias a mais.

— Então enviaram-lhe uma conta, relativa a custos judiciais — disse o pai. — No valor de 2.582 euros [US$3.300].

A *signora* Marchetti sacudiu a cabeça.

— Vocês têm alguma notícia do sobrinho, Enrico Carella?

— Não — disse a *signora* Marchetti.

— O que a irmã da senhora diz sobre o desaparecimento dele?

— Não tenho falado com ela — disse ela.

— É mesmo? Desde que quando?

— Faz cerca de três meses, desde que Massimiliano foi preso. Ela parou de falar comigo. Não me telefona.

— E a senhora não telefonou para ela?

— Não. Ela é quem deve telefonar.

— Isso é porque os senhores acham que Enrico é responsável por todos os seus problemas?

— Apenas gostaríamos que ele nunca tivesse oferecido emprego ao Massimiliano — disse o marido.

Quando voltei para Veneza, fui até a Giudecca visitar Lucia Carella, mãe de Enrico. Ela não tinha notícia do filho desde o dia em que ele desapareceu.

— Prefiro não ter notícias — disse ela —, porque ter notícias quer dizer que aconteceu alguma coisa. Quando não tenho notícias, penso que ele está bem. Talvez. Tão bem quanto é possível para um fugitivo.

— A senhora acha que seu telefone está grampeado?

— Telefones fixos, celulares, os telefones das ex-namoradas dele, os telefones de todo mundo. Eles têm esperança de que ele me ligue. Ouço ruídos estranhos quando estou ao telefone.

— Na entrevista que deu ao *Gazzettino*, Enrico disse que acha que os pais de Massimiliano o culpam de tudo. Por que ele acha isso?

— O modo como agiram.

— Eles disseram alguma coisa, diretamente, ao Enrico?

— Não, de jeito nenhum.

— A irmã da senhora me disse que vocês não se falam há cerca de três meses.

— Ela telefonou no dia em que Massimiliano foi preso, mas não tenho notícia dela desde então. Minha mãe mora comigo, e isso quer dizer que ela também não tem falado com a mãe. E, como sou oito anos mais velha... e minha mãe, a propósito, tem 80 anos... acho que ela é que deveria nos telefonar, ou pelo menos telefonar para a mãe.

— Então a coisa está nesse pé.

— Ela sempre foi a caçula, mais mimada. Acha que sou eu quem deve telefonar, e eu acho que é ela. É uma tolice, mas quanto mais o tempo passa, pior fica.

— É triste.

— Sim, é triste. Mas talvez, de repente, eu pegue o telefone e ligue para ela. Eu sou assim mesmo.

— A irmã da senhora provavelmente está um pouco perturbada neste momento.

— Sim, está perturbada, mas eu estou mais perturbada que ela. Pelo menos ela sabe onde o filho está. Eu não.

{15}

OPEN HOUSE

O CANAL ESTREITO entre o Hotel Gritti e o palácio Contarini era a única rota pela qual os barcos podiam transportar material de construção do Grande Canal até o Fenice. As primeiras cargas tinham sido guindastes e andaimes desmontados; depois foram tijolos, vigas, canos e pranchas — os materiais que construiriam o teatro. Agora, depois de cerca de 20 mil carregamentos, vinham os requintes: ornamentos dourados, telas pintadas, luminárias, poltronas forradas de veludo cor-de-rosa. Em frente ao Fenice, o relógio que contava os dias marcava apenas dois dígitos, e os trabalhos continuavam dentro do prazo, alguns dias a mais ou a menos.

Quando, finalmente, o Fenice livrou-se dos andaimes e dos tapumes, a tristeza deixou o campo San Fantin. O Ristorante Antico Martini saiu das sombras e banhou-se à luz da fachada limpa do Fenice.

— Deixamos algumas faixas descoloridas, aqui e ali, para que o teatro não parecesse novo demais — disse Franco Bajo, engenheiro-chefe encarregado da construção. — Essa é a reclamação que esperamos ouvir com mais freqüência, de que o Fenice não parece antigo.

No interior do teatro, o auditório voltava a ser a clareira de uma floresta arcadiana. Parreiras, flores, animais selvagens e criaturas míticas subiam pelas paredes e pelos parapeitos, em direção ao teto, onde ninfas de seios à mostra banhavam-se nos redemoinhos dourados de um córrego silvestre.

No fim das contas, nenhuma entre os milhares de fotografias coloridas do interior do teatro foi muito útil para a definição das cores originais. O quebra-luz de seda das luminárias em volta do auditório tinha refletido um falso brilho amarelado. Somente uma fonte era confiável: a cena de abertura do filme *Sedução da Carne*, de Luchino Visconti, rodado em 1954, o primeiro longa-metragem italiano filmado em cores. Visconti foi meticuloso ao recriar o aspecto da Itália em 1866. Ele retirou as luminárias do Fenice, para parecer que o teatro era iluminado à luz de gás, e, ao fazê-lo, alcançou uma reprodução de cor quase perfeita.

Foi decidido que o Fenice abriria com uma semana de concertos de música erudita, em vez de uma grande ópera; o pessoal técnico ainda não tinha sido treinado no uso do equipamento eletrônico de troca de cenário. Óperas seriam encenadas um ano mais tarde. Para a grande noite de estréia, Riccardo Muti regeria a orquestra e o coro do Fenice.

Para fazer frente à procura por ingressos, o Fenice fez leilão pela internet, com preços, inicialmente, entre US$750 e US$2.500, e caindo, a cada dia, à medida que as entradas eram vendidas. Tratava-se de um jogo arriscado: quanto mais a pessoa esperava, mais caía o preço da entrada, e mais restrita ficava a escolha de assento. Se a pessoa esperasse demais, os ingressos para o concerto poderiam se esgotar.

Entretanto, essa não era toda a história. Não era segredo que centenas de ingressos para a noite de estréia estavam sendo distribuídos a celebridades e a pessoas bem relacionadas. Somente os tolos e os verdadeiramente desesperados compravam entradas. Contudo, uma vez que seria um desfile que eu não poderia perder, enchi-me de coragem e comprei um assento na terceira galeria, no último dia do leilão, por US$600.

O prefeito Costa tinha feito o possível para promover a noite como um evento internacional, repleto de estrelas. Os assessores deixaram vazar nomes de possíveis convidados, inclusive os atores Al Pacino, Jeremy Irons e Joseph Fiennes, que estavam nas agruras da filmagem de *O Mercador de Veneza* — mas não em Veneza. O filme estava sendo rodado em Luxemburgo, por motivo de contenção de gastos. O prefeito Costa, faltando apenas cair de joelhos, prometeu que, se os atores viessem à estréia, voltariam para Luxemburgo em vôo particular, imediatamente após o concerto, a tempo de filmar na manhã seguinte.

Dois dias antes do concerto, à medida que dignitários começavam a chegar, a segurança em Veneza se intensificou. Ruas foram fechadas. A polícia e o Corpo de Bombeiros se fizeram mais ostensivos do que nunca, embora por razões distintas. Os policiais protegiam os convidados VIP contra o terrorismo, e os bombeiros encenavam protestos barulhentos por causa de uma disputa contratual, na esperança de constranger o prefeito Costa.

Quando o presidente e a primeira-dama da Itália, Carlo e Franca Ciampi, chegaram de Roma, a imprensa local e nacional acompanhou cada movimento do casal. O *Corriere della Sera* registrou que o casal Ciampi havia deixado de comparecer a um almoço formal com a alta sociedade, que seria oferecido por Larry Lovett em honra do casal, preferindo um almoço sentimental na Taverna La Fenice, onde haviam jantado em sua lua-de-mel, 59 anos antes. De acordo com o *Gazzettino*, o casal comeu camarão miúdo com polenta, bacalhau ao creme, massa com alcachofra e lagostim, escalope de perca do mar e doces venezianos, tudo regado a *prosecco* e Tokay.

À MEDIDA QUE CHEGAVA A HORA da inauguração, lembrei-me da explicação dada pelo fabricante de máscaras, Guerrino Lovato, de que a experiência de ir à ópera era como um ritual que se desenrolava gradualmente, começando em casa, enquanto o espectador se vestia. Nesse caso, minha noite na ópera teve início quando eu enfiava as abotoaduras com uma das mãos, enquanto, com a outra, segurava o telefone, ouvindo Ludovico De Luigi declarar a noite uma farsa desprezível.

— Vai ser uma demonstração de vaidade, vulgaridade e autopromoção — disse ele. — Costa tem se gabado de que a reinauguração do

Fenice significa que "a cidade ainda pulsa". Não significa nada disso. Infelizmente, Veneza já está morta. Tudo é baseado na exploração do cadáver... na desavergonhada exploração do cadáver.

De Luigi não assistiria à inauguração. A tentação de fazer outro *scherzo* seria grande demais, ele disse; a polícia já estava a postos, e a demonstração realizada pelos bombeiros complicava a segurança. A tolerância a qualquer tipo de expressão artística espontânea naquela noite seria zero. De qualquer jeito, De Luigi não fora convidado, e não tinha a menor intenção de comprar ingresso.

Meu ritual da noite de estréia prosseguiu quando embarquei no *vaporetto* número 1 para descer o Grande Canal. Poucos dias antes, fora relatado que Enrico Carella tinha sido visto, brevemente, em um *vaporetto.* Mais tarde, falei com Felice Casson.

— Duvido que a polícia esteja, realmente, procurando por ele — disse Casson. — Se fosse terrorista ou algum chefe da Máfia relativamente importante, então, equipes de busca seriam organizadas, com *carabinieri* ou policiais, e seria apenas uma questão de tempo. Eles têm métodos bem eficazes. Mas, provavelmente, não acham que Carella valha o esforço. Outros casos mais perigosos têm prioridade.

Pensei em passar tal informação para Lucia Carella, que, por certo, consideraria a notícia alvissareira. Mas seria uma intromissão; além disso, Casson era por demais esperto. Se eu repetisse o que ele me dissera, a *signora* Carella talvez se descuidasse e caísse na armadilha. Eu nada tinha a ver com a questão. Em todo caso, Enrico Carella não estava a bordo do *vaporetto* número 1 na noite da reinauguração do Fenice.

Refletores de luz branca das emissoras de televisão iluminavam o campo San Fantin e o tapete vermelho que cascateava pelos degraus do Fenice. Adiante de mim, o presidente Ciampi entrava no teatro, quase escondido no meio de uma falange da guarda pretoriana, usando capacetes de gala enfeitados com rabos-de-cavalo que arqueavam e caíam, como fontes de cabelos brancos.

Fui diretamente ao andar de cima, ao Salão de Dante, onde agora ficava o bar, curioso para ver como o afresco *Inferno* tinha resultado. Laura Migliori e sua equipe haviam reavivado as cores do segmento que sobrevivera, e delineado, contra um fundo liso, as figuras que faltavam.

Eu olhava o esboço de Virgílio com sua coroa de louros quando senti um puxão no cotovelo.

Virei-me e deparei com um homem de rosto ruborizado, vagamente familiar, que sorria como se me conhecesse. Era Massimo Donadon — o homem dos ratos de Treviso. Não o via desde o baile de Carnaval, em 1996.

— *Signor* Donadon! — disse eu. — Como está o negócio de raticidas?

— Acabo de voltar dos Países Baixos — disse ele. — Tenho novos clientes.

— Qual é o seu ingrediente secreto para ratos holandeses? — perguntei.

— Salmão e queijo — disse ele.

— Não será chocolate holandês?

— Um pouco, não muito.

Subitamente, a fisionomia de Donadon ficou séria.

— Algo muito estranho está acontecendo na Itália — disse ele.

Fez um sinal para que eu me dirigisse a um canto do salão, onde pudéssemos nos ouvir melhor.

— Tenho notado — disse ele — que nos últimos anos os ratos italianos têm preferido comer plástico a queijo parmesão.

— Verdade?!

— Todo o meu empreendimento, se você se lembra, baseia-se na idéia de que os ratos comem o que as pessoas comem.

— Sim, claro que me lembro.

— Mas as pessoas não comem plástico! — disse ele. — Pensei: "Meu Deus, estou arruinado! Que farei? Os ratos estão começando a comer comida que os seres humanos não comem! Não pode ser verdade!"

Então, com a mesma rapidez, a fisionomia de Donadon voltou a se animar.

— Finalmente, percebi! — disse ele. — Plástico é anticomida. Certo?

— Sim, perfeitamente — disse eu.

— E, então, me dei conta: seres humanos também ingerem anticomida.

— Ingerimos?

— Sim! Comemos *fast food*! *Fast food* é anticomida! Plástico é, para os ratos, o equivalente a *fast food*! Quer dizer que está tudo bem: os ratos ainda imitam os hábitos alimentares dos seres humanos e, a exemplo das pessoas, estão perdendo o paladar por comida natural. Estão preferindo comida de baixo valor nutritivo.

— O que o senhor vai fazer a esse respeito? — perguntei.

— Já fiz! — disse Donadon, em triunfo. — Acrescentei plástico granulado ao meu raticida italiano!

— Está funcionando? — perguntei.

— Maravilhosamente — disse ele.

Parabenizei Donadon pelo novo sucesso e comecei a me dirigir ao auditório e às escadas de acesso à terceira galeria. Nas escadas encontrei Bea Guthrie. Ela viera de Nova York para a estréia, acompanhada da nova presidente da Salve Veneza, Beatrice Rossi-Landi. A Salve Veneza tinha sido um dos grandes doadores que contribuíram para o Fenice: US$300 mil, para o teto.

Ocupei meu assento e olhei para as cinco galerias de camarotes dourados. Eram deslumbrantes, mas as cores estavam visivelmente mais vivas e novas do que no antigo teatro. A douração, na verdade, parecia recente. Eu esperava, no entanto, que, quando as luzes diminuíssem para o concerto, as cores se tornassem um pouco menos vibrantes. Em todo caso, por enquanto, as luzes acesas facilitavam a visualização dos detalhes e das pessoas.

Não se viam astros do cinema, nem seriam vistos. Pacino, Irons e Fiennes estavam presos na neblina, em Luxemburgo.

No andar de baixo, no nível da orquestra, a princesa Michael de Kent, alta e loura, com uma tiara brilhando nos cabelos, estava de pé no corredor central, conversando com a bailarina Carla Fracci. A anfitriã da princesa, a marquesa Barbara Berlingieri, permanecia ao lado, virando-se quando a princesa se virava, parando quando a princesa parava. Larry Lovett aproximou-se para cumprimentá-la. A Herança Veneziana, recém-fundada por Lovett, tinha sido um grande sucesso. Sabiamente, ele escolhera um território bem distinto daquele da Salve Veneza, pois financiava restaurações não apenas em Veneza, mas por toda a antiga

República de Veneza: na Croácia, na Turquia e outros locais. Embora a Herança Veneziana não houvesse contribuído para a reconstrução do Fenice, Lovett tinha ganhado dois assentos excelentes, no nível da orquestra e no corredor. Isso talvez explicasse, pensei, o olhar de insatisfação no rosto de Bea Guthrie, enquanto ela subia, cada vez mais alto, em direção ao assento de cortesia que lhe fora designado, e se via cada vez mais próxima do teto cuja restauração tinha sido financiada pela Salve Veneza. Fosse a localização do assento resultado de algum consenso no âmbito da hierarquia do Fenice ou obra de algum antagonista isolado, o ultraje não poderia ter sido mais óbvio. Larry Lovett ainda era, evidentemente, o favorito dos venezianos poderosos.

O silêncio se abateu sobre a platéia enquanto os integrantes da orquestra subiam ao palco e começavam a afinar os instrumentos; o coro entrou, em fila, depois deles. Olhei em torno do auditório e reconheci um homem sentado em um camarote exatamente do lado oposto ao meu. Ele rastreava a multidão usando um binóculo, e pensei que talvez estivesse procurando Jane Rylands. Mrs. Rylands havia surpreendido muita gente ao publicar, recentemente, um livro de contos ambientados em Veneza. Alguns dos personagens ficcionais pareciam ser baseados em pessoas vivas, ou em determinados aspectos de pessoas vivas, ou em combinações de pessoas vivas. O sujeito de binóculo tinha descoberto diversas semelhanças constrangedoras entre ele e um personagem que era alvo de uma sátira cruel no livro de Jane. Ela insistia que todos os personagens eram pura invenção. Todavia, em recente recepção oferecida no Guggenheim, Philip Rylands, conversando com o tal sujeito, referiu-se, despreocupadamente, a um detalhe inofensivo da ancestralidade do fulano, sem saber que o detalhe tinha sido inventado por Jane como parte do tênue disfarce do personagem.

O homem direcionou a Philip um olhar gelado.

— É verdade, não? — Philip perguntou, referindo-se ao detalhe ancestral.

— Só no livro da sua esposa! — retrucou o homem.

Jane Rylands, astutamente, esquivara-se de qualquer personagem ou enredo que pudesse lembrar Olga Rudge ou a Fundação Ezra Pound. Mas uma das caricaturas mais depreciativas exibia semelhanças indiretas com uma mulher que tinha sido uma das pessoas que mais criticara Jane por ocasião da embrulhada que envolveu a Fundação Ezra Pound. Esse e outros retratos antipáticos davam a impressão de que Jane Rylands utilizara os contos como desforra.

Quanto à extinta Fundação Ezra Pound, um dos bens que seriam destinados a ela, o chalé conhecido como Ninho Escondido, onde viveram Ezra Pound e Olga Rudge, agora propiciava bela renda de aluguel à filha do casal, Mary de Rachewiltz. Itens pessoais de Pound vinham subindo de valor. Em 1999, Mary de Rachewiltz tinha colocado à venda, por intermédio do livreiro Glenn Horowitz, em Nova York, 139 dos livros que pertenceram a seus pais e que estiveram guardados durante anos no castelo de Brunnenburg. A coleção incluía primeiras edições assinadas dos *Cantos* e de livros de outros autores, muitos com anotações nas margens, feitas por Pound e Rudge. O preço total estipulado por Horowitz chegou a mais de US$1 milhão, levando as pessoas a se perguntar o quanto não valeriam no mercado, atualmente, as 208 caixas da papelada de Olga Rudge vendidas à Fundação Ezra Pound, em 1987, por US$7 mil, e mais tarde à Universidade de Yale, por um valor não divulgado.

Riccardo Muti subiu ao palco, em passos largos, os cabelos pretos brilhantes caindo-lhe sobre os olhos. Fez uma reverência, ergueu a batuta e regeu a orquestra na execução do hino nacional italiano. A platéia, pondo-se de pé, virou-se para o camarote real, ao fundo do auditório, e saudou o casal presidencial com uma ovação. Ao lado do casal Ciampi, no camarote real, estavam o patriarca de Veneza, o cardeal Angelo Scola, o prefeito e a esposa, Maura Costa, e o ex-primeiro-ministro Lamberto Dini, cuja esposa, Donatella, anunciara a notícia do incêndio na ocasião do Baile da Salve Veneza, em Nova York, oito anos antes.

Meu olhar subiu até o leão de São Marcos, posicionado acima do camarote real, como um diadema lustrado, exatamente no local outrora ocupado pelas insígnias da França e da Áustria. Lembrei-me do que o conde Ranieri da Mosto dissera acerca do camarote real: "Não é mais o camarote de Napoleão nem dos austríacos. É o nosso."

O presente, para a cidade, de uma estátua de Napoleão com 2,40 metros de altura havia suscitado um debate intenso e emocional sobre a aceitação da homenagem. A estátua fora encomendada em 1811 por mercadores venezianos gratos a Napoleão por ter tornado a cidade um porto livre. Tinha ficado em São Marcos durante dois anos, até Veneza cair nas mãos dos austríacos, em 1814. Depois disso, a estátua esteve perdida por duzentos anos, e só recentemente tinha aparecido, na Sotheby's em Nova York, onde o Comitê Francês para Proteger Veneza a adquirira por US$350 mil, para oferecer o que supunha seria um presente bem recebido por Veneza.

Os moderados, inclusive o prefeito Costa e o diretor de museus cívicos, Giandomenico Romanelli, argumentavam que Napoleão e a estátua simplesmente faziam parte da história de Veneza e, portanto, mereciam ser exibidos. Os antibonapartistas, cujas fileiras incluíam o conde Girolamo Marcello, o conde da Mosto e a maioria dos centro-direita, contra-argumentavam que, se assim fosse, o busto de bronze de Mussolini, guardado no depósito do Museu Correr, também deveria ser exibido.

O debate reverberava com as declarações infindas dos roubos, profanações e demais ultrajes perpetrados por Napoleão contra Veneza. Praticamente, todos tinham tomado partido. Peter e Rose Lauritzen eram antibonapartistas ferrenhos. Fui assistir a uma palestra que Peter fez para um grupo de estudantes ingleses, na Accademia. As primeiras palavras que ouvi dele foram: "Napoleão levou a cabo a supressão de quarenta paróquias em Veneza e a destruição — *arrasando, totalmente!* — de 176 prédios religiosos e mais de oitenta palácios, todos decorados com pinturas e outras obras de arte. Além disso, agentes de Napoleão fizeram uma listagem, visando ao confisco de 12 mil quadros, muitos dos quais enviados a Paris para enriquecer o acervo de algo chamado Museu de Napoleão. Imagino que, se alguns de vocês já estiveram em Paris, visitaram o Museu de Napoleão. Hoje em dia é mais conhecido como Louvre, e, evidentemente, trata-se do maior monumento ao roubo organizado na história da arte!"

Uma pesquisa realizada pelo *Gazzettino* revelou que, na razão de 12 contra 1, o público era contrário à aceitação da estátua. Porém, o prefeito Costa aceitou-a e, no meio da noite, a estátua foi contrabandeada para o Museu Correr, onde foi montada em um nicho, por trás de um escudo de plexiglas. Meses mais tarde, os antibonapartistas levaram Napoleão a um tribunal *ad hoc*, no estilo de Nuremberg, e ele foi condenado em conseqüência das acusações apresentadas.

No auge da controvérsia, os lideres da coalizão contrária à estátua enviaram duas cartas ameaçadoras a Jerome Zieseniss, presidente do comitê francês, aconselhando-o a sair da cidade. Zieseniss expressou sua indignação e representantes municipais logo condenaram os autores das cartas. Embora os ânimos tivessem se acalmado, a oferta da estátua ainda era largamente vista como um insulto a Veneza. Apesar de tudo isso, entretanto, Zieseniss fora agraciado com dois lugares excelentes na reabertura do Fenice. Estava sentado ao nível da orquestra, ao lado da presidente do conselho administrativo do Fundo Internacional de Monumentos, Marilyn Perry.

O concerto teve início com *A Consagração da Casa*, de Beethoven, obviamente uma escolha certa. Lembrei-me do comentário que Robert Browning fez ao filho, Pen, em 1890, ao saber que Pen e a rica esposa norte-americana tinham comprado o imenso palácio Rezzonico, no Grande Canal: "Não seja um homem pequeno, em uma casa grande", Browning advertiu-o. Henry James, visitando a família Curtis no palácio Barbaro, um pouco mais abaixo no Grande Canal, escreveu à irmã, referindo-se à notícia: "[O palácio Rezzonico] é totalmente majestático e imperial — mas 'Pen' não é monárquico, e resta constatar o estilo de vida. Gondoleiros trazendo amigos das pensões não haverão de povoá-lo." Três anos mais tarde, James escreveu a Ariana Curtis: "Pobre, grotesco, insignificante Pen — e pobre, sacrificada, insignificante Mrs. Pen. Parece haver apenas um meio de ser mentalmente saudável neste mundo estranho, mas há muitos meios de ser louco! E loucura de palácio é quase tão perigosa — ou tão convulsiva — quanto um terremoto — com o que, deveras, em sua essência, ela se assemelha." Pen Browning não tinha, absolutamente, "povoado" o palácio Rezzonico de maneira memorável. Na realidade, foi o próprio Robert Browning, ironicamente, que roubou a cena ao filho, ao morrer na casa e ser lembrado por uma placa afixada à fachada.

A família Curtis tinha "povoado" o palácio Barbaro, admiravelmente, durante mais de um século. E, agora que o Barbaro tinha passado às mãos de Ivano Beggio, proprietário da fábrica de motocicletas Aprilia, Veneza esperava para ver como os Beggio povoariam o palácio. Beggio não perdera tempo, logo providenciando a limpeza da dupla fachada do Barbaro. E removeu quadros importantes do *piano nobile* para limpeza e restauração.

Mas depois disso... nada. Meses, então anos, se passaram. As janelas do *piano nobile* permaneciam cobertas por pranchas de madeira. Os Beggio eram raramente vistos em Veneza. Os especialistas contratados para trabalhar na restauração ficaram absolutamente perplexos. Eram muitas as especulações de que os Beggio tinham a esperança de que a aquisição do palácio Barbaro resultasse na aceitação deles por parte da sociedade veneziana e que teriam ficado decepcionados quando isso não ocorreu.

Então, a verdade veio à tona. Ivano Beggio estava quebrado! A indústria de motocicletas Aprilia, fenômeno de sucesso, encontrava-se à beira da falência. O palácio Barbaro estava mais uma vez à venda — mas não pelos US$6 milhões que Beggio tinha pago à família Curtis. Dizia-se que o novo preço era US$14 milhões. Nenhuma oferta tinha sido apresentada, e, tragicamente, não haveria oferta por parte do jovem idealista Daniel Curtis — o único Curtis, em cinco gerações, que tinha nas veias algum sangue veneziano. Daniel tinha falecido, subitamente, aos 47 anos, em conseqüência de um aneurisma. Durante toda a semana que seguiu à morte de Daniel, notas de pesar apareceram no *Gazzettino*. Uma nota, em particular, captou o espírito de todas as demais: DANIEL. "Amigo para sempre, grande veneziano."

As luzes da platéia do Fenice não diminuíram quando o concerto começou, porque o evento estava sendo televisionado, o que significava que o auditório barroco ficaria iluminado como um estúdio de TV a noite toda. As sutilezas do teatro não seriam percebidas, ao menos, não por ora. Fechei os olhos e ouvi a música. Depois de Beethoven, veio Igor Stravinsky (sepultado em Veneza), Antonio Caldara (nascido em Veneza) e Richard Wagner (falecido em Veneza). Concentrei-me no som. A acústica era boa? Os especialistas diziam que sim. Mas, evidentemente, para as pessoas sentadas nos camarotes, especialmente na parte posterior dos camarotes, a qualidade do som jamais seria tão boa quanto para os que sentavam na parte aberta.

Os sons mais característicos de Veneza, no entanto, não eram, na verdade, aqueles no interior do Fenice. Jürgen Reinhold, engenheiro responsável pela acústica do Fenice, apontou a questão ao expressar surpresa diante da descoberta de que o nível do som ambiente noturno em Veneza era muito baixo, 32 decibéis. Quarenta e cinco decibéis era o nível típico da maioria das cidades. A ausência de tráfego de automóveis, é claro, explicava a diferença. "Esse silêncio veneziano me enfeitiça", disse Reinhold. "Quando voltei para minha casa, em Munique, o barulho era insuportável. Mas eram apenas os ruídos comuns do tráfego."

Eu também ficara enfeitiçado pela tranqüilidade de Veneza, e por muitas outras coisas de Veneza também. O que, a princípio, fora principalmente uma atração pela beleza da cidade evoluiu, com o passar do tempo, tornando-se um encantamento generalizado. Desde o início, tive sempre em mente as palavras de advertência do conde Marcello: "Em Veneza estão todos encenando. [...] Venezianos jamais falam a verdade. O verdadeiro sentido das nossas palavras é, precisamente, o oposto do que expressam."

Eu sabia que, em Veneza, tinham me falado verdades, meias-verdades e mentiras cabais, e eu jamais sabia qual era qual. Mas o tempo quase sempre esclarecia as questões. Poucos dias antes da reabertura do Fenice, por exemplo, eu tinha tomado conhecimento de um dado revelador, enquanto caminhava sob os arcos do palácio dos Doges. Notei uma placa com o nome "Loredan" inscrito. Pensei, imediatamente, no conde Alvise Loredan, o homem que conheci no baile de Carnaval e que, mais de uma vez, mostrou-me três dedos, indicando que em sua família tinha havido três doges.

Aquilo era verdade.

O conde Loredan também me disse que um Loredan que viveu no século XV havia derrotado os turcos, com isso impedindo que atravessassem o Adriático e dizimassem a cristandade. Houve, de fato, um famoso Pietro Loredan, que derrotou os turcos no século XV. Mas o indivíduo homenageado com uma placa em São Marcos era um Loredan chamado Girolamo, que viveu no século *XVII*, um covarde que fora exilado de Veneza, em desgraça, por ter abandonado a fortaleza de Tenedos aos turcos — "em grande prejuízo da cristandade e do [seu] país".

Alvise Loredan não tinha a menor obrigação de lavar a roupa suja da família diante de mim. O logro por ele praticado era bastante inofensivo, e eu o aceitei como parte do show, parte do eterno mito e mistério de Veneza.

Terminado o concerto, saí pelo campo San Fantin, onde notei a presença de um homem com duas echarpes em volta do pescoço — uma de seda branca, outra de lã vermelha — de pé no centro de uma explosão de *flashes*. Era Vittorio Sgarbi, o crítico de arte que, ao deixar o prédio do Instituto Courtauld, em Londres, com dois livros raros na sacola, tornara-se *persona non grata* na referida instituição. Sgarbi posava para os fotógrafos, com um braço em volta dos ombros da *signora* Ciampi e o outro agarrado à cintura de uma mulher que usava uma touca de pérolas. Sgarbi não tinha sido nomeado ministro da Cultura da Itália, contrariando os boatos; fora designado subsecretário de Cultura, posição menor, mas ainda importante — e surpreendente, naquelas circunstâncias.

À beira do campo, uma dezena de homens com meias de seda, capas pretas e chapéus de três pontas aguardavam para escoltar os 1.100 integrantes da platéia a barcos que se destinavam ao Arsenal, onde seria realizado um grande banquete. Equipes de organizadores de festas haviam trabalhado na decoração durante semanas. O *Gazzettino* tinha programado uma edição antecipada do jornal do dia seguinte — 15 de dezembro de 2003 —, de maneira que, ao ocuparem seus respectivos lugares no banquete, os convidados fossem recebidos por uma gloriosa foto em cores do Fenice, estampada na primeira página do jornal. Eventos mundiais interferiram no decorrer do dia, entretanto, e conseqüentemente os convidados, ao sentarem, viram a foto de um Saddam Hussein sujo e atônito, capturado no Iraque algumas horas antes. Tudo bem.

Jantar com mil pessoas era idéia que não me agradava muito e, de qualquer modo, eu tinha outros planos. Saí do campo San Fantin, caminhei ao longo da *calle della* Fenice, em direção aos fundos do teatro, e atravessei uma pequena ponte, rumo a uma casa na *calle* Caotorta, onde fiz uma visita à *signora* Seguso, agora viúva do mestre Archimede Seguso, o "Mago do Fogo".

Pusemo-nos diante da janela de onde, oito anos antes, a *signora* Seguso tinha avistado fumaça subindo do Fenice, e de onde Archimede Seguso observara o fogo a noite inteira. A *signora* Seguso disse que não gostava de olhar o Fenice pela janela, porque, apesar de toda a conversa de "*com'era, dov'era*", o Fenice, definitivamente, não estava "como era" antes do fogo — não conforme lhe parecia daquela janela. A ala norte do Fenice, que ficava a 9 metros, do outro lado do canal, fora reconstruída alguns metros mais alta do que era, e uma série de tubos, canos e cercas tinha sido montada no telhado, tornando a vista mais semelhante à paisagem industrial de Marghera do que à bela visão de telhados vermelho-amarronzados que ela e o marido tanto apreciaram no passado.

Não se via qualquer borrão, qualquer cicatriz, qualquer vestígio, qualquer sinal revelador do fogo, exceto os fragmentos de cor, serpenteantes, em espiral, incrustados no vaso preto e comprido, posicionado sobre a mesa-de-cabeceira da *signora* Seguso. Aquele vaso tinha sido a primeira de mais de cem peças "Fenice" que Archimede Seguso confeccionara, sendo tais peças o seu relato singular de testemunha do incêndio. Ele trouxe aquele vaso para casa, para presentear a esposa.

E onde estavam os outros?

A *signora* Seguso suspirou. Fazia dez anos que não falava com o filho mais novo, Giampaolo. O patrimônio do marido ainda era objeto de litígio judicial, quatro anos após a morte dele, e os vasos e as tigelas "Fenice" estavam no âmago da disputa. Até que a justiça decidisse o destino das peças, aquelas criações de amor e fogo continuariam trancadas em um depósito da fábrica de vidro — sem serem vistas, acumulando poeira.

GLOSSÁRIO

Palavras em italiano são definidas na primeira vez que aparecem no texto. As seguintes palavras ocorrem mais de uma vez:

acqua alta
: Água alta, i.e., maré alta.

altana
: Sacada ou terraço aberto, no telhado, geralmente de madeira.

buongiorno
: Olá, bom-dia.

calle
: Rua estreita; plural: *calli*.

campo
: Praça; plural: *campi*.

capito
: Entendido.

carabiniere
: A guarda nacional ou um policial; plural: *carabinieri*.

cassazione
: Tribunal de recurso.

ciao

Olá, também adeus. Uso informal.

“*com'era, dov'era*”

“Como era, onde era.” Lema adotado para a reconstrução da Ópera Fenice exatamente como era antes do incêndio.

comune

Prefeitura, governo municipal.

doge

Chefe de Estado da antiga República de Veneza.

lira

Denominação da moeda italiana antes da introdução do euro; plural: *lire.*

magazzino

Depósito, armazém.

marchesa

Marquesa, título nobre, acima de condessa, abaixo de duquesa; o masculino é *marchese.*

palazzo

Palácio.

piano nobile

O andar principal de um palácio.

portego

Salão central de um palácio.

prosecco

Vinho branco espumante, produzido na região de Vêneto.

putti

Bebês, crianças ou querubins, em pinturas e esculturas.

ridotto

Saguão, vestíbulo.

rio

Canal em Veneza; em outros locais, riacho, córrego.

salone

Grande sala de estar.

scherzo

Uma brincadeira.

stucchi

Ornamentos esculpidos em gesso.

vaporetto

Barco de transporte urbano.

PESSOAS, INSTITUIÇÕES E EMPRESAS

Argenti

Construtora romana que terceirizou trabalhos elétricos para a Viet, na reforma da Ópera Fenice.

Aulenti, Gae

Arquiteta associada ao consórcio Impregilo e ao arquiteto Antonio (Tonci) Foscari no projeto de licitação para a reconstrução da Ópera Fenice.

Berlingieri, marquesa Barbara

Vice-presidente da Salve Veneza.

Bernardi, Nicola

Quitandeiro. Amigo do poeta Mario Stefani.

Cacciari, Massimo

Prefeito de Veneza, filósofo, professor universitário.

Carella, Enrico

Proprietário da Viet, pequena empresa de prestação de serviços elétricos que trabalhou na Ópera Fenice.

Carella, Lucia

Mãe de Enrico Carella, arrumadeira do Hotel Cipriani.

Carella, Renato

Pai de Enrico Carella, mestre-de-obras responsável pelos trabalhos da firma do filho por ocasião da reforma da Ópera Fenice.

Casson, Felice.

Promotor público.

Cicogna, condessa Anna Maria

Membro do conselho administrativo da Salve Veneza; filha de Giuseppe Volpi, que foi ministro da Fazenda de Mussolini e fundador do Festival de Cinema de Veneza; meia-irmã de Giovanni Volpi.

Cipriani, Arrigo

Proprietário do Harry's Bar.

Corriere della Sera

Jornal diário com sede em Milão.

Costa, Paolo

Prefeito de Veneza depois de Massimo Cacciari, ex-reitor da Universidade Ca' Foscari e ministro de Obras Públicas da Itália.

da Mosto, conde Francesco

Arquiteto, associado ao consórcio Holzmann-Romagnoli e ao arquiteto Aldo Rossi no projeto de licitação para a reconstrução da Ópera Fenice. Jane, esposa inglesa do conde.

da Mosto, conde Ranieri

Aristocrata, pai de Francesco.

De Luigi, Ludovico

Artista surrealista, agitador.

de Rachewiltz, Mary

Filha de Ezra Pound e Olga Rudge. Filho de Mary: Walter.

Donadon, Massimo

O homem dos ratos de Treviso.

Família Curtis

[Norte-americanos] Proprietários e residentes do palácio Barbaro desde 1885. Primeira geração, originalmente de Boston: Daniel e a esposa, Ariana; segunda: Ralph e a esposa, Lisa; terceira: Ralph e a esposa, Nina; quarta: Patricia, Ralph, Lisa; quinta: Daniel, filho de Patricia.

FitzGerald, Joan

[Norte-americana] Escultora, amiga de Ezra Pound e Olga Rudge.

Foscari, conde Antonio (Tonci)

Arquiteto, associado ao consórcio Impregilo e à arquiteta Gae Aulenti no projeto de licitação para a reconstrução da Ópera Fenice. Professor universitário, reside no palácio Barbaro, com a esposa Barbara, também arquiteta.

Gardin, Albert

Editor da poesia de Mario Stefani.

Guggenheim, Peggy

[Norte-americana, 1898-1979] Colecionadora de arte moderna; residia em um palácio no Grande Canal, hoje em dia transformado em museu: Coleção Peggy Guggenheim.

Guthrie, Bea

[Norte-americana] Diretora executiva da Salve Veneza, esposa de Bob Guthrie.

Guthrie, Dr. Randolph (Bob)

[Norte-americano] Presidente da Salve Veneza, cirurgião plástico, marido de Bea Guthrie.

Holzmann-Romagnoli

Consórcio alemão-italiano que, em colaboração com o arquiteto Aldo Rossi, participou da licitação para reconstruir a Ópera Fenice.

Il Gazzettino

Jornal diário de Veneza.

Impregilo

Consórcio comandado pela Fiat Engenharia que, em colaboração com a arquiteta Gae Aulenti, participou da licitação para a reconstrução da Ópera Fenice.

Lauritzen, Peter

[Norte-americano] Autor de livros sobre arte, arquitetura, história e cultura venezianas; marido de Rose.

Lauritzen, Rose

[Inglesa] Proprietária do apartamento por mim alugado; esposa de Peter Lauritzen.

Lovato, Guerrino

Artista, escultor, mestre fabricante de máscaras, proprietário da loja de máscaras Mondonovo.

Lovett, Lawrence (Larry)

[Norte-americano] Diretor do conselho administrativo da Salve Veneza, ex-presidente da Associação da Ópera Metropolitana de Nova York; herdeiro de empresa de navegação e de cadeia de supermercados. Reside no Grande Canal.

Marcello, conde Girolamo

Membro do conselho administrativo da Salve Veneza, marido de Lesa.

Marcello, condessa Lesa

Diretora do escritório veneziano da Salve Veneza, esposa de Girolamo.

Marchetti, Massimiliano

Eletricista, trabalhou na Ópera Fenice para a Viet, empresa elétrica terceirizada cujo proprietário era seu primo, Enrico Carella.

Meduna, Giovanni Battista e Tommaso

Irmãos que projetaram e reconstruíram a Ópera Fenice depois que o prédio original pegou fogo, em 1837.

Migliori, Laura

Restauradora de arte que trabalhou na recuperação dos afrescos da Ópera Fenice que exibiam cenas da *Divina Comédia*, de Dante.

Moro, Mario

Soldado, marinheiro, fuzileiro, bombeiro, policial, aviador, condutor de *vaporetto*, eletricista e residente da Giudecca.

Pound, Ezra

[Norte-americano, 1885-1972] Poeta, crítico, expatriado; viveu em Veneza com a companheira, Olga Rudge, durante cinqüenta anos, em um chalé apelidado por Pound de Ninho Escondido.

Rossi, Aldo

[1931-1997] Arquiteto associado ao consórcio Holzmann-Romagnoli e ao arquiteto Francesco da Mosto na concorrência para a reconstrução da Ópera Fenice.

Rudge, Olga

[Norte-americana, 1895-1996] Companheira do poeta Ezra Pound durante cinqüenta anos, violinista, especialista em Vivaldi.

Rylands, Jane

[Norte-americana] Vice-presidente da Fundação Ezra Pound, esposa de Philip.

Rylands, Philip

[Inglês] Diretor da Coleção Peggy Guggenheim, marido de Jane.

Sacaim

Construtora veneziana que reconstruiu a Ópera Fenice.

Salve Veneza

Instituição norte-americana dedicada à arrecadação de fundos para a restauração da arte e arquitetura venezianas.

Seguso, Archimede

Mestre vidreiro, fundador da fábrica de vidro Vetreria Artistica Archimede Seguso.

Seguso, Giampaolo

Filho de Archimede, proprietário da Seguso Viro.

Seguso, Gino

Filho de Archimede e presidente da empresa da família, Vetreria Artistica Archimede Seguso.

Seno, Giovanni

Advogado de Massimiliano Marchetti.

Sherwood, James

[Norte-americano] Proprietário do Hotel Cipriani, em Veneza, da Ferrovia do Expresso Oriente, membro do conselho administrativo da Salve Veneza, diretor da Fundação Guggenheim.

Stefani, Mario

Poeta.

Viet

Empresa elétrica terceirizada pela Argenti para trabalhar na reforma da Ópera Fenice; de propriedade de Enrico Carella.

Volpi, conde Giovanni

Filho do conde Giuseppe Volpi di Misurata, que foi o fundador do Festival de Cinema de Veneza, criador do porto de Marghera, ministro da Fazenda da Itália durante o regime de Mussolini. Meio-irmão da condessa Anna Maria Volpi Cicogna.

NOMES DE EDIFÍCIOS E LOCALIDADES

Ateneo Veneto

Palácio neoclássico, ricamente ornado, em frente ao campo San Fantin, do outro lado da Ópera Fenice. Atualmente, é o salão de reuniões de uma academia intelectual de mesmo nome.

Ca' Farsetti

Palácio no Grande Canal, sede da prefeitura de Veneza. *Ca'* é abreviação de *casa*, que também significa palácio.

Campo San Fantin

Pequena praça em frente à Ópera Fenice.

Cannaregio

Um dos seis *sestieri*, ou bairros, de Veneza. Na extremidade oeste.

Coleção Peggy Guggenheim

Pinturas e esculturas reunidas por Peggy Guggenheim (1898-1979), colecionadora norte-americana de arte moderna, em sua antiga residência, um palácio inacabado, no Grande Canal.

Dorsoduro

Um dos seis *sestieri*, ou bairros, de Veneza.

Fenice

[Pronuncia-se *fe-ní-che*] Gran Teatro La Fenice, teatro lírico de Veneza.

Frari

Referente à igreja Santa Maria Gloriosa dei Frari.

Giudecca

Ilha comprida e estreita, que integra a cidade de Veneza. Os residentes são chamados de *giudecchini.*

Harry's Bar

Bar e restaurante perto de São Marcos; de propriedade de Arrigo Cipriani.

Hotel Cipriani

Hotel de luxo situado na ilha da Giudecca; de propriedade de James Sherwood.

Hotel Gritti

O palácio Gritti, transformado em hotel de luxo.

Igreja de São Jorge ou Inglesa

Situada no campo San Vio.

Igreja Miracoli

Ver: *Santa Maria dei Miracoli.*

Igreja Salute

Ver: *Santa Maria della Salute.*

Lido

Ilha que forma uma barreira entre a lagoa de Veneza e o mar Adriático.

Marghera

Porto comercial que fica do lado continental da ponte que liga o continente a Veneza; pertence à municipalidade de Veneza.

Mestre

Cidade no continente; pertence à municipalidade de Veneza.

Mônaco

Referente ao Hotel Mônaco e Grande Canal, no Grande Canal, próximo à praça de São Marcos.

Murano

Ilha na lagoa de Veneza, ao norte da cidade, local das fábricas de vidro soprado.

Museu Guggenheim

Ver: *Coleção Peggy Guggenheim.*

Ninho Escondido

Apelido dado por Ezra Pound ao chalé número 252 na *calle* Querini, onde ele e Olga Rudge moraram juntos, intermitentemente, do final dos anos 20 até a morte de Pound, em 1972.

Pádua

Cidade universitária situada 40 quilômetros a oeste de Veneza.

Palácio Barbaro

Palácio duplo, no Grande Canal, construído nos séculos XV e XVII, e, desde 1885, propriedade da família Curtis, originária de Boston.

Palácio dos Doges

Palácio gótico, construído no século XIV, situado na praça de São Marcos; sede do governo da antiga República de Veneza e residência do seu chefe de Estado, o doge.

Palácio Pisani Moretta

Palácio no Grande Canal, construído no século XV, disponível para ser alugado para festas. Muitas vezes iluminado apenas à luz de velas.

Piazzale Roma

Grande área de estacionamento e terminal rodoviário, na parte oeste de Veneza, ao pé da ponte que leva ao continente.

Ponte Accademia

Uma das três pontes que atravessam o Grande Canal.

Rialto

Área em torno da ponte Rialto, uma das três pontes que cruzam o Grande Canal. Nome derivado de Riva Alta, que significa "margem alta do rio".

Salões de Apolo

Salões formais de recepção localizados na entrada neoclássica da Ópera Fenice.

Santa Maria dei Miracoli

Igreja construída no século XV, restaurada pela Salve Veneza.

Santa Maria della Salute

Igreja barroca situada no Grande Canal, em Dorsoduro, em frente a São Marcos. Uma vez que suas cúpulas são visíveis a grande distância, trata-se de um ponto de referência.

São Marcos

Referente tanto à praça de São Marcos (*Piazza* San Marco) quanto à basílica de São Marcos. São Marcos é também o nome de um dos seis *sestieri*, ou bairros, de Veneza.

Strada Nuova

Via principal localizada no bairro de Canareggio, em Veneza.

Teatro Malibran

Teatro construído no século XVII, restaurado pelos arquitetos Antonio e Barbara Foscari.

AGRADECIMENTOS

Sobre a minha brilhante editora, Ann Godoff, direi simplesmente que, quando ela deixou a editora que publicou o meu primeiro livro e foi para a editora que publicou o segundo, segui seus passos sem hesitar um instante sequer e faria o mesmo no futuro. Minha agente literária, Suzanne Gluck, também se transferiu de agência, e eu a acompanhei, com a mesma satisfação e por muitas das mesmas razões.

Além das pessoas cuja colaboração fica evidente nestas páginas, houve muitas outras que foram imensamente prestativas. Em Veneza, contei, acima de tudo, com Pamela Santini, cuja assistência prestimosa foi inestimável para mim — fosse me ajudando quando meu conhecimento de italiano se mostrava insuficiente, fosse lidando com a burocracia ou prestando assessoria à pesquisa.

Entre os venezianos, primeiramente, expresso meu agradecimento e afeto ao falecido Alessandro Albrizzi, que no início dos anos 70, e com excelente humor, foi o primeiro a me convidar a entrar pela porta invisível que liga o mundo público ao privado em Veneza.

Gostaria de agradecer também, por diversos motivos, a Robert Beard, William Blacker, Atalanta Bouboulis, Carla Ferrara, Joan FitzGerald, Fiora Gandolfi, Geoffrey Humphries, Antonio Leonardi, Jim Mathes, William McNaughton, Randy Mikelson, Aurelio Montanari, Ewa Morgan, Robert Morgan, Sergio Perosa, Pete Peters, Tim Redman, Stefano Rosso-Mazzinghi, Jeremy Scott, Toni Sepeda, Holly Snapp e Hiram Williams. Pelo trabalho incansável junto à Penguin Press, muito devo a Liza Darnton, Tracy Locke, Sarah Hutson, Darren Haggar, Claire Vaccaro e Kate Griggs.

Pelos muitos comentários úteis feitos sobre o manuscrito, sou agradecido a Carol Deschere, John e Ginger Duncan, Annie Flanders, Sue Fletcher, Linda Hyman, Rhoda Koenig, Deborah Mintz, Joan Kramer e Marilyn Perry. Ao longo de toda a pesquisa e redação deste livro, Sean Strub ofereceu-me apoio e estímulo, e foi também interlocutor valioso.

Durante minha pesquisa, consultei muitas fontes publicadas. Entre elas, a cobertura feita por Gianluca Amadori do incêndio do Fenice para o jornal *Il Gazzettino* foi particularmente útil. As reportagens estão reunidas e revisadas no excelente livro, de sua autoria, *Per Quattro Soldi* (Roma: Riuniti, 2003).

O esplêndido catálogo da exposição organizada pelo Museu Isabella Stewart Gardner, em Boston, em abril de 2004, *Dias de Gôndola: Isabella Stewart Gardner e o Círculo do Palácio Barbaro*, foi esclarecedor quanto à questão dos bostonianos Curtis, do palácio Barbaro e Henry James, assim como foi elucidativo o comentário bem-informado de Rosella Mamoli Zorzi no livro *Letters from the Palazzo Barbaro* (Londres: Pushkin Press, 1998).

Sou igualmente grato à Biblioteca Marciana por me disponibilizar o diário de Daniel Sargent Curtis (1825-1908), à Biblioteca Beinecke de Livros Raros e Manuscritos, em Yale, por me propiciar acesso aos papéis de Olga Rudge; sou grato também aos autores do indispensável guia *Calli, Campielli e Canali* (Edizioni Helvetia), por haverem me capacitado a encontrar até os locais mais escondidos e absolutamente fora do circuito em Veneza.